D1986158

Aus Freude am Lesen

Eine australische Kleinstadt am Pazifik. Ein Ort voller Geheimnisse. Hierher kehrt Laura nach dem Tod ihrer Mutter zurück. Und hier trifft sie auf den jungen Kieran, der anders ist als die anderen. Er liebt Quizshows. Er liebt die Ordnung der Wörter und Dinge. Und er liebt es, die Einwohner des Küstenortes zu beobachten: Die betagte Cress, die in einem Secondhandladen aushilft – und dort immer wieder klaut: ein altes Hochzeitskleid, Marienbildnisse oder bemalte Porzellanscherben. Die junge Abby, die durch die Straßen streunt, ein Opfer ihres jugendlichen Leichtsinns. Und Laura, die erfährt, dass sie nicht das einzige Kind ihrer Mutter war. Als ein ausgesetztes Neugeborenes gefunden wird, prallen die Geschichten dieser unterschiedlichen Menschen aufeinander. Und unter Kiernans aufmerksamem Blick setzen sich die zerbrochenen Lebensentwürfe der drei Frauen Stück für Stück wieder zusammen ...

KRISTINA OLSSON wurde 1956 in Brisbane geboren. Nach ihrem Journalistikstudium an der University of Queensland schrieb sie u.a. für *The Australian*, *Sunday Mail*, den *Sydney Sunday Telegraph* und den *Griffith Review*. Sie arbeitete zudem als Regierungsberaterin und unterrichtete journalistisches Schreiben. Ihr Roman »Der Porzellangarten« wurde mit zahlreichen Preisen versehen. Kristina Olsson lebt mit ihrem Partner und den fünf gemeinsamen Kindern in Brisbane in Australien.

Kristina Olsson

Der Porzellangarten

Roman

Deutsch von Mechthild Barth

btb

Die australische Originalausgabe erschien 2009 unter dem Titel »The China Garden« bei University of Queensland Press, St Lucia, Queensland.

MIX
Papier aus verantwortungsvollen Quellen
FSC® C083411

Verlagsgruppe Random House FSC-DEU-0100
Das für dieses Buch verwendete
FSC®-zertifizierte Papier Lux Cream
liefert Stora Enso, Finnland.

1. Auflage
Deutsche Erstveröffentlichung Juli 2012

Umschlaggestaltung: semper smile, München
Umschlagmotiv: plainpicture/Millenium
Satz: IBV Satz- und Datentechnik GmbH, Berlin
Druck und Einband: CPI – Clausen & Bosse, Leck
UB · Herstellung: BB
Printed in Germany
ISBN 978-3-442-74117-5

www.btb-verlag.de

Für Tony und unsere fünf wunderbaren Kinder –
Zoe, Dane, Mali, Jada und Kassi

Prolog

In den kommenden Tagen wird sich Cress fast wortwörtlich an die Radiomeldung erinnern, und eine traumartige Erinnerung an diese Nachricht wird sie ihr Leben lang begleiten. Für immer wird sie die harten, nackten Worte in sich widerhallen hören und sie zugleich vor sich sehen, als wären es Körper, die in einer Erdkuhle zusammengeworfen wurden und sie anstarren.

Inzwischen befragt die Polizei die Anwohner der Archer Street, nachdem dort heute am frühen Morgen in einem Vorgarten ein Neugeborenes entdeckt wurde.

Nach der Suche und den Befragungen, nach den Geständnissen und Zeitungsberichten wird Cress' Erinnerung bildhafter werden. Immer noch wird sie die Worte des Radiosprechers in sich hören, doch darüber wird sich ein Bild legen. Sie wird die Ereignisse wie die Szenen eines Traums in seltsamen Verknüpfungen vor sich sehen – die fleckig bläuliche Säuglingshaut, ein zurückschreckendes Mädchen –, während sie versuchen wird, darin einen Sinn zu erkennen, das Ganze chronologisch zu ordnen, es in eine Erzählung zu gliedern. Für sie wird es die einzige Möglichkeit sein zu begreifen, was tatsächlich geschehen ist.

Auch Kieran wird sich erinnern. Er wird sich daran erinnern, wie er neben dem Tisch in der Küche stand, die Schachtel mit Cornflakes über eine Schale hielt und sich plötzlich ertappt fühlte – als hätte der Sprecher der Sieben-Uhr-Nachrichten gerade der Welt berichtet, welche Unterhose Kieran heute trug.

Er wird von dem unangenehmen Gefühl begleitet werden, dass es alle wissen.

Im Rückblick wird er sich stets dastehen sehen, die Cornflakes in die Schale schüttend, die fallenden Flocken beobachtend. Jede Getreideflocke wird ihm auch dann noch wie ein unwiderlegbarer Beweis vorkommen, wie ein strafendes Wort, ein anklagender Blick. Während er aß, war die Gewissheit in seinem Bauch gewachsen. Immer wird er ahnen, dass das mit Abby irgendwie auch seine Schuld war.

Auch für Laura wird es ein Bild geben, das sich ihr für immer einprägt. Endlich gab es Antworten und nicht mehr nur Fragen, als sie an jenem Morgen die Tür zum Schuppen öffnete und dort ein Mädchen entdeckte. Das Mädchen trug ein langes cremefarbenes Kleid, das voller Blutflecken war – ein Racheengel in einem verschmierten Malerkittel, den Blick kindhaft offen.

SONNTAG, zwei Wochen zuvor

Umbrien

Der Baum war alt. Sehr alt. Seine Rinde war schwarz gefleckt, trocken und von Flechten befallen wie von Grind. Der Stamm hatte tiefe Furchen – wie auch die ungeteerte Straße dahinter und das Gesicht des Bauern, der sie hierhergeführt hatte, vorbei an den Kirschbäumen und dem frisch bepflanzten Kartoffelfeld. Unter ihnen lag Valdescura, das Tal der Dunkelheit. Alvaro nickte, als er den Namen übersetzte. *Der Bäume wegen*, sagte er.

Der Fiorentina-Birnbaum stand zwischen mannshohem Unkraut und dornigen Kletterpflanzen, so dass sie sich erst einen Weg zu ihm bahnen mussten. Es war ein warmer Spätherbstnachmittag. Laura sah, wie sich unter Alvaros Achseln dunkle Schweißflecken bildeten, während er sich langsam bis zu dem Baum vorarbeitete. Ihre eigene Haut kribbelte, was allerdings nicht nur an der Hitze lag. Die Fiorentina kam ihr vor wie eine ehrwürdige alte Verwandte. In ihrer Gegenwart fühlte sich Laura demütig und dankbar, gleichzeitig empfand sie ein wenig Angst: Der Baum lebte. Vermochte er also Schmerz zu empfinden? Je näher sie ihm kamen, desto stärker hatte sie das Gefühl, als wäre er ein Mensch und würde sie dafür hassen, dass sie da waren. Seine Glieder schienen sich vorwurfsvoll zu versteifen. Sobald Laura ihm nahe genug war, legte sie eine Hand auf den rauen Stamm. Alvaro grinste sie an. *Und? Hat er einen Puls?*, fragte er.

Sie warf dem Bauern einen fragenden Blick zu. Ausdruckslos wie der Baum stand er neben ihr, zuckte mit den Achseln und verschränkte die Arme. *Quanti anni?*, fragte er schließlich. Wie alt?

Laura trat näher an den Baum heran und schmiegte ihre Wange an den Stamm. Es war keine bloße Geste. Eines Tages, da war sie sich sicher, würden diese uralten Bäume sprechen. Sie würden von den vergangenen Zeiten, den Menschen, der Sonne und den Jahreszeiten, von Familien und Gärten erzählen. Von den Dingen, die sie gesehen und erlitten hatten, von den Triumphen und Fehlern der Menschen. Laura lächelte den Bauern an und zuckte ebenfalls mit den Schultern. *Er erzählt nicht*, sagte sie in ihrem gebrochenen Italienisch. *Vielleicht neunzig? Oder hundertzehn?*

Sie bückte sich, um die Werkzeuge aus ihrem Rucksack zu holen. Die beiden Männer ließen sie allein, was ihr nicht unrecht war. Für sie stellte die Pflanzenveredelung einen intimen Austausch mit den Bäumen dar – es war weniger ein chirurgischer als vielmehr ein psychischer Eingriff. So etwas war nicht für Zuschauer bestimmt. Sie sprach leise mit dem Birnbaum, während sie ihn umrundete und alles vorbereitete. Manchmal schien eine Art alte Traurigkeit in der Luft zu liegen, wenn sie die Pflanze berührte, mit ihr sprach und die Schösslinge abschnitt. Es war etwas Lebendiges, etwas seltsam Stoisches. Dann musste sie gegen die Tränen ankämpfen, die in ihr aufstiegen. Oder sie ließ ihnen – so wie heute – freien Lauf.

Vom Tal kam eine kühle Brise herauf. Sie ließ Tausende Blätter rascheln und rauschen, so dass Laura nicht hörte, wie Alvaro mit seinen schweren Stiefeln wieder zu ihr trat. Als sie seine Hand auf ihrem Arm spürte, zuckte sie zusammen. Stirnrunzelnd blickte sie auf. Sie bevorzugte es, allein zu arbeiten. Da er seit zehn Jahren ihr Mitarbeiter war, wusste er das. Erst als sie ihn ansah, bemerkte sie die Unsicherheit in seiner Miene. Er streckte ihr das Handy entgegen. *Es ist für dich – Kate*, erklärte er mit hochgezogenen Augenbrauen.

Später wird sie sich immer wieder an diesen Moment erinnern. Ohne es zu wollen, wird diese Szene vor ihr ablaufen, als ob eine Wiederholung und Neuerfindung ihren Verstand, ihr Herz oder ihre Augen dazu zwingen könnten, das Ganze zu begreifen. Sie wird den Birnbaum vor sich sehen, seine stoische Rinde, seine Blätter. Dann wird sie die Stimme ihrer Tochter hören. Sie klingt zu erwachsen, wird sie denken. Zu ruhig und endgültig. Wie der Tod.

Doch an jenem warmen Nachmittag – unverhältnismäßig warm selbst für Umbrien – nahm sie nur Kates Worte wahr und die Durchsichtigkeit eines meergrünen Blatts, das der Wind durch die Luft blies, das sich drehte und herumwirbelte und schließlich zu Boden segelte. Grün wie eine Welle, dachte sie, während sie das Handy zusammenklappte und es in ihre Hemdtasche gleiten ließ. Sie blickte auf die vertikale Linie, die sie in das Fleisch des Baums geschnitten hatte, und spürte den harten Messergriff in ihrer Hand. Langsam lockerte sie ihre Finger und starrte einen Moment lang auf die Klinge.

Dann beugte sie sich zögernd wieder über den Stamm, um weiterzumachen. Dieser Teil der Prozedur war wesentlich, man musste sehr genau arbeiten. Sie kniff die Augen zusammen und machte ruhig weiter, während sie dem Baum leise zumurmelte: *Es ist alles in Ordnung, es ist alles in Ordnung.*

Als sie fertig war, tauchte Alvaro erneut hinter ihr auf. Er sah ihr zu, wie sie das wertvolle Stück Baumfleisch für die Rückreise vorbereitete, dann sammelte er ihre Werkzeuge zusammen, um sie abzuwischen und zu trocknen. Der Bauer war verschwunden, und die Sonne ging allmählich unter. Laura bemerkte das Glitzern der Welt um sie herum. Sie sah das weiche Abendlicht auf den Blättern und Gräsern, auf den feinen

Härchen ihrer Arme. Nachdenklich hob sie ihren Rucksack hoch und legte dann ein letztes Mal die Hand auf den Baum.

Um sie herum herrschte Stille. Man konnte nur einen Vogel zwitschern und ein leises Konzert aus Wind und Insekten hören. In dieser Ruhe kehrten Kates Stimme und die Worte, die sie gesagt hatte, zu Laura zurück. *Schlaganfall. Anwalt.* Sie klangen nach Zusammenbruch, nach dem Einsturz eines hohen Bretterstapels.

Alvaro und Laura drehten dem Birnbaum den Rücken zu und kehrten auf den schmalen Pfad zurück, der durch die Reihen der jungen Kartoffelpflanzen führte. Laura blickte auf die zierlichen Schatten der Kirschbäume und die Steinmauern des Bauernhauses vor ihnen. Neben ihr lief Alvaro mit gesenktem Kopf, ohne etwas zu sagen. Als sie am Ende des Felds angelangt waren, wandte sie sich ihm zu. *Meine Mutter ist gestorben*, sagte sie.

Es gab jetzt Tausende Dinge zu tun, aber eines durfte nicht warten. In der Baumschule entluden sie den Transporter und trugen den Steckling im schwächer werdenden Tageslicht zu den Reihen von Birn- und Mandelbäumen. Dort nahmen sie gemeinsam die Pfropfung vor. Laura kniete sich auf den Boden und arbeitete konzentriert. Diese Minuten waren ausschlaggebend, das spürte sie in den Nerven ihrer Arme, ihrer Hände und Fingerspitzen. Leise murmelte sie vor sich hin: *Schöne Fiorentina.* Vielleicht wollte sie so die Irritation abschütteln, die sie nicht verstand. Es war eine Empfindung, die nichts mit dem Baum zu tun hatte.

Entnervt schnitt sie eine Grimasse, während sie die weiße Binde festhielt. Alvaro hatte sich abgewandt, um die anderen Pflanzen um sie herum zu kontrollieren. Doch sie wusste, dass er insgeheim ihre Miene und die Bewegungen ihrer Hände beobachtete. Als sie fertig war, lehnte sie sich zurück und betrachtete ihr Werk. Alvaro beugte sich über das Laub eines gesunden Mandelbaums und musterte es eindringlich. *Fahr dorthin*, sagte er, ohne sich zu ihr umzudrehen. *Fahr zu ihr. Ich komme hier allein zurecht.*

Montag

Nördliches New South Wales, Australien

Den scharf-frischen Geruch eben bewässerter Tomatenpflanzen – das war es, was Cress jeden Abend mit ins Haus hineintrug, wenn sie im Garten fertig und es an der Zeit war zu kochen. Sauer und pfeffrig, ein Geruch nach Tüchtigkeit und Effizienz. Genau, dachte sie, schlüpfte an der Hintertür aus ihren Gartenschuhen und wischte sich die feuchten Hände ab. Sie nickte vor sich hin, während sie in die Küche ging und eine Schürze von einem Haken an der Speisekammertür nahm. Dann öffnete sie den Kühlschrank und holte Karotten, Pilze und Erbsen heraus. Schließlich nahm sie ihr Lieblingsmesser zur Hand.

Der tüchtige Duft von Tomaten. Die Formulierung gefiel ihr. Sie musste sie Kieran sagen. Allerdings hatte das bis später zu warten. Momentan lief das ›Millenniumsquiz‹ im Fernsehen. Er war jetzt viel zu sehr mit seinen eigenen Wörtern beschäftigt.

Sie wusch das Gemüse und lauschte den Geräuschen des Fernsehers, der im Zimmer nebenan lief. Ohne einen Blick hineinwerfen zu müssen, wusste sie, dass ihr Enkelsohn dort regungslos mit gekreuzten Beinen vor dem Bildschirm auf dem Boden saß, in seinem Schoß wie gewöhnlich Notizbuch und Stift, neben sich ein Wörterbuch. Er nahm dann nichts um sich herum wahr, bis das Quiz vorbei war. Weder bemerkte er das langsame Untergehen der Sonne noch das durchdringende Singen der Zikaden oder das erste Zischen der Zwiebeln und des Fleischs in der Pfanne.

Cress stand mit einem Kochlöffel in der Hand vor dem Herd

und rieb sich gedankenverloren über die Stelle am Rücken, wo sie die Schürze zusammengebunden hatte. Wieder einmal stellte sie fest, dass die Zwiebeln an die Farbe frischer Butter erinnerten – blass und cremig. Sie schob sie in der Pfanne hin und her und folgte dabei in Gedanken einer vagen Erinnerung an ihre Mädchentage. Es hatte etwas mit Milch zu tun … Mit der Haut auf Vanillesoße. Mit dem Handrücken ihrer Mutter …

In diesem Moment klingelte das Telefon, das hinter ihr an der Wand befestigt war, riss sie mit seinem schrillen Ton aus ihren Gedanken. Für einen Moment presste sich Cress vor Schreck die Hand auf die Brust. Dann nahm sie vorsichtshalber die Pfanne vom Feuer und wischte sich hastig die Hände an der Schürze ab.

Eigentlich erwartete sie, die Stimme ihrer Tochter zu hören, und bereitete sich darauf vor, ebenfalls warm zu klingen. Doch es war Iris, nicht Shelley. Iris Ferguson aus dem Laden. Vor Aufregung klang sie ganz atemlos. Cress hörte ihr eine Weile wortlos zu und starrte dabei auf die geringelte Telefonschnur, die linke Hand hielt sie gegen die Schürze gepresst. Nach einer Minute gelang es ihr, eine knappe Antwort zu geben. Als sie den Hörer schließlich wieder auf die Gabel legte, blieb ihre Hand einen Moment lang auf dem Apparat liegen, als ob es sich um eine menschliche Schulter oder eine warme Stirn handelte.

Zwei Gedanken schossen ihr durch den Kopf. Zuerst dachte sie an Kieran. Sie musste ihm davon erzählen, ihm die traurige Nachricht irgendwie mitteilen. Vorsichtig warf sie einen Blick ins Wohnzimmer, wo er noch immer mit dem Rücken zur Tür saß. Sie starrte auf seinen Nacken und biss sich auf die Unterlippe. Er besaß noch immer den glatten, weichen Nacken eines Kindes, und in diesem Moment brach es ihr fast das Herz. Cress überlegte, wie sie die Neuigkeit am besten formulieren sollte. Sie sprach die Worte lautlos vor sich hin, flüsterte sie seinem Nacken, seinen Haaren zu: *Angela ist tot ... Angela ist verstorben ... Angela weilt nicht mehr unter uns ... Angela ...*

Während sie so dastand, nahm Kieran seinen Stift und schrieb etwas in sein Notizbuch. Ein kurzer Moment der Panik überfiel sie, da sie groteskerweise befürchtete, er könnte ihre Gedanken gehört haben und sie jetzt aufschreiben. Seine Bewegungen waren rasch und präzise. Er senkte den Kopf und hob ihn dann wieder, um auf den Fernsehbildschirm zu blicken. Cress folgte seinen Augen. Er hatte keine der Fragen versäumt. Der onkelhafte Moderator grinste anerkennend. Sie wünschte sich, ebenso überzeugend formulieren zu können wie dieser Mann.

Bei dem zweiten Gedanken brauchte sie länger, bis sie ihn zu greifen vermochte. Sie kehrte an den Herd und zu dem Gemüse zurück, das noch geschnitten werden musste. In ihrem Inneren herrschte lautes Durcheinander. Flügel flatterten in ihr, wie von Vögeln, die nicht entkommen konnten. Die Karotten fielen in runden Scheiben vom Messer, und sie schob sie beiseite, um die Pilze zu zerkleinern. Dann hielt sie inne und starrte in den abendlichen Garten hinaus. Sie sah, wie es draußen dunkler wurde, während sich die Worte in ihr formten und das Flügelflattern immer leiser wurde. Ich konnte ihr nichts mehr sagen, dachte sie. Ich konnte sie nicht mehr fragen.

›Undulieren‹. Ein schönes Wort. Kieran sprach es laut aus, und seine Zunge spielte mit dem Laut wie eine Welle. Das bedeutete es dem Wörterbuch nach auch. ›Wellenartig verlaufen oder hin und her wogen‹. Er grinste und sagte es noch einmal, lauschte dem Meer, wie es sein Echo aufnahm. Das war das Wort, das er gesucht hatte. Das Wort, das sonst niemand in der Quizshow kannte. Dieses Wissen baute ihn auch jetzt noch auf, er wollte daran festhalten. Beinahe löschte es sogar die anderen Worte aus, die Cress ihm gesagt hatte, während er noch immer mit dem Notizbuch und seinem Wörterbuch vor dem Fernseher gesessen hatte.

Tot. Zuerst war dieses Wort an ihm abgeprallt, als wäre es aus weichem Gummi und er selbst aus einem harten, undurchdringlichen Material. Fast hatte er dem Wort zusehen können, wie es von ihm wegsprang und dann langsam über den Teppich im Wohnzimmer rollte. Noch Wochen danach sah er das braun gefleckte Muster des Teppichs vor sich, das sich auf einmal vor ihm ausbreitete und die Worte zeigte, die in den dichten Wollstoff gesickert waren und die er nicht begriffen hatte: *Angela ist tot.*

Er merkte kaum, wie das ›Millenniumsquiz‹ zu Ende ging und die Kandidaten lachten oder wie Cress versuchte, mit ihm zu reden. Er hörte nur den Namen Angela. Und seinen eigenen Namen: *Kieran*. Aber es war sinnlos zuzuhören. Die Worte besaßen keine Bedeutung. Also stand er auf, verließ das Zimmer und ging nach draußen ins Freie. Der Trompetenbaum in der Ecke des Gartens glitzerte in der silbrigen Dämmerung. Alles schien ihn zu beobachten – die Bäume, die müden Vögel, seine Großmutter, während sie so tat, als wäre sie in der Küche beschäftigt. Er wandte sich ab und lief zum hinteren Gartentor und dann den Hügel hinunter Richtung Stadt.

Sofort fühlte er sich besser. Hier konnten ihn die Worte nicht erreichen. Er sah sich um und vermochte sie nirgendwo zu entdecken. Es waren dieselben Straßen wie immer. Die Luft war salzig – wie immer. Keine Spur von einer Katastrophe. Er vergrub die Hände in den Hosentaschen und betrachtete alles mit einem stillen Lächeln. Als er die Strandpromenade erreichte, war er wieder ganz er selbst – oder zumindest derjenige, der er noch vor einer halben Stunde gewesen war. Derjenige, der er gewesen war, ehe das Telefon geklingelt hatte. Er atmete tief ein. *Undulieren*, sagte er leise.

Das Meer rollte mit einem leisen Seufzen den Convent Beach hinauf. Die Wasseroberfläche schimmerte jetzt fast schwarz und war wie immer scheinbar undurchdringlich. Kieran kratzte sich am Kinn. Seine Nägel fuhren über die kurzen Bartstoppeln. Er lauschte. Er liebte das Geräusch des Meeres, seine verschiedenen Laute, auch wenn ihn sein Anblick, die *Vorstellung* des Meeres, manchmal beunruhigte. Heute Abend schien es müde zu klingen.

Er wandte sich in Richtung der Läden und dachte an das Wort ›Gehalt‹. Aus dem ›Millenniumsquiz‹ wusste er, dass es mehr als eine Bedeutung besaß. Es bezeichnete etwas in einem Behältnis, einen Inhalt, aber ebenso einen Lohn und einen ideellen Wert. *Das Wort passt zu* Innerem, hatte er Angela erklärt, als er sie einige Abende zuvor besucht hatte. Sie hatte gerade ein Gemälde fertiggestellt, das größer und wuchtiger als alle anderen zusammen zu sein schien. Es lehnte an der Wand des Schuppens, als ob es sich ausruhen müsste, hatte Kieran gedacht. Am unteren Rand stand der Titel: ›Auf der Suche nach Gehalt # 3‹.

Jetzt überlegte er, was das wohl zu bedeuten hatte. Es musste ein Hinweis sein. Schließlich gab es oft Hinweise, Warnungen vor seltsamen Dingen oder plötzlichen Vorkommnissen – wie Verkehrsschilder an gefährlichen Straßen, die auf herabstürzende Felsbrocken oder scharfe Kurven aufmerksam machten. Er wollte glauben, dass ihr Gespräch an jenem Abend einen solchen Hinweis enthalten hatte. Lautlos formte er mit den Lippen das Wort in der warmen Abendluft: *Gehalt*. Was hatte sie damit gemeint? Er war ihr Vertrauter gewesen, er müsste es wissen. Aber das tat er nicht.

Die Läden in Küstennähe strahlten allesamt schimmernde

Behaglichkeit aus. Er stand auf der gegenüberliegenden Straßenseite und beobachtete die Leute, die vorübergingen und manchmal stehen blieben, um einen Blick in die Schaufenster zu werfen oder mit einem Bekannten zu plaudern. Vor der Imbissbude hing eine Gruppe Jugendlicher in Boardshorts herum.

Kieran musterte sie eine Weile, lauschte ihren mundfaulen Vokalen und stellte auf einmal fest, dass er großen Hunger hatte. Die Luft roch nach Pommes frites, dem Ozean und frittiertem Fisch.

Am höchsten Punkt der Flugreise, die sie ins südliche Australien bringen würde, wachte Laura auf, weil sie plötzlich glaubte, Rosen zu riechen. Die Flugzeugkabine war verdunkelt worden. Sie wusste, dass sie vom Garten ihrer Mutter geträumt hatte, von den Rosa- und Gelbtönen der samtigen Rosen dort. Selbst hier im Halbdunkel konnte sie den Duft noch erahnen – weich und beruhigend. Sie sah an den Passagierreihen entlang und stellte sich eine Flugzeugladung voller Träume vor, die in die künstlich herbeigeführte Nacht hinausgeatmet wurden.

Vorsichtig setzte sie sich auf. Der Duft nach Rosen verschwand und hinterließ einen trockenen leeren Geruch, der von der Luft im Flugzeug herrührte – oder auch von ihrer Furcht vor dem, was auf sie zukam. Am Abend zuvor hatte der Anwalt erklärt: *Testamente sind immer etwas höchst Emotionales. Man kann nicht mehr widersprechen, nicht mehr das letzte Wort haben.* Sein irischer Zungenschlag und die Telefonverbindungen waren klar gewesen; er hätte aus Dublin und nicht aus seiner Kanzlei am Strand an der nördlichen Küste von New South Wales anrufen können. In diesem Moment hatte Laura begriffen: Ihre Mutter war gegangen. Alles war mit ihr fort, sämtliche Verbindungen, die sie jemals zu dem Ort gehabt hatte, an dem sie geboren worden war. Da hatte sie zum ersten Mal diese trockene Leere verspürt.

Sie blickte in die unendliche Dunkelheit hinaus und beobachtete die blinkenden Lichter am Flügel des Flugzeugs. *Man kann nicht mehr widersprechen*. Einen Augenblick lang presste sie die Stirn gegen die kalte Scheibe und betrachtete ihr Gesicht, das sich ihr wie das einer Freundin näherte. Jetzt wünschte sie, Kate doch gebeten zu haben, mitzukommen. *Ich fahre besser allein*, hatte sie erklärt und geglaubt, dass es der Wahrheit entsprach. Sie brauchte den Freiraum, um diese neue Version ihres Selbst besser kennenzulernen. Sie wollte ungestört in diese Leere hinabblicken können. Wollte herausfinden, wohin sie sie führen würde.

Doch der lange, unerbittliche Flug zermürbte sie und raubte ihr den schwachen Willen, den sie kurzfristig aufgebracht hatte. Plötzlich wusste sie nicht mehr, was sie wollte, sondern verlor sich in der Einsamkeit dieses Moments, die zusammen mit den Motoren immer lauter in ihren Ohren dröhnte. Wieder rutschte sie auf ihrem Platz hin und her und setzte die Kopfhörer auf, um das Geräusch zu verdrängen. Sie schaltete den Musikkanal ein, schloss die Augen und nickte zu den Tönen von Puccini ein.

Dienstag

Cress erwachte mit der Sonne und der Last des vergangenen Abends. Der neue Tag wirkte schon alt und verbraucht, ehe er so recht begonnen hatte. Eine Weile lag sie still in ihrem hohen Bett aus Silbereiche, das ihr Mann ihr zur Hochzeit geschenkt hatte und das sie dreißig Jahre lang miteinander geteilt hatten. Kaum ein Tag verstrich, an dem sie sich nicht sagte: Nicht lange genug. Es kam ihr noch immer vor wie ein Ehebett und nicht wie das Bett einer Witwe. Selbst jetzt wachte sie manchmal auf und war überrascht, allein zu sein.

An diesem Morgen jedoch war sie beinahe dankbar dafür, auch wenn sie nicht so recht wusste, warum. Sie warf einen Blick auf die zugezogenen Vorhänge. Ihre flatternde Bewegung und die Sonne dahinter schoben Bilder in ihre Richtung, die der Schlaf verdrängt hatte: Angelas Gesicht als junge Frau, hoffnungsvoll, offen. Kierans Gesicht gestern Abend, ausdruckslos. Ihr eigenes vor dem Zubettgehen im Spiegel, nachdem Kieran schließlich wieder nach Hause gekommen war. Zu ihrer eigenen Überraschung hatte es nicht anders ausgesehen als das Gesicht, das sie am Abend zuvor mit Mandelöl eingerieben hatte, wie sie es immer tat, ehe sie sich schlafen legte. Ihre Falten und Altersflecken hatten sich durch die Nachricht nicht verändert.

Sie hob eine Hand an die Wange und sah dem Vorhang zu, wie er sich einen Zentimeter hob und wieder senkte, dann atmete sie tief ein und ließ die Hand neben sich auf die Matratze sinken. *Ich konnte nicht mehr fragen, wie ihr Leben so lief.* Dieser Gedanke hatte sich ihr stärker eingebrannt als die Nachricht von Iris, tiefer als Kierans quälendes Schweigen. Der Gedanke hatte sie die ganze Nacht über verfolgt und ihre Träume mit einem in düstere Schatten getauchten Kirchenschiff erfüllt, wo ihr ein tonloses Schluchzen brennend im Hals stecken geblieben war. Zu spät. Zu spät.

Ihre Finger zeichneten Kreise auf das Betttuch, immer wieder. Eine weitere Überlegung mischte sich unter die wirren Gedanken, in denen sie rührte wie in einer Suppe: Selbst wenn ihr Mann jetzt neben ihr liegen würde, wäre sie nicht in der Lage, ihm von ihren Gefühlen zu erzählen.

Einige Minuten später stand sie in der Küche. Sie beschloss, ihre alltäglichen Pflichten nicht aus den Augen zu verlieren: Tee, Toast und ein Käse-Pickle-Sandwich für Kieran. Sie schnitt das Sandwich in vier Teile, wickelte sie ein und legte sie an ihre übliche Stelle im Kühlschrank. Dann füllte sie Kierans Wasserflasche und holte die Frühstückssachen für ihn heraus. Einen Moment lang verweilte sie unter der Tür zum Wohnzimmer, trank ihren Tee und lauschte auf etwaige Geräusche, die ihr zeigen würden, dass er ebenfalls aufgestanden war. Manchmal konnte sie an stillen Morgen wie diesem das Rauschen des Meeres hören, das einen Kilometer entfernt hinter dem Hügel lag. Vielleicht war es aber auch das Rollen Dutzender Autoreifen über Asphalt – da war sie sich nie sicher. Jedenfalls gab es noch keine Anzeichen dafür, dass ihr Enkelsohn wach war.

Als sie das Haus verließ, zog sie leise die Tür hinter sich ins Schloss und holte die Autoschlüssel aus der Handtasche. Einen Moment lang betrachtete sie ihn gedankenverloren, dann steckte sie den Schlüsselbund wieder ein, nahm ihren Gartenhut, der auf einem Haken neben der Tür hing, setzte ihn auf und machte sich entschlossen zu Fuß auf den Weg in die Stadt.

Laura spürte das Licht, ehe sie es sah, ebenso wie sie die Stimmen wahrnahm, ehe sie sie hörte. Ihr Körper tauchte aus dem unruhigen Schlaf auf und nahm sofort alles um sie herum wahr. Langsam öffnete sie die Augen und blickte in das kränklich gelbe Licht der Flugzeugkabine. War es so, wenn man einen Schlaganfall erlitt? Dieses Gefühl, als ob die Sinne seitlich wegrutschten, als ob die Augen auf einmal hören und die Ohren sehen könnten? Sie setzte den Kopfhörer ab und schaute sich um, während sie versuchte, die Schwere aus ihren Gliedern zu schütteln. Im Flugzeug roch es schal nach den Seufzern und dem Gähnen der erschöpften Passagiere. Einige schlurften farblos den Gang auf und ab, zogen sich ein Kleidungsstück über. *Sehen Sie*, sagte der Mann neben ihr und wies mit dem Kopf zum Fenster. Ein leichter Stoppelbart überschattete sein Kinn.

Laura wandte sich zum Fenster. In der Dunkelheit unter ihnen zeigte sich erst eine Kette und dann eine Ansammlung von Lichtern. *Australien*, hörte sie den Mann sagen. Sie starrte hinaus und versuchte zu empfinden, was er zu empfinden schien, was hörbar in seiner Stimme mitschwang. Freude.

Cress traf zu ihrer Schicht im Secondhandladen von St. Barnabas lieber früher als nötig ein. Sie lief gern eine Weile allein zwischen den Regalen hin und her und nahm die verschiedenen Gerüche auf – die unbewegte Luft, den Duft alter Dinge. Zedernholz und Silbereiche, modrige Stoffe und Bücher. Manchmal gab es auch noch etwas anderes. Manchmal, wenn sie eine feine Porzellantasse von ihrer Untertasse hob oder mit dem Finger die Form einer Haarbürste nachfuhr, die zum ersten Mal benutzt worden war, ehe sie selbst das Licht der Welt erblickt hatte, glaubte sie, den zarten Duft von Haut, Haaren oder Fingerspitzen wahrnehmen zu können, die achtzig, neunzig oder hundert Jahre zuvor ihre Spuren auf den Gegenständen hinterlassen hatten. Sie hatte sich schon dabei ertappt, wie sie eine Tasse an die Lippen oder eine Bürste zu ihren eigenen Haaren geführt hatte, als könnte diese Geste die vergangene Zeit aufheben.

An diesem Morgen gönnte sie es sich, ein paar Minuten regungslos vor den vorgestellten Regalen zu verweilen. Die Sonne strahlte bereits rosé und aprikosenfarben durch die Buntglasscheiben am oberen Rand des Schaufensters und der Tür und tauchte alles in weiches, warmes Licht. Plötzlich fiel Cress ein Wort ein: Segnung.

Der Herr segne dich und behüte dich. Der Herr lasse sein Angesicht über dir leuchten und schenke dir Frieden. In den vielen Jahren, die sie den Gottesdienst und die Sonntagsschule besucht hatte, waren ihr diese beiden wunderbaren Sätze eingeprägt worden. Die unglaubliche Güte, die in ihnen anklang, und der Rhythmus der Worte besaßen für sie etwas Magisches. Cress lief die erste Reihe Regale entlang und strich dabei mit ihrem Wischtuch über das Holz, das Porzellan und die Gläser, um sie vom Staub zu befreien.

Als sie das Ende der ersten Reihe erreicht hatte, tauchte von hinten Iris Ferguson mit einem Schlüsselbund auf. Sie sperrte die geschwungene Eingangstür des Ladens auf. Helles Licht fiel auf die Dielen. Cress lauschte. Mit einer leichten Brise wurden fernes Gelächter und das Reiben von Reifen auf Asphalt ins Geschäft hereingetragen. Auch das Rauschen des Meeres. Sie hörte eine Weile zu, als ob sie ganz sicher sein wollte – so wie sie auch manchmal nachts in ihrem dunklen Haus stand und Kierans Atem lauschte.

Iris' Stimme kam ihr beinahe fremd vor, als sie schließlich an ihr Ohr drang. *Vor Montag findet die Beerdigung auf keinen Fall statt*, trillerte sie ihr über die Schulter hinweg zu. Iris schaltete am dunklen Ende des Ladens das Licht ein und drehte am Knopf des Ventilators, der an der Decke hing. Cress musterte die Frau, ihre runden Schultern, die kleinen Dauerwellen. Sie war in Versuchung zu fragen: *Wessen Beerdigung?* Aber Iris kam ihr zuvor. *Die Tochter*, fuhr sie fort und nickte bedeutsam, während sie die Ärmel ihrer Bluse hochschob. *Laura heißt sie doch, oder? War sie nicht sogar auf derselben Schule wie euer Mädchen? Sie lebt jetzt jedenfalls irgendwo in Europa, habe ich gehört.*

Cress holte einen sauberen Putzlappen. Wieder nahm sie wie am Abend zuvor das Flattern von Flügeln in ihrem Inneren wahr. Energisch fuhr sie mit dem Lappen über ein Regal mit Wasserkochern und Toastern, als ob die Geräte gezähmt werden müssten. Da sie wusste, dass sie jetzt nicht in der Lage war, etwas zu sagen, ging sie langsam am Regal auf und ab und lauschte nur mit halbem Ohr dem, was Iris erzählte. *Nur wenige Freunde*, hörte Cress sie sagen, während sie sich der Theke widmete. *Ein einsamer Tod.* Nach einer Minute versuchte sie die Worte auszublenden, stellte aber fest, dass Iris' Stimme überraschenderweise durch ihre eigene ersetzt worden war. *Ich habe getan, was ich für richtig gehalten habe*, sagte sie zu sich selbst, als ob Iris sie gefragt hätte. Als ob sie sich selbst diese Frage gestellt hätte.

Sie schloss die Augen und bemühte sich, die Geräusche um sie herum zu verdrängen und sich stattdessen das Meer vorzustellen. Wie sich die Wellen aufbauten, in sich zusammenstürzten, aufbauten, innehielten, wieder zusammenstürzten. Dann nahm sie ihren Lappen und das Staubtuch und widmete sich dem nächsten Regal.

Alles hatte so ausgesehen, wie es sollte: Sein Sandwich hatte sich auf der dritten Ablage im Kühlschrank befunden, seine

Schale für die Cornflakes und der Löffel waren auf dem Küchentisch gewesen. Gut. Es sollte also ein Tag wie jeder andere sein.

Kieran war etwas länger liegen geblieben als gewöhnlich, hatte es aber doch geschafft, eine Schüssel mit Cornflakes und ein halbes Stück Toast mit Butter und Honig zu essen, ehe er sogar einen früheren Bus als üblich erwischte. Er ertrug das fröhliche Rufen und Gelächter um ihn herum mit einem geduldigen Nicken und steuerte manchmal ein oder zwei Worte zu den Unterhaltungen bei. Seine Arbeitskollegen waren im Bus immer laut. Heute war er zur Abwechselung geradezu erleichtert, dass sich auch diese Tatsache nicht geändert hatte. Auf dem Weg durch die Stadt und die Straße hinauf zur Fabrik gelang es ihm, nicht an den Abend zuvor zu denken, sondern das gute Gefühl zu bewahren, mit dem er aufgewacht war. Er musste sich allerdings stark konzentrieren.

Kieran war stolz auf seine Fähigkeit, sich konzentrieren und dabei das Leben um sich herum scharf beobachten zu können. Er prüfte diese Fähigkeit immer wieder, um seine Sinne weiter zu schärfen. So bemerkte er zum Beispiel, dass der Metzger O'Reilly am Freitag andere Schuhe trug als an den sonstigen Wochentagen. Oder dass die Küchenhilfe des Geflügelrestaurants stets fünf Minuten vor der vollen Stunde aus der Küche heraustrat, um eine selbstgedrehte Zigarette zu rauchen – nur nicht um achtzehn Uhr. Außerdem wusste er, dass seine Großmutter in manchen Läden gern Sachen mitgehen ließ – eine weitere interessante Tatsache in seiner großen Sammlung interessanter Tatsachen.

Als er sie das erste Mal dabei beobachtet hatte – oder vielmehr plötzlich begriff, was er da eigentlich sah –, überlagerte der Schreck erst einmal alle anderen Empfindungen. Als er nachließ, blieb ein seltsam vages Gefühl der Verwirrung zurück, das ihn irritierte – wie ein Steinchen im Schuh. Es war diese Verwirrung, die ihm nicht behagte, weniger das Stehlen an sich. Es zeigte ihm eine Kluft. Fehlendes Wissen.

Wenn ihn jemand nach Cress und seiner Beziehung zu ihr gefragt hätte, wäre es ihm schwergefallen, sie zu beschreiben, zu schildern, wie sein Leben mit ihr aussah. Ähnlich schwergefallen wäre es ihm, sich selbst zu beschreiben. Sie war ihm so vertraut, dass er erst mehrere Schritte zurücktreten musste, um sie mit anderen Augen sehen zu können. Um eine solche Frage zu beantworten, hätte er vermutlich das Foto geholt, das an seiner Zimmerwand hing. Es zeigte Kieran als pausbäckiges Baby auf dem Schoß von Cress. Beide blickten lachend zu etwas oder jemandem auf, der sich außerhalb des Bildes befand. An der Aufnahme war nichts Gestelltes. Sie lachten beide aus vollem Halse, ihre Münder waren breit verzogen, und ihre Augen funkelten belustigt. Kieran hatte in die Hände geklatscht und schien den Moment ganz festhalten zu wollen.

Es war nicht unbedingt das Lachen selbst, das Kieran am meisten an dem Bild schätzte. Es war vielmehr die Gleichzeitigkeit, mit der sie beide zu lachen begonnen hatten. Diese Gleichzeitigkeit stellte für ihn den Beweis dar, dass er und Cress miteinander verbunden und aus demselben Holz geschnitzt waren. Es war sich sicher, dass ihm bei der Geburt ein Teil von ihr eingepflanzt worden war – ebenso wie Cress ein Teil von ihm.

Sie war dabei gewesen, als er geboren wurde. Er wusste, dass sie ihn als Erste berührt, ihn als Erste in die Arme genommen hatte, als er aus seiner Mutter geglitten war. Die Geschichte seiner Geburt – wie die beiden Frauen stundenlang bei ihm gesessen hatten, bis ein Arzt gekommen war (*Wie bei einem Schatz*, hatte ihm Cress erzählt. *Wir wollten dich mit niemandem anderen teilen.*) – bewahrte er wie einen geheimen Glücksbringer in sich auf, wie ein strahlendes Medaillon in seinem Inneren. Er hatte sich die Szene schon so oft vorgestellt, dass er manchmal das Gefühl hatte, sie gehörte zu seinen eigenen Erinnerungen. Er glaubte, seine Mutter und Cress vor sich sehen zu können, wie die beiden die Köpfe über dem kleinen Bündel Mensch zusammensteckten und flüsternd miteinander sprachen.

Seit seiner Kindheit hatte er so viel Zeit mit Cress verbracht, dass zwischen ihnen das Wort ›Großmutter‹ seine ursprüngliche Bedeutung verloren hatte. Er nannte sie auch fast nie so. Wie seine Mutter und die meisten anderen Leute auch, die sie kannten, nannte er sie Cress. Oder Cressida, wenn er sich besonders glücklich fühlte und die Silben wie Blätter aus seinem Mund zwischen die Kräuter im Garten segelten oder im überfüllten Laden von St. Barnabas widerhallten. Während der dreißig Jahre und vor allem in den letzten zehn Jahren, die er hier ständig gewohnt hatte, waren *Cressida* und *Großmutter* in seinem Inneren zu einem Ganzen verschmolzen und gleichzeitig zu mehr als zur Summe ihrer Einzelteile geworden. Für Kieran war Cress so selbstverständlich wie seine eigenen Hände und Füße – alltäglich, oft kaum beachtet und doch unschätzbar wertvoll.

Als er sie das erste Mal dabei beobachtet hatte, wie sie etwas mitgehen ließ, hatte es in seinen Händen gekribbelt. Mitgehen ließ, entfernte … stahl, wie er später insgeheim zugeben musste. Doch dieses Wort war ihm nicht gleich über die Lippen gekommen. Zuerst hatte er Cress nur durch das Ladenfenster von St. Barnabas zugesehen, wie sie – einem schlechten Zauberer nicht unähnlich – einen kleinen Gegenstand, einen Silberlöffel, in den Ärmel ihrer Strickjacke geschoben und auf diese Weise unsichtbar gemacht hatte. Er brauchte mehrere Sekunden, bis sein Gehirn seine Augen eingeholt hatte. Vielleicht kratzte sie sich ja auch am Ellbogen? Vielleicht hatte sie nur die Arme verschränkt, vielleicht war der Löffel nur zwischen ihren Fingern verschwunden, so dass er ihn nicht mehr sehen konnte. Vielleicht …

Nein. Der Löffel befand sich in ihrem Ärmel. Dieses Wissen und das Bild in seinem Kopf – wie sich seine Großmutter nach unten beugte, um etwas abzustauben, und der Löffel in ihrem Ärmel verschwand – spielten sich während der nächsten Stunde immer wieder in seinem Inneren ab. Auch in den kommenden Tagen sah er die Szene wieder und wieder vor sich. Zu Hause versuchte er, das Bild mit dem von Cress in der Küche oder im Garten in Zusammenhang zu bringen. Er ertappte sich dabei, wie er ihren Handbewegungen zusah und die genaue Form ihres Unterarms in Augenschein nahm. Was auch immer ihm an Wissen über sie fehlte – möglicherweise würde sich ihm das Wesentliche ja plötzlich doch noch enthüllen.

Die ersten Stunden des Arbeitstags vergingen damit, Aufkleber auf kleine Plastiktüten zu befestigen. ›Blockmalz‹ stand auf den Schildchen. ›Verpackt von Enterprise Packaging‹. Zwischendurch blickte Kieran immer wieder auf und musterte die Gesichter seiner Arbeitskollegen, die sich auf ihre jeweilige Aufgabe konzentrierten. Anheben, platzieren, festdrücken. Das Befestigen von Aufklebern gehörte nicht zu den Arbeiten, die er sonderlich mochte, aber es war auch nicht weiter schlimm. Das Schlimmste war eindeutig ›Sechs abzählen‹. Dazu saß man vor einem kleinen Fließband und schob eins – zwei – drei – vier – fünf – sechs Stück Malzbonbons in die bereits beschrifteten Plastiktütchen. Nur wenige wurden für diese Aufgabe ausgewählt, und Kieran gehörte dazu. Aber das Lob, das er für seine Zählfähigkeit bekam, wog nicht die extreme Konzentration auf, der es bedurfte, um stets genau sechs Bonbons in jede Tüte zu stecken und sich nicht ablenken zu lassen. Beim

Aufkleben konnte er zumindest seinen Gedanken nachhängen und an Menschen und Orte denken, die nichts mit *Enterprise Packaging* zu tun hatten.

Während der vergangenen Stunde – anheben, platzieren, festdrücken – hatten seine Gedanken an Abby die Zeit wie im Flug vergehen lassen. Solche Gedanken gaben ihm ein Gefühl … er suchte nach dem richtigen Wort. Ein Gefühl der Zufriedenheit. An Tagen, an denen ihm nichts anderes übrig blieb, als zur Arbeit zu kommen, hatte er sich zuerst schlecht gefühlt, denn er war sich sicher, dass sie im Park sein würde. Ihm war latent übel gewesen, während er sie sich vorstellte, wie sie dahinschwebte, als ob sie vom Wind getragen würde. Wie sie auf der Schaukel saß, durch die Luft segelte und nach ihm Ausschau hielt. Nach einer Weile würde sie ihn vergessen, das wusste er. Sie würde vergessen, dass er jemals da gewesen war, dass es ihn gab, dass sie Freunde waren. Sie würde Kieran vergessen.

Diese Vorstellung machte ihn unruhig und nervös, und die langsam tickende Uhr verstärkte seine Ungeduld noch. Ein oder zwei Mal dachte er daran, einfach von seinem Arbeitsplatz aufzustehen, seine Tasche zu nehmen und zu gehen. Seinen Kollegen würde vermutlich kaum auffallen, dass er weg war. Aber dann dachte er an Cress und die winzige Rente, die er einmal bekommen würde, wenn er nur zehn Tage im Monat bei *Enterprise Packaging* arbeiten würde. Es gab wenige Dinge, die ihn so glücklich machten – oder ihm so sehr das Gefühl gaben, ein Mann zu sein – wie die neuen Geldscheine und Münzen, die er am Zahltag in seinen Geldbeutel legen konnte. Mit Abby zusammen zu sein kam diesem Glück allerdings gefährlich nahe.

Heute sah er zu, wie die Tütchen mit Süßigkeiten gefüllt wurden und auf dem Fließband entlangfuhren. Er beobachtete seine eigenen Hände, die ihre übliche Arbeit verrichteten, ebenso wie die Hände der anderen. Dieser Anblick machte ihm Mut. Nicht einmal ›Sechs abzählen‹ konnte ihm diese Ruhe rauben. Es war ein ähnliches Gefühl, wie er es manchmal empfunden hatte, wenn er bei Angela gewesen war oder erst spät aufwachte und Cress im Garten vor sich hin summen hörte. Zufrieden, dachte er und lächelte, während seine Hände ihre Arbeit verrichteten. Eins, zwei, drei, vier, fünf, sechs. Eins, zwei, drei, vier, fünf, sechs.

Als seine Schicht zu Ende ging, begleitete ihn dieses Gefühl noch immer. Er achtete weder auf den Bus, der ihn gewöhnlich nach Hause brachte, noch auf seine Arbeitskollegen, die an der Bushaltestelle bereits auf ihn warteten. Stattdessen lief er in Richtung der Hügel. Um sechzehn Uhr war die Sonne noch warm. *Enterprise Packaging* lag ziemlich weit von den Wohnhäusern und der Stadt entfernt, so dass seine Wasserflasche leer war, als er bei Angelas Haus eintraf. Er dachte an eine Tasse Tee. Während er den Weg entlanglief, stellte er sich einen angenehm milchigen Tee vor. Manchmal trank er ihn auch schwarz mit Zucker, wie das Angela getan hatte. Sie hatten beide die Becher in den Händen gehalten, auf den Tee geblasen, um ihn abzukühlen, und kleine Schlucke getrunken. Zwischendurch gaben sie wohlige Seufzer von sich. Doch jetzt schwitzte er von dem langen Fußmarsch und war ziemlich durstig. Ein milchiger Tee wäre jetzt angenehm. Nur nicht zu heiß.

Seine Zunge stellte sich bereits die süßliche Wärme im Mund vor, während er durch den Rosengarten lief und auf den Schuppen zusteuerte. Wie gewöhnlich lag das Haus still da. Alles sah genauso aus wie immer. Er machte die Schuppentür auf. Die Regale voller Papiere und Farben, die Staffeleien, die Planen und Zeitungsstapel, die Tassen und die Wasserkaraffe, die Dosen mit Tee und Zucker. Wie sonst auch roch es nach Ölfarben und scharfem Terpentin – nach dem üppigen vollen Geruch, den er inzwischen mit dem Wort Kunst assoziierte. Kieran blieb unter der offenen Tür stehen. Er hatte die Klinke noch in der Hand und versuchte, nicht ins Wanken zu kommen. Dann atmete er tief ein, um so viel Luft wie möglich in seinen Lungen zu sammeln.

Erst als er ein paar Schritte in den Schuppen hineingegangen war und mitten in dem großen stillen Raum stand, hörte er ein Geräusch. Rasch drehte er sich um, konnte jedoch nichts Ungewöhnliches entdecken. Keine Bewegung. Nichts.

Eine Zeit lang stand er auf dem mit Farbe verschmierten Betonboden und lauschte. Als er noch immer nichts hörte und dann begriff, dass das Geräusch aus seinem Inneren gekommen war – dass es ein Geräusch der Abwesenheit gewesen sein musste –, öffnete er den Mund und sprach ihren Namen aus: *Angela*. Die Oberflächen und die leere Luft im Schuppen nahmen den Namen nur zögerlich auf: *Angela*.

Angela war fort.

Laura bahnte sich einen Weg durch mehrere Menschengruppen und die flirrende Luft. Sie dachte: Es ist alles wie eine Fata Morgana. Vor dem Flughafen von Brisbane hatte ihr die Hitze für einen Moment fast den Atem geraubt. Sofort war ihr der Schweiß ausgebrochen. Ein feiner Dunst ließ die Ränder der Dinge verschwimmen. Selbst die Geräusche wirkten anders als in Europa. Hinter ihr lachte ein kleines Kind, und neben ihr stand eine Frau, deren Gesicht zu schmelzen schien. Ihr Teint verschwand unter dem Taschentuch, mit dem sie sich Augen und Nase abtupfte.

Trotzdem hätte Laura zuerst am liebsten den Mietwagen stehen gelassen und wäre zu Fuß gelaufen. Irgendwohin. Sie brauchte das beruhigende Gefühl fester Erde und eines Bürgersteigs unter ihren Füßen, um wieder besser atmen zu können. Sie wollte ihren Körper vor der Gnadenlosigkeit, der Geschwindigkeit und der schlechten Luft der Flugzeuge und Autos retten, wollte der Enge entkommen. Aber der Bürgersteig unter ihren Füßen fühlte sich klebrig an, und eine altvertraute Abgeschlagenheit bemächtigte sich ihrer, während sie vom Terminal zum Parkplatz ging. Also beschloss sie, sich doch hinter das Lenkrad des Wagens zu setzen, um die Sicherheit des Schaltknüppels in ihrer Hand zu spüren. Sie verstaute ihr Gepäck im Kofferraum, öffnete alle Fenster und verließ dann entschlossen den Parkplatz, um den Wagen Richtung Süden zu lenken.

Auf beiden Seiten zogen die Vororte der Stadt in der mittäglichen Hitze vorbei. Die Häuser glühten in der Sonne, Palmwedel und zierliche Eukalyptusbäume bewegten sich langsam hin und her. Vorgärten und senffarbene Rasenflächen, gebacken im gnadenlosen Licht Australiens. *Australien*, hatte Alvaros Schwiegermutter einmal zu ihr gesagt, *herrliches Wetter, schöne Häuser*. Sie hatte eine Hand gehoben und ihre Zeige- und Mittelfinger und Daumen aneinandergerieben. *Groß, billig*. Mit anderen Worten: Warum bist du hier und nicht dort? Das alte Gesicht unter dem schwarzen Kopftuch hatte sie fragend angesehen, und Laura hatte nur mit den Achseln gezuckt und etwas über Bäume gemurmelt.

Während sie jetzt das Auto durch die Vororte lenkte, wünschte sie sich, sie könnte der alten Frau die besiegte Landschaft zeigen und sagen: *Sehen Sie*? Aber vielleicht würde die alte Italienerin trotzdem nicht verstehen, was sie meinte. Die endlosen weißen, monotonen Vororte und die dahinterliegende Leere. Trotz dieser Leere, dachte sie, während die Autobahn an einem Ort mit denselben Geschäften wie im Ort zuvor vorbeiführte – trotz dieser gewaltigen Leere gibt es nicht für alle Platz.

Sie fuhr so lange, bis der Ozean vor ihr auftauchte, ein Flecken Königsblau zwischen den Dachziegeln der südlichen Gold Coast. Sogleich merkte sie, wie sie innerlich weicher wurde, wie sich die Muskeln in ihrem Gesicht etwas lockerten. Der Pazifik. Die große, unendliche Bläue, die nicht dieselbe Farbe hatte wie der Ärmelkanal oder die Irische See und auch nicht dasselbe Temperament wie die Nordsee oder das Mittelmeer. Während sie die Küstenstraße entlangfuhr und die Grenze zu Queensland überquerte, wurde ihr auf einmal bewusst, dass sie alle anderen Meere und Ozeane stets mit diesem verglichen hatte und die Farbe Blau für sie immer eine Spielart des pazifischen Blaus gewesen war.

Südlich der Grenze hielt sie an einem leeren Strand in der Nähe von Kingscliff an und stürzte sich in die Wellen. Sofort erfüllte sie ein altvertrautes Wohlbehagen. Sie merkte, wie ihr Körper die Kontrolle übernahm und ihren Kopf zum Schweigen brachte. Er nahm den Rhythmus des Meeres, seine Gezeiten, seine Strömungen in sich auf. Sie ließ sich von den Wellen tragen, schwamm und kraulte mit großer Heftigkeit, bis ihr Körper ganz im Wasser aufging und sich aus ihm heraus erneuerte. Als sie schließlich wieder auftauchte und zu ihren Kleidern zurücklief, hatte sie das Gefühl, eine neue Haut zu haben. Sie setzte sich in den Sand und beobachtete, wie die Wellen den Strand hinaufliefen und sich dann wieder zurückzogen. Schließlich holte Laura ihr Handy aus dem Rucksack und wählte die Nummer des Anwalts. Als Fergus abhob, sagte sie: *Können wir es gleich erledigen? Ich könnte in einer Stunde bei Ihnen sein.*

Cress war schweren Herzens und in der Hitze der Nachmittagssonne nach Hause gegangen. Sie hatte den Hügel, auf dem sie wohnte, mit kleinen, langsamen Schritten erklommen, wobei es ihr vorgekommen war, als ob sie ihn nicht ersteigen, sondern vielmehr mit sich tragen würde. Sie hatte versucht, sich mit Worten abzulenken, und war zu dem Schluss gekommen, dass man den Hügel eher als *schwer* und weniger als steil bezeichnen sollte. Diese Idee hatte sie etwas aufgemuntert, wie das präzise Wortwahl oft tat, und hatte sie die letzte Etappe bis zum Gipfel und durch ihr hinteres Gartentor fast getragen.

Im Haus jedoch hatte sie erschöpft ihre Tasche fallen lassen und den Wasserkocher gefüllt. Selbst nachdem sie den Beschluss gefasst hatte, was sie in der kommenden Stunde tun wollte, spürte sie weiterhin diese Schwere im Körper. Sie ging in ihr Schlafzimmer, wohl wissend, dass es in solchen Momenten am sinnvollsten war, ihr nachzugeben.

Es gab Tage, an denen sie sich gestattete, mit ängstlicher Freude ihre besonderen Besitztümer durchzusehen. Allerdings geschah es nur an Tagen, an denen sie sich sicher war, dass sie Zeit dazu hatte; wenn Kieran bei der Arbeit oder bei einem Freund war und sie frühzeitig aus St. Barnabas nach Hause kam. Wenn sie wusste, dass sie völlig allein war. Es mochte vielleicht sogar diese Sicherheit sein, dass es niemanden auf der Welt gab, der in diesem Moment an ihre Tür klopfen würde, die sie so melancholisch vor ihren Gegenständen sitzen ließ. Sie wusste es nicht. Sie war sich nur der eigentümlichen Mischung aus Elend und Freude bewusst, die sie verspürte, wenn sie die Dinge betrachtete, die auf dem niedrigen Tischchen im Wohnzimmer ausgebreitet waren, der eigentlich meistens von Kieran benutzt wurde. Er lehnte sich mit seinem Notizbuch und seinem Stift dagegen, wenn er die Worte zusammensammelte, die aus den Mündern der Fernsehmoderatoren kamen, und sie zu seinen eigenen machte.

Die Dinge waren in keiner bestimmten Reihenfolge aufgereiht, wenn auch jeder Gegenstand auf dem Tischchen etwas

Besonderes darstellte. Vielleicht war es nur Cress' Blick, der sie so sehr zum Leuchten brachte. Das war auch einer der Gründe, die Dinge hervorzuholen: Sie wollte sich versichern, dass sie allein ihnen diese besondere Eigenschaft schenken konnte – dass sie allein ihre rechtmäßige Hüterin war. Wenn nicht Besitzerin.

Cress beugte sich vor und rückte die winzig kleine Lladro-Figur ein wenig nach rechts. Das Kind aus Porzellan – ein Mädchen mit flehend erhobenen Händen – betete. Vielleicht für sie? Sie berührte das ovale Gesichtchen mit dem Daumen, als ob sie die Gestalt selbst erschaffen hätte. Dann lehnte sie sich zurück und atmete tief ein.

Eine Teetasse mit Goldrand. Zwei Silberlöffel, von denen einer oben am Stiel eine kleine Krone hatte. Ein seltener Fingerhut aus Glas. Eine Opalbrosche, die sie an ihre Mutter erinnerte. Und die Postkarte eines Engels, der über zwei Kindern wachte, die gerade eine wackelig aussehende Brücke überquerten.

Cress zog die Karte aus der Bibel, in der sie steckte, und lehnte sie gegen die Tasse, um das Gesicht des Engels und die Kinder genauer zu betrachten. Früher einmal hatte sie dieses Bild beruhigt. Nein, verbesserte sie sich innerlich, sie hatte daraus Trost geschöpft. Ihr Herz und ihr Körper hatten freudig auf das Bild reagiert, wie ein Kleinkind reagiert, wenn man ihm sein Lieblingsspielzeug zeigt – tränenverschmiert lächelnd.

Heute jedoch löste das Bild keinerlei Glücksgefühl in Cress aus. Stattdessen öffnete sich etwas in ihrem Inneren, das sonst verschlossen blieb. An jenem Ort, wo die frühen Erinnerungen verwahrt wurden, spürte sie etwas aufgehen. Sie dachte nicht oft an ihre jugendliche Hingabe an die Kirche und Gott, da sie insgeheim befürchtete, dass die wenigen Überreste, die es noch gab, einer genauen Analyse nicht standhalten würden. Doch wie vor fünfzig oder sechzig Jahren gab ihr auch jetzt die

Ahnung, von einem Engel bewacht und beschützt zu werden, ein Gefühl der Sicherheit. Ja, dachte sie, es ist genau dasselbe Gefühl wie damals. In jenen Tagen hatte sie sich in der Kirche sicherer gefühlt als an anderen Orten, sogar aufgehobener als bei ihrer Mutter, ihren Freunden oder in ihrem eigenen Bett.

Sie nahm die Postkarte und hielt sie an die Nase, um den schwachen Modergeruch der Bibel einzuatmen, die so lange nicht mehr berührt worden war. Und plötzlich sah sich Cress selbst, wie sie eine Kirche betrat, innehielt und tief Luft holte. Glaube hatte einen bestimmten Geruch. Nicht den Geruch nach Kerzenwachs und Weihrauch, sondern von Kiefernholz und altem Leder, Gesangsbüchern, Bibeln. Die saubere Luft in hölzernen Kirchen. Es war der Geruch von Tugendhaftigkeit, Güte oder zumindest der Hoffnung, dass man das Gute auf seiner Seite hatte. Sie lehnte sich auf ihrem Stuhl zurück und drückte die Postkarte an die Brust.

Das Wohnzimmer war inzwischen in Dämmerlicht getaucht. Cress fielen die Augen zu. Nach einem Moment öffnete sie sie wieder und ließ sie dann erneut zufallen. Sie döste, bis sie durch ein Geräusch im Haus aufgeschreckt wurde. Überrascht sah sie sich um und stand auf. Ihre wertvollen Besitztümer waren noch immer vor ihr aufgereiht. Sie ergriff sie behutsam. Obwohl sie nichts mehr hörte, wusste sie doch, wie leise Kieran manchmal sein konnte, wie er fort sein und im nächsten Augenblick plötzlich unerwartet hinter ihr auftauchen konnte. Sie eilte mit ihrem Schatz in ihr Schlafzimmer, um ihn dort zu verstauen. Als sie schließlich die Tür in den Garten hinaus öffnete, war im dunkler werdenden Dämmerlicht niemand zu sehen.

Der Schreibtisch war lang und tief und aus breiten alten Holzplanken, auf denen sich Astlöcher, Furchen und alte Farbflecke zeigten. Trotz der Papierstapel und Aktenberge konnte Laura die Maserung des Holzes und die Sorgfalt erkennen, mit der es zu einem Tisch umgearbeitet worden war. *Das ist der Boden eines alten Lagerhauses*, erklärte Fergus und fuhr mit dem Finger über ein Nagelloch. *Aus dem Neuguinea-Araukarie-Baum.* Im Licht der Spätnachmittagssonne wirkte jeder Fleck, jede Unebenheit wie absichtlich, als ob sie Teil des Designs wären. Laura legte die Hand auf das honigfarbene Holz, dann blickte sie auf. *Sie haben den Tisch selbst gemacht*, sagte sie. Seine Stimme hatte so stolz geklungen.

Ja, vor einiger Zeit, erwiderte er und drehte sich zu einer Anrichte, die an der Wand stand. *Tee?*

In seinem Büro klang sein Akzent anders als am Telefon. Vielleicht verwässerte ihn die Umgebung. Die Sonne fiel durch die hohen Fenster, und die heiße Luft im Zimmer wurde durch den Ventilator an der Decke hin und her geschoben. In einer Ecke stand ein Surfbrett. Das Rauschen des Meeres drang bis in die Kanzlei. Als Laura sich umblickte und das Surfbett, einen Neoprenanzug und mehrere Skulpturen entdeckte, war sie ein wenig verwirrt. An einer Wand hing ein riesiges Gemälde im Dot-Painting-Stil, das strahlend grün, pink und gelb leuchtete. Neugierig musterte sie Fergus. Er war jünger, als sie vermutet hatte, wirkte etwas unordentlich und hatte helle Haare, die durch das Meerwasser leicht verfilzt waren. Sie schnüffelte. Es duftete nach Meer, nach Salz. Hier roch es nicht im Geringsten nach einer Anwaltskanzlei, auch wenn sich zahlreiche Gesetzesbücher auf einem Regal über dem Schreibtisch stapelten, eine Examensurkunde an der Wand hing und alles voller Papiere und Akten war.

Fergus drehte sich wieder zum Tisch um und schob Laura einen braunen Umschlag zu, der versiegelt war und auf dem ›Lindquist‹ sowie ›Belshannon & Martin, Rechtsanwälte‹

stand. Trotz des Anlasses musste sie beinahe lachen und presste hastig eine Hand auf den Mund. Fergus goss heißes Wasser über ein paar Teebeutel. Sie starrte auf seinen Rücken, das locker sitzende Baumwollhemd, seine Schultern. Der Ventilator maß die Sekunden. Tick, tick, tick, tick … Fergus stellte einen Becher vor sie auf den Schreibtisch und zog dann lächelnd die Augenbrauen hoch. *Sie sind sehr müde*, stellte er lapidar fest.

Er gefiel ihr. Sie mochte seine Art zu sprechen und seine warmen Augen, weshalb sie nicht einmal versuchte, ihm die leichte Hysterie zu erklären, die in ihr aufgestiegen war, diese Alice-im-Wunderland-Eigenartigkeit. Es *war* eigenartig, hier mit ihm und diesem Umschlag zu sitzen, sich wohlzufühlen und doch das dringende Bedürfnis zu verspüren, aufzuspringen und das nächste Flugzeug nach Italien zurückzunehmen. Natürlich blieb sie auf ihrem Stuhl ihm gegenüber sitzen, nippte an ihrem Tee, lachte und meinte dann: *Wollen Sie mir nicht erzählen, wieso meine Mutter gerade Sie ausgewählt hat, um ihre Angelegenheiten zu regeln?*

Als er sich bewegte, verstand Kieran auf einmal, was er tun musste. Die Bewegung veränderte alles, selbst das Geräusch in seinem Kopf. Während er im Schuppen umherging, entdeckte er Hunderte Dinge, die seiner Aufmerksamkeit bedurften. Ungewaschene Pinsel. Hart gewordene Tünche auf umgestülpten Deckeln, rosa und milchig weiß. Spachtelmesser voller Farben, die an den Zeitungen klebten, auf denen sie lagen. Bücher waren wild im Raum verstreut, ein Fenster stand weit offen, Ameisen umkreisten die Zuckerdose. Wild entschlossen stürzte er sich auf die Arbeit.

Ehe er fertig war, war es dämmrig. Es würde länger dauern, richtig aufzuräumen, die Farbe von jedem Pinselhaar abzubekommen, Ordnung wiederherzustellen. Es war seine Aufgabe, die Dinge an ihre ursprünglichen Orte zurückzubringen. Angela hatte es geschätzt, wenn alles ordentlich weggeräumt war. In ihrem Haus war es etwas anderes. Dort blieben die Dinge liegen, wo sie sie fallen gelassen hatte, was zur Folge hatte, dass sie häufig nichts hatte finden können. Aber hier im Schuppen störte sie das Durcheinander.

Also arbeitete Kieran weiter, bis es ganz dunkel war und er nur noch verschwommene Schatten und vage Formen erkennen konnte. Alles schien sich vor ihm zurückgezogen zu haben – die Schränke, die leeren Marmeladengläser, die Leinwände. Alles verschwamm. Das Dämmerlicht verbarg die Unordnung, die er noch nicht beseitigt hatte, die Aufgaben, die noch vor ihm lagen. Doch er ließ sich nicht beirren. Er wusste, was es noch zu tun gab, wie sie es gewollt hätte. Einen Moment lang zögerte er, während er sein eigenes Spiegelbild im Fenster betrachtete, bis ihm dieses die Erlaubnis gab, weiterzumachen.

Er wandte sich den Leinwänden zu. Instinktiv hätte er am liebsten mit denjenigen begonnen, die vor ihm standen und an denen sie als Letztes gearbeitet hatte. Doch irgendetwas ließ ihn innehalten. Die Bilder auf den Staffeleien mussten unberührt bleiben. Er vermochte sie nicht herunterzunehmen. Mehrere kleine Aquarelle lagen ausgebreitet auf ihrem Arbeitstisch. Sie wirkten unfertig, hatten noch zu viel weiße Fläche. Eines der Aquarelle, ein Orchideenstrauß, schien ihm nicht nur unfertig, sondern auch unausgewogen zu sein. Alle diese Bilder brauchten Angelas und nicht seine Hand. Er wollte keines davon berühren.

In der Mitte des Raums blieb Kieran stehen und starrte zur Decke hinauf. Irgendetwas fehlte. In diesem Moment stieß ein Nachtvogel einen durchdringenden Schrei aus. Vielleicht war es eine Eule, er wusste es nicht. Doch etwas in dem flachen, sich wiederholenden Ton zeigte ihm, was fehlte: die Musik.

Die Stereoanlage stand eckig und schwarz an einer Wand, daneben lehnten Schallplatten. Erst jetzt fiel ihm auf, dass der Plattenspieler aufgeklappt war. Als er näher kam, dachte er daran, wie wenig das Angela gefallen hätte. Eine Platte lag noch auf dem Teller. Sie hatte niemals Platten offen herumliegen lassen. Sie wurden alle sorgsam in ihre Plastikhüllen und Cover zurückgesteckt und der Plattenspieler geschlossen. *Zu viel Staub in der Luft*, hatte sie ihm erklärt.

Er beugte sich vor, um die Platte vom Teller zu nehmen. Doch noch ehe er lesen konnte, um welche es sich handelte, begann sein Herz heftig zu pochen. Er musste an Cress' Worte denken, sah sie vor sich auf dem braun gefleckten Teppich im Wohnzimmer stehen – Worte wie *tot*, *Beerdigung* und *fort*. Als er die Platte hochhielt, um den Aufkleber besser entziffern zu können, und den Namen Rachmaninow las, begriff er für einen kurzen Moment, dass Angela nicht wiederkommen würde. In dem Zeitraum, der seit seinem letzten Abend bei ihr vergangen war, hatte sich die Musik nicht verändert, war nicht einmal weggeräumt worden. Irgendwie gehörten diese beiden Erkenntnisse zusammen. Gemeinsam schufen sie diese Stille.

Kieran sah sich um. Das Licht der beiden Lampen, die es im Schuppen gab, war schwach. Der Raum kam ihm auf einmal erschreckend leer vor. Angela war zwar nur eine Person gewesen, ein Körper, aber es war ihr problemlos gelungen, diesen großen Raum zu füllen – sogar die Ecken und die Luft. Als ob mehrere Menschen anwesend gewesen wären. Genau das traf es: Wenn er bei ihr gewesen war, hatte er stets das Gefühl gehabt, sie wären mehr als nur zwei gewesen. Es lag etwas anderes, etwas Lebendiges in der Luft, etwas Wunderbares, Angenehmes, Beglückendes. Das war es, was man verlor, wenn jemand starb, begriff Kieran plötzlich. Man verlor mehr als diesen Menschen. Man verlor auch das andere Leben, das Leben, das in der Luft lag, wenn man den anderen sah.

Es war ungerecht.

Wieder blickte er auf die Schallplatte in seinen Händen. Die schwarze Oberfläche fing das Licht ein und spiegelte es. Siehst du, hätte er am liebsten zu Angela gesagt. Ich habe es dir doch erklärt. Das mit der Schwärze, den Schatten und dem Licht. Behutsam wischte er die Platte mit dem Ärmel ab und suchte abermals nach Staub. Schließlich legte er sie auf den Teller zurück, schaltete den Plattenspieler ein und setzte den Arm mit der Nadel auf die schwarze Scheibe. Zum Schluss etwas Lebhaftes. Ja, dachte er und drehte die Lautstärke höher. Die Musik erfüllte den Raum, alle Ecken und Nischen, jeden Winkel. Sie rollte über seine Haut und die des Schuppens. Allmählich fühlte er sich etwas besser.

Paul.

Zumindest war das der Name auf dem Dokument, der Name, den Angela ihm gegeben hatte. Kein zweiter Vorname. Vielleicht war keine Zeit dafür gewesen. Oder es hatte keine Notwendigkeit gegeben. Einfach nur Paul Hughes. Wie eine tickende Zeitbombe fiel der Name in Lauras Schoß. ›Mein Sohn, geboren 1952. Zur Adoption freigegeben.‹

Laura glaubte ihre Knochen ächzen zu hören, so schwer lasteten diese Worte auf ihr und ihrem Körper. Es kam ihr vor, als ob ihr Gehirn die Information verarbeiten würde, ihr Körper sie aber festzuhalten versuchte. *Mein Sohn*. Mit dem Blatt Papier in der Hand saß sie Fergus gegenüber und sprach die Worte laut aus. Mit diesen zwei Worten stürzte ihre bisherige Welt in sich zusammen und erstand doch gleichzeitig wieder neu.

Fergus hatte noch versucht, den Schock etwas abzumildern. *Das ist etwas*, hatte er erklärt, während sie das Siegel des Umschlags aufgebrochen hatte, *das Angela Ihnen persönlich geben wollte.* Nachdenklich schürzte er die Lippen. *Sie dachte, ihr bliebe noch Zeit.*

Laura zog ein Blatt Papier heraus. Ihre Augen irrten eine Weile verständnislos über die Zeilen, als wären sie in einer Sprache verfasst, die sie nicht kannte.

›Mein Sohn.‹

Fergus beugte sich über den Tisch, die Hände im Schoß. Er redete mit ihr – jedenfalls nahm sie das an. Sie konnte seine Stimme hören, begriff aber nicht, was er sagte, da in ihrem Inneren nur der Name *Angela … Angela* widerhallte. Als ob ihre Mutter im selben Raum wäre, von den Toten zurückgekehrt als ein Mysterium, als eine Unbekannte, eine Fremde. Laura blickte Fergus scharf an. Er wirkte betroffen. *Ein Sohn?*, fragte sie. *Und die Eltern waren Angela und August?* Sie rechnete. *Nicht einmal zwei Jahre älter als ich?*

Fergus schürzte erneut die Lippen und nickte. *Ich habe noch ein paar Dinge für Sie*, erklärte er und wies auf einen Tresor, der in die gegenüberliegende Wand des Zimmers eingelassen war. *Und natürlich gibt es noch einige Papiere zu unterschreiben.*

Laura blickte auf. Erst jetzt bemerkte sie, dass die Wand hinter ihm voller Bilder hing – Landschaften, Porträts, Fotografien. Sie glaubte, ein Werk Angelas zu erkennen, das einen Strauß einheimischer Blumen darstellte. Ganz sicher war sie sich allerdings nicht.

Was sie jedoch eindeutig erkannte, war der kleine Ranzen, den Fergus jetzt aus dem Tresor holte. Sofort konnte sie sich wieder an die Struktur der Oberfläche erinnern, an den verstärkten Karton, das aufgedruckte kastanienbraune Muster, die abgestoßenen Ecken. Sie konnte sich den Schulgeruch vorstellen, den er verströmte, wenn man den Deckel anhob. Die Schulhefte, Bleistifte, den Radiergummi und das Pausenbrot in Wachspapier. Obwohl sie das Schloss, das daran befestigt war, nicht kannte, wusste sie doch, dass man den Namen *Laura Lindquist* in großen schwarzen Lettern lesen würde, wenn man den Deckel anhob. Fergus legte den Ranzen vor sie auf den Tisch. Zahlreiche Empfindungen durchströmten sie, vor allem jedoch Überraschung. Es war ihre erste Schultasche gewesen, was bedeutete, dass Angela sie fast fünfzig Jahre lang aufgehoben haben musste.

So ein Testament klingt oftmals komplizierter, als es in Wirklichkeit ist, sagte Fergus. *Aber was das Offizielle betrifft, so ist es ziemlich einfach. Das Haus und alles andere wurde Ihnen vermacht, von zwei kleinen Hinterlassenschaften abgesehen. Eine geht an einen jungen Mann namens Kieran Doherty, die zweite an die örtliche Stiftung für Kunst und Malerei. Diese beiden Erben sind explizit von Angela genannt worden …*

Laura seufzte. Sie fühlte sich auf einmal todmüde. *Es geht mir nicht um die offizielle Angelegenheit oder das Haus. Das ist nicht weiter schwierig.*

Es gibt keine Hinterlassenschaft für den … Er hielt einen Moment lang inne. *Es bestand keinerlei Kontakt mehr. Was Sie mit dem Haus oder auch dieser Tatsache anfangen, liegt jetzt ganz bei Ihnen. Das Haus und die Bilder gehören Ihnen, keinem sonst.*

Doch Laura wusste, dass es nicht so einfach war. Sie blickte an Fergus vorbei aus dem Fenster auf den blasser werdenden Himmel und versuchte, sich zu sammeln, sich ihre Gesichter vorzustellen. Ihres, seines. Sie musste nach ihnen suchen, sowohl nach dieser neuen Angela als auch nach Paul. Gleichzeitig war ihr klar, dass es dieser Reise bedurft hatte – einer Reise um die halbe Welt, vom Winter in den Sommer, von der Düsternis ins Licht –, um nicht nur die beiden zu entdecken, sondern auch sich selbst. Plötzlich existierte sowohl ein Paul in ihrem

Blut als auch eine unbekannte Angela. Sie konnte sich nicht mehr sicher sein, wer sie selbst, wer Laura genau war.

Von der Landzunge aus beobachtete Kieran die letzten Fischerboote, die hinausfuhren. Sie bewegten sich auf den dunkler werdenden Horizont zu. Er mochte diese Boote in Halbmondform, wie sich das Licht auf ihren Masten widerspiegelte; ihm gefiel ihre Eleganz und Windschnittigkeit. Wie wäre es wohl, die ganze Nacht auf dem Meer zu verbringen? Umgeben von schwarzem Wasser und Netzen, von Flecken öligen Lichts, vom Geruch nach Diesel und Fisch. Er malte sich das Ganze gern aus, weil er insgeheim genau wusste, dass er es nie tun würde. Die Decks waren viel zu klein. Zu offen. Es gab bestimmte Dinge – wie zum Beispiel Bootsfahrten oder auch Tanzen –, die er nur in seinem Kopf erleben wollte. Dort stellten sie keine Gefahr dar, sie ließen ihn intakt. Er saß da und beobachtete die Wellen, die gegen die Felsen prallten und Feuerwerken gleich daran explodierten. Bedächtig atmete er die salzige Luft ein. Es roch nach Regen.

Als das Gras allmählich feucht wurde, stand er auf und drehte sich um. Hinter ihm war es dunkel geworden. Die Feuerbäume und Broken Beach waren in ein geheimnisvolles Dämmerlicht getaucht. Abby würde jetzt nicht mehr kommen. Nach Einbruch der Dunkelheit verließ sie nie das Haus. Er hätte sie gern nach dem Grund dafür gefragt, um ihr dann zu erklären, dass sie sich nicht fürchten musste. Aber er ahnte, dass das zu viel gewesen wäre. Er durfte ihr nicht alles sagen, was er wusste.

Erneut wandte er sich dem Meer zu, das jetzt grau wie eine Walhaut vor ihm lag. Es wäre ihm lieber gewesen, wenn die Sonne auf- und nicht untergegangen wäre, so dass der Tag noch vor ihm lag und er die Möglichkeit gehabt hätte, Abby zu sehen. Wenn er in den frühen Morgenstunden auf sie warten würde, könnte er den Fischerbooten zuschauen, wie sie mit den ersten Strahlen der Sonne nach Hause kamen, voll bunter Lichtspäne. Er mochte diese blassen Stunden des Tages. Die Welt sah dann anders aus. Irgendwie gütiger, dachte er, zufrieden über diese Beschreibung. Er wünschte sich, die Morgenstunden würden länger andauern. Später, wenn sich die Sonne aus dem Meer gezogen hatte, wirkten die Dinge zu klar und die Farben fast vulgär. Die Welt gehörte ihm dann nicht mehr allein. Es schien, als ob die Sonne in seine Sphäre eindringen würde, fast wie es ein anderer Mensch tat.

Jetzt jedoch war der Tag vorüber, und Abby würde nicht mehr kommen. Zum Glück hatte das Rauschen des Meeres etwas Beruhigendes an sich. Die Musik des Ozeans. Er lauschte dem Meer jetzt öfter als früher, und der Trost, den er dabei verspürte, überraschte ihn noch immer. Bedächtig schloss er die Augen und horchte. Manchmal war es nur eine Zeile, ein Fragment von Emmylou oder Rogers, doch es gab auch Zeiten, in denen er nur Mahler hörte, weil Angela seine Neunte Sinfonie so oft gespielt hatte. Sie hatte die Musik laut gedreht und ihn dann gefragt, was er davon hielt. *Vergiss sie nicht, diese Musik*, hatte sie ihn aufgefordert. Nun saß er an der Landzunge unter Millionen von Sternen, während Mahler um ihn herum aufbrandete und dann wieder leiser wurde.

Manchmal glaubte Kieran, auch Angelas Stimme zu hören und versuchte zu empfinden, wozu sie ihn aufgefordert hatte. Er sollte spüren, dass er sich mitten in einem Meer von Reinheit befand. *Nicht Schönheit*, hatte sie erklärt. *Das hier ist nicht so einfach. Diese Musik ist rein.*

Er hatte eine Weile gebraucht, bis er begriffen hatte, was sie eigentlich von ihm wollte. Doch als er jetzt so dalag, dem Meer lauschte und an Abby dachte, glaubte er, Angelas Worte endlich verstanden zu haben.

Mittwoch

Morgens, wenn Kieran zur Abwechslung einmal vor Cress aufwachte, setzte er sich meist ins Wohnzimmer und schaute sich alte Episoden der ›Computer Kids‹ an. Er nahm die Serie seit Langem auf Video auf, wobei er immer wieder dasselbe Band verwendete und neue Episoden über alte spielte. Ihm gefiel diese Vorstellung. Er glaubte, dass jeder neue Teil die alten Serienteile nicht auslöschte, sondern vielmehr eine weitere Wissensschicht hinzufügte, so dass sich auf dieser so gewöhnlich aussehenden schwarzen Plastikkassette nach und nach eine magische Mischung ergab, von der nur er allein wusste.

Die Kassette gehörte zu seinen besonderen Schätzen. Er bewahrte sie unter seinem Bett auf, damit sie nicht aus Versehen mit ›The Bill‹ oder ›Gartenwelt Australien‹ überspielt wurde – zwei Serien, denen Cress verfallen war. Um ganz sicherzugehen, dass so etwas nicht geschah, hatte Kieran zudem mit Tippex ein großes ›K‹ auf den schwarz schimmernden Plastikrücken gemalt.

Besonders aufregend fand er, dass er nie genau wusste, welche Episode er sehen würde, wenn er die Kassette am Morgen in den Videorekorder schob. Es gab Platz für dreieinhalb Stunden Film. Außer den ›Computer Kids‹ nahm er auch noch täglich ein ›Millenniumsquiz‹ auf – am Anfang oder mitten auf der Kassette –, so dass zwischendurch Teile der Serie oder andere Sendungen auftauchten, was ihm fast wie das Heben eines Schatzes vorkam. Er mochte es, zufällig immer wieder an Dinge erinnert zu werden, die er wusste oder vergessen hatte. In diesen Morgenstunden kam er sich vor wie der Sammler seltener Muscheln oder Postkarten, der seine wertvollsten Stücke vor sich ausbreitete und sie gedankenverloren genau betrachtete. Allerdings bestand seine Sammlung aus Tatsachen, aus Worten.

An diesem Morgen saß er noch immer vor dem Fernseher und kaute an seinem Stift, als sich Cress zum Laden von St. Barnabas aufmachte. Unter die Fernsehstimmen mischte sich einen Moment lang die ihre: *Mittagessen steht im Kühlschrank, Kieran. Denk dran. Kieran?*

Er rief ihren verhallenden Schritten *Gut* hinterher, ohne die Augen vom Bildschirm zu lassen. Eine Viertelstunde später hatte er bereits vergessen, was sie gesagt hatte. Ihre Worte wurden durch sechs andere ersetzt, die er in sein Notizbuch kritzelte: Marionette, Gotik, Lithografie, Abguss, Mimik, Putz. Er spulte das Band zurück und ließ dann noch einmal die Lösungsworte abspielen, um die richtige Schreibweise zu kontrollieren. Dann schaltete er Videorekorder und Fernseher aus und verstaute das Video wie immer in seinem Zimmer unter dem Bett.

Unter der Dusche hörte er auf einmal auf, die Melodie der ›Whiz Kids‹ zu summen, und dachte über den Tag nach. Er war sich nicht sicher, ob für ihn heute ein Arbeitstag sein sollte oder nicht. Ihm fiel sein Platz an dem kleinen Fließband der Fabrik und die gedrückten Mienen seiner Arbeitskollegen ein. Berge von Wäscheklammern, bereit, eingetütet zu werden. Nein, lieber doch nicht. War heute also ein Ladentag? Er stellte sich St. Barnabas und die alten Frauen vor, die alles abstaubten und hin- und herrückten. Der Geruch des Strandes, der von draußen hereinwehte, während er Kisten schleppte und Preisschilder anbrachte. Nein, das auch nicht.

Er begann wieder zu summen und seifte sich die dichten

Haare auf seiner Brust ein. Eine halbe Stunde später holte er das aufgeschnittene Sandwich aus dem Kühlschrank, verließ das Haus und lief dann links die steile Straße hinauf, die von der Stadt zu den mit Regenwald bewachsenen Hügeln führte. Während der nächsten eineinhalb Kilometer konnte er das Meer deutlich riechen.

Laura beugte sich vor, um die Porzellanstücke, die in der sandigen Erde lagen, genauer zu betrachten: eine angeschlagene Untertasse, eine zerbrochene Teekanne, Teile einer kleinen himmelblauen Schale. Sie waren in den Boden gedrückt, als wären sie gepflanzt worden wie die wilden Kräuter im hinteren Bereich des Gartens: Thymian, Basilikum und Kerbel. Sie lehnte sich noch weiter vor und strich mit der Fingerspitze über den Schwung der Schale. Sie war so alt wie ihre Erinnerung. Wie die Bäume und das Haus. Organisch, dazugehörig. *Ich bin zurück*, flüsterte sie dem Garten zu. Ihre Lippen bewegten sich wie im Traum. Viele Jahre waren seit ihrem letzten Besuch in Australien vergangen.

Ich bin wieder hier.

Sie blickte sich im Garten um. Das alte Wohnhaus schien sich an einen kleinen Abhang zu lehnen. Schon lange hatte sich niemand mehr um die Planken und Metallbeschläge gekümmert. Die Sonne und die salzigen Winde hatten das Haus zu etwas werden lassen, das eines Tages vielleicht wieder Teil des Waldes sein würde. Die unteren Ränder des Hauses schienen sich bereits mit den riesigen Wurzeln der Feigenbäume zu verbrüdern, während sich Wein um die Dachrinnen und die Querbalken des Vordachs wand.

Laura musste lächeln. Ihr gefiel die Vorstellung, und sie wusste, dass sie auch Angela gefallen hätte. Dann wischte sie sich die Erde von den Händen. Welche Frau, dachte sie plötzlich, vergräbt eigentlich zerbrochene Porzellanstücke in ihrem Garten?

Im Inneren des Hauses gewann diese Frau noch an Bedeutung. Jetzt sah sie, was sie in der Nacht zuvor nicht gesehen hatte, als sie sofort aufs Gästebett gefallen war und zwölf Stunden durchgeschlafen hatte. Jede Oberfläche, jedes Bild, jeder Teller, jedes Buch, jeder Atemzug des Hauses war ein Hinweis, ein stiller Vorwurf: *All die Dinge*, sagten sie, *die du nicht weißt*. Das Haus war voller Angela. Überall war sie präsent. Die Stühle und die Lücken dazwischen, die fehlende Jalousie im Wohnzimmer, die rissige gelbe Seife auf der Ablage über dem Waschbecken – Angela. Der abgewischte Holztisch, die halb volle Zuckerdose – alles war durchtränkt von Angelas Stimme, ihren Berührungen, ihren Gedanken. Jeder Gegenstand besaß ein Wissen um sie, begehrlich und mahnend zugleich. *Du warst nicht hier*, klagte sie alles an.

Sie trat zu den Wohnzimmerfenstern, um sie zu öffnen. Sie brauchte dringend frische Luft. Eine Scheibe war gesprungen, und der Fensterrahmen hatte sich mit Feuchtigkeit vollgesogen. Schimmel blühte in den Falten der Vorhänge, die schon lange nicht mehr abgenommen worden waren. Überall gab es Anzeichen von Nachlässigkeit und Verfall: Farbe, die aufgesprungen war und abbröckelte, weiche alte Spinnweben. Sie drehte sich um, betrachtete das Zimmer mit seinen Bücherregalen und dem Blick in die Küche und versuchte herauszufinden, was sie störte. Sie hielt sich am Samtstoff eines alten Sessels fest und runzelte die Stirn. Trotz des Verfalls wirkte das Haus ordentlich. Es gab keine chaotischen Bücherberge oder Zeitschriftenstapel, keine vertrockneten Blumen in irgendwelchen Vasen, keine ungeöffnete Post, keine abgebrannten Kerzen, keine Lumpen. Jemand hatte aufgeräumt.

Irgendwie war sie erleichtert. Jemand hatte einen Teil der

unglücklichen Vergangenheit auseinandergenommen und auf eine Art wieder zusammengesetzt, die vielleicht die Streitereien, die Vorwürfe und die Eifersucht verbergen konnte. Wenn es auch nicht ganz gelingen mochte.

Sie ging Richtung Badezimmer und konnte auf einmal den schwachen, wenn auch ätzenden Geruch von Terpentin wahrnehmen. Es hing in den Wänden, den Böden, den Rissen in der Decke. Laura wusste, dass selbst nachdem alles gründlich geputzt, jeder Pinsel, jede Flasche und jedes Buch den Frauen von St. Barnabas übergeben wäre, sich das Haus dennoch mit der Vergangenheit und all ihren Geheimnissen gegen sie verbünden würde. Mit Angela.

Sie zog sich aus, ging unter die Dusche und ließ das Wasser abwechselnd in kleinen Nadeln und großen, schweren Tropfen auf sich niederregnen.

Einige Minuten später stand sie in ein Handtuch gewickelt da und lauschte. Eigentlich gab es nichts zu hören. Nichts außer fernem Vogelgesang und dem Rascheln des Windes hoch oben in den Myrtenheiden. Gedankenverloren trocknete sie sich ab.

Da.

Es war kaum als Geräusch wahrzunehmen, und doch erkannte sie es sofort: Es waren die steten Bewegungen der australischen Landschaft. Sie musste lächeln. Irgendwie erinnerte es sie daran, wie sie nach Jahren wieder ihre Gitarre in die Hand genommen und ein paar Takte von ›House of the Rising Sun‹ gespielt hatte – der erste Song, den jeder Gitarrenschüler lernt. Die Genauigkeit der Töne, dachte sie. Nackt lief sie ins Verandazimmer, wo sie geschlafen hatte. Als sie frische Kleidungsstücke aus ihrem Koffer holte, entdeckte sie eine Orange, die es irgendwie durch den Zoll geschafft hatte. Sie kam ihr vor wie eine Trophäe. Fröhlich warf sie die Frucht von einer Hand in die andere und ging damit vors Haus, um sich dort auf die Treppe zu setzen.

Er wusste, dass er vom Haus aus nicht gesehen werden konnte, wenn er so aufrecht wie möglich dastand. Oder zumindest so gerade wie ein Baum. Er hatte keine Ahnung, warum er sich dessen sicher war, aber er wusste es so genau, wie er seinen Namen kannte. Und er wusste, dass es Zeiten wie jetzt gab, da musste er seinen Kopf nur wenige Zentimeter zur Seite beugen und konnte dann direkt durch die Fenster ihres Wohnzimmers blicken. Im Inneren des Hauses würde ihn niemand bemerken. Es hatte etwas mit den Schatten, dem Einfall des Sonnenlichts zu tun.

Kieran konnte problemlos stillhalten. Schon als Kind hatte er die Vorteile erkannt, die sich daraus ergaben. Es war eine ausgesprochen positive Eigenschaft, die von vielen bewundert wurde, wie er immer wieder feststellen konnte – vor allem, wenn man ein Kind war. Bei Kindern bedeutete Stillhalten normalerweise, dass sie weder nervend laut waren noch etwas verlangten, was den meisten Erwachsenen gefiel. Andere Menschen schienen durch ihre bloße Anwesenheit zu expandieren, durch Lärm oder Bewegungen auf erstaunliche oder auch unangenehme Weise Raum zu greifen. Bei Kieran jedoch vergaßen die Leute manchmal sogar, dass er anwesend war, was ihm sehr zusagte. Denn wenn sie ihn vergaßen – das wusste er –, zeigten sie ihr wahres Selbst.

Seine Fähigkeit, sich ganz ruhig zu verhalten, bedeutete also, dass er sich gewöhnlich nicht verbergen musste, wenn er andere beobachten wollte. Für viele in der kleinen australischen Stadt war seine Gegenwart ebenso unwichtig wie die der Büsche neben dem Fußpfad oder die der Vögel auf den Telefonleitungen. Manchmal hatte das zur Folge, dass sich auch Kieran selbst vergaß. Plötzlich war ihm nicht mehr bewusst, dass er irgendwo saß oder stand, sondern er schlüpfte aus seiner Haut. Dann sah und hörte er nur das, worauf er sich gerade konzentrierte.

In diesem Moment jedoch war er sich durchaus bewusst, was vor seinen Augen geschah. Angelas Haus stand nicht mehr leer. Die Fenster, seit Monaten geschlossen, waren jetzt auf einmal weit geöffnet. Durch eines konnte er ein zerwühltes Bett sehen – blaue, zusammengeknüllte Leintücher. Und selbst von seinem Platz unter den Bäumen aus, etwa hundert Meter vom Haus entfernt, vermochte er das Rauschen von Wasser zu hören: Jemand duschte.

Zuerst war er mit lauten Schritten in seinen Stiefeln den Hügel hinuntergelaufen, bis er abrupt stehen geblieben war. Vor Schreck hatte er kurz die Luft angehalten, als ob ihn das vor einer Entdeckung bewahren würde. Verdammt, hatte er gedacht. Sein Herz pochte wie wild, und er kam sich vor, als ob er in eine Falle getappt wäre. Irgendwie hatte er Angelas Tod fast akzeptiert. Doch er war nicht darauf vorbereitet gewesen, dass jemand anders kommen und ihren Platz in ihrem Haus, in ihrem Garten einnehmen würde. Er musste mehrmals tief durchatmen und sich ins Gedächtnis rufen, dass ihn von hier aus niemand sehen konnte.

Plötzlich war jemand da, neben dem Bett. Einen Moment lang nackt, dann nicht mehr – jedoch lange genug, um zu sehen, dass es sich um eine Frau handelte. Sie hatte den Kopf gesenkt, so dass er nicht erkennen konnte, wie alt sie war. Er sah nur das dunkle, mittellange Haar. Er musste sich zusammenreißen, um sich nicht zu bewegen und der Versuchung zu widerstehen, seine Position zu verändern, damit er besser sehen konnte. Die Frau saß einen Moment lang da, dann stand sie auf und band sich die feuchten Haare im Nacken zusammen.

Ihre Arme waren muskulös, stark. Das konnte er klar erkennen. Eine Frau, die mit ihren Armen arbeitete.

Einige Minuten später tauchte sie vor dem Haus auf. Kieran zuckte erschreckt zurück. Er wagte kaum zu atmen, blickte aber auch nicht fort, als sie sich auf die Verandastufen setzte, die Ellbogen auf die Knie gestützt. Mit bedächtigen Bewegungen begann sie, eine Orange zu schälen. Ihre Finger brachen die Schale auf und zerlegten die Frucht in ihre Einzelteile. Währenddessen hatte sie den Blick auf den kleinen Garten mit den alten Rosenstöcken und dem verbrannten Rasen gerichtet. Zumindest konnte er jetzt ihr Gesicht erkennen. Ihr Gesicht. Er öffnete den Mund.

Angela.

Sie hatte dieselben Wangenknochen, dieselbe Schulterlinie, dieselbe Art, den Kopf zu halten. Das Gesicht kam ihm so vertraut vor, dass es ihn fast beruhigte und er in Versuchung war, sein Versteck zu verlassen. Für einen Moment wäre er am liebsten zu ihr gelaufen, hätte sich neben sie gesetzt und die Orange mit ihr geteilt. Ihr angeboten, die Pinsel für sie zu reinigen, einen Toast zu machen. Aber natürlich tat er das nicht. Das war nicht Angela, er kannte diese Frau nicht. Doch die Ähnlichkeit war verblüffend. Kieran wollte mehr über sie erfahren.

Allerdings gab es nichts, was er im Augenblick dafür tun konnte. Gern hätte er den Kopf zur Seite gelegt, um sie besser sehen zu können und ganz sicher zu sein, dass er sich nicht irrte. Aber er wagte es nicht. Also schloss er ein Auge und konzentrierte sich. Diese Nicht-Angela aß ihre Orange und starrte in den Garten. Dann stand sie auf und verschwand ebenso schnell im Haus, wie sie aufgetaucht war. Leise schloss sich die Tür hinter ihr.

Kieran verharrte noch eine Weile regungslos hinter dem

Baum. Um nicht nervös zu werden, dachte er an bestimmte Wörter und Bilder: an Schatten, an Spiegelbilder, an Echos. Alles manchmal Teile eines Menschen. Zum ersten Mal fragte er sich, wo Angela jetzt wohl sein mochte. Er wusste, was Tod und Beerdigen von Toten bedeutete und dass manche von den *Geistern* der Toten sprachen. Damit meinten sie wohl den Kern eines Verstorbenen, sein innerstes Wesen. Der Geist eines Menschen stirbt niemals. Hieß es nicht so?

Als er schließlich glaubte, sich entfernen zu können, ohne entdeckt zu werden, glitt er durch die Bäume davon – sein Körper wie ein Schatten, wie ein verhallendes Echo. Am oberen Ende von Angelas Garten begleitete ihn der Gedanke an den Geist eines Menschen noch immer. Er folgte ihm die schmalen Asphaltstraßen zurück nach Hause, an deren Rändern Eukalyptusbäume, Lilly-Pillys und üppige Wandelröschen wuchsen und ihm ihr Wissen zuflüsterten: *Der innerste Kern ist der Geist*. Wenn er mit ihnen hätte sprechen können, hätte er ihnen gern Fragen gestellt: Was war wirklich mit Angela passiert? Und zeigten sich Geister auch am helllichten Tag oder nur in der Nacht?

Laura saß auf den breiten Stufen vor dem Haus und schälte die Orange mit ihren Daumennägeln. Dann zerlegte sie die Frucht in ihre einzelnen Schnitze. Sie hatte das Gefühl, als würde der ganze Vormittag auf ihren Schultern lasten. Die Sonne kletterte Richtung Zenit, getrieben durch den Südostwind und ein Orchester aus Vogelstimmen. Mit jedem Orangenschnitz offenbarte sich ihr ein weiteres Erinnerungssegment: die blaue Farbe ihrer Schuluniform, der Rücken ihrer Mutter.

Vor ihr lag Angelas ehemaliger Rosengarten. Die Pflanzen waren inzwischen verholzt, ungepflegt, verwildert. Doch noch immer glaubte sie, den schmalen Körper ihrer Mutter zwischen den Rosen sehen zu können, wie ihre farbbefleckten Hände nach den dornigen Pflanzen fassten. Auf dem Boden um sie herum lagen unzählige Blütenblätter, gelb und rot auf grünem Untergrund, fast wie der Boden in Angelas Schuppen.

Geheimnisse, hatte Fergus gesagt, als er sie am Abend zuvor zu ihrem Wagen begleitet hatte. Sie waren an voll besetzten Cafétischen vorbeigekommen, wo Leute zitronengelben Weißwein tranken. *Das Leben dieser Generation war voller Geheimnisse.*

Laura hatte immer wieder einen heimlichen Blick auf die Weintrinker geworfen, beobachtet, wie sie miteinander sprachen, lachten, sich der Katastrophen anderer nicht bewusst zu sein schienen. Sie hingegen trug ihren alten Schulranzen und kam sich wieder vor wie damals, als sie noch ein kleines Mädchen gewesen war. Das Gewicht des Ranzens drückte auf ihren ganzen Körper und zog nicht nur ihre Hand herunter. Es muss das Gewicht vieler Geheimnisse sein, das so schwer wiegt, dachte sie.

Damals sprach man so wenig an, fuhr Fergus fort. *Man verschwieg so vieles*. Er hatte ihr zuvor von seinem Vater, einem Iren, erzählt, der im Zweiten Weltkrieg aufseiten der Briten gekämpft hatte. *Mein Vater hat sich nach dem Krieg schrecklich geschämt. Und das machte ihn wütend. Und schweigsam*. Nach einem Moment des Überlegens fügte er hinzu: *Es gibt so viel Schweigen.*

Lauras Kopf war vor Müdigkeit schwer geworden. Sie war sich nicht sicher, ob sie eine solche Unterhaltung führen wollte. Doch jetzt begriff sie, was Fergus gemeint hatte. Sie dachte an Angelas Art des Schweigens. Ein Schweigen, das sich durch die Malerei ergab, wie Laura auf einmal verstand, während sie das letzte Stück Orange aß und in den Himmel hinaufblickte. Sie saß still da, während sie die Fruchtschale in der Hand hielt.

Malerei ist eine Form des Schweigens, dachte sie. Eine Möglichkeit, Scham zu verarbeiten.

Sie erhob sich und kehrte ins Haus zurück, wo sie in der Küche ihre klebrigen Hände wusch. Dann starrte sie durch die staubigen Fenster zum Studio ihrer Mutter hinüber. Das gewölbte Blechdach schimmerte in der Sonne. Sie merkte, wie sie von dem Gebäude und den Antworten angezogen wurde, die sich vielleicht darin verbargen. Wollte sie denn Antworten auf ihre Fragen?

Sie überlegte, ob es noch zu früh war, um Kate anzurufen.

Mitten am Nachmittag ließ Cress Iris im Geschäft allein und zog sich mit einer Tasse Darjeeling in den Lagerraum im hinteren Bereich des Ladens zurück. Am Tag zuvor waren drei Kartons und eine große Teekiste mit den Spenden einer Familie von der Gold Coast eingetroffen. Sie riss die Klebebänder von den Kartons und musterte mit geübtem Auge alte Spielsachen, Babykleidung und blecherne Keksdosen. Ohne die Dinge anzufassen, wusste sie, wie viel sie wert waren. Nützlich, aber auch uninteressant. Sie schob die Schachteln mit dem Fuß beiseite und wandte sich der Teekiste zu.

Diese reichte ihr bis zur Hüfte und hatte keinen Deckel. Die Seiten waren mit Metallleisten verstärkt, und auf dem Holz befanden sich Aufdrucke alter Schiffsstempel. Das ausgewaschene Karmesinrot und das Blau der Stempel stachen Cress zuerst ins Auge. Die dicken Bögen eines Gs und eines Cs, der Schwung eines Ls. Die anderen Lettern waren kaum mehr zu lesen, was jedoch nichts bedeutete. Es ging nur darum, ob etwas tatsächlich antik war, mochte es sich um einen Regency-Tisch, die Brosche einer Urgroßmutter oder eine schlichte Holzkiste handeln. Echtes Alter faszinierte Cress. In einer Welt voller nachgemachter Dinge bedeutete Alter in diesem

Kontext noch etwas. Es galt als sammelnswert, als vertrauenswürdig. Es galt als ehrlich.

Cress ging neben der Kiste in die Hocke. Für einen Moment vergaß sie ihre schmerzenden Beine und strich mit der flachen Hand über die Buchstaben. Vor vielen Jahren hatte jemand diese Zeichen hier hinterlassen, und ein anderer hatte die Teekiste in einen Hafen am Mittelmeer oder in Indien transportiert. Wie viele Meere hatte sie wohl durchquert? Welche wertvollen Waren hatte sie befördert, wer hatte ihr seine Besitztümer anvertraut?

Sie erhob sich, um den Inhalt der Kiste zu begutachten. Auf den ersten Blick sah sie nur undefinierbare Formen, die man in vergilbtes Zeitungspapier eingewickelt hatte. Die Gegenstände mussten schon lange in der Teekiste gelegen haben. Wenn sie eines der Päckchen herausholte, würde auf den anderen bestimmt ein Abdruck zurückbleiben. Sie beugte sich vor, um die alten Zeitungen zu betrachten, die aus winzigen wimmelnden Buchstaben bestanden. Zu ihrer Überraschung nahm sie einen leichten Duft wahr. Sie rückte näher und atmete ihn ein. Es war ein seltsam vertrauter Duft, mulchig und ein wenig scharf. Tee.

Behutsam holte sie den ersten Gegenstand heraus. Ihre Finger fuhren über seine Form. Es musste eine Tasse oder ein ähnliches Behältnis sein. Sie wickelte ihn aus. Tatsächlich handelte es sich um eine zarte Royal-Albert-Porzellantasse, cremefarben und blau. Als Nächstes folgte die Untertasse, dann eine Zuckerdose und ein Milchkännchen. Schließlich ein silbernes Serviertablett. Cress hatte sich inzwischen auf ein Kissen gekniet und stellte jedes der Geschirrteile vorsichtig neben sich auf den Boden. Sie hatte sich gerade bis zur zweiten Schicht durchgearbeitet, als sie weiter unten etwas Größeres entdeckte, das nicht in Zeitungspapier, sondern in ein Stück Stoff eingewickelt war. Eilig packte sie die restlichen Dinge aus, bis sie schließlich das weiche Rechteck in Händen hielt.

Es wirkte wie ein Geschenk und ließ sich leicht öffnen. Unter dem Stoff, sorgsam gefaltet, lag ein altes Brautkleid. Cress starrte auf den cremefarbenen Satin und fuhr mit den Fingern über die Linie des Dekolletees, über die Reihen winziger Blüten aus Glasperlen. Ohne es erst auszubreiten, konnte sie das Alter des Kleids nur schätzen. Es musste mindestens fünfzig Jahre alt sein. Die Stickerei war ausgesprochen fein gearbeitet, doch etwas irritierte sie.

Sie zögerte. Wie lange hatte das Kleid wohl schon dort gelegen?

Sie hörte, wie Iris den Laden zusperrte. Erschreckt blickte sie auf, als der Riegel vor den Eingang geschoben wurde, und wickelte das Kleid hastig wieder ein, um es dann an seinen alten Platz in der Teekiste zurückzulegen – eine Reaktion, die sie selbst verblüffte. Sie kam sich vor, als hätte sie etwas Heimliches getan, auch wenn sie wusste, dass dem nicht so war.

Als Cress zu Iris hinter die Theke trat, wickelte diese gerade ein Gummiband um ein Bündel Geldscheine, um es in den Tresor zu legen. *Ich packe nur noch die restlichen Kisten mit Spielzeug und Kleidern aus,* erklärte Cress. *Viel ist nicht mehr zu tun. Ich sperre dann ab.*

Iris verstaute das Geld und nahm ihre Handtasche. *Wirklich? Ist das nicht zu viel?*, fragte sie und suchte nach ihrem Portemonnaie. *Ich muss auf dem Nachhauseweg noch einkaufen.* Cress befand sich bereits wieder auf dem Weg nach hinten. *Bis morgen also*, rief sie Iris über die Schulter zu.

Im Hinterzimmer überlegte sie nicht lange, sondern handelte ganz instinktiv. Wenn sie später an diesen Moment dachte, hatte sie stets das Gefühl, nicht ganz bei Trost gewesen zu sein. Jemand anders schien in die Kiste gefasst und das Brautkleid herausgeholt zu haben. Zärtlich hielt sie es mit den Fingerspitzen fest und ließ es dann auseinanderfallen. Es bestand aus elfenbeinfarbenem Satin und Spitze. Ein runder, tiefer Ausschnitt und ein eng geschnittenes Oberteil, verziert mit winzigen Perlen. Eine heruntergezogene Taille wie bei einem edwardianischen Kleid.

Sie breitete das dünne Stück Stoff, in welches das Kleid eingewickelt gewesen war, auf dem Boden aus, und legte dieses darauf. Wieder strich sie zärtlich mit den Fingern über die Perlen, verfolgte die Linie des Saums, die feinen Ranken der Fäden. Dann hob sie das Kleid hoch und legte es sich über den Arm. Es hing schwer herab, und die jahrelangen Falten bildeten sich wieder wie von selbst. Wie alt mochten diese Falten und Knicke wohl sein? Cress wusste es nicht. Sie wusste nur, dass das Kleid sie auf irgendeine Weise tief berührte. Es schien sie direkt anzusprechen, und es im Arm zu halten gab ihr das Gefühl, ihrerseits von dem Kleid gehalten zu werden.

Sie wickelte es wieder ein und packte dann das Geschirr in die Kiste zurück. Schließlich lief sie durch den in Dunkelheit getauchten Laden zur Hintertür. Erst als ihre Schritte auf dem leeren Parkplatz widerhallten, wurde ihr bewusst, was sie tat. Das Kleid auf ihren Armen kam ihr riesig vor. Mehrmals drehte sie sich um, da sie befürchtete, beobachtet zu werden. Doch es war niemand da, nur der leere Parkplatz im Schatten der Kirche.

Cress öffnete ihr Auto, stellte die Handtasche auf die Rückbank und legte das Kleid wie einen Passagier auf den Beifahrersitz. Auf dem Nachhauseweg warf sie ihm immer wieder verstohlene Blicke zu.

Kieran lag auf dem Rücken unter der Wäschespinne und beobachtete die Farben der Wäschestücke, die wie bunte Vögel über ihm kreisten. Die nachmittägliche Meeresbrise war sanft und mild. Er sah zu, wie sie die karierten Geschirrtücher hin und her wehen ließ und einen Hemdsärmel aufbauschte, der dadurch wirkte, als ob jemand in ihm atmen würde. Der Anblick erinnerte Kieran an etwas, woran er eigentlich nicht denken wollte, also blickte er auf die graue Strumpfhose seiner Großmutter, deren Beine vor und zurück schwangen – ein Tanz vor blassblauem Himmel.

Die Wäschespinne drehte sich langsam weiter, so dass Kieran nun in die Wolken hinaufblicken konnte. Sie schienen wie Magneten am Himmel zu kleben. Er konnte nichts in ihnen erkennen. Keine Nachricht, nichts. Da hörte er eine Stimme. *Toast?*, fragte sie. *Toast mit Vegemite*?

Überrascht drehte er den Kopf zur Seite. Das Zitronengras im Gemüsegarten stand still und stumm da. Niemand, keine Gestalt, keine Fußabdrücke zeigten sich auf dem Rasen neben ihm. Der Garten, die Dachverkleidung auf dem Haus und die Kleider auf der Wäschespinne sahen aus wie sonst auch. Die langsam aufziehende Dämmerung begann, sie wie jeden Abend um diese Zeit einzuhüllen.

Kieran blickte wieder in den Himmel empor. Er kam ihm zerbrechlich vor wie eine Eierschale, die man nur durchdringen musste, um in eine andere Welt dahinter zu gelangen. War Angela vielleicht dorthin verschwunden? Und sollte er die Wolken doch als Zeichen verstehen?

Angela, murmelte er leise. Zwischen seinen Lippen schmeckte er auf einmal warmen Toast.

Ihre Musik hatte ihn zum ersten Mal zu ihrem Schuppen gelockt. Monatelang war er immer wieder in den Hügeln spazieren gegangen, da ihn die Stadt mit ihren altbekannten Gesichtern gelangweilt hatte. Meist hatte er sich auf den oberen Straßen und Wegen bewegt, an denen neue Häuser und neue

Stromleitungen errichtet wurden. Später kam es ihm fast unverständlich vor, dass er dabei ganz die älteren Häuser vergessen hatte, die am Ende eines Wegs am Kamm der Hügel lagen. Er lief jedes Mal an ihnen vorbei auf dem Weg zur Hauptstraße mit den beleuchteten Fenstern, wo er manchmal Leute sah, die gemeinsam im silbernen Licht eines laufenden Fernsehers zusammensaßen. Auf den Hügeln gab es immer etwas zu entdecken.

Einmal beobachtete er, wie ein Kind die Arme aus einem hohen Fenster streckte und ein leuchtend rotes Damenkleid in den Vorgarten hinuntersegeln ließ. Der Rock bauschte sich im Flug wie ein Ballon. Dann schloss sich das Fenster wieder, und das Kleid lag wie ein Fleck bedeutungsschwanger auf dem feuchten Rasen.

Einige Wochen später beobachtete Kieran einen Mann, der aus einem Ziegelbungalow kam. Es war nach Mitternacht, und er konnte den Mann angestrengt keuchen hören, während er mühsam eine schwere Last auf seinem Rücken schleppte. Hinter dem Haus stellte er sie behutsam ab. Die gläserne Oberfläche funkelte: ein Fernseher. Der Mann trat ein paar Schritte zurück, zückte eine Pistole, legte an und feuerte einen Schuss auf den Bildschirm ab. Der Knall hallte durch Kierans Körper. Danach war er mit dem Gefühl in der Dunkelheit verschwunden, einem echten Verbrechen beigewohnt zu haben. Es kam ihm vor, als ob der Mann etwas Lebendiges wie zum Beispiel ein Tier erlegt hatte.

An dem Abend, an dem er Angela entdeckte, hatte er sich verlaufen. Im Grunde war es kein Verlaufen im üblichen Sinn gewesen. Er war vielmehr dem unwiderstehlichen Ruf einer Eule gefolgt, die nur wenige Meter von der Straße entfernt auf einem Baum gesessen hatte. Vermutlich hatte das dichte Laubwerk die Sterne ausgeblendet, so dass er einige Schritte in die falsche Richtung gemacht und zu spät bemerkt hatte, dass es dort abwärtsging. Er wollte jedoch den Hügel hochlaufen. Als er zögernd dastand und überlegte, was er jetzt tun sollte, hatte er auf einmal von ferne Musik gehört. Es waren nicht die Unterhaltungssongs, die er zu Hause hörte, sondern eine dramatische Melodie, die da so unerwartet an sein Ohr drang. Ein paar Schritte mehr, und er entdeckte die dunklen Umrisse eines Hauses und dahinter ein Licht. Neugierig schlich er näher.

Das Licht und die Musik drangen aus einem Schuppen unterhalb des Wohnhauses. Vielleicht lag es an der Melodie – jedenfalls kam ihm das niedrige Gebäude in der Dunkelheit wie ein Tier vor, das sich zum Schlaf zusammengerollt hatte. Efeu rankte sich an den Wänden empor, das Dach war bereits ein wenig eingesunken. Doch aus der Ferne, in der nächtlichen Kühle, strahlte der Schuppen etwas Einladendes aus. Es schien anders zu sein als die Häuser oben auf der Straße. Am liebsten wäre Kieran an eines der Schuppenfenster getreten und hätte angeklopft.

Doch er hielt sich zurück. Stattdessen versteckte er sich hinter einem Busch und versuchte, durch das Laub hindurch einen besseren Blick auf das Häuschen zu erhaschen. Durch die Fenster konnte er farbige, manchmal mit einem Muster versehene Rechtecke erkennen sowie schmalere spitze Formen, die er nicht einzuordnen vermochte. Er kniff die Augen zusammen, um besser sehen zu können, doch leider war er zu weit entfernt. Auch eine menschliche Gestalt, die zur Musik und zum Licht gehören musste, zeigte sich nicht. Aber er wusste, dass jemand da war. Sein Bauchgefühl und die Musik verrieten es ihm. Also wartete er geduldig. Seine Brust hob und senkte sich mit den Takten der Musik, die jetzt von einer weiblichen Stimme begleitet wurde. Die Stimme kletterte immer höher und höher, um dann unerwartet in unbekannte Tiefen zu stürzen.

Kieran schloss die Augen und lauschte.

Ganz plötzlich verstummte die Musik. Überrascht sah er hoch. In der jähen Stille kam er sich wie ertappt vor. Ohne die Fenster aus den Augen zu lassen, kroch er langsam näher, bis er eine weitere Gruppe Büsche erreicht hatte. Er zog einen Ast vor sich, um sich dahinter verbergen zu können, wurde dabei aber von Dornen gestochen. Hastig ließ er den Ast los und stieß einen leisen Fluch aus. Da er sich jetzt hinter dem Schuppen befand, wagte er es jedoch, sich zu voller Größe aufzurichten und wie ein Hase im Zickzack den Hügel hinaufzulaufen.

Oben an der Straße blieb Kieran stehen. Sein Herz pochte heftig. Nachdem er sich ein wenig erholt hatte, lief er im schwachen Mondlicht zur Stadt zurück, wobei er immer wieder einen Luftsprung machte. Als er sich seine verletzten Hände vor das Gesicht hielt, war er aufgeregt und glücklich: Blut und Rosen. In jener Nacht schlief er in ungeduldiger Erwartung auf den nächsten Abend ein, auf die hereinbrechende Dunkelheit.

Doch es war ihm nicht möglich gewesen, am nächsten Abend wiederzukommen. Mehrere Tage lang wurde er mit Aufgaben im Haus und durch das Halbfinale des ›Einstein-Quiz‹ aufgehalten. Als er schließlich wieder in den Garten kam, schlich er erneut im Schatten der Bäume und Büsche bis zu jenem Pfad, wo die Rosen wuchsen. Diesmal wagte er es, im Mondlicht die samtigen Blütenblätter zu berühren, und fasste Mut. Rechts vom Haus ging er im feuchten Gras in die Hocke und versuchte, sich dann so weich und unauffällig zu bewegen wie Rauch. Als er schließlich das beleuchtete Fenster erreichte, wagte er es, den Kopf etwas zu heben – eine graue Form zwischen Blättern und Ästen.

Ich sehe dich. Die Stimme klang ruhig und gelassen. *Du musst dich nicht verstecken.*

Die Worte klangen, als kämen sie aus den Farnen über ihm.

Kierans Körper war vor Schreck wie zu Stein erstarrt. Er hatte das Gefühl, für immer in dieser Position verharren zu müssen. Doch er war ein Stein mit Augen, und als er sich zwang aufzublicken, entdeckte er zuerst nichts. Das erleuchtete Fenster war leer, ein weiteres lag im Dunklen. Er lehnte sich zur Seite und wagte es dann, geduckt einen Schritt nach vorn zu machen.

Im Licht siehst du mich besser.

Die Stimme kam aus dem Gebüsch, nicht aus dem Schuppen.

An der Ecke des Häuschens stand eine Frau. Kieran blickte in ein blasses Gesicht, dessen Konturen er in der Dunkelheit nicht gut erkennen konnte. Sie trug eine Wollmütze und schien schwarze Haare zu haben. Er wusste instinktiv, dass er von ihr nichts zu befürchten hatte. Trotzdem weigerten sich seine Glieder, sich in Bewegung zu sein.

Nach einer Weile schlug sein Herz wieder langsamer, und er konnte tief durchatmen.

Dann komm. Komm herein. Ich habe uns einen Tee gemacht. Sie drehte sich um, blieb stehen und wandte sich ihm noch einmal zu, um sein ausdrucksloses Gesicht eingehend zu betrachten. *Du musst nicht reden*, fügte sie hinzu und verschwand im Schuppen.

Aber Angela redete. Es begann noch in jener Nacht.

Malst du manchmal?

Als er nicht antwortete, drehte sie sich von der Leinwand zu ihm um und sah ihn an. Er schüttelte den Kopf.

Nein? Hast du es ausprobiert?

Wieder herrschte Stille. *Ich kann andere Dinge*, sagte Kieran schließlich. *Ich kann zum Beispiel ›Mount Kosciuszko‹ buchstabieren. Und ›Eukalyptus‹. Ich kann auch Toast machen. Alle Sorten Toast.*

Sie musterte ihn neugierig. *Alle Sorten?* Ihre Stimme signalisierte ihm, dass sie keine Antwort erwartete. Er musste nichts sagen, wenn er nicht wollte. Das spürte er.

Sie lächelte. *Und wie sieht es mit dem Reinigen von Pinseln aus*? Sie reichte ihm einen Bund Pinsel in verschiedenen Farben.

Er musterte sie. Wie Zauberstäbe, dachte er später. Als die Pinsel von ihrer Hand in die seine wechselten, wurde etwas zwischen ihnen besiegelt. Von diesem Moment an verdichteten sich die Worte, die sie sagte, bis sie so zäh wie Kleber wurden. Angelas Stimme hielt ihn fest, auch wenn er wusste, dass er eigentlich gehen und sich schlafen legen sollte, weil ihn Cress' kritischer Blick sonst am nächsten Morgen quälen würde. Doch nach einer Weile begriff er, dass Angela ihn als ihren Zuhörer brauchte. Er wurde für sie so wichtig wie ihre Bilder. Sie erzählte ihm ihr Leben und verlieh ihm so einen Sinn. Dafür brauchte sie Kieran.

Ein leises Rumoren. Im Boden spürte Kieran die Schwingungen eines Autos. Langsam drehte er den Kopf zur Seite und beobachtete, wie seine Großmutter aus dem Wagen stieg und die Tür hinter sich zuwarf. Dann ging sie mit großen Schritten um das Haus herum zur Hintertür, ohne ihn zu bemerken.

Gerade wollte er sie auf sich aufmerksam machen, als er ihre Miene sah. Instinktiv wusste er, dass er eine Schlafwandlerin aus einem Traum reißen würde, wenn er sie jetzt ansprach. Also blieb er still auf dem Rasen liegen und sah ihr hinterher, wie sie in der Küche verschwand.

Cress trug das Paket durchs Haus in ihr Zimmer. Auf dem Weg dorthin horchte sie, doch sie konnte weder das leise Murmeln des Fernsehers noch andere Geräusche hören. *Kieran*, rief sie leise. Keine Antwort. In ihrem Schlafzimmer sah sie sich hastig um. Es gab mehrere Möglichkeiten: hinter der alten Holzkommode oder unter einem Berg aus Tüchern und Mützen, der auf einem Stuhl lag. Sie dachte einen Moment lang nach. Das Kleid in ihrem Arm verströmte einen Duft nach Staub und Tee. Entschlossen kniete sie sich vor ihr Bett und schob das Paket darunter. Einen Augenblick lang hielt sie die Hände über ihren Schatz, dann tätschelte sie den Stoff und erhob sich wieder. Als sie in die Küche kam, war Kieran dort und machte einen Toast.

Kate hob nach zweimaligem Klingeln ab. *Endlich*, sagte sie. *Ich wollte dich schon anrufen.*

Ich habe Neuigkeiten, erklärte Laura und verstummte dann. Plötzlich hatte sie das Gefühl, es wäre besser gewesen, sich auf das Gespräch vorzubereiten.

Kate lachte. *Sag nicht, dass du ein Vermögen geerbt hast, von dem wir bisher noch nichts wussten*, mutmaßte sie. *Umso besser. Mehr Jahre für deine Baumschule.*

Laura lächelte. Zum ersten Mal überlegte sie, was das Haus wohl wert sein mochte. *Nein*, sagte sie schließlich. *Nicht ganz …*

Sie versuchte sich von außen zu betrachten und die Worte, die sie nun sagte, mit Kates Ohren zu hören. Während sie redete, wurde ihr bewusst, dass sie nicht nur ihrer Tochter, sondern auch sich selbst die Geschichte erzählen musste. *Es hat sich herausgestellt*, begann sie, *dass ich die ganzen Jahre über in Wahrheit nie ein Einzelkind war. Irgendwo habe ich einen Bruder, von dem ich nichts wusste.* Sie hielt inne, da sie hoffte, dass Kate etwas sagen würde. Doch am anderen Ende der Leitung herrschte Schweigen. *Er kam zwei Jahre vor mir auf die Welt und wurde zur Adoption freigegeben. Meine Eltern haben ihn nie erwähnt.* Mit einem leisen Lachen fügte sie hinzu: *Eine ziemliche Überraschung, wie du dir sicher vorstellen kannst.*

Kate brauchte einige Sekunden, um zu antworten. Als sie schließlich sprach, klang ihre Stimme zaghaft. *Adoptiert,* sagte sie. Sie versuchte zu begreifen, was das bedeutete. *Du meinst, er wurde weggegeben.*

Angela war damals siebzehn. Laura hörte ihrer eigenen Stimme zu, die seltsam ruhig klang. *Damals hat man das wohl so gemacht.*

Wer?

Unverheiratete Mädchen. Sie sind für die Geburt an einen anderen Ort gegangen und haben dort heimlich ihre unehelichen Kinder zur Welt gebracht. Ich habe mal einen Film darüber gesehen …

Aber hat denn niemand versucht, ihr zu helfen? Hatte sie keinen Menschen?

Laura holte tief Luft. *Ich habe keine Ahnung. Ich weiß überhaupt nichts, Kate.* Leise fügte sie hinzu: *Und es gibt niemanden mehr, den ich jetzt noch fragen könnte.*

Am anderen Ende der Leitung herrschte erneut Schweigen. *Mann*, sagte Kate schließlich. *Und? Hat sie … Hat sie ihn jemals wiedergesehen? Oder auch nur gefunden? Wer war überhaupt der Vater?*

August. Mein Vater.

Laura hörte Kate verwundert *Wie bitte?* fragen. Sie erklärte ihr, dass Angela offenbar nie versucht hatte, ihren Sohn ausfindig zu machen, und es keine weiteren Informationen über den Jungen gab. Plötzlich überkam sie wieder das traumartige Gefühl der letzten Tage. Sie musste an Fergus denken und an das, was er gesagt hatte. An all das, was sie bisher nicht einmal geahnt hatte. *Momentan kommt es mir fast vor, als würde ich mir das alles nur einbilden, als hätte ich es nur geträumt.*

Kate wartete. *Geht es dir gut?*, fragte sie nach einer Weile. *Ich wusste, dass ich besser mitgekommen wäre.*

Cress stand in ihrem Garten und sah der Dämmerung dabei zu, wie sie die Stadt verwandelte. Diese Stunde des Tages kam ihr immer so milde, versöhnlich und nachsichtig vor. Unter dem indigoblauen Himmel war es schwierig, allzu viel zu bereuen oder sich zu grämen. Schönheit reibt sich an den Schwielen auf, dachte sie, an den verhärteten Herzen. In einer Stimmung wie dieser wurde man wieder daran erinnert, dass es auch wunderbar sein konnte, am Leben zu sein, und es letztlich sinnlos war, etwas zu bereuen. Die Sonne würde wie immer am Abend untergehen, um dann am nächsten Tag wieder hoch am Himmel zu stehen – ganz gleich, wie sich Cress fühlen mochte oder wie sich die anderen fühlten.

Unten am Fuß des Hügels, in der Nähe des Meeres, begannen gelbe Rechtecke warm aufzuleuchten. Die Zeiten, als sie noch zusehen konnte, wie nach und nach in jedem Haus das Licht anging, und wusste, wer dort wohnte, waren lange vorbei. Heutzutage konnte sie sich nicht einmal mehr die Gesichter der Bewohner vorstellen oder sich ausmalen, was jeder von ihnen an einem Sonntagabend zu Hause so machte. Nach Eds Tod hatte sie oftmals im Garten gestanden und zu den beleuchteten Häusern geblickt – voller Neid und Eifersucht auf all jene, die noch zu zweit waren. Jedes Haus schien Liebe, Freundschaft, Kameradschaft auszustrahlen, jedes Fenster freudig zu leuchten.

Irgendwann konnte sie die Fröhlichkeit der anderen nicht länger ertragen – die Gesichter, die heiteren Stimmen, die manchmal an ihr Ohr drangen, der Duft eines Bratens – und kehrte ins Haus zurück. Das alles geschah lange, ehe Kieran bei ihr eingezogen war. Im dunklen Haus hatte sie sich dann auf das Sofa gelegt, die Augen geschlossen und gelauscht. Oder vielmehr versucht, Eds Stimme zu hören, sein Pfeifen, die Geräusche, die er gemacht hatte, wenn er gekommen oder gegangen war. Sie hatte Angst, dass sie all das eines Tages vergessen würde.

Inzwischen starrte sie nicht mehr in beleuchtete Fenster. Diese Art Sehnsucht hatte ihren Körper fast völlig verlassen – ebenso wie das Gefühl von Neid und Eifersucht. Es war nicht leicht, auf einen Fremden neidisch zu sein, und als immer mehr neue, moderne und anonyme Häuser errichtet wurden, hörte sie auf, die Bewohner zu beobachten. Die Neuankömmlinge interessierten sie nicht mehr, ihre umgepflanzten Leben kamen ihr seltsam klein und unbehaust vor.

Sie ging zum Gartenschlauch und drehte das Wasser auf. Dann sog sie die kühle Abendluft in ihre Lungen und lauschte dem Zirpen der Zikaden. Ich habe nichts gegen die Neuankömmlinge oder die Veränderungen in der Stadt, dachte sie, während sie behutsam die Salatköpfe und Kirschtomaten besprengte. Zwischen den Hügeln der Stadt – mit ihren fünf Kirchen, den neuen Cafés, Feinkostgeschäften und Nippesläden – und den Strandhäusern war es noch immer möglich, sich zurückzuziehen und seine Ruhe zu finden. Wenn auch nicht ganz: Das Leben in einer Kleinstadt bedeutete stets auch ein Exponiertsein, die Unmöglichkeit, unsichtbar zu werden. Das wusste sie, und das hatte auch Angela gewusst. Immer gab es jemanden, der sich erinnerte, jemanden, der wissen wollte, wo man in letzter Zeit gewesen war.

Der Schuppen, den Angela schon vor langer Zeit zu ihrem Atelier umgebaut hatte, befand sich etwa zehn Schritte vom Haus entfernt. Das Tal und die Stadt lagen unterhalb ihres Gartens, und im Hintergrund glitzerte die silberne Oberfläche des Meeres. Die Spätnachmittagssonne brachte die Wände aus Blech noch immer zum Glühen.

Laura kniff die Augen zusammen und stellte zu ihrer Überraschung fest, dass alles vor ihr von Erinnerungen überzogen wurde – die wuchernden Büsche, die wild wachsende Passionsfrucht, ja sogar die Luft. Plötzlich sah sie sich als Kind, wie sie mit ihrer Mutter über ihre Bilder, ihre *verdammte Kunst* stritt. So hatte sie die Gemälde ihrer Mutter damals genannt, um sie zu schockieren. Doch Angela hatte gelassen reagiert. *Eines Tages wirst du begreifen*, hatte sie gesagt. *Letztlich klammert man sich an das, was einem das Gefühl gibt, am Leben zu sein.*

Laura konnte sich noch gut an ihre kindliche Empörung erinnern, als sie merkte, wie ruhig ihre Mutter wirkte und dass offenbar nicht sie allein das Wichtigste für sie war. *Und was ist mit mir?*, hatte sie verletzt gebrüllt.

Angela hatte ihr einen kurzen Blick zugeworfen und sich dann wieder ihrer Leinwand zugewandt. *Das ist etwas anderes*, hatte sie geantwortet. *Kinder verlassen einen. Irgendwann gehen sie fort.*

Dann stimmt es also, hatte Laura damals gedacht. Die Kunst ist ihr wichtiger als ich. Diese blöden, hässlichen Bilder, die sich wildfremde Leute an die Wand hängen und dann nicht mehr wahrnehmen. *Deine Gemälde werden gekauft*, hatte sie zornig erwidert. *Die verlassen dich auch.*

Angela hatte einen Pinsel in die Hand genommen. *Nein*, hatte sie ruhig geantwortet. *Selbst wenn sie verkauft werden, bleiben sie doch ein Teil von mir. Oder ich von ihnen. Sie verlassen mich nicht.* Während sie das sagte, hatte sie aus dem Fenster gestarrt.

Laura erinnerte sich noch gut an das intensive Pink einer Kräuselmyrte draußen im Garten. Sie hatte sich auf dem Absatz umgedreht und den Schuppen wutentbrannt verlassen.

Jetzt sah sie alles wieder vor sich, vor allem das Gesicht ihrer Mutter, das stoisch und undurchdringlich gewirkt hatte, als sie verschwunden war. Laura streckte die Hand aus und berührte entschlossen den Türknauf des Schuppens. Du bist kein Kind mehr, dachte sie und drehte daran. Zu ihrer Überraschung war der Schuppen unverschlossen. Sie holte tief Luft und öffnete die Tür.

Zum ersten Mal seit über dreißig Jahren betrat sie das Atelier.

Ihre nackten Füße berührten den kalten Betonboden. Nach zwei Schritten blieb sie stehen. Bekommst wohl kalte Füße, was, dachte sie und verspürte das Bedürfnis zu lachen und gleichzeitig wegzulaufen, wie sie es bei Fergus getan hatte. Trotzdem verharrte sie regungslos in dem großen Raum und sog die Luft, die nach Terpentin, Ölfarben und Firnis roch, in ihre Lungen. Für einen Moment schloss sie die Augen, öffnete sie dann aber wieder. Sie musste sich geradezu dazu zwingen, doch schließlich wollte sie sehen, welcher Anblick sich ihr bot.

Staffeleien und Leinwände lehnten an den Wänden, wo Regale voller Dosen, Flaschen, Papierrollen und Farben hingen. An einem Ende des Raums stand auf einem grünen Teppich eine kleine Couch – ein Anblick, der Laura seltsam beruhigte. Das Grün des Teppichs leuchtete wie eine fröhliche Flagge in der untergehenden Sonne. Ermutigt trat sie zu den Zeichnungen, die auf einem Tisch lagen. Dort gab es keine Überraschungen. Es waren wie immer Darstellungen verschiedener Pflanzen, deren lateinische Namen Angela jeweils darunter geschrieben hatte: ›Grevillea banksii‹, ›Callistemon‹, ›Melaleuca wilsonii‹. Die letzte Blume war leuchtend pink wie die Kräuselmyrte in ihrer Erinnerung.

Sie wandte sich den Staffeleien zu, als ihr Blick auf zwei große Leinwände fiel, die an der hinteren Wand lehnten. Neugierig lief sie über den kühlen, farbbefleckten Boden und blieb vor den Bildern stehen. Sie hatte keine Ahnung, ob es an der Größe der Gemälde oder an etwas anderem lag, das ihr auf einmal das Gefühl vermittelte, geschrumpft zu sein – wie ein Kind, das noch nicht wusste, was es von der Welt halten sollte.

Beide Gemälde waren ein Chaos aus Farben, unerklärlichen Formen und Details – zumindest auf den ersten Blick. Als Laura einen Schritt zurücktrat, glaubte sie, den Umriss eines gefräßigen Pyramidenwürgers zu erkennen, dessen außergewöhnliche Kraft und Fähigkeit, in größte Höhen zu ranken, ihn auch im Regenwald überleben ließen. Eingehend betrachtete sie das Bild und erkannte nach und nach immer mehr Formen und Pflanzen: Farnwedel und üppig grüne Blätter, Wurzelwerk und seltsam exotische Blüten. Hunderte Grünschattierungen unter einem mild blauen Himmel. Am unteren Rand war mit einer schräg nach rechts fallenden Schrift der Titel des Bildes vermerkt: ›Auf der Suche nach Gehalt # 3‹.

Die Farben des anderen Bildes ließen sich nicht in einzelne Formen zerlegen. Die Leinwand war mit einem breiten Pinsel und einem Spachtelmesser bearbeitet worden. Laura legte den Kopf schräg. Nach einer Weile fiel ihr auf, dass hinter den wirren Wirbeln und Farbschattierungen doch eine Art Ordnung steckte, die an einen Rhythmus erinnerte. Mehr ließ sich jedoch nicht erkennen. Der Titel, wieder am unteren Rand des Gemäldes notiert, lautete diesmal: ›Auf der Suche nach Gehalt # 2‹.

Laura blickte auf. Für einen Moment fragte sie sich, ob diese Bilder überhaupt von Angela gemalt worden waren. Doch dann entdeckte sie ein drittes Gemälde mit denselben Formen und Mustern, das noch unfertig auf einer Staffelei stand. Aus der Nähe war auch dieses nicht zu entziffern. Trotzdem stand Laura wieder lange davor und versuchte, mit den Augen den Bewegungen der Hände und des Pinsels zu folgen, um die Absicht zu verstehen, die dahinterstecken mochte. Nach einigen Minuten gab sie auf.

Dann betrachtete sie die drei Bilder ein weiteres Mal. Etwas, das ihr bei ihren Besuchen in Kunstgalerien stets gefehlt hatte, gab es in diesem Studio – das wurde ihr erst jetzt bewusst. In den Schichten von Farben, in den mitreißenden, beinahe bedenkenlos aufgetragenen Spuren und Pfaden der Bilder konnte sie Freude entdecken – etwas, das sie bisher nie mit einem Gemälde in Verbindung gebracht hatte, geschweige denn mit Angela.

Vor ihrem geistigen Auge sah sie einen breiten Tisch im Atelier ihrer Mutter, wo ein Wasserkocher, ein Toaster und zwei Becher in perfekter Symmetrie zueinander standen. Sie dachte erneut an den Streit in ihrer Kindheit. *Selbst wenn sie verkauft werden, bleiben sie doch ein Teil von mir. Oder ich von ihnen. Sie verlassen mich nicht.*

Laura drehte sich um und verließ den Schuppen. Sie zog die Tür hinter sich zu und eilte den Hügel hinauf zum Porzellangarten.

Dort kniete sie sich zwischen die Kräuter und das Porzellan. Ihre Finger brauchten nicht lange, ehe sie den Halbmond einer Untertasse und die geschwungene Einfassung einer Tasse fanden, die dort in der Erde vergraben waren. Die dazugehörigen kleinen Teller zeigten ihre oberen Ränder wie Monde, die zu- oder abnahmen. Hier der abgebrochene Schnabel einer Kanne, die Kanne selbst noch eine perfekte Kugel, wenn auch vollgesogen mit Feuchtigkeit. Dort ein zierlicher Eierbecher, an zwei Stellen angeschlagen.

Laura nahm den Eierbecher und betrachtete ihn. Er war cremefarben und erdverkrustet. Auf einer Seite konnte man noch ein geflecktes gelbes Hühnchen erkennen – der Eierbecher eines Kindes. Ihr Eierbecher. Sie glaubte, das leise Kratzen des Messers an der Schale zu hören, zu sehen, wie das Eigelb vom Löffel tropfte.

Nachdenklich beugte sie sich vor, um den Eierbecher wieder zurückzulegen, als sie auf einmal begriff. Die Erkenntnis blies wie ein Wind durch sie, wirbelte durch die Blätter, das Gras, umspielte ihre Haut. Sie hielt inne. Ein Teil von mir ist hier vergraben, dachte sie. Jetzt verstand sie plötzlich, dass alles, was sie im Haus und im Garten berühren würde – jede Rundung, jede scharfe Kante, jede Ecke – Teil eines Körpers, einer Angst, eines Geheimnisses sein konnte.

Sie stand auf. *Ich bin mir nicht sicher, ob ich das alles schaffe*, hatte sie zu Fergus gesagt, als wäre Einsicht oder Erkenntnis etwas, das man sich aussuchen konnte. Als ob man sich eine Vergangenheit wählen und eine andere ignorieren könnte. Als sie von Fergus weggefahren war, hatte sie begriffen, dass sie das gar nicht tun musste. Sie musste nichts ausgraben, nichts Verborgenes aus seinem Versteck ans Licht holen. Nein, es war alles ihre freie Entscheidung.

Ein Schatten huschte über sie hinweg, und ein durchdringender Schrei ließ sie zusammenzucken. Sie blickte auf. Ein Schwarm schwarzer Kakadus flog kreischend über sie hinweg. Um diese Tageszeit war der Hügel ein Wall aus schwächer werdenden Farben. In Europa hatte sie vergessen, dass der Himmel in Australien eine Landschaft größer und gewaltiger wirken lassen konnte als anderswo. Unbezähmbar, undurchdringlich. Vermisst hatte sie es nicht.

Kieran wanderte wie zu Musik durch die Stadt. Wie im Takt eines Liedes, eines Refrains lief er zwischen Asphalt und Strand, zwischen Zäunen und Hauseingängen hin und her. Man sah ihn, ohne ihn so recht zu bemerken, erwartete ihn, ohne ihn zu vermissen. Er war stets da, auch wenn man ihn nicht sah. Er stand an einer Bushaltestelle, zwischen den Regalen des Secondhandladens, verlor sich zwischen dem Grün des Rasens oder dem Gelb des Sandes. Er bewegte sich, wie sich Augen bewegen, nahm alles wahr, oftmals ohne selbst wahrgenommen zu werden.

Grün, Gelb und Braun waren Kierans Farben. Er verschwand in ihnen, auch wenn er das gar nicht beabsichtigte. Er sehnte sich nach Vertrautheit und nicht nach Heimlichtuereien. Trotzdem freute er sich, dass es ihm so leicht gelang, sich unsichtbar zu machen. Das ermöglichte ihm, Teil der Stadt zu sein, ohne ganz in ihr aufzugehen. Ein wohlwollender Zuschauer. Ihm gefiel das Wort ›wohlwollend‹. Es war bereits zweimal bei ›Whiz Kids‹ aufgetaucht, und jedes Mal hatten die Kandidaten den Moderator verständnislos angeblickt. Doch Kieran hatte das Wort samt Erklärung sogleich in sein Notizbuch geschrieben. ›Wohlwollend: geneigt, freundlich, wohlgesinnt‹. Es klang wie ein Seufzer, wie das Rascheln des Winds im Laub der Bäume.

Und genau dazu war auch er geworden – ein unsichtbarer Seufzer des Windes –, während er zum zweiten Mal an diesem Tag die Frau in Angelas Garten beobachtete. Er musste zurückkehren, um zu wissen, ob es sie tatsächlich gab. Und da war sie, kniete zwischen Kräutern hinter einer Reihe alter Rosenstöcke. Kierans Augen folgten den Händen der Frau. Er suchte nach einem Hinweis darauf, was sie dort tat, wer sie war. Von seinem Versteck aus konnte er ihr Gesicht nicht erkennen, doch er wusste, dass Hände ihre eigenen Geschichten erzählten. Zum Beispiel Cress' Hände. Sie steckten voller Geheimnisse. Er wusste, wie sie bestimmte Dinge hielten. Finger sprachen – da war er sich sicher. Diese Frau tastete die Kräuter ab, als ob sie blind wäre. Sie knetete die Erde, als wäre sie … Was? Er war sich nicht ganz sicher, was es war. Als ob es mehr als Erde wäre. Als läge ein geheimnisvoller Zauber in der Erde vergraben.

Auf einmal hielt die Frau inne. Eine Weile lang rührte sie sich nicht, so dass Kieran für heute aufgeben und davonschleichen wollte. Ein Schwarm schwarzer Kakadus, der über sie hinwegflog, gab ihm dazu Gelegenheit. Die Vögel kreischten, und für einen Moment verdunkelte sich der Garten. Überrascht hob die Frau den Kopf und sah in den Himmel. Ehe sie begriff, was sich über ihr befand und das Schreien aufgehört hatte, war Kieran bereits verschwunden. Er eilte durch die Büsche zur Straße hinauf, der schwarzen Vogelwolke Richtung Meer folgend.

Cress sah dem Wasser zu, wie es aus dem Gartenschlauch spritzte. Silbern funkelte es in der abendlichen Dämmerung. Die Bäume und Häuser in der Ferne waren immer schlechter zu erkennen, und sie dachte darüber nach, was Verschwinden eigentlich bedeutete. Wie ein Gegenstand oder ein Mensch immer mehr an Kontur verloren. Der Gedanke hatte etwas seltsam Beruhigendes. Bisher war sie noch nie auf die Idee gekommen zu verschwinden. Sie hatte nie vorgehabt, einfach wegzutauchen. Doch ihr gefiel die Vorstellung, sich entziehen zu können. In gewisser Weise verstand sie auch ihr jetziges Leben als einen teilweisen Rückzug, als eine Art Ausbleichen – wie ein Vorhangstoff, der zu lange in der Sonne gehangen hatte und den man kaum noch wahrnahm. Man sah ihn nicht mehr, und doch gab es ihn weiterhin.

Manchmal kam Cress ihre Vergangenheit, all das, was sie getan hatte, wie etwas Ausgeblichenes, Unsichtbares vor – für sie ebenso wie für die anderen. Es gab große Teile, die ihr inzwischen entglitten waren. Wer war das Mädchen in der gestärkten Schwesterntracht gewesen, mit dem Sonntagshut in der Kirche, mit der Mutter in der Waschküche beim Kochen von Leintüchern? War sie heutzutage einfach die fast achtzigjährige Version ihres Selbst oder eine von vielen Versionen? Sie drehte an der Düse des Gartenschlauchs und beugte sich dann nach unten, um den Kohl nach Engerlingen abzusuchen. Nachdem sie es sich in der Hocke bequem gemacht hatte, tastete sie die geschmeidigen Blätter ab. Als eine schwarze Wolke aus Kakadus die Dämmerung noch dunkler werden ließ, blickte sie auf und sah den Vögeln nach. Nur der Himmel kennt mich wirklich, dachte sie.

Inzwischen war es beinahe dunkel. Wieder drehte sie an der Düse und richtete den sprühenden Wasserstrahl auf den Wein, die Bohnen, die Chayote, die Maracuja. Feuchtigkeit schimmerte auf üppig grünen Blättern und ließ sie schwer werden. Der Anblick machte Cress glücklich. Sie überlegte, einen Tee zu kochen. Vor Kurzem hatte sie Chai entdeckt. Sein Aroma und der schwach exotische Duft ließen sie in ihre Jugend zurückkehren oder zumindest in eine erträumte, sorgenlose Zeit der Freude. Der Garten im Dämmerlicht, der das Gewicht des Wassers aufnahm, erfüllte sie ebenfalls mit diesem Gefühl der Leichtigkeit, der Verträumtheit.

Sie drehte das Wasser ab. Kieran würde bald zu Hause sein. Auch er mochte Chai mit Honig. Zwei Löffel.

Sie warf einen Blick über den Zaun, um dem letzten Licht nachzusehen, das hinter dem Wald verschwand. Dann ging sie in die Küche, wo sie Milch, Honig und Tee herausholte und auf die Rückkehr ihres Enkels wartete.

Einundzwanzig Uhr. Laura hatte sich gezwungen, so lange wie möglich wach zu bleiben, doch jetzt wirkte das schmale Bett auf sie wie ein lang ersehnter Hafen. Mit der flachen Hand strich sie über die Decke, dann straffte sie entschlossen das Leintuch, als ob sie mit dieser Geste etwas wegstreifen wollte. Sie wusch sich das Gesicht und zog sich aus. Für einen Moment hielt sie inne und lauschte dem Chor der Frösche, die leise in der sommerlichen Abendluft quakten.

Schließlich legte sie sich hin. Sie horchte. Das Haus um sie herum schien es sich ebenfalls bequem zu machen. Sein altes Holz und Blech zogen sich zusammen, als die Hitze nachließ. Es ist nur ein Haus, redete sie sich zu. Doch insgeheim wusste sie, dass es mehr als ein Haus war. Es war ihr Aufpasser, zumindest für einen bestimmten Teil ihres Lebens. Das Haus war das Archiv all jener besten und schlimmsten Augenblicke, die sie hier erlebt hatte. Plötzlich wurde ihr bewusst, dass sie das seit jenem Tag wusste, an dem sie vor mehr als dreißig Jahren von hier weggegangen war. Seit damals hatte es keinen Aufpasser mehr in ihrem Leben gegeben, keinen, dem sie Rede und Antwort hatte stehen müssen. Sie war entschlossen gewesen, dass das auch so bleiben würde. Das Haus sollte das jetzt nicht ändern.

Ich bin keine Heulsuse mehr. Dieser Gedanke belebte sie einen Augenblick lang und machte ihr Mut. Im matten gelben Licht der nackten Glühbirne forderte sie die Geister auf, sich ihr zu zeigen. *Kommt heraus, ich bin bereit.* Sie sagte es laut, auch wenn sie wusste, dass sich Geister nicht hetzen ließen. Sie würden vielmehr ihre Glieder strecken, die Gelenke knacken lassen und warten, bis die Worte ihrer Einladung schal geworden waren und sich ihr Mund vor Anspannung ganz trocken anfühlte. Sie würden auf Laura warten, während diese auf sie wartete. Heute Nacht würden sie nicht mehr kommen.

Laura nahm eines der Bücher zur Hand, die sie sich aus dem Wohnzimmer geholt hatte. ›Silas Marner‹. Zwei Seiten lang hielt sie durch, dann schaltete sie das Licht aus.

Donnerstag

Laura erreichte das Klingeln des Telefons in ihrem Schlaf, in einem Traum, der echter wirkte als Tageslicht. Ein Traum über das Schwimmen, aus dem es ihr sehr schwerfiel, wieder an die Oberfläche des Bewusstseins zu tauchen. Sie befand sich im Meer an einem fremden Strand, wo sie wie wild kraulte und mit den Beinen schlug, um eine Landzunge zu erreichen, die sich immer wieder von ihr entfernte. Am Strand war eine Ansammlung von Menschen zu erkennen, ein bunter Haufen, der ihre Schreie nicht hörte. Immer wieder rief sie, wollte wissen, wo sie sich befand, bis sie feststellte, dass sie eigentlich gar keinen Laut von sich gab. Kein Ton drang aus ihrem Mund, nicht einmal ein Krächzen. Selbst ihr schweres Keuchen war nicht zu hören.

Sie öffnete die Augen, und der Traum verpuffte. In dem schmalen Bett fühlte sich ihr Körper nach der träumerischen Schwerelosigkeit seltsam bleiern an. Das Tageslicht blendete sie. Es hatte dieselbe Farbe wie der Strand, und ihre Augen brannten, als ob Sand hineingestreut worden wäre. Das Klingeln des Telefons hatte inzwischen wieder aufgehört. Nichts war mehr zu hören. Überhaupt schienen sich alle Geräusche zurückgezogen zu haben.

Verschlafen rieb sie sich das Gesicht. Das Gefühl, am Strand gewesen zu sein, steckte ihr noch in den Gliedern. War es vielleicht Brighton gewesen? Oder doch anderswo? Sie sah auf. Draußen vor dem Fenster zog bereits die Sonne ihre Bahn über den Himmel. Sie musste lange geschlafen haben. Trotzdem hätte sie sich am liebsten vom Fenster weggedreht, zusammengerollt und wieder die Augen geschlossen, selbst wenn sie dann in den stummen Traum und zu dem unbekannten Strand zurückgekehrt wäre. Es wäre herrlich, erneut in diese Schwerelosigkeit eintauchen zu können, in der sie sich ihres Körpers im Grunde nicht bewusst war. Dort, im Traum, musste sie nur leicht die Arme und Beine hin- und herbewegen, um ohne Anstrengung im Wasser zu treiben.

Unter der Baumwolldecke fühlte sich ihre Haut feucht und verschwitzt an, ihr Mund und ihr Rachen hingegen waren ausgetrocknet. Sie sollte besser aufstehen. Dennoch brauchte sie noch eine ganze Weile, ehe ihre Glieder so langsam reagierten, als befänden sie sich noch unter Wasser. Endlich stand Laura auf und blickte hinaus in den Garten. In der feuchten Luft hingen die Blätter der Bäume und Büsche schwer zu Boden. Wie unter Wasser, dachte sie und erinnerte sich an die Sommer in Australien, die sich anfühlten, als liefe man den ganzen Tag durch warmes Wasser.

Mit dieser Erinnerung tauchte auch eine Frage auf. Für eine Weile ließ Laura sie in jener dumpfen Unklarheit, in der sich Jetlag, Träume und düstere Vorahnungen vermischten. Während sie ihre Kleider durchforstete, konkretisierte sie: Wer konnte sich eigentlich noch an all diese Dinge – die Auseinandersetzungen mit ihrer Mutter oder die feuchte Schwere der Sommer – erinnern? Vielleicht das junge Mädchen, das sie in diesem Haus noch immer zu sein schien?

Sie musste an die undeutliche Angst in der Nacht zuvor denken, als sie sich im Halbschlaf gefürchtet hatte, einzuschlafen und am nächsten Morgen in der Haut dieses Mädchens von damals wieder aufzuwachen. Ehe sie ganz weggedämmert war, hatte sie auf einmal die Furcht ergriffen, ihren eigenen Schritten durch dieses Haus zu folgen und sich auf den Spuren lang vergessener Bewegungen wiederzufinden.

Dieses verletzliche, weinerliche Mädchen, das sie damals gewesen war. Sie warf ihre Kleider auf das Bett und breitete sie dort aus, weil sie im Koffer etwas muffig geworden waren. T-Shirts, Röcke, Strümpfe und Hosen. Konnte sich die Geografie einer Kindheit so stark in die Seele einbrennen, dass man nicht nur an einen vertrauten Ort zurückkehrte und sich erinnerte, sondern auch zu alten Gewohnheiten, Einstellungen und Gefühlen, die früher so viel bedeutet hatten? Konnte die selbstständige Frau von heute plötzlich wieder zu dem schreckhaften Kind von damals werden?

Die Vorstellung war absurd und irgendwie doch nicht abwegig. Laura wickelte sich einen Sarong um die Hüften. War sie überhaupt schon wach, oder befand sie sich vielleicht in einer seltsamen Zeitebene zwischen Tag und Nacht? Oder war ihr Bewusstsein irgendwo in der dünnen Luft des Flugs hängen geblieben? Sie war erst seit fünf Minuten auf den Beinen, und doch fühlte sich ihre Haut bereits klebrig an. Schweißperlen standen ihr auf der Oberlippe. Sie setzte sich aufs Bett. Am liebsten hätte sie sich wieder schlafen gelegt.

Nein, sagte sie laut. Etwas in ihrem Kopf, der sich wie aus Watte anfühlte, erinnerte sie daran, dass sie erst heute Abend wieder Schlaf brauchen würde. Laura holte tief Luft und malte sich die Stunden aus, die vor ihr lagen, die unendlichen Minuten voller Bewusstsein. Der Gedanke kam ihr fast unerträglich vor. Aber es blieb ihr nichts anderes übrig, als durchzuhalten. Schließlich hatte sie schon früher schwierige Situationen gemeistert, die ihr damals ebenso unmöglich erschienen waren wie jetzt dieser Tag.

Sie stand auf und holte ihr Handy. Ein verpasster Anruf. Fergus. Nachdem sie tief durchgeatmet hatte, rief sie ihn an …

Später fiel ihr erneut der Schwimmtraum ein, die schwere, feuchte Morgenluft und Fergus' Stimme. *Es gibt ein paar Dinge*, hatte er gesagt, *die ich Ihnen gern erzählen würde. Ich möchte Sie zum Essen einladen. Wären Sie einverstanden?*

Zumindest glaubte sie, das gehört zu haben. *Was?*, hatte sie ins Handy gerufen.

Er hatte sich für das Rauschen des Meeres im Hintergrund entschuldigt und dann den Namen der Bar am Strand wiederholt, wo sie sich treffen sollten. *Um sieben*, hatte er hinzugefügt.

Als Kieran Abby zum ersten Mal sah, trug sie ein formloses Sommerkleid aus einem bedruckten Stoff voller roter und orangefarbener Hibiskusblüten, der ihn an Inseln denken ließ. Sie hatte einen Gang, der irgendwie dazu passte – fast so, als würde sie sich ohne konkretes Ziel bewegen, ohne es zu müssen. Eine Art Urlaubsspaziergang.

Es war an einem Vormittag unter der Woche gewesen. Kieran schlenderte gerade durch den Park. Er war gern nach neun Uhr dort, wenn alle bereits bei der Arbeit oder in der Schule sein mussten. An jenem Morgen driftete Abby vorbei, oder vielleicht wurde sie auch vom Wind getrieben. Obwohl Kieran nur regungslos hinter dem Klettergerüst stand und sie beobachtete, spürte er, wie er von ihr angezogen wurde. Er drehte sich zur Seite und versuchte, wie immer unsichtbar zu sein. Oder zumindest ganz still. Oder beides.

Deshalb zuckte er erschreckt zusammen, als sie sich auf die Schaukel setzte und zu reden begann. Sie stieß sich vom Boden ab, ihr buntes Blumenkleid bauschte sich auf, und die blonden Stirnfransen flogen ihr aus dem Gesicht. *Sanfter Jesus, duldsam und mild, blick auf dieses kindlich Bild. Sanfter Jesus, duldsam und mild … Weißt du, wie es weitergeht?* Ihre Stimme vermischte sich mit ihren langen Haaren, so dass er glaubte, die Worte wie blonde Strähnen aus ihrem Mund kommen zu sehen.

Kieran blickte sich um. Stand jemand hinter ihm? Er hatte

niemanden bemerkt. *Sanfter Jesus …* Die Schaukel wurde langsamer, und das Mädchen versuchte sich mit den Füßen abzustoßen, um sich um die eigene Achse zu drehen. Sie hatte lange, schlaksige Beine. *Kannst du mich anstoßen? Bitte?*

Jetzt drehte sie den Kopf und schaute ihm sekundenlang direkt in die Augen. In ihrer Miene lag keine Neugier. Sie blickte ihn an, als ob sie sich bereits kennen würden. Dann blies ihr der Wind den Pony wieder über die Augen, und sie lehnte sich zurück, so dass ein Vorhang aus blonden Haaren bis zur Erde herabhing. Kieran kam hinter dem Klettergerüst hervor. Sie setzte sich wieder aufrecht hin und sah ihn lächelnd an. *Komm schon*, sagte sie und stieß sich erneut ab. *Stoß mich an!*

Er lächelte und tat, worum sie ihn gebeten hatte.

Zuerst trafen sie sich ausschließlich im Park. Manchmal war Abby schon vor ihm da, und er konnte sie durch die Luft fliegen sehen, wenn er vom Hügel herunterkam. Den Kopf hatte sie zurückgeworfen, und ihre Haare streiften wie beim ersten Mal den Boden.

Damals hatte sich Kieran angewöhnt, sich erst einmal still hinzusetzen und zu warten, bis die Schaukel langsamer wurde. Es war sinnlos, vorher ein Gespräch mit Abby zu beginnen. Auf der Schaukel befand sie sich in einer anderen Welt. Ihre Gedanken flogen mit ihr durch die Luft und hatten den festen Boden verlassen, auf dem Kieran saß. Geduldig zupfte er an ein paar Grashalmen und warf hier und da einen Blick auf die Gestalt, die sich vor ihm bog und verrenkte.

Selbst wenn sie mit dem Schaukeln aufhörte, wusste er, dass er ihr besser keine Fragen stellte. Sie weigerte sich ohnehin, sie zu beantworten. Einmal jedoch, als ihr vom vielen Schaukeln schwindelig war und sie sich neben ihm ins Gras warf, erkundigte er sich, ob sie die Augen aufließ, wenn sie ganz oben in der Luft war.

Ja, immer, antwortete sie. *Es ist die Stille dort oben. Ich betrachte gern die Stille. Dort scheine ich die Einzige zu sein, die sich bewegt.*

Er nickte. Mehr brauchte er nicht zu wissen; diese wenigen Worte genügten ihm. Er spürte, wie das Glück in ihm klopfte, unter seinen Rippen, in den Fingerspitzen – als ob sie ihre Worte in seine Hände gelegt hätte. In diesem Moment begann er an Liebe zu denken. Er überlegte, wie er andere Menschen liebte. Ob er sich in Abby verliebt hatte oder einfach nur in ihre Sätze.

Als er sich jetzt zur Arbeit niederließ, musste Kieran an diesen Tag denken. Heute – Monate später – beunruhigte es ihn nicht mehr, wenn er sie einmal nicht sah. Er wusste, dass es keine Katastrophe bedeutete. Es gab andere Möglichkeiten, mit ihr in Kontakt zu bleiben, zu wissen, dass es ihr gut ging.

Gedankenverloren summte er eine Melodie vor sich hin. Vielleicht Beethoven? Er war sich nicht sicher. In diesem Augenblick schrillte die Fabrikglocke. Es war Mittag. Er warf sich seine Tasche über und ging in die Kantine. Nach dem Essen war das Ende seiner Schicht bereits in Greifweite. Wenn er sich beeilte, konnte er eine halbe Stunde nach Arbeitsschluss in ihrer Straße sein, kurz bevor ihr Vater nach Hause kam.

Cress lief mit einem Korb von Zimmer zu Zimmer und sammelte die schmutzige Wäsche ein. Die meisten Sachen stammten von Kieran. Sie hatte es längst aufgegeben, sich darüber zu mokieren, dass ihr Enkel, der in vielem so genau war, derart nachlässig mit seiner Kleidung umging. Überall lagen Klamotten herum. Im ganzen Haus fanden sich Pfade aus Jeans, T-Shirts und Socken – neben seinem Bett, neben dem Fernseher und selbst am Boden des Badezimmers, direkt neben dem Wäschekorb. Lange Zeit hatte sie immer wieder versucht, ihn dazu zu bringen, seine Kleidungsstücke selbst aufzuräumen. Sie hatte ihn angefleht, herumgenörgelt, ihm eine Belohnung versprochen. Jetzt jedoch, nach zehn Jahren, in denen sich der Stil und die Farben von Kierans Kleidung kaum geändert hatten, war Cress so weit, ihre Versuche endgültig aufzugeben. Nichts von dem, was sie sagte, schien zu ihm durchzudringen. Jede Klage ihrerseits traf auf denselben überraschten Blick, dasselbe Schulterzucken, wenn er das fragliche Kleidungsstück aufhob und desinteressiert in den Wäschekorb warf.

Manchmal tauchte er kurz darauf mit einem der Kleidungsstücke wieder auf. Er hatte die zerknitterte Jeans, die schmutzigen Socken oder ein verschwitztes Oberteil einfach wieder angezogen. Cress wusste, dass es nicht aus Boshaftigkeit oder Sturheit geschah, sondern nur ein Zeichen seiner Versunkenheit war. Er hatte das Kleidungsstück aufgehoben und dann einfach Lust gehabt, es wieder anzuziehen.

An diesem Tag jedoch störten sie die herumliegenden Kleidungsstücke nicht im Geringsten. Im Grunde störte sie heute überhaupt nichts. Sie sortierte die Wäsche in mehrere Haufen und pfiff dabei leise eine Melodie vor sich hin, wie Ed es immer getan hatte. Als sie sich nach unten beugte, um einen Wäscheberg hochzuheben und Stück für Stück in die Maschine zu stopfen, merkte sie, wie ihr alter Körper das Gefühl wiedererkannte, das sie erfüllte. Es war ein Gefühl der Fülle, als ob keine Leere mehr existierte. Sie hatte diese Empfindung seit jenem Augenblick in sich getragen, als sie in St. Barnabas die Teetruhe geöffnet hatte, doch jetzt verspürte sie noch etwas anderes – eine Art Erregung, die zu einer jüngeren Version ihres Selbst gehört hatte.

Als sie Ed kennengelernt hatte, war der Krieg noch nicht

vorüber gewesen. Damals war sie sechzehn Jahre alt und zu jung, wie ihr Vater fand, um sich mit einem Neunzehnjährigen einzulassen, der jeden Augenblick eingezogen werden sollte. Er verbot seiner Tochter, den jungen Mann wiederzusehen. Doch nachdem Ed zur Grundausbildung abberufen worden war, hatte er ihr durch einen Freund einen Brief zukommen lassen. Einmal sprachen sie sogar über ein Krankenhaustelefon miteinander, obwohl weiterhin jeglicher Kontakt verboten war. Vor allem der Brief war jedoch ein sichtbares Band ihrer Verbindung für sie gewesen, aufregend und gefährlich.

Auf der Krankenstation konnte sie den Brief heimlich in ihrer Tasche mit sich herumtragen oder ihn in den BH stecken. Zu Hause wagte sie so etwas nicht. Dort gab es keinen Ort, wo der Brief sicher war. Zuerst hatte sie ihn in ihrer Unterhose mit sich herumgetragen. Die Ecken des Umschlags hatten sich in ihr Fleisch gebohrt, doch sie befürchtete stets, dass er herausfallen und alles verraten könnte. Schließlich hatte sie das Beweisstück hinter das Jesus-Bild in ihrem Zimmer geschoben, wo es – so kam es Cress zumindest vor – lebendig zu werden schien, fast so, als ob es atmen würde.

Genauso ging es ihr jetzt mit dem Kleid.

Während sie im Haus herumlief, aufräumte und darüber nachdachte, was sie zum Abendessen kochen sollte, wanderten ihre Augen immer wieder wie von selbst zu ihrem Schlafzimmer, als würde das Kleid einen Geruch ausströmen oder einen Laut von sich geben. Diesmal kam es Cress vor, als ob sie selbst es wäre, die lebendiger werden würde. Sie hatte das Gefühl, die Gegenwart des Kleids würde sie anschwellen lassen oder auch Gewöhnliches kleiner machen. Die in regelmäßigen Abständen auftretenden Schmerzen in ihrer rheumatischen Hüfte irritierten sie heute ebenso wenig wie der Gedanke an das Gemüse, das in der Küche darauf wartete, geputzt und geschnitten zu werden.

Nachdem das Haus aufgeräumt war, die Waschmaschine lief und sie fand, lange genug gewartet zu haben, schlich sie auf Zehenspitzen in ihr Schlafzimmer. Fast kam es ihr vor, als ob jemand sie beobachtete. Draußen stand die Luft still. Nur hier und da waren Krähen zu hören, die Cress jedoch kaum wahrnahm. Trotzdem schloss sie vorsichtshalber die Fenster und zog die Vorhänge zu, so dass ihr Zimmer in Dämmerlicht getaucht war. Jetzt konnte sie das Päckchen herausholen. Vor Erregung begann sie zu zittern.

Sie kniete sich in den Sonnenstrahl, der durch einen Spalt in den zugezogenen Vorhängen hereinfiel, und fasste unter ihr Bett, um das Päckchen herauszuziehen. Langsam schlug sie das Tuch beiseite, in welches das Kleid gewickelt war. Dann lehnte sie sich zurück und betrachtete eine Weile den Stoff. Mehrere Minuten vergingen, während ihre Augen nichts anderes wahrnahmen als die Perlen, die Linie des Ausschnitts und die zarten Fäden der Verzierungen.

Ihre Füße drohten einzuschlafen. Cress stand ein wenig umständlich auf, indem sie sich am Fußende des Betts hochzog. Dann bückte sie sich, hob das Kleid hoch und hielt es vor sich. Sein Gewicht überraschte sie. Sie presste es an sich, hielt es an der Taille fest, drehte sich einmal um sich selbst und blickte dann um sich, wie man es tut, wenn man einen Spiegel sucht. Sie handelte, ohne nachzudenken. Der Anblick, der sich ihr bot, überraschte sie. Im Spiegel sah sie weder das Bild einer alten Frau in einem Hochzeitskleid noch das der jungen Braut, die es einmal getragen haben mochte. Fasziniert starrte sie auf ihr Spiegelbild. Es war keine Braut, die sie sah, sondern ein engelhaftes Wesen. Ein Wesen, das als Vision existierte, als Fata Morgana.

Ihre Hand auf den Perlen zitterte. Sie blickte sich um, aber im Zimmer war alles wie immer – das Bett, das Fenster, die drückende Hitze. Alles höchst weltlich.

Im Spiegel jedoch schien es mehr als nur diese eine Dimension zu geben. Die Gestalt ihr gegenüber erwiderte ruhig ihren Blick. Sie war sowohl auf seltsame Weise körperlich präsent als auch schwerelos durchsichtig. Cress legte den Kopf zur Seite. Sie vermochte nicht aufzuhören, sich zu betrachten, wobei sie sah und doch nicht sah.

Nach einer Weile legte sie eine Hand auf ihr Herz, wodurch das Kleid nach unten rutschte. Durch diese Bewegung verlor das Bild seinen Zauber. Im Spiegel zeigte sich nun nur noch eine alte Frau, die ein antikes Brautkleid an sich drückte und irgendwie recht lächerlich wirkte. Ungeduldig schürzte Cress die Lippen. Dämliche Alte. Sie faltete das Kleid zusammen, wickelte es rasch wieder in sein Tuch und schob das Paket mit der Schuhspitze unters Bett zurück.

Es gab wahrlich wichtigere Dinge, die auf sie warteten.

Kieran wusste, dass Abbys Haus alt war, wenn auch nicht so alt wie seines oder das von Angela. Hier gab es keinen Garten, sondern nur eine nackte Rasenfläche, die im Sommer verbrannt aussah, einige Büsche und oben auf der Veranda einen Blumentopf, aus dem eine vertrocknete Pflanze herausragte. Vielleicht eine Ringelblume. Unkraut rankte sich unentschlossen am Gitter des Gartenzauns hoch.

Es war ein Haus mit Geheimnissen, da war sich Kieran sicher. Die Mauern und Fenster hinter dem peinlich genau gemähten Rasen verrieten jedoch nichts. Nichts drang nach draußen, nichts verließ diese Wände. Die cremefarben lackierten Fensterläden hatten schon lange ihren Glanz verloren, und die Fensterrahmen aus Aluminium wirkten seltsam sauber und nüchtern. Ohne Markisen erinnerten sie Kieran an eine Frau ohne Augenbrauen und Wimpern. Die Haustür, die stets geschlossen war, bestand aus einem Paneel milchigen Glases. Daneben befand sich eine Klingel. Wann hatte zum letzten Mal jemand darauf gedrückt?

Vom Unkraut einmal abgesehen wirkte der Vorgarten penibel aufgeräumt. Mülltonnen standen neben dem gepflasterten Weg zum Haus, ein Gartenschlauch hing über einem Wasserhahn. Weiter hinten konnte man einen Schuppen mit einer Schiebetür und eine Wäschespinne mit einem Säckchen für die Wäscheklammern erkennen. Manchmal stand ein Plastikkorb unter den flatternden Kleidern. An solchen Tagen reckte Kieran den Hals besonders weit, um herauszufinden, ob eines der Kleidungsstücke vielleicht einen Hinweis enthielt, was im Inneren des Hauses vor sich ging. Doch die weiten Blumenkleider und blauen Arbeiterhemden erzählten ihm nichts, was er nicht sowieso schon wusste.

Vom Ende der Straße aus beobachtete er, wie Abbys Vater in seinem weißen Sedan nach Hause kam. Er traf stets zur selben Zeit ein, bog pünktlich um halb sechs um die Ecke. Wenn er vorhatte, noch einmal wegzufahren, ließ er den Wagen draußen auf der Straße stehen. Ansonsten stieg er aus und öffnete das Garagentor, fuhr das Auto hinein und ging dann zum Gartentor, um es zu schließen, ehe er im Haus verschwand.

Abbys Vater war mittelgroß und kräftig. Stets trug er eine kleine blaue Kühlbox mit einem weißen Deckel in der Hand. Nachdem er den Wagen abgesperrt oder das Gartentor geschlossen hatte, ging er sofort ins Haus. Er blieb weder am Briefkasten noch im Vordergarten stehen. Sein Gesicht, das tiefbraun war, wirkte immer undurchdringlich. Doch sein Körper kam Kieran selbst aus der Ferne in der blauen Arbeitskleidung irgendwie eingezwängt vor – als ob es sich um eine Verkleidung handelte, die das wahre Ich des Mannes verbarg. Als wäre dieses wahre Ich zu viel mehr in der Lage als nur dazu, in blauer Arbeitskleidung und mit einer Kühlbox in der Hand nach Hause zu kommen.

Wenn sich Kieran nahe genug herangewagt hatte, konnte er die schweren Stiefel auf der Treppe im Haus knarzen hören, nachdem die Tür hinter dem Mann ins Schloss gefallen war.

An jenen Abenden, an denen das Auto draußen auf der Straße stehen blieb, verspürte Kieran geradezu körperliche Erleichterung. An solchen Abenden musste er sich keine Sorgen um Abby machen, denn ihr Vater würde wieder ausgehen. Diese Erleichterung kam ihm seltsam vor. War es nicht eigenartig, dass ein Mädchen allein zu Hause sicherer sein sollte als mit dem Vater? Aber bei Abby ließ sich das nicht leugnen. Erst letzte Woche hatte er Schreie durch die geschlossenen Fenster gehört, die bis zu ihm in die dunkle Straße hinaufgedrungen waren. Die Laute hatten ihm den Magen umgedreht. Trotzdem war er vorsichtig zum Haus geschlichen, immer an den Nachbarzaun gepresst, um nicht entdeckt zu werden. Er hatte mit seinem ganzen Körper gelauscht, fast so, als ob die Laute durch seine Fußsohlen und Handflächen in ihn hineinkriechen würden. Als die Schreie aufgehört hatten, vernahm er nur noch ein leises Wimmern, leiser als das eines Kätzchens.

Danach herrschte Stille. Kieran hatte noch eine Zeit lang gewartet, ehe er sich auf leisen Sohlen davonschlich.

Als er jetzt hinter dem Bushäuschen auf der anderen Seite der Straße stand, wünschte er sich nichts sehnlicher, als dass Abbys Vater nach Hause und sofort wieder weggehen würde. Er schloss die Augen und flüsterte: *Bitte*. Dabei stellte er sich das Auto vor – weiß und makellos sauber –, wie es vor die Garage fuhr und dort stehen blieb. Das Gartentor blieb offen, das Auto bereit, wieder wegzufahren. Das war alles, was es bedurfte.

Und genau das traf ein. Kieran glaubte kaum seinen Augen zu trauen, als er sah, wie das Auto vor der Garage anhielt. Er hörte, wie der Motor abgestellt wurde, sah, wie der Vater ausstieg. Für einen Moment lehnte er sich mit dem Oberkörper in den Wagen, um wie immer seine Kühlbox herauszuholen. Dann fiel die Haustür ins Schloss, und das Gartentor blieb offen.

Er würde wieder ausgehen. Kierans Wunsch war erhört worden.

Er atmete erleichtert auf und lächelte. Als Abbys Vater verschwunden war, trat er hinter dem Bushäuschen hervor. Zwar hatte er keinen Blick auf Abby werfen können – nicht einmal als Silhouette hinter dem Fenster –, doch heute machte ihm das nichts aus. Heute war ihm etwas Besseres gelungen. Während er um die Ecke bog und in Richtung Stadtmitte lief, fühlten sich seine Beine an, als wären sie aus Stahl. Auch seine Arme kamen ihm unglaublich kraftvoll vor.

Er war stark. Vielleicht sogar mehr als das. Aufrecht lief er dahin, ohne ein bestimmtes Ziel zu verfolgen, und kam sich vor wie ein Zauberer. Wie jemand, der in der Lage war, Abby zu beschützen.

Laura verbrachte den Vormittag damit, eine Liste all der Dinge zusammenzustellen, die noch erledigt werden mussten. Außerdem rief sie das Bestattungsunternehmen und den Pfarrer an, der die Beerdigung vorbereitete. Die ganze Zeit hindurch fühlte sie sich erschöpft und müde, so dass sie nach dem Mittagessen doch ihrem Schlafbedürfnis nachgab und sich hinlegte. Sie döste sofort ein.

Als sie wieder aufwachte, fühlte sie sich erfrischt und wesentlich optimistischer als zuvor. Sie nahm den alten Schulranzen und machte es sich damit in Angelas Sessel im Wohnzimmer bequem.

Der Ranzen war sorgfältig aufbewahrt worden. Die einzigen Abnutzungserscheinungen waren die Kratzer aus der Schulzeit, die entstanden waren, wenn Laura den Ranzen an der Bushaltestelle auf den Boden gestellt hatte oder er im Bus auf die Gepäckablage gelegt und wieder heruntergeholt worden war. Er war nicht einmal staubig.

Sie starrte auf die geometrischen Muster, und für einen Moment kehrte sie in jene Zeit zurück, als sie sieben Jahre alt gewesen war. Ein kleines Mädchen, das die genauen Strukturen und Abläufe des Schulalltags genoss, den Geruch der Schulbänke mochte ebenso wie die Tintenfässer, die Kreide und die Lesefibeln mit ihren Geschichten von Dick und Dora. Ein kleines Mädchen, das das Lob der Lehrer und die ausgezeichneten Zeugnisse, die es bekam, aufsog wie ein ausgetrockneter Schwamm. Das selbst damals schon so tat, als ob Angela ihr am Morgen die Haare bürstete und sie zu zwei Zöpfen zusammenband, ihr Pausenbrote mit Vegemite machte und sie in Brotpapier einwickelte, ihr eine kleine Plastikflasche mit Saft füllte und diese gemeinsam mit ihren Schulheften in den rotweißen Schulranzen packte.

Laura atmete tief ein und dann wieder aus. Sie blinzelte, um das dünne kleine Schulmädchen aus ihren Gedanken zu verscheuchen. Dann klappte sie den Ranzen auf. Er steckte voller Papier. Dokumente, Umschläge, Formulare. Sie zog einen ersten Packen heraus und stellte fest, dass sich weiter unten weitere Papiere und eine Plastiktüte befanden, in der offenbar Dokumente oder Broschüren steckten. Ganz unten am Boden entdeckte sie eine kleine Samtdose, die einmal Angela gehört hatte.

Neugierig zog Laura sie heraus und klappte sie auf. Im Inneren befanden sich drei Schmuckstücke – zwei schlichte Eheringe in unterschiedlichen Größen und eine Goldkette. Der kleinere der Ringe war ihr vertraut. Es war der einzige Schmuck, den Angela jemals getragen hatte, abgerundet und aus Rotgold. Sie hielt ihn zwischen Daumen und Zeigefinger und betrachtete ihn. Innen waren die Worte ›Für Angela von August 25.6.1952‹ eingraviert. Im zweiten, größeren Ring stand ›Für August von Angela‹.

Laura starrte auf die Gravuren. Die Intimität dieser Bekenntnisse traf sie unerwartet. In ihrer Hand lag ein Ring, durch den ihr Vater auf einmal Gestalt annahm und mehr wurde als nur ein Schatten. Er wurde zu einem jungen Mann mit Augen, Fingern, Empfindungen. Plötzlich war er mehr als nur ein schmerzlich vermisster Vater – er wurde zu einem Geliebten und verschwundenen Ehemann.

›Für Angela von August‹.

Sie lehnte sich im Sessel zurück und schloss die Hand, in der die beiden Ringe lagen. Mit der anderen tastete sie den Boden nach ihrer Teetasse ab. Das Blechdach schnalzte wie eine Peitsche in der Hitze. Lauras Blick wanderte vom Fenster zu den Bücherregalen und dann zum leeren Kamin, während sie versuchte, sich die Gestalt ihres Vaters in diesem Zimmer vorzustellen. Ihre Eltern als junges Paar. Doch im Zimmer drängten sich bereits zu viele andere Bilder und Empfindungen, die sich hier vor langer Zeit für sie angesammelt hatten. Der gut aussehende, liebevolle, tote Vater; die geistesabwesende, wütende Mutter.

Laura legte die Ringe in die Dose zurück und holte das Goldkettchen heraus. Erst jetzt bemerkte sie das Medaillon. Es hatte nicht die übliche Herzform, sondern war viereckig und aus demselben Rotgold wie die Ringe. In der Mitte war ein winziger Rubin eingesetzt, und an der Seite befand sich ein Verschluss, der sich leicht öffnen ließ. Im Inneren des Medaillons waren die Bilder einer Frau und eines Mannes. Laura betrachtete die Fotografien. Sie hatte die beiden noch nie zuvor gesehen. Die hohen Krägen und die ernsten Gesichter, die hochgesteckten Haare der Frau und der Bart des Mannes ließen vermuten, dass es sich um ihre Großeltern handelte. Aber um welche? Mütterlicher- oder väterlicherseits? Konnte sie in ihren Gesichtszügen Angela oder doch eher August erkennen?

Als Kind hatte sie nur eine einzige Aufnahme ihres Vaters im Haus gekannt. Als ihr das Foto jetzt einfiel, blickte sie auf und schaute zu der Stelle im Bücherregal, wo es früher immer gestanden hatte. Vielleicht lag es ja am Sonnenlicht, das ins Zimmer fiel und sie blendete, aber das Foto schien nicht mehr an seinem Platz zu sein.

Überrascht blinzelte sie und suchte mit den Augen die Buchreihen ab, während sie das Foto genau vor sich zu sehen glaubte. Es hatte einen jungen Mann gezeigt, groß und blond, der die Hände in die Taschen seiner weit geschnittenen Hose gesteckt hatte und in die Kamera lachte. Um seine freundlichen Augen zeigten sich Lachfalten. Er wirkte liebenswürdig. Als Kind hatte sie die Aufnahme oft betrachtet, sie vor sich hingehalten und darauf gewartet, dass sie eines Tages noch etwas anderes zeigen würde – vielleicht seinen Hinterkopf, die genaue Farbe seiner Augen oder wie er roch. Sie hatte gehofft, dass das Foto mit ihr sprechen, dass ihr Vater ihr vielleicht etwas zuflüstern und ihr eine Antwort auf eine der unzähligen Fragen geben würde, die sie ihm gern gestellt hätte: Wieso ist der Zug in jener Nacht verunglückt? Warum ist Mama nicht wie andere Mütter? Findest du mich hübsch?

Jetzt stand das Foto nicht mehr an seinem alten Platz, also wandte sich Laura wieder dem Schulranzen und den vielen Papieren zu.

Als Erstes zog sie eine Geburtstagskarte heraus. ›Alles Gute zum Geburtstag, Mama‹ stand ihrer eigenen Kinderschrift zwischen einem gemalten Strauß gelber Rosen. Vermutlich war sie damals zehn oder auch schon zwölf Jahre alt gewesen. Darunter waren noch zwei weitere Geburtstagskarten. Sie las sie ebenfalls und legte sie dann neben den Sessel auf den Boden.

Als Nächstes kam ein Packen Rechnungen zum Vorschein, der mit einer Papierklammer zusammengehalten wurde. Sie brauchte ihre Brille, um sie lesen zu können. Dann folgten Urkunden von Auszeichnungen: ›Erster Preis der Ballina Kunstausstellung 1990‹ sowie ›Erster Preis der Ballina Kunstausstellung 1991‹. Ein kleiner Ausstellungskatalog von 1996. Zahlreiche Visitenkarten von Galerien und Agenturen. Zwei stachen Laura ins Auge: Die Karte einer gewissen Michael-Peters-Galerie in Noosa sah noch neu aus; auf der Rückseite hatte jemand handschriftlich eine Telefonnummer notiert. Und eine himmelblaue Visitenkarte von ›Belshannon & Martin, Rechtsanwälte‹ mit derselben Adresse wie jetzt, jedoch einer alten Telefonnummer. Sie legte die beiden Karten beiseite.

In der Plastiktüte fanden sich Papiere, die allesamt ein Thema zu behandeln schienen. Es waren Zeitungsausschnitte, herausgerissene Artikel aus Zeitschriften und unbeholfen getippte Texte. Sie faltete den ersten Zeitungsausschnitt auseinander. Nirgendwo stand ein Datum. Die Überschrift lautete: ›Mütter gehen an die Öffentlichkeit‹. Darunter hieß es: ›Frauen, die während der letzten sechzig Jahre ihre Neugeborenen in New South Wales zur Adoption freigaben, wurden aufgefordert, ihre Geschichten endlich der Öffentlichkeit zu erzählen.‹

Laura sah die nächsten Zeitungsausschnitte durch. Einige waren länger, andere kürzer, alle beschäftigten sich jedoch mit der ersten staatlichen Untersuchung der Adoptionspraktiken in New South Wales. Dann entdeckte sie Papiere, auf denen einzelne Geschichten, Paragrafen und auch Sätze aus Zeitungen und Magazinen ausgeschnitten und aufgeklebt worden waren, sowie einige getippte Texte, bei denen es sich offensichtlich um Abschriften handelte.

Sie zog zwei davon heraus und las:

›Wie viele Kinder haben Sie?

Eins. Nein, zwei.

Es gibt keine Sprache für die Abwesenheit. Auch die Worte sind abwesend.

Mein Schmerz gab einem anderen Freude.

Man erklärte mir, dass ich Glück habe. Dass ich mich glücklich schätzen solle. Dass ich so wie bisher mit meinem Leben fortfahren könne.‹

Danach folgte eine Liste, die Angela handschriftlich festgehalten hatte:

Jugendamt (Familien?)

Informationen, die unter Verschluss gehalten wurden

CentreCare

Puzzle – Linda/Jemma/Jenny?

Brisbane

Nachdenklich räumte Laura die Zeitungsausschnitte und Papiere sowie das Samtdöschen mit dem Schmuck wieder in den Schulranzen zurück und klappte den Deckel zu. Sie blickte auf und meinte, den Tag zum ersten Mal richtig wahrzunehmen. Die Sonne schien durch die Fensterscheiben, der Himmel war blassblau.

›Mein Schmerz gab einem anderen Freude.‹

Sie trank ihren Tee aus und trat zum Fenster. Diese Worte, ebenso wie alles andere, was sie gelesen hatte, irritierten sie. Sie klangen so sentimental, so voller Selbstmitleid. Sie merkte, wie sich ein Frosch in ihrem Hals bildete. Wo waren solche Gefühle gewesen, als sie selbst Kind gewesen war? Hatte Angela nichts dergleichen für sie empfunden? *So wirst du in dieser Welt nicht zurechtkommen, junge Dame*, hatte ihre Mutter ihr immer wieder gesagt. *Du bist eine Heulsuse.*

Laura schnitt eine Grimasse. *Es gibt keine Sprache für Abwesenheit … Verdammt*, murmelte sie wütend.

Draußen brachte die Sonne die Blüten zum Welken, sog dem Eukalyptus den Duft aus den Blättern. Es war eigentlich zu heiß, aber Laura musste dringend an die Luft. Sie wollte sich bewegen und das unangenehme Kribbeln in ihrem Körper loswerden. Also suchte sie ein Handtuch und ihre Badesachen zusammen und fuhr an den Strand.

Cress wollte zum Abendessen Rindfleischeintopf mit grünen Bohnen machen, vielleicht gefolgt von Dattelkuchen. Sie selbst hätte zwar einen Biskuitkuchen oder einen süßen Auflauf bevorzugt, aber sie wusste, dass Kieran nichts davon essen würde. Er würde bewundernd zusehen, wie sie aus dem Ofen kamen, lächeln und sie dann ignorieren. Dattelkuchen war die einzige Nachspeise, die er aß. Sie hatte es bereits mit sahnegefüllten Cupcakes, Schokoladentorte und schlichten Scones probiert. Es war sinnlos. *Deine Mutter liebt meine Scones*, hatte sie ihm mehrmals erklärt. *Sie sind ihr Lieblingsgebäck.* Kieran hatte mit ernster Miene genickt, wie er es auch tat, wenn er seine Quizshow ansah, und sich dann ein Erdnussbutter-Sandwich gestrichen.

Wenn sie einen Dattelkuchen buk, musste sie wenigstens nicht an andere Dinge denken. Wie zum Beispiel an Angelas Beerdigung. Aus irgendeinem Grund machte sie allein der Gedanke nervös. Sie wog Butter und Sirup ab, gab beides in eine Schüssel und fügte Backpulver hinzu. Zu dumm, dass man erst auf das Eintreffen der Tochter warten musste, ehe Angela beerdigt werden konnte. Solche Dinge sollten schnell über die Bühne gehen. Je schneller, desto besser für alle Beteiligten. Sie verrührte die Mischung mit einem Kochlöffel und fettete zwei Kastenformen ein.

Dann gab es da noch die Frage, was sie anziehen sollte. Es mussten wohl der braune Faltenrock und die beige Bluse sein. Etwas Passenderes hatte sie nicht, und sie wollte auch nichts mehr besorgen.

Cress nahm die Datteln aus ihrer Verpackung und begann, sie klein zu schneiden. Auf einmal sah sie vor ihrem geistigen Auge Eds Beerdigung vor sich: die volle Kirche, Shelleys Gesicht. Ausdruckslos, hatte sie damals gedacht, als hätte sie in den Tagen zuvor alle Gefühle aufgebraucht, die sie besaß, und nun wäre nichts mehr übrig – für niemanden. Während sie ihre Tochter beobachtet hatte, war ihr klar geworden, dass Eds Tod ihre erste gemeinsame Erfahrung eines Verlusts war. Damals hatten sie trotz aller Trauer noch nicht begriffen, was das bedeutete.

Sie blickte auf das Schneidebrett vor sich. Wann hatte sie Datteln zu Ende geschnitten und mit den grünen Bohnen begonnen? Unter ihren Händen lag bereits ein Berg Bohnen, groß genug, um eine neunköpfige Familie zu ernähren. Sie schnitt eine Grimasse. Kieran mochte Bohnen nicht besonders.

Jetzt mussten sie irgendwie verwendet werden. Sie nahm ihr Kochbuch zur Hand, um nach einer passenden Soße zu suchen, als Ed wieder hinter ihrer Schulter auftauchte und den Kopf schüttelte. *Calvinistin*, hörte sie ihn sagen. Dann wandte er sich an Shelley: *Dieser Teil deiner Mutter hat die Weltwirtschaftskrise nie hinter sich gelassen.*

Kieran ging auf dem Nachhauseweg im Secondhandladen vorbei. Es war kurz vor Ladenschluss. Er betrat das Geschäft durch die Vordertür, um zu sehen, wer von den Frauen arbeitete. Im Laden war es ruhig, doch als er an der Kasse vorbeischlenderte, tauchte Iris hinter der Theke auf, wo sie etwas gesucht hatte. Er zuckte zusammen.

Kieran, rief sie. *Genau der Mann, den ich brauche!* Sie kam hinter der Ladentheke hervor, strich sich den Rock glatt und murmelte etwas über den unerträglichen Staub in diesem Laden. *Hinten steht eine verdammt schwere Schachtel, die ich allein nicht von der Stelle bekomme.*

Als sie ihn am Arm nahm, sah er sie überrascht an. *Entschuldige meine Ausdrucksweise*, fügte sie hinzu und führte ihn in den Lagerraum.

Dort wurden die Lieferungen abgeladen. Überall standen Schachteln und Kartons herum sowie einige Holzstühle und ein zerbrochenes Schaukelpferd. *Es ist die da,* sagte Iris und zeigte auf eine Kiste, auf der in schwarzen Lettern ›St. Barnabas – Porzellan & Glas‹ stand. Kieran betrachtete sie. Ehe er sie hochheben konnte, redete Iris weiter. *Und die dort auch.* Sie stand neben einer Teekiste, die bereits offen war. Teile des Inhalts waren ausgewickelt worden und standen auf dem Boden herum. Tassen und ein paar Gegenstände aus Plastik. Das Übliche.

Ich dachte, Cress hätte das bereits gemacht, erklärte Iris stirnrunzelnd und beugte sich nach unten, um das beiseitegelegte Zeitungspapier zusammenzusammeln. Sie betrachtete Kieran, der sie ernst musterte. Er wartete darauf, dass sie ihm genauere Anweisungen geben würde. *Einfach nur nach vorne bringen, wenn du so nett wärst*, sagte sie und lachte, als er beim Hochheben der Kiste stöhnte. Schwankend ging er an den Regalen vorbei und stellte die Kiste an der Stelle ab, die Iris ihm nannte.

Du bist wirklich eine große Hilfe, bedankte sie sich und klopfte ihm freundlich auf die Schulter. Dann ging sie hinter die Ladentheke und begann, ihre Sachen zusammenzuräumen. Kieran wandte sich zum Gehen. Gerade, als er das Geschäft verlassen wollte, hörte er erneut ihre Stimme. *Geht es deiner Großmutter gut?*, rief sie ihm hinterher. Als er sich zu ihr umdrehte, sah er, dass sie einen kleinen Spiegel in der Hand hielt und die Lippen schürzte, um Lippenstift aufzutragen. *Sie wirkt in letzter Zeit etwas angespannt.* Dann klappte sie den Taschenspiegel zu. Er sah sie an. *Vielleicht liegt es ja an der Hitze*, fügte sie hinzu. *Geh nur, es wird ja schon dunkel. Und danke noch mal.*

Kieran machte sich nicht die Mühe, sich zu verabschieden. Stattdessen schloss er die große Eingangstür hinter sich und schlenderte davon. Er klopfte sich den Staub der Teekiste vom T-Shirt und pfiff leise vor sich hin.

Laura schwamm vom einen Ende des Convent Beach bis zur Spitze der Landzunge hinaus und dann wieder zurück. Nachdem sie sich abgetrocknet hatte, blieb sie in der Nähe der Felsen stehen und blickte hinaus aufs Meer. Es lag da wie dunkelblauer Stoff, ausgebreitet von unsichtbaren Händen. Silbern schimmerten seine Falten und Unebenheiten. Das hatte sie als Kind gedacht, als sie beobachtet hatte, wie das Meer unter ihren Füßen die Untiefen ausfüllte, Muscheln in einem Eimer neben sich. Irgendwo rechts oder links – sie blickte in beide Richtungen, als ob sie auch jetzt noch erwarten würde, ihre Mutter vorzufinden – saß gewöhnlich Angela mit einem Skizzenblock auf dem Schoß. Wildblumen blühten in den Dünen und wucherten teilweise auf den Strand hinunter.

Sie lauschte. Da war das Geräusch, mit dem sie aufwachte. Es war etwas jenseits des Heranrollens und Brechens der Wellen, ein Geräusch, das sie als das Innerste des Meeres erkannte, knirschend, grummelnd, sich selbst einrollend in den gewaltigen Räumen zwischen den Kontinenten. Die Tiefe. Das Meer hatte sie stets an ihre eigene Bedeutung auf dieser Erde erinnert: Sie war nur ein winziges Sandkorn. Nur ein Sandkorn, weiter nichts.

Als sie wieder nach Hause zurückgekehrt war, betrachtete sie erneut den Schulranzen, dessen Inhalt sie zuvor auf dem Wohnzimmerboden verteilt hatte. Der Anblick ärgerte sie. Sie wandte sich ab und ging in die Küche, wo sie sich einen sauberen Putzlumpen und einen Eimer nahm und die alten Küchenschränke auszuräumen und gründlich zu reinigen begann. Ohne nachzudenken, vertiefte sie sich so sehr in die Arbeit, dass sie sich nur noch der Bewegungen bewusst war. Sie wollte eine Veränderung, Altes endlich verschwinden lassen. Alte, verrostete Dosen mit Erbsen, Aprikosen und Pfirsichen. Suppen – Erbsen und Schinken, Hühnchen mit Mais. Abgebrannte Kerzen, Kernseifen, eine fast leere Flasche Worcestersoße. Ein rostiges Sieb, Pfannen und Aluminiumtöpfe, gelblich gewordene Plastikbehälter. Plumpe Keramikbecher und Teller aus Pressglas. Sie holte alles aus den Schränken und legte die Dinge entweder ins Spülbecken oder in eine Schachtel, die sie dafür bereitgestellt hatte. Ihr Herz pochte heftig, ohne dass sie es merkte, während ihre Hände räumten, schrubbten und wegwarfen.

Als das Telefon klingelte, klemmte sie sich den Hörer zwischen Schulter und Ohr. Auch während des Telefonats hörte sie nicht auf zu putzen.

Kate am anderen Ende der Leitung plauderte eine Weile belangloses Zeug. Laura antwortete ihr und holte gleichzeitig Flaschen und Dosen aus den Schränken. *Was tust du da eigentlich? Was ist das für ein Geräusch im Hintergrund?*, wollte Kate schließlich wissen.

Ich räume auf, erwiderte Laura.

Klingt eher so, als würdest du jeden Moment etwas kaputt machen. Pass besser auf.

Laura starrte auf die Schachtel voller Dosen und hässlichem Geschirr und hielt inne. Sie ließ den Putzlumpen fallen und lehnte sich gegen den Küchentisch. Auf einmal spürte sie die Last der vergangenen Tage in ihren Armen und auf ihrem Nacken.

Mum?

Warum hat sie mir nie etwas gesagt?, entgegnete Laura. *Warum habe ich nichts gewusst?*

Kate wusste keine Antwort.

Ich habe das Gefühl, in ihrem Leben überhaupt nicht wichtig gewesen zu sein.

Natürlich warst du wichtig für sie.

Laura konnte sich ihre Tochter vorstellen, wie sie sich den Schal vom Hals wickelte, nachdem sie von der Arbeit nach Hause gekommen war, und ihn achtlos auf die Couch warf. Immer und immer wieder stellte sie sich diese Geste vor. Es hatte etwas Beruhigendes. Gedankenverloren bückte sie sich und holte eine Teetasse aus der Schachtel auf dem Boden, um sie an ihrem zarten Henkel gegen das Licht zu halten. Am oberen Rand konnte man noch immer einen schwachen Goldstrich erkennen.

Genau so war es immer. Genau so habe ich mich immer gefühlt, erklärte sie. Sie stellte die Tasse beiseite. D*u kannst das wahrscheinlich nicht verstehen. Du musstest mich nie darum anflehen, dich zu lieben.*

Nein, antwortete Kate. *Das musste ich nicht. Aber ich kann mir auch nicht vorstellen, wie man sich fühlen muss, wenn man ein Kind verloren hat.* Im Hintergrund konnte Laura leise Musik spielen hören. Sie versuchte zu erraten, was es war. *Vielleicht hat sie es einfach nicht geschafft, darüber zu reden*, fuhr Kate nach einer Weile fort. *Wer weiß. Aber ich bin sicher, dass es ihr das Herz gebrochen haben muss, was auch immer da gewesen sein mag.*

Laura hörte auf, der Musik zu lauschen, und nahm den Putzlumpen wieder zur Hand. Automatisch fuhr sie damit über den Küchentisch. *Das setzt allerdings erst einmal voraus, dass sie ein Herz hatte*, entgegnete sie grimmig.

Kate zögerte. *Im Zweifel immer für den Angeklagten*, sagte sie schließlich.

Am Abend sprach Cress mit Kieran über Angelas Beerdigung. *Ich habe Angela zwar nicht gut gekannt*, sagte sie, nachdem sie zu Ende gegessen hatten. *Aber ich möchte trotzdem hingehen. Ich dachte mir, dass du mich vielleicht begleiten könntest. Sie wird am Montag bestattet.* Sie legte Messer und Gabel nebeneinander auf den leer gegessenen Teller und trank einen Schluck Wasser.

Kieran war noch nie auf einer Beerdigung gewesen. Er wusste natürlich, was dort geschah. Eine Erklärung fand sich in seinem Notizbuch: *Beerdigung = Beisetzung, Bestattung – das (feierliche) Begraben eines Toten auf einem Friedhof.* Er hatte diese Erklärung vor vielen Jahren aufgeschrieben, als er sich nur für das Wort an sich interessiert hatte. Jetzt verknüpfte er es mit einem Menschen. Es war kein bloßes Wort mehr, sondern Realität geworden.

Er saß Cress gegenüber, die Reste des Rindfleischeintopfs noch auf dem Teller, und versuchte, zwischen den beiden eine Verbindung herzustellen – zwischen Beerdigung und Angela. Versunken starrte er auf eine kalt gewordene Karotte und die verschmierte Soße. Das half ihm nicht weiter. Auch Cress schien auf den Tellern nach einer Antwort zu suchen.

Nein, sagte Kieran schließlich. *Nein, ich glaube nicht, dass ich mitkomme.*

Sie saßen sich an einem Tisch gegenüber, der auf der Promenade von Broken Beach stand. Im Hintergrund funkelte und grollte das silberne Meer. Eine Weile plauderten sie miteinander, und Laura stellte fest, dass Fergus Martin mit seinen grünlichen Augen und den zurückgekämmten widerspenstigen Haaren ein attraktiver Mann war. Sie bestellten Wein. Als der Kellner wieder gegangen war, sagte sie: *Ich habe Sie mir ganz anders vorgestellt. Eher wie einen mürrischen alten Bohemien-Anwalt mit eingetrocknetem Eidotter auf der Krawatte. Einem, der ein Faible für Künstler hat und nur deshalb ihre Fälle annimmt.*

Sie tauschte die Plätze von Messer und Gabel.

So falsch lagen Sie da gar nicht. Mit dem Kopf wies er auf ihr Besteck. *Sie sind Linkshänderin.* Einen Moment lang sahen sie einander neugierig an.

Nein, Rechtshänderin. Ich esse nur linkshändig. Wobei lag ich nicht falsch? Mit dem Bohemien oder dem Faible? Sie lächelte, lehnte sich zurück und verschränkte die Arme. Ihr Blick wanderte von seinem Gesicht zu seinem grünbraunen Batikhemd. Auch er lächelte, antwortete aber nicht, sondern nahm stattdessen sein leeres Weinglas und spielte mit dem Stiel. Also wechselte sie das Thema und begann über die Hinterlassenschaften ihrer Mutter zu reden. Er erklärte ihr, wer die Begünstigten waren. Schließlich fragte er: *Wie kommen Sie voran? Mit dem Haus, dem Papierkram*?

Laura musste an den Nachmittag und ihr Unbehagen denken. *Es ist alles ziemlich verwirrend*, erwiderte sie. *So viele Dinge, die sie hinterlassen hat. Schmuck, Zeitungsartikel.* Sie runzelte die Stirn und sah die getippten Seiten vor sich, die sie im Schulranzen gefunden hatte. *Die Sachen könnten irgendjemandem gehört haben. Es gibt nichts, von dem ich eindeutig sagen könnte: Ja, das ist typisch meine Mutter gewesen.*

Fergus nickte. *Vielleicht liegt es daran, dass sie auch noch ein anderer Mensch war, nicht nur Ihre Mutter.*

Laura gab sich Mühe, nicht wütend zu werden. *Natürlich war sie nicht nur meine Mutter*, sagte sie. *Aber ich suche nach dem Menschen, den ich kannte. Nach meiner Mutter – oder wem auch immer.*

Welche Artikel meinen Sie genau? Fergus lehnte sich zurück und rieb sich den Nacken.

Es gibt da einige Zeitungsausschnitte. Irgendwelche Geschichten, kurze Abschnitte, manchmal nur Sätze. Wie zum Beispiel ›Mein Schmerz gab einem anderen Freude‹. Jemand muss das bei einer Gerichtsverhandlung oder in einem Interview gesagt haben. Laura blickte auf und sah Fergus direkt in die Augen. *Ich bin mir absolut sicher*, fügte sie hinzu, *dass ein solcher Satz bestimmt nicht von Angela stammt.*

Er stieß einen leisen Pfiff aus. Ziemlich *schwierig*, meinte er.

Sie hätte so etwas nie gesagt. Sie hätte nie von Schmerz gesprochen. Jedenfalls nicht, dass ich wüsste, sagte Laura. Insgeheim dachte sie: So etwas hätte sie nie gesagt und auch nie zugegeben, dass sie Schmerz empfindet – selbst wenn sie ihn auf ihren Leinwänden festgehalten und auf ihren Platten abgespielt hat.

Sie nannte mich eine Heulsuse, wenn ich geweint habe, weil ich hingefallen oder nicht zu einer Geburtstagsfeier eingeladen worden war, fuhr sie fort. *Sie meinte immer: ›Hör auf zu jammern. Das nützt sowieso nichts. Reiß dich zusammen.‹ Und nach einer Weile habe ich das getan.* Laura spielte mit dem Rand ihrer Serviette. *Deshalb bin ich vielleicht auch etwas zynisch geworden*, fügte sie hinzu. *Aber warum hat sie mir das alles erst jetzt nach ihrem Tod zugemutet? Weshalb hat sie es mir nicht schon früher erzählt*?

Als der Kellner den Wein brachte, schwieg sie. Sowohl Fergus als auch sie bestellten Fisch. Nachdem der Kellner wieder verschwunden war, fragte Fergus: *Wissen Sie eigentlich etwas über Adoptionen und wie das so ablief?*

Laura füllte die Gläser. Eine Kerze, die auf dem Tisch stand, brachte den Wein zum Leuchten. Sie stießen an, und dann fuhr er fort, ohne auf ihre Antwort zu warten: *Die Schwester meiner Mutter wurde mit siebzehn vom Sohn des Ortspolizisten schwanger. Das war 1949.* Er zog die Augenbrauen hoch. *Sie können sich die Reaktionen sicher vorstellen.*

Sie nahm einen zu großen Schluck Wein. Er war kalt und brannte in ihrer Brust.

Als Kind, meinte Fergus, *war sie für mich immer nur meine verrückte Tante. Damals nannte man so etwas Nervenschwäche. Sie redete fast nicht. Wenn sie uns besuchte, starrte sie auf den Fernseher und rauchte auf der Hintertreppe im Hof eine Zigarette nach der anderen. Ich habe damals nicht auf sie geachtet. Kurz nach meinem Juraexamen sprang sie dann im Nationalpark hinter Angourie von einer Klippe.*

Er trank einen Schluck. *Meine Mutter bat mich, die Angelegenheiten zu regeln. Viel gab es nicht zu tun. Sie hatte nie geheiratet und hinterließ ihren Schmuck und ein bisschen Bargeld dem Kind, das sie zur Adoption freigegeben hatte.* Er nickte nachdenklich. *Alles befand sich in einem alten Koffer im Haus meiner Großmutter, unter Sylvies Bett. Der Schmuck, das Geld und einige Briefe, die sie geschrieben hatte und die nie zugestellt wurden. Im Koffer fand ich auch einen alten, abgewetzten Teddy. Nachdem ich mich mit ihrer ganzen Adoptionsgeschichte beschäftigt hatte, fragte ich mich, ob sie ihn wohl für ihren Sohn gemacht hatte. Vielleicht sogar, ehe er auf der Welt war, als sie noch hoffte, ihn behalten zu können.*

Laura blickte auf, während sich das Bistro füllte. Stimmen und Gelächter rollten wie eine Welle über sie hinweg. *Worum ging es bei dieser Adoptionssache eigentlich?* Sie beobachtete ein junges Paar, das sich über den Tisch hinweg anstrahlte. Die Gesichter der beiden wirkten offen und glücklich.

Es war eine ganze Industrie! Fergus legte die Hände flach auf den Tisch. *Sie gründete sich auf Scham und handelte mit sogenannten gefallenen Mädchen, die uneheliche Kinder zur Welt brachten. Mädchen, denen man einredete, dass sie wieder in die Gesellschaft aufgenommen werden würden, wenn sie nur ihre Kinder zur Adoption freigäben.*

Das Essen wurde gebracht, und eine Weile schwiegen beide. Laura betrachtete den Barramundi auf ihrem Teller. *Aber was war mit Angela?*, fragte sie und kaute nachdenklich. *Schließlich hatte sie meinen Vater. Der blieb bei ihr.*

Fergus filetierte ein Stück Schnapper und begann zu essen. Nach einem Moment hielt er inne und sagte: *Zu der Zeit, als das Kind geboren wurde, war sie noch nicht verheiratet.* Er sah Laura an. *Ich habe mit Angela darüber gesprochen, an dem Tag, an dem sie mir den Schulranzen brachte. Sie wollte einige Dinge klären, und ich fragte sie, ob sie jemals versucht hätte, den Jungen zu kontaktieren … Ob sie jemals einen Antrag gestellt hätte.*

Laura hatte auf ihren Teller gestarrt, doch jetzt legte sie die Gabel beiseite.

Sie hat den Kopf geschüttelt und gemeint, das sei Teil der Abmachung gewesen.

Der Abmachung?

Es ging um einen Deal. Das meinte sie wohl damit. So nannte sie das auch: einen Handel. Man verliert das Kind, und dafür bekommt dieses ein gutes Leben versprochen. Fergus rückte seinen Stuhl zurecht und schob die Hemdsärmel zurück. Die rötlichen Härchen auf seinen Unterarmen schimmerten golden im Kerzenlicht. *Sie sagte wörtlich: ›Er wird in besseren Verhältnissen leben.‹ Aber das hat man solchen Frauen gegenüber damals immer behauptet. Das haben sie auch bei Sylvie gesagt. ›Sie sind noch jung, Sie haben nichts, was Sie dem Kind bieten können. Es gibt verheiratete Paare mit Häusern und viel Geld, die Ihrem Kind alles geben können, was es braucht.‹ Und so weiter.*

Er lehnte sich vor, und Laura glaubte für einen Moment, den Duft von Zitronen oder Limetten riechen zu können. *Diese Mädchen wollten ihre Kinder nicht weggeben, Laura. Man hat sie bestochen, ihnen erklärt, dass es zum Wohl des Kindes wäre.*

Sie blinzelte, während sie nachdachte. *Aber wieso hat Angela dann nicht versucht, den Jungen wenigstens später zu finden?*

Ich glaube, sie wollte sich einreden, dass die Abmachung funktioniert hat. Zumindest für ihn, erwiderte Fergus und zuckte mit den Achseln. *Für sie schien das die einzige Möglichkeit gewesen zu sein, das Ganze zu überstehen. In ihrer Vorstellung kam er zu einer reichen, glücklichen Familie und führte ein wunderbares, zufriedenes Leben. Sie malte sich ihn glücklich aus, umgeben von schönen Dingen, in einer guten Schule. Sie erklärte mir, dass sie das nicht zerstören, nicht in sein Glück eindringen wollte.*

Er hielt inne und suchte einen Moment lang nach den richtigen Worten. *Ich weiß nicht mehr, wie sie es genau formulierte. Aber sie stand irgendwann auf, und ich dachte schon, dass sie gehen wollte. Stattdessen sagte sie: ›Er würde mich nicht kennenlernen wollen. Schließlich war ich es, die ihn weggegeben hat.‹ Das hat auch meine Tante geglaubt. Dass sie alles, was gut an ihr war, zusammen mit dem Kind weggegeben hat. Dass sie danach nichts mehr wert war.*

Alles, was gut an ihr war …

Laura blickte aufs Meer hinaus. Bilder ihrer eigenen Tochter tauchten vor ihrem geistigen Auge auf, während die Wellen den Strand hinaufrollten und sich dann wieder zurückzogen. Kates winziges, perfektes Gesicht kurz nach ihrer Geburt. Ihr Ausdruck, wenn sie schlief. Und ihr eigener Triumph und Stolz darüber, dass sie so etwas geschafft hatte – dieses perfekte Wesen in sich heranwachsen zu lassen und es zu gebären. Alles, was gut an ihr war …

Sie drehte sich wieder zu Fergus um. *Ich kann das alles nicht glauben. Sie gehen davon aus, dass es allen Frauen ähnlich erging, dass Angela so war wie Sylvie. Aber in diesem Schulranzen steckt kein Teddybär, Fergus. Ich kann nur von meinen eigenen Erfahrungen als Kind ausgehen, und die sagen mir: Wenn meine Mutter tatsächlich so etwas wie Nerven hatte, dann waren die aus Stahl.*

Cress beobachtete die undurchdringliche Miene ihres Enkelsohns, während er den Tisch abdeckte. Er stellte die Teller aufeinander, sammelte das Besteck ein und zögerte einen Moment, ob er den Salzstreuer und die Pfeffermühle auch in die Küche bringen sollte. *Ich nehme das*, sagte sie und schob ihren Stuhl zurück, um aufzustehen. *Geh nur, wenn du willst. Ich wasche heute ab*. Er lächelte zufrieden und stellte alles wieder auf den Tisch zurück. *Jetzt geh schon*, wiederholte sie, nachdem er sie auf die Wange geküsst hatte.

Er drehte sich um, hielt dann aber noch einmal inne. *Aber heute gibt es doch dein Lieblingsprogramm*, meinte Kieran. *Heute ist Donnerstag.*

Cress befand sich bereits auf dem Weg in die Küche. Sie warf ihm einen Blick über die Schulter zu. *Heute habe ich keine Lust dazu*, erwiderte sie.

Kurz darauf hörte sie Emy Lou, wie diese eine Art Klagelied sang: *We lived our prayer against the odds / And fear the silence is the voice of God.* Sie lauschte der Musik aus dem oberen Stock, während sie Wasser ins Spülbecken laufen ließ und dann den Küchentisch und den Herd abwischte. Wie oft hatte sie diesen Song und dieses Album schon gehört? Irgendwie schien es sich in ihr Bewusstsein eingenistet zu haben, so dass sie fast immer wusste, wie es weiterging.

We are ageing soldiers in an ancient war …

Sie säuberte die Teller mit einer Spülbürste, während ihre Gedanken den Kreisbewegungen im schimmernden Abwasser folgten. War es das Lied, das ihr unerwartet die Tränen in die Augen trieb? Als sie blinzeln musste, um nicht zu weinen, kam sie sich etwas lächerlich vor. Ihre Hand fuhr mit der Kreisbewegung fort. Dieser Song hatte sie noch nie zuvor zum Weinen gebracht. Sie zog die Hände aus dem Spülwasser und nahm ein Geschirrtuch, um sie zu trocknen. Als sie danach die Teller mit dem Tuch abrieb, spürte sie, wie sich die Traurigkeit in ihrem Inneren kreisförmig ausbreitete.

Eine halbe Stunde später hatte sie auch den Wasserkocher und den Toaster poliert sowie die Gewürzgläser in eine ordentliche Reihe gestellt. Sie hörte, wie die Musik ausgeschaltet wurde und dann die Dusche zu laufen begann. Der Song hatte ein Gefühl in ihr verstärkt, das sich schon zuvor in ihr gemeldet hatte. Sie hatte diese Traurigkeit verspürt, seit Kieran verkündet hatte, nicht mit zur Beerdigung zu kommen. Bis dahin hatte sie den Tag in angenehmer Gelassenheit verbracht und sich vorgestellt, wie sie mit dem Enkel an ihrer Seite an Angelas Grab treten würde …

Sie faltete die Geschirrtücher zusammen und legte sie über eine Stuhllehne, um dann den Wasserkocher für eine Kanne Tee zu füllen. Als der Tee gezogen und sie zwei Tassen eingeschenkt hatte – in eine davon tat sie Zucker –, verstand sie auf einmal, dass es bisher Kieran gewesen war, der sie vor solchen Gefühlen der Trauer und Verzweiflung beschützt hatte. Schon lange wusste sie insgeheim, dass er stets sein Möglichstes tat, um ihr Derartiges zu ersparen.

Gemeinsam liefen sie zum Parkplatz. Dort betrachteten sie eine Weile die Sterne. Interessiert erkundigte sich Fergus nach

Lauras Arbeit und ihrer Baumschule, und auf einmal wünschte sie sich sehnlichst, wieder in der braunen umbrischen Hügellandschaft zu sein, wo die Nachtluft so angenehm kühl und leicht über den Bäumen lag. Sie sehnte sich nach dem Leben, das sie vor all diesen neuen Erkenntnissen geführt hatte. Trotz des ständigen finanziellen Kampfs, die Baumschule am Leben zu erhalten, trotz der Bittbriefe an die italienischen Behörden und zahllosen Ämter kam ihr ihr bisheriges Dasein unglaublich einfach, ja geradezu unschuldig vor.

Meine Baumschule ist in Umbrien, erklärte sie. *Dort lebe ich auch die meiste Zeit des Jahres. Ich versuche, alte Bäume zu retten, vor allem alte Obstsorten. Äpfel, Birnen und so.*

Dann ist Ihre Baumschule also fast so etwas wie ein Naturmuseum, meinte Fergus.

Stimmt.

Also sind Sie im Grunde Archäologin. Eine botanische Archäologin.

Sie standen vor Lauras Wagen. Während sie in ihrem Rucksack nach den Autoschlüsseln suchte, meinte sie: *Wussten Sie, dass Birnbäume bis zu einhundertfünfzig Jahre alt werden können? Manche sogar noch älter.*

Fergus schob die Hände in die Hosentaschen und sah sie mit ernster Miene an. *Nein*, erwiderte er. *Das habe ich nicht gewusst.*

Auf der Fahrt nach Hause kam es Laura vor, als würde ihr die Erschöpfung aus allen Poren treten. In den nächsten Tagen wollte sie Alvaro anrufen – nicht um ihm hinterherzuspionieren, sondern um sich für einen Moment der Illusion hingeben zu können, dass die Entfernung zwischen Australien und Italien doch gar nicht so groß war. Dass sie einfach nur aus der Tür auf den lehmigen Boden Umbriens treten könnte, wo ihre

Bäume wuchsen. Dass sie das Laub berühren und die verschiedenen Gerüche in sich aufnehmen und ihre Hände in dieser Erde vergraben könnte.

Nachdem sie vor Angelas Haus geparkt hatte, stieg sie aus und lehnte sich in der Dunkelheit an den Wagen. Sie versuchte, die Formen der Bäume im Nachbargarten auszumachen. Dorthin war sie als Kind vor den dornigen Rosen, ihrem Elternhaus und dem Schuppen mit seinen toten Fenstern und der Stille geflüchtet. Die großen Bäume hatten sie – das verstand sie erst jetzt – mit ihrem rauen, männlichen Schutz umhüllt. Wenn sie in die Kronen der Mango- und Maulbeerbäume hinaufgeklettert war, hatte sie gespürt, wie sie ihrer Fantasie endlich freien Lauf lassen konnte, wie sie endlich durchzuatmen vermochte. Dort konnte sie ihr eigenes Potenzial erahnen.

Als sie jetzt die Stufen zur Veranda hinaufging und sich nur noch nach ihrem Bett sehnte, dachte sie darüber nach, wie gern sie Fergus all das erzählt hätte. Es ging ihr nicht um botanische Archäologie, sondern vielmehr um das Gefühl, etwas von den Bäumen zu erhalten. *Diese alten Bäume*, hätte sie ihm am liebsten gesagt, *machen uns menschlicher. Und deshalb schulden wir ihnen etwas.*

Schon während sie sich durch das dunkle Haus tastete, begann sie, sich die Kleider vom Leib zu ziehen. Ihre Hände strichen über Tischplatten, das Treppengeländer hinauf, an Wänden entlang, während sie sich die Schuhe, die Jeans und das Oberteil auszog. Als sie schließlich die Matratze erreichte, ließ sie sich erschöpft darauf fallen und schlief sogleich ein. Im Hinübergleiten musste sie noch an den alten Fiorentiner-Birnbaum denken, dessen Äste und Zweige ins Tal ragten und dessen Früchte schon Generationen von Menschen ernährt hatten.

Freitag

Zuerst erkannte Cress die Frau nicht, die vorn im Laden neben der Anrichte stand. Doch etwas an ihrer Gestalt ließ sie innehalten und ein weiteres Mal zu ihr hinsehen. Ihre Haltung erinnerte sie an jemanden. Die Frau hatte den Kopf abgewandt, doch selbst ohne das Gesicht zu sehen, wusste Cress, dass sie von etwas fasziniert oder in Gedanken versunken sein musste. Ihr ganzer Körper schien regungslos zu sein. Nur ihre Finger strichen sanft über das polierte Eichenholz der Anrichte, als ob sie blind wäre.

Cress kehrte zu ihrem Regal zurück, wo sie fortfuhr, das hässliche Geschirr zusammenzustapeln. Wer würde jemals diese Tassen kaufen? Oder die Teller, die so unattraktiv waren und doch nicht kaputtzugehen schienen? Sie schob sie in eine Ecke. Dann sah sie sich im Laden um, was es sonst noch zu tun gab. Aus dem Augenwinkel merkte sie, dass die Frau den Gang inzwischen weitergegangen war. Ihre Augen trafen sich für einen Moment, und in Cress wuchs die Anspannung. Ehe sie sich abwenden und so tun konnte, als hätte sie die andere nicht wahrgenommen, kam diese auf sie zu.

Laura, hörte sie die Frau sagen. Oder war es vielleicht ihre eigene Stimme gewesen, die diesen Namen ausgesprochen hatte?

Laura.

Kieran machte sich ein Sandwich. Zwei Scheiben braunen Toast, bis zu den Rändern gebuttert. Bis zur Kruste, denn er hasste es, wenn diese trocken war. Er gab sich stets größte Mühe, die Butter zu verstreichen, so dass das Buttermesser in seiner Hand zu einem wahren Malerpinsel wurde. Dasselbe traf auf Erdnussbutter zu, deren Verstreichen ihm noch mehr Spaß machte, da sie eine interessantere Konsistenz hatte. Er konzentrierte sich ganz auf die Bewegungen, die genau sitzen mussten. Schließlich presste er eine Scheibe Toast auf die andere. Mit dem Buttermesser schnitt er das Sandwich in vier Teile. *Kindergartenquadrate*, nannte sie seine Mutter. Sie lachte, wenn er sein Sandwich auf diese Art zerteilte, und gab ihm dabei stets einen freundlichen Stoß in die Rippen. Trotzdem wollte sie, dass er auch ihr Sandwich auf dieselbe Weise schnitt.

Er legte die Quadrate auf einen Teller und warf das Messer ins Spülbecken, wobei ihm nur vage bewusst war, dass es sich um eines von Cress' besonderen Besteckstücken handelte. Anstatt zu den ›Whiz Kids‹ zurückzukehren, ging er mit dem Teller in den Gang und suchte nach all den anderen besonderen Dingen, die im Haus verteilt waren. Kauend nickte er den Dingen zu, die auf einem Regal im Flur versammelt waren – ein Silberlöffel, eine alte angeschlagene Tasse, ein Spitzendeckchen. Auf einem Tisch am anderen Ende des Gangs stand ein kleiner abgekratzter Zinnsoldat. Eigentlich sollte er die Tür zum Schlafzimmer seiner Großmutter bewachen, doch heute stand diese offen. Kieran trat ein, während er weiterhin sein Sandwich verspeiste. Auf der Kommode stand eine Glasschale, an der Wand hing das Bild der Jungfrau Maria.

Diese schien seine Anwesenheit nicht zu stören. Er blieb stehen und betrachtete sie mit dem Teller in der Hand. Neugierig musterte er das flammende Herz, und auf einmal traf es ihn wie ein Blitz. Das war es: das flammende Herz. So fühlte sich sein eigenes Herz an, wenn er Abby sah. Lodernd, erfüllt und strahlend. Er blickte Maria in die Augen. Tat ihr das Herz weh? Ihre Augen sprachen von Leid. Ja, sie leidet, dachte er und merkte kaum, dass ihm der leere Teller aus der Hand glitt und zu Boden fiel, wo er in viele Stücke zerbrach.

Kieran hat mich gerettet, meinte Cress. Sie und Laura saßen inzwischen in einem Café hinter einer neuen Fassade aus Glas und Stahl. Es befand sich in einer Straße, die Laura irgendwie bekannt, ja vertraut vorkam. Doch Vertrautheit war momentan nichts, was ihr angenehm war, auch wenn die alte Frau mit ihren gesprenkelten Augen offensichtlich versuchte, sie in die Vergangenheit zu entführen.

Seit einer Viertelstunde saßen sie im Café, und Laura hatte bisher kaum ein Wort von sich gegeben. Als sie den Secondhandladen von St. Barnabas betreten hatte, war sie erschöpft und unruhig gewesen. Die große Hitze und der ruhelose Schlaf in der Nacht zuvor hatten ihr den letzten Optimismus geraubt. Sie war kurz stehen geblieben, um sich eine Anrichte in der Nähe des Ladeneingangs anzusehen, und war dann zwischen den Regalen voll billigem Geschirr und Gläsern weitergegangen. Ihr fielen die Teller und Tassen ihrer Mutter ein.

Im zweiten Gang blickte sie auf und entdeckte, nur wenige Meter entfernt, eine ältere Frau mit silbergrauen Haaren, im Nacken hochgesteckt. Sie trug ein gerade geschnittenes Leinenkleid mit einem Taillengürtel und eine zarte Goldkette. Außerdem hatte sie Lippenstift aufgetragen. Gerade ordnete sie ein Regal mit Tassen. Laura gewann sogleich einen Eindruck von Ordnung und Aufgeräumtheit. Ohne zu wissen, warum, blieb sie stehen. Die Frau hielt ebenfalls inne und drehte sich ihr zu. Ihre Augen blitzten überrascht oder vielleicht verwirrt auf. Für einen Moment schürzte sie die Lippen. Laura glaubte, ihren eigenen Namen zu hören, war sich jedoch nicht sicher, wer ihn ausgesprochen haben konnte. Sie trat auf die alte Frau zu und sagte: *Hallo. Ich bin Laura. Ich suche Ihren Enkel.*

Cress antwortete nicht, sondern presste die Lippen aufeinander. Selbst auf dem Weg ins Café schwieg sie. Die beiden Frauen ließen sich an einem eckigen Holztisch einander gegenüber nieder. Als Laura begann, von Angelas Hinterlassenschaft zu sprechen, runzelte Cress zuerst die Stirn. Schließlich machte sie doch den Mund auf. *Für Kieran also*, sagte sie langsam und senkte den grauen Kopf. Sie sprach sehr klar und genau.

Eine Kellnerin mit einer schwarzen Schürze trat an ihren Tisch. *Möchten Sie einen Kaffee?*, fragte das Mädchen. *Oder lieber Tee?*

Für mich einen Orange Pekoe, antwortete Cress und begann dann darüber zu sprechen, wie sie gerettet worden war. *Ich bin mir sicher, dass er mich am Leben erhalten hat.* Die Kellnerin wartete. Laura bestellte einen Espresso und sah dem Mädchen zu, wie dieses seinen Bestellblock in die Vordertasche der Schürze steckte und davonging. *Er trat genau in dem Moment in mein Leben, in dem Ed starb.*

Cress blickte auf. *Ed war mein Mann*, fügte sie erklärend hinzu.

Laura nickte.

Er war erst fünfundfünfzig, als er starb. Mitten im Sprechen hat er einfach aufgehört zu atmen. Das haben jedenfalls die Leute in der Mühle erzählt. Sie meinten, er hätte ausgesehen, als ob er angestrengt nachgedacht und nach den richtigen Worten gesucht hätte. Dann sei er umgefallen. Als ob man ihn von seinem Stuhl gekippt hätte.

Die Augen der alten Frau wirkten ruhig, doch in ihrer Stimme klang noch immer die Überraschung von damals durch. Laura malte sich aus, wie ein Mann zu Boden stürzte, einen unvollendeten Satz noch auf den Lippen.

Wie Sie sich vorstellen können, fuhr Cress fort und blickte Laura an, *war das alles für mich sehr schwer. In der Kirche fand ich keinen Trost, außer vielleicht beim Singen.* Sie lächelte. *Der gesamte Kirchenchor kam zur Beerdigung. Es war ein wunderschönes Requiem. Das meinten jedenfalls die anderen. Ich selbst hatte das Gefühl, nur noch eine Hülle zu sein.*

Im Hintergrund nahm Laura das leise Murmeln der anderen Gäste wahr, während sie den Worten der alten Frau lauschte. Für einen Moment glaubte sie fast, dass auch Cress sang. Die Intonation, die Pausen, der Rhythmus, die klare Betonung, mit der sie sprach. *Ja,* sagte Laura immer wieder. *Ja, ich verstehe.* Innerlich fühlte sie sich hohl. Sie dachte an die kurze Grabrede, die sie für Angelas Beerdigung geplant hatte, an das Weglassen jeder Art von Zeremonie.

Die Bedienung brachte Tee und Espresso. Die Tassen und Unterteller klapperten, und Cress sah dem Mädchen hinterher. Erst als es fast schon außer Hörweite war, rief sie: *Ich hätte gern noch ein paar Scones.* Das Mädchen blieb stehen und drehte sich um. Aber Cress war bereits mit ihrem Tee beschäftigt.

Laura blickte auf und zuckte mit den Achseln. *Zweimal bitte*, sagte sie.

Der ganze Rest, die Kirche, die Gemeinde … Cress zuckte ebenfalls mit den Achseln, während sie mit dem Würfelzucker spielte. *Nichts. Aber dann …* Sie legte die Hände in den Schoß. *Ich dachte, das Ganze wäre nur vorübergehend. Man beobachtet immer wieder, wie Leute ihren Glauben kurzfristig verlieren und ihn dann doch wiederfinden. Ich hatte das Gefühl, als wäre ich nur nachlässig geworden, fast so, als hätte ich etwas Wertvolles verlegt. Als ob ich es irgendwo hingelegt hätte und nicht mehr wiederfinden könnte.*

Sie schenkte sich Tee ein. *Ich habe weiterhin die äußeren Rituale befolgt, alles, was man eben so machen soll. Manchmal bin ich nachts nach draußen gegangen und habe in den Himmel geblickt. Ich wollte wissen, warum. Er war noch so jung. Es war noch viel zu früh.*

Sie rührte in ihrer Tasse und klopfte dann sanft mit dem Löffel gegen das Porzellan, ehe sie diesen auf die Untertasse zurücklegte. Lächelnd nahm sie einen Schluck Tee und hielt dann die Tasse mit beiden Händen fest. *Zu früh!* Sie blickte Laura an. *Als ob es einen größeren Plan gäbe. Als ob Eds Tod irgendetwas anderes gewesen wäre als nur Pech und ein dummer Zufall.*

Laura trank ihren Espresso. Er war weder stark noch heiß genug. Sie merkte, dass jetzt ihre Chance gekommen war, um auch etwas zu sagen. Entschlossen schob sie die Tasse beiseite und öffnete den Mund.

In diesem Moment traf die Bedienung mit ihrem Tablett ein und füllte den Tisch mit Scones, Butter und Marmelade. *Ah*, murmelte Cress und stellte ihre Tasse ab. Sie fasste nach dem Teller. *Ich esse viel zu selten Scones. Kieran mag nur Dattelkuchen. Nichts anderes.*

Kieran stand für einen Moment regungslos da. Seine leeren Hände kribbelten, während er den kaputten Teller betrachtete. Er dachte an Wellen, die gegen Felsen schlagen, an die Explosion von Wasser. Das Porzellan hatte sich im ganzen Zimmer verteilt. Er eilte in die Küche, um Handfeger und Kehrblech zu holen. Dann fegte er den Holzboden mit weiten, ausladenden Bewegungen. Einige der Stücke waren so winzig, dass er befürchtete, Cress könnte mit bloßen Füßen darauf treten. Er wollte nicht, dass sie von seinem Besuch in ihrem Zimmer wusste. Also gab er sich die größte Mühe, keine Scherbe und keinen Splitter zu übersehen. Er fuhr mit dem Feger unter ihren Sessel, das Bett, die Kommode. Unter dem Bett traf er auf etwas Festes, das er zum Teil mit dem Besen herausschob. Neugierig blickte er unter die Falten der Tagesdecke.

Cress beobachtete Lauras Gesicht, während sie sich Tee einschenkte und ihn dann trank. Ihr Magen hatte sich vor Nervosität verkrampft, seit sie sich am Cafétisch niedergelassen hatten. Sie hatte das Gefühl, vor einem Abgrund zu sitzen und jeden Augenblick hineinstürzen zu können. Sie merkte, dass sie die Finger derart fest um die Teekanne gelegt hatte, dass ihre Gelenke zu schmerzen begannen.

Bedächtig holte sie Luft und versuchte sich zu sammeln. Es kommt, wie es kommt, dachte sie. Dann lauschte sie Laura oder tat zumindest so. Schon oft hatte sie festgestellt, dass sie mehr aus der Miene eines Menschen erfuhr als aus seinen Worten.

Jetzt suchte sie Lauras Gesicht nach Anzeichen früherer Tage ab. Was hatte wohl aus ihrer Kindheit überlebt? Was war ihr angeboren? Vor ihrem geistigen Auge sah sie das kleine Mädchen von damals. Soweit sich Cress erinnern konnte, war Laura etwa zwei Jahre älter als Shelley und dementsprechend in eine höhere Klasse als ihre Tochter gegangen. Das war noch vor jener Zeit gewesen, als die Stadt aus allen Nähten zu platzen begann – zu einer Zeit, als man die Gesichter der Bewohner noch kannte.

Jedenfalls dieses Gesicht. Cress hatte dieses Gesicht immer gekannt. Sie erinnerte sich an eine große, eckig wirkende Gestalt, die noch nach ihrer wahren Form zu suchen schien, und außerdem an kluge, ruhelose Augen, die viel zu oft vorwurfsvoll wirkten. Diese Augen fanden meist irgendwo einen Fehler, einen Makel – in der Schule, in der Stadt, in den eigenen ungelenken Bewegungen auf dem Weg zum Erwachsenwerden, auf dem Weg in die Freiheit.

Sie sah zu, wie Laura mit ihrer Espressotasse spielte und versuchte, das Mädchen von damals in ihr zu entdecken. Vielleicht war es etwas an ihrem Mund, am Schwung ihrer Lippen. Möglicherweise hatte sie früher Grübchen gehabt, die sich jetzt nur noch als schwache Falten zeigten, wenn sie eine Grimasse schnitt. Sie ist ernst, dachte Cress, ernst in jeder Hinsicht. Sie erinnerte sich an Laura als junges Mädchen, wie sie mit wild funkelnden Augen auf der Straße an ihr vorübergelaufen war. Viele Teenager wirkten so. Das ging vorüber. Bei Laura hatte sich dieser Zorn in eine ironisch gebrochene Wachsamkeit verwandelt, als ob sie jeden Moment einen Schlag erwarten würde. Als ob sie auf alles vorbereitet wäre.

Aber Laura hat auch gerade ihre Mutter verloren, rief sich Cress in Erinnerung. Sie war im Alter von – wie alt war sie wohl – zweiundfünfzig, dreiundfünfzig zur Vollwaise geworden. Litt sie darunter? Cress erinnerte sich an den Tod ihrer eigenen Eltern, an den unerwarteten Schock über den Abgrund, der sich auf einmal zwischen ihr und ihrem eigenen Tod aufgetan hatte, nachdem die beiden gestorben waren. Der Tod starrte sie nun an, ohne dass jemand zwischen ihm und ihr gestanden hätte.

Die jüngere Frau sah sie auffordernd an. *Cress*, sagte sie. Cress überraschte die Zärtlichkeit, die in ihrer Stimme lag. *Erzählen Sie mir von Kieran. Wieso glauben Sie, dass er Sie gerettet hat*? Laura hielt ein Buttermesser in der Hand, und Cress bemerkte die angespannten Oberarmmuskeln unter den kurzen Ärmeln ihres T-Shirts.

Sie nahm die untere Hälfte ihres Scones, die nicht annähernd so interessant war wie die knusprige obere, und seufzte. *Er tat das, wozu Gott nicht in der Lage war*, sagte sie und blickte auf. *Er wurde eine Woche nach Eds Tod geboren. Stellen Sie sich diese zwei Tage im Kalender vor, die jedes Jahr wiederkehren.* Sie tat viel Butter und rote Marmelade auf den Scone. *Kieran leidet an einer Art Krankheit, etwas Unklarem.* Sie verstrich die Marmelade bis zu den Rändern und gab dabei penibel genau acht, nur ja keine Stelle zu vergessen. *Aber das haben wir erst später erfahren. Eine Weile lang merkten wir nur, dass er anders war, dass er nicht ganz da zu sein schien. Er brauchte eine halbe Ewigkeit, bis er reagierte – auf Stimmen oder auf Licht.*

Sie biss in das Gebäckstück und kaute langsam, während sie sich im Café umsah. Trotz der Butter und der süßen Marmelade war das Scone in ihrem Mund trocken. Sie hatte Mühe, den Bissen zu schlucken, und spülte ihn schließlich mit einem Schluck Tee hinunter.

Nach den Tests, die man mit ihm durchführte, fühlte ich mich wie tot, fuhr sie fort. *Irgendwie hatte ich so etwas erwartet. Ich hatte auf den nächsten Schlag gewartet, ohne es zu merken. Ich weiß nicht, warum. Nach einer Weile kam es mir wie eine Bestrafung vor, wie ein weiteres Kreuz, das es zu tragen gab. Ich brauchte ziemlich lange, bis ich begriff, dass das nicht stimmte. Dass Kieran in Wirklichkeit ein Geschenk ist – für mich fast noch mehr als für seine Eltern.*

Kieran saß auf dem Boden in Cress' Schlafzimmer. Ein Päckchen aus weißem Baumwollstoff lag vor ihm, und die zusammengekehrten Porzellanscherben waren für den Moment vergessen. Seine Finger ertasteten und drückten die längliche Form. Natürlich wusste er bereits, was es nicht sein konnte – etwas Hartes wie ein Buch oder Geschirr. Es handelte sich auch um keine Schachtel. Es sei denn, es war eine kleine Dose, die sich unter den Schichten von Stoff verbarg, die er unter dem Baumwolltuch spürte. Innerhalb weniger Sekunden war er überzeugt, dass es sich um einen Schatz handeln musste, der geschickt gefaltet worden war und nur darauf wartete, von ihm entdeckt zu werden. Ein geheimer Schatz.

Noch etwas wusste er: Es musste eine Art Schmugglerware sein, ein weiteres Stück aus Cress' heimlicher Sammlung. Dessen war er sich sicher.

Er zögerte nicht lange, ehe er das Päckchen öffnete, wobei er sich genau merkte, wie der Stoff gefaltet worden war. Als er schließlich das Kleid vor sich hielt und betrachtete, war er zuerst enttäuscht. Nur ein Kleid, noch dazu ein altes. Er schüttelte es, um zu prüfen, ob es sich tatsächlich bloß um ein Kleid handelte und sich nichts anderes darin verbarg – weder geheime Taschen noch geheime Falten. Doch es war tatsächlich nur ein Kleid. Sonst nichts. Ein Schatz sah anders aus.

Laura betrachtete Cress über die Brösel auf dem Tisch und die Marmeladenkleckse auf den Tellern hinweg. Die alte Frau erwiderte ihren Blick. Sie schien auf etwas zu warten, vielleicht sogar etwas zu erhoffen. Ihre Augen funkelten für einen Moment, dann zuckte sie mit den Achseln.

Er lebt also bei Ihnen, sagte Laura. *Und nicht bei seinen Eltern.*

Er liebt es hier, erklärte Cress mit ruhiger Stimme. *Außerdem tut es uns beiden gut. Und meine Tochter Shelley kommt oft zu Besuch.*

Die alte Frau beugte sich vor, um leiser sprechen zu können. Laura schreckte ein wenig zurück. Sie fühlte sich an einen hungrigen Vogel erinnert, der sich ihr mit scharfem Schnabel näherte. *Laura,* sagte Cress und betrachtete sie mit schmalen Augen. *Laura. Sind Sie gekommen, um mit mir über Angela zu sprechen?*

Die Worte fielen wie Steine auf den Tisch und hallten in den leeren Tassen wider. *Ja, ich wollte mit Ihnen über Angela sprechen. Aber auch über Kieran. Sie hat ihm ein Bild hinterlassen …* Sie brach ab, da sie merkte, dass sie sich eigentlich gar nicht überlegt hatte, was sie sagen wollte. *Ich bin vor langer Zeit von hier weggegangen, Cress. Angela und ich haben uns nicht sehr gut gekannt …*

Wieder hielt sie inne. Sollte sie weitersprechen, mehr erzählen? *Jetzt versuche ich, so viel wie möglich zu erfahren. Ich möchte jemanden finden, der sie besser gekannt hat, als ich das tat.*

Er kniete noch immer auf dem Boden und faltete das Kleid langsam zusammen, wobei er sich bemühte, so akkurat wie möglich zu sein. Einmal fiel ihm das Kleid aus der Hand, weil er überlegte, ob man wohl seine Fingerabdrücke auf dem Stoff sehen konnte. Er betrachtete ihn genau, auch wenn er sich erinnerte, die Hände gewaschen zu haben. Als er die Falten des Oberteils glatt strich, berührten seine Fingerspitzen die winzigen Perlen und zarten Fäden.

Für einen Moment strich er über die feine Struktur der Stickerei. Sie fühlte sich rau und hart und doch zart und seltsam nachgiebig an. Im weichen Licht, das durch das Schlafzimmerfenster hereinfiel, wirkten die Perlen fast lebendig. Wie Austern.

Austern und Perlen, dachte Kieran und blinzelte. Die Juwelen des Meeres. Der Gedanke gefiel ihm. Vielleicht hatte er trotz allem doch einen Schatz gehoben.

Ich hatte den Namen ihres Enkels noch nie gehört, ehe mir der Anwalt von dem Erbe erzählte.

Laura spielte mit ihrer leeren Tasse. Sie drehte sie in ihrer Hand und musterte sie, als ob sie ihr eine Antwort auf ihre Fragen geben könnte. *Ich weiß nichts über Kieran. Weder wie er lebt noch wie alt er ist. Aber er ist der Einzige, dem sie eines ihrer Bilder hinterlassen hat. Namentlich, in ihrem Testament. Und darum …* Sie zuckte mit den Schultern, als sie aufblickte.

Cress starrte sie an, so dass Laura sich fragte, ob sie vielleicht zu viel erzählt hatte. Am liebsten wäre sie vor dem Blick dieser Frau geflohen, ihrem seltsamen Schweigen, den merkwürdigen Augen und den unerklärlich schuldig wirkenden Händen.

Kieran und Angela waren Freunde, meinte Cress schließlich. Sie klang nachdenklich. *Ungewöhnliche Freunde.* Mehrere Sekunden vergingen, in denen sie nach den richtigen Worten zu suchen schien. Endlich fuhr sie fort. *Es war eine ungewöhnliche Verbindung*, sagte sie. *Sie war bereits über siebzig und er vierzig Jahre jünger als sie.* Wieder hielt sie inne und runzelte die Stirn. *Aber sie scheinen sich auf einer bestimmten Ebene ausgezeichnet verstanden zu haben. Jedenfalls ist es Kieran so ergangen. Das konnte ich seinen Worten deutlich entnehmen.*

Laura merkte, dass Cress wieder zögerte.

Sie sollten wissen, fuhr sie schließlich fort, *dass Angela Kierans Nähe gesucht hat und nicht umgekehrt. Sie hat diese Freundschaft gefördert, ja bewusst gesucht.* Erneut brach sie ab und überlegte. *Zumindest habe ich das immer angenommen. Aber wenn ich ehrlich bin, weiß ich es gar nicht so genau. Wie kann man so etwas auch wissen? Wahrscheinlich suche ich einfach nach einer Erklärung.*

Nachdem Kieran das Päckchen wieder unter das Bett geschoben und das zerbrochene Porzellan eingesammelt hatte, wickelte er die Scherben in eine Tüte, um diese ganz unten in die Mülltonne zu legen. Dann erinnerte er sich daran, dass die Kassette mit den ›Whiz Kids‹ noch immer im Videorekorder steckte und auf ›Pause‹ gedrückt war. Er setzte sich vor den Fernseher und drückte auf ›Play‹, doch die aufgesetzte Fröhlichkeit des Moderators, die er normalerweise gut ertragen konnte, war ihm diesmal unangenehm. Er sah eine Minute lang zu, in der einer der Kandidaten das Wort ›Hygiene‹ falsch buchstabierte, dann holte er die Kassette aus dem Rekorder.

In der Küche nahm er sich einen Apfel aus der Obstschale

und rieb ihn gedankenverloren an seiner Jeans sauber. Nach einigen Sekunden trat er nach draußen in den Garten. Die strahlende Sonne verwischte die Geräusche und Worte, selbst den geheimnisvoll schimmernden Schatz. Stattdessen vermittelte sie ihm ein starkes Gefühl des Glücks. Beschwingt ging er den Hügel in Richtung Stadt hinunter.

Don't sit under the apple tree, sang er und stieß mit dem Fuß ein paar Kieselsteine von sich, *with anyone else but me, anyone else but me …*

Cress saß noch immer im Café und spielte mit dem Rest ihres Scones. Es war alles so viel komplizierter, als sie es sich vorgestellt hatte. Unauffällig betrachtete sie Lauras Gesicht, um darin nach einem Vorwurf zu suchen. Doch die Augen der jüngeren Frau wirkten undurchdringlich. Cress holte tief Luft. Sie musste ihr von Kieran erzählen, ohne dass sie ihr Fragen stellte. Fragen wären Cress lieber gewesen. Mit Fragen hätte ihre Geschichte eine vorgegebene Struktur bekommen. Die Möglichkeit, dass alles schieflaufen könnte, lastete schwer auf ihr.

Wie sollte sie anfangen? Sie wusste, dass Anfänge wichtig waren; sie mussten stimmig sein. Sie beobachtete, wie ein trockenes Blatt über den Ziegelboden des Cafés flatterte, und dachte an Kierans Gesicht am Morgen nach seinen nächtlichen Besuchen bei Angela. Erschöpfung und Hochstimmung zugleich. Die Sicherheit. Sie erinnerte sich an ihren eigenen Schrecken und die Nervosität, wenn sie hörte, wohin er ging, wen er besuchte.

Dann ließ sie den Worten freien Lauf. Einerseits, weil sie ihre eigene Unzulänglichkeit, ihr Zögern frustrierte, andererseits, weil ihr bei ihrem Versuch einer Erklärung ein neuer Gedanke gekommen war – ein Gedanke, den sie allerdings nicht aussprechen wollte. Auf einmal verstand sie, dass Angela Kieran nicht gewählt, sondern ihn geradezu annektiert hatte. Genau das war es: Sie hatte seine Gedanken, seine Träume annektiert. Dieses Wort kreiste in ihrem Kopf, während sie Laura die nächtlichen Besuche und die Freundschaft zwischen den beiden schilderte. Sie erzählte ihr von den Gerüchen, die Kieran mit nach Hause gebracht hatte – den Gerüchen nach Ölfarbe und Kaffee, nach Terpentin. Und von der Musik. Er schien sogar anders auszusehen und lief manchmal tagelang mit einem veränderten Ausdruck im Gesicht herum. *Er schien zu expandieren*, hörte sie sich selbst sagen.

Doch der Gedanke einer Annektierung ließ sie nicht los. Sie strich sich mit der Hand über den Kopf, als ob sie die Idee dort festklopfen wollte. Sie musste darüber nachdenken, sich überlegen, was es bedeutete, dass Kieran eine Art Territorium, ein Besitztum und Angela eine Supermacht für ihn gewesen war. Annektierung, Aneignung. Dann verstand sie auf einmal, worum es eigentlich ging.

Um Adoption.

Kieran ging auf den Gemüseladen zu. Dort gab es heute Kürbisse, große gelbe Hälften, die ihn vom Bürgersteig aus anlachten. Der Anblick stimmte ihn fröhlich. Cress baute in ihrem Garten auch Kürbisse an. Sie bildeten ein unordentliches Dickicht aus Blättern und Stängeln, die über den Zaun ragten. *Dreist* nannte sie die Kürbisse. Kieran liebte diese Beschreibung. Er stellte sich die Kürbispflanzen wie freche Kinder vor, die über den Zaun klettern und sich im Gebüsch eines fremden Gartens verstecken. Manchmal sah er den flachen Blättern zu, wie sie in der mittäglichen Sonne verwelkten, oder beobachtete die winzigen Murmeln, die sich langsam zu großen Früchten entwickelten. Jetzt stand er auf der gegenüberliegenden Straßenseite und betrachtete gedankenverloren die

Kürbisse. Daneben lagen Orangen und Karotten. Heute ist ein gelber Tag, dachte er.

Er stand an der Ecke, wo sich Abby meist von ihm verabschiedete. Wo sie eine unsichtbare Grenze zog und annahm, dass er ihr nicht folgen würde, dass er nicht mehr über sie wusste als das, was sie ihm bis zu diesem Punkt verraten hatte. Manchmal liefen sie nachmittags hierher, um sich das Treiben in den Läden anzusehen. Dann überredete er sie, den ganzen Block mit ihm entlangzuschlendern, ehe sie schließlich allein davonging. Sie liefen am Stoffladen, den Bürogebäuden und der Imbissbude vorbei, um irgendwann wieder umzudrehen. Nur um den Moment noch ein wenig hinauszuschieben. Sie wusste, was er tat, und er wusste, dass sie es wusste. Sobald sie eine solche Runde gedreht hatten, zog sie sich zurück, um ihre Getrenntheit zu demonstrieren. Es machte Kieran nichts aus. Sie waren ja tatsächlich zwei getrennte Einheiten.

Wir sind wie ein Ei, dachte er jetzt, wie Eiweiß und Eidotter. Der Gedanke gefiel ihm. Er mochte Eier.

Gerade hing er eiförmigen Gedanken nach, als er Abby entdeckte. Sie saß auf dem Boden am Rand des Parks und strich mit den Fingern über das Gras, während sie vor sich hinstarrte. Er schlenderte zu ihr hinüber und hockte sich neben sie, ohne ein Wort zu sagen. Erst jetzt bemerkte er, dass sie immer wieder einen Grashalm ausriss und ihn begutachtete, ehe sie ihn beiseitewarf und einen neuen pflückte. Sein Blick wanderte zwischen ihrem Gesicht und ihren geschäftigen Fingern hin und her. Schließlich erklärte sie: *Wir suchen nach einem vierblättrigen Kleeblatt.*

Er begriff sofort und voller Freude, dass das ›Wir‹ Abby und ihn meinte. Fröhlich kniete er sich hin und starrte ebenfalls auf den Boden. Für einen Moment überlegte er. Vierblättriger Klee … Er und seine Mutter hatten vor Jahren einmal danach gesucht. *Er bringt dem Finder Glück*, hatte seine Mutter erklärt. Doch für Kieran hatte jeder Klee vier Blätter. Er wusste, dass er sich sehr anstrengen musste, um eines zu finden.

Schweigend suchten sie eine Weile. Es kam ihm vor, als wären höchstens zwei Minuten vergangen, als Abby sagte: *Langweilig. Komm, gehen wir.* Sie stand auf und lief in Richtung der Läden. Auch er erhob sich hastig und klopfte sich das Gras von der Jeans. *Glück, Glück, Glück*, sagte er, als er ihr folgte.

Sie liefen den halben Block entlang und blieben immer wieder stehen, um in die Auslagen der Geschäfte zu blicken. Das Fenster des Zeitschriftenladens war voller Schulbücher und Federmäppchen. Vor dem Stoffladen standen kleine Kleiderpuppen mit Schuluniformen. Abby hielt vor dem großen Schaufenster inne. Dort waren Damenkleider ausgelegt, gewöhnliche Kleider, wie Cress sie trug. Dazwischen hingen ein paar Blusen.

Abby zerrte an ihrem übergroßen T-Shirt und verdrehte den Stoff mit den Händen. *Das hier ist zu teuer*, sagte sie. *Im Secondhandladen da hinten gibt es bessere Sachen. Und billiger.*

Dann fiel ihr Blick auf einen engen Halsreif aus billigen Glasperlen. Daneben lagen Armbänder und Ohrringe. Silber und blau, golden und grün, durchsichtig und matt. *Sehen aus wie Regentropfen*, meinte Kieran, der beide Hände gegen die Fensterscheibe presste.

Oder wie ein geheimer Schatz, flüsterte sie neben ihm. *Wenn ich mal reich bin, werde ich Kisten voller Perlen haben. Ich werde jeden Tag Schmuck in einer anderen Farbe tragen.*

Kieran sah Abby an und dann wieder den Modeschmuck im Fenster. Perlen. Ein geheimer Schatz.

Komm, sagte sie und zog an seinem Ärmel. Aber Kieran brauchte noch einen Moment. Er dachte nach.

Möchtest du morgen zu mir nach Hause kommen?, fragte er schließlich, als sie davongingen.

Die Teekanne war geleert. So wie die Kraft der alten Frau, dachte Laura, während sie Cress lauschte, deren Stimme immer monotoner klang. Cress drehte ihre leere Tasse in der Hand hin und her und fuhr mit dem Zeigefinger über den Rand. Das ist also alles, was ich finden kann, dachte Laura. Ein kauziges altes Mädchen mit einer calvinistischen Ader und einen seltsamen Jungen, der nachts heimlich durch die Gegend streift. Trotzdem hatte dieser eigentümliche Junge ihre Mutter gekannt, und auf irgendeine Weise hatte auch Cress Angela gekannt. Nur wusste sie noch nicht, wie.

Haben Sie jemals mit Kieran über Angela gesprochen? Sie richtete die Frage an Cress' Haare, da die Frau ihr gegenüber noch immer den Kopf gesenkt hielt. So konnte sie die feinen Strähnen ebenso wie die silberne Haarspange gut sehen. Jäh verspürte Laura einen Anflug von Zärtlichkeit für die Frau, die sich in einem Alter befand, das Angela nun niemals mehr erreichen würde. *Es gibt so vieles, was ich gern wissen würde. So vieles, was ich sie gern gefragt hätte …*

In diesem Moment kam die Kellnerin mit der Rechnung. Laura merkte, wie sich die kurze Vertrautheit zwischen ihnen wieder auflöste.

Draußen vor dem Café zögerten beide. Als die Meeresbrise mit ihren Röcken spielte und Lauras Haare zerzauste, sagte sie: *Ich habe gerade erst herausgefunden, dass meine Mutter noch ein Kind zur Welt gebracht hat, und zwar bevor ich geboren wurde. Einen Jungen. Er wurde zur Adoption freigegeben.* Sie hielt inne und warf Cress einen raschen Blick zu. *Es wurde alles vor mir geheim gehalten.*

Sie blickte aufs Meer hinaus und sah so nicht Cress' Gesicht, die Bewegung ihrer Augen, wie sie den Mund öffnete und dann wieder schloss – wie die Worte auf ihren Lippen erstarben. *Ich habe keine Ahnung, warum oder wie er zur Adoption freigege-*

ben wurde. Und ich weiß auch nicht, weshalb sie mir nie davon erzählt hat. Warum sie es nicht konnte. Schließlich gab es doch nur noch uns beide.

Sie wandte sich wieder der alten Frau zu, deren Gesicht jetzt hölzern wirkte. Cress starrte geradeaus, als sie sagte: *Wir müssen alle unser Leben irgendwie meistern, Laura. Dinge hinter uns lassen. Ihre Mutter wusste das. Sie muss es gewusst haben.*

In der Hitze wirkte das Meer blass und verschwommen. Kleine Wellen rollten den Strand hinauf. Die beiden standen eine Weile schweigend da. Autos fuhren vorbei, Leute gingen vorüber. Laura strich sich ein paar dunkle Strähnen aus dem Gesicht. Wie kann man das Leben eines Kindes einfach hinter sich lassen, dachte sie.

Laut sagte sie: *Ich würde Ihren Enkelsohn gern kennenlernen.* Sie holte ein Stück Papier und einen Stift aus ihrer Tasche und schrieb Cress ihre Handynummer auf. Als sie es der alten Frau reichen wollte, fasste diese mit beiden Händen nach Lauras Hand. Ihre Haut fühlte sich samtig an, wie Blütenblätter.

Laura fuhr langsam die Strandpromenade entlang und beobachtete, wie sich die Wolken über dem dunkler werdenden Meer zusammenballten. Sie wollte über Kieran und die Geschichte nachdenken, die Cress ihr erzählt hatte, doch stattdessen sah sie immer wieder das Gesicht der alten Frau vor sich – auf der Windschutzscheibe, auf dem Asphalt der Straße. Sie stellte sich vor, wie sie ausgesehen hatte, als sie davon gesprochen hatte, dass man irgendwann alles hinter sich lassen müsse. Wie sie ihr Leben voll religiöser Inbrunst von sich gestoßen hatte und es jetzt nur noch als eine Ansammlung von Zufällen betrachtete. Cress schien inzwischen zu glauben, dass *nichts* eine Bedeutung hatte. Genau wie Angela.

Es roch nach Regen. Laura parkte den Wagen in einer Seitenstraße, um die kühle Luft zu genießen. Sie ging an den Gärten vorbei, der Bücherei mit ihrer niedrigen Veranda und dem Bowling-Klub. Dann lief sie den Hügel hinauf zu der katholischen Kirche St. Mary's. Dort blieb sie stehen und lehnte sich an die Friedhofsmauer. Bewundernd betrachtete sie die bunten Glasfenster und die kleine Grotte neben der Kirche, wo eine Marienstatue stand. Als Mädchen hatte sie immer diese Grotte besuchen und sich neben Maria setzen wollen. Sie wäre so gern zur Kommunion und Firmung gegangen.

Aber Angela hatte sich stets ablehnend gezeigt, wenn es um Religion oder irgendeine Art von Glaubensbekenntnis gegangen war. Auch die Sonntagsschule war ihr suspekt gewesen. Laura beneidete die anderen Kinder, die dorthin durften. Sie beneidete sie, auch wenn ihnen verboten war, am Sonntag zu spielen, oder wenn sie sich an diesem Tag in andere Menschen verwandeln mussten – Menschen mit gekämmten Haaren, Lederschuhen, Hüten und Familientreffen.

Wenn Laura die Kinder damals gesehen oder sie sich auch nur vorgestellt hatte, wie sie St. Barnabas in der Nähe der Strandpromenade betraten oder St. Mary's oder die bescheidene Methodistenkirche hinter Broken Beach, dann glaubte sie, vor Neid platzen zu müssen. Alle hatten ihre besten Sonntagssachen an, und einige – allerdings nicht die Katholiken – besuchten auch noch die Sonntagsschule, wo man sang und Geschichten vorgelesen bekam. An Weihnachten gab es ein Picknick mit Süßigkeiten, Spielen und Geschenken. Selbst das übertriebene Herausputzen klang in Lauras Ohren exotisch und wunderbar. Kirche und Sonntagsschule stellten für sie einen Klub dar, dem sie nicht beitreten durfte und in dem sie deshalb umso dringender Mitglied werden wollte.

Aber Angela hatte all ihr kindliches Flehen mit einem einzigen Wort abgeschmettert: *Heuchler*. Laura wusste damals noch nicht, was das Wort bedeutete. Sie verstand es nicht, als sie in die Gruppe der sogenannten ›Anderen‹ gesteckt wurde, in die Kinder ohne Religionszugehörigkeit kamen. Lange hatte sie gerätselt, was man sich unter einer Konfirmation vorstellen musste und wie es wohl war, wenn man an Weihnachten gemeinsam mit der Familie Weihnachtslieder sang. Sie hatte sich die Strophen der Lieder, die im Dezember in den Klassen gesungen wurden, nur schwer merken können. Alle anderen hätten sie im Schlaf singen können.

Natürlich hatte Laura auch die Weihnachtslieder geliebt, ebenso wie die anderen Rituale, die besondere Kleidung und das Gefühl, dazuzugehören. Als sie sich jetzt an die Kirchenmauer lehnte und das Sandsteingebäude vor sich betrachtete, musste sie lächeln. Angela hatte nie erfahren, wie hingebungsvoll ihre agnostische Tochter die Krippenszenen am Ende des Jahres im Kunstunterricht gemalt hatte. Oder wie oft sie und ihre Freundinnen mit rotem Sirup und Marantakeksen ›Kommunion‹ gespielt hatten. Sie hatte auch keine Ahnung gehabt, wie schwer es Laura gefallen war, so zu tun, als ob sie und ihre Mutter wie die anderen Familien am Freitag kein Fleisch aßen und am Ostersonntag hart gekochte Eier.

Nachdenklich wandte sie sich von der Kirche ab und ging den Hügel hinunter zu ihrem Wagen.

Als sie schließlich zu Hause eintraf, braute sich ein Sturm zusammen. Laura schenkte sich ein Glas Wein ein und setzte sich damit auf die Vorderveranda. Das Wort ›Zusammenbrauen‹ beschäftigte sie. Ein Sturm, der sich zusammenbraute, implizierte faules Spiel, böse Kräfte, die am Werk waren. Sie musste an Cress denken und wie diese ein wenig rot angelaufen war, als sie sich über sich selbst lustig gemacht hatte: *Als ob es einen größeren Plan gäbe. Als ob Eds Tod irgendetwas anderes gewesen wäre als nur Pech und ein dummer Zufall.*

Im Osten verfärbten sich die Wolken violett. Ein heftiger Wind blies durchs Tal, zerrte an Blättern und Haaren. Laura lehnte sich vor, um die Seeluft und den Geruch der Eukalyptusbäume besser riechen zu können. Sie rieb sich die Oberarme, während sie von der Veranda über das Dach des Studios zu den Felsen und Farnen in der Ferne blickte. Eine Weile versuchte sie sich an den Namen des stacheligen grünen Farnwedels zu erinnern, der gegen das matte Blech des Schuppens schlug. Vielleicht wüsste ihn Kieran, Angelas seltsamer Freund. Er schien diesen Ort und diesen Garten jedenfalls besser zu kennen als sie.

Einige dicke Regentropfen fielen auf das Geländer und den Verandaboden. Der Himmel verdüsterte sich, und Lauras Muskeln spannten sich an, als wäre der Sturm ein Theaterstück, für das sie Eintritt bezahlt hatte und nun auf das Heben des Vorhangs wartete. Sie betrachtete den Himmel. Er war voller violetter und grauer Schlieren und wurde immer wieder von Blitzen erhellt. Im Osten hatten sich Meer und Himmel zu einer einzigen Fläche vereinigt und den Horizont verschluckt. Die Welt verwirrte die Sinne. Alles hatte sich umgedreht: Der Himmel war sternenlos wie das Meer, ohne Sonne und Mond, während der Donner ähnlich grollte wie das Meer.

Laura eilte ins Haus, um die Fenster zu schließen. Wieder spürte sie, wie sie in den Zimmern alten Spuren zu folgen schien, wie ihre Hände alte Bewegungen nachahmten. Wie sie in ihr früheres Selbst hineingezogen wurde, während sie die Fenster schloss und verriegelte. Sie schaltete die Lichter an, zog die Vorhänge zurück und machte es sich bequem, um das Schauspiel des Sturms zu genießen.

Cress wusch sich die Hände am Wasserhahn im Garten und schlüpfte aus ihren Gartenschuhen. Sie hielt einen Moment inne, um den Himmel zu betrachten. In der Ferne grollte es bereits. Tief atmete sie die nach Sturm riechende Luft ein und ging dann ins Haus. Ein Rinderbraten schmorte langsam auf dem Herd. Sie putzte die Karotten, die sie vorher im Garten geerntet hatte, schnitt sie in Scheiben und gab sie ebenfalls in den Topf.

Die Worte *Kieran und Angela waren ungewöhnliche Freunde* schienen in der Küche zu schweben. Sie hatte die Hände in die Taschen ihrer Schürze gesteckt und spitzte die Lippen, als hoffte sie so, den Vormittag noch einmal durchleben und diesmal weniger sagen zu können. *Es war ein wunderschönes Requiem. Das meinten jedenfalls die anderen. Ich selbst hatte das Gefühl, nur noch eine Hülle zu sein.* Es schüttelte sie innerlich. Wie konnte sie nur so töricht daherreden!

Sie ging ins Wohnzimmer und suchte nach ihrem Buch. Es lag nicht auf der Sessellehne, wo sie es zurückgelassen hatte. Oder vielleicht doch nicht? Irritiert drehte sie sich um. Man verschwendete so viel Zeit mit Vergesslichkeit – Minuten, Stunden, die man nie mehr zurückbekam. Inzwischen wusste sie zumindest, dass es das Beste war, einfach nur still stehen zu bleiben, ruhig durchzuatmen und in Gedanken noch einmal alles zu durchlaufen, wenn man etwas verloren hatte.

Ohne Dringlichkeit ließ sie den Blick über das Sofa, den Boden und den Fernseher wandern. Dann zum Couchtisch. Dort lag Kierans aufgeschlagenes Notizbuch. Er hatte einige Wörter aus einer Quizsendung hineingeschrieben, die er sich vor Kurzem angesehen hatte: ›Heilmittel‹, ›Narzisse‹, ›sinfonisch‹, ›Reue‹.

Cress bückte sich, um neben dem Sessel nachzusehen. Erleichtert schnitt sie eine Grimasse. Dort war eine Ecke des Umschlags zu erkennen. Offenbar war das Buch von der Armlehne auf den Boden gefallen. Das Lesezeichen lag daneben. Sie hob *Martin Chuzzlewit* auf, setzte sich und begann nach der Stelle zu suchen, wo sie am Tag zuvor aufgehört hatte.

Mehrere Minuten vergingen. Cress legte das Buch beiseite und lauschte. Es hatte zu regnen begonnen, zuerst einzelne Tropfen, dann ein regelmäßiges Rauschen. Das prasselnde Geräusch auf dem Blechdach hatte etwas Beruhigendes.

Sie stand auf und überlegte. Jetzt ließ sich sowieso nichts mehr ändern, und vielleicht war es so das Beste. Während sie durchs Wohnzimmer lief und Spitzendeckchen zurechtrückte, fragte sie sich, warum sie sich so unwohl fühlte. Warum glaube ich immer, etwas erklären zu müssen?, dachte sie.

Im Zimmer war es inzwischen fast dunkel. Sie stand vor dem Regal und strich über die Buchrücken, um sie in eine regelmäßige Reihe zu schieben. Jedes Buch hinterließ seinen Abdruck im Staub. Gerade wollte sie ein Staubtuch holen, als ein Blitz in der Nähe einschlug. Ihr fiel ein, dass Kieran noch nicht zu Hause war. Mit steifen Beinen ging sie in die Küche, um nach dem Essen und der Uhrzeit zu sehen. Der Duft des Bratens stieg ihr in die Nase und belebte sie. Kieran würde bestimmt bald kommen. Vermutlich würde er pfeifend durch die Hintertür treten, hungrig und regennass. Wie immer würde er noch vor dem Quiz essen wollen. Während sie sich ihren Enkel vorstellte und den Deckel des Topfs hob, um nach dem Braten und dem Gemüse zu sehen, wusste sie auf einmal, was sie tun musste.

Sie kehrte ins Wohnzimmer zurück, wo ihre Handtasche lag. Aus der Handtasche holte sie den Zettel mit der Handynummer, den Laura ihr gegeben hatte. Die 7 war mit einem Strich versehen, so wie man sie in Europa schrieb. Später würde sie diese 7 immer wieder vor sich sehen – auf ihrem Teller, auf dem

Teppich, im Himmel. Jetzt jedoch hob sie den Hörer ab und wählte Lauras Nummer.

Die Stimme, die sich am anderen Ende der Leitung meldete, ließ sie zögern. Sie hatte sich die bevorstehende Unterhaltung zwar ausgemalt, aber nicht überlegt, was sie eigentlich genau sagen sollte. Von leichter Panik übermannt suchte sie stammelnd nach den richtigen Worten. Sie starrte auf das Stück Papier in ihrer Hand, als ob ihr das weiterhelfen könnte. Draußen grollte es. In der Ferne schlug abermals ein Blitz ein, und die Telefonverbindung knackte.

Hallo? Hallo, rief Laura. *Ich kann Sie kaum verstehen. Hallo?*

Laura? Hier ist Cress. Pause. *Ich muss mit Ihnen sprechen.* Cress hörte, wie es erneut donnerte, zuerst an ihrem Ende der Leitung, dann an Lauras. Der Regen trommelte auf das Blechdach. Atmosphärische Störungen unterbrachen immer wieder die Verbindung. Irgendwie hatte der Sturm Cress Mut zu dem Anruf gegeben – all diese Kraft und Energie. *Es geht um Ihre Mutter. Ich muss Ihnen etwas erzählen. Etwas über die Vergangenheit.*

Für einen Moment herrschte Schweigen. Dann hörte sie Lauras Stimme: *Cress? Ich glaube, ich habe Sie nicht richtig verstanden.* Es knackte erneut laut in der Leitung. *Dieses blöde Telefon.*

Aber Cress ließ sich nicht mehr abbringen. Sie wollte den einmal gefassten Entschluss jetzt in die Tat umsetzen. *Ich weiß über die Adoption Bescheid*, erklärte sie mit lauter Stimme. *Über das Kind – den kleinen Jungen.*

Wieder herrschte am anderen Ende der Leitung Schweigen. Man konnte nur noch die elektrischen Signale des Sturms hören. Cress stand da, die Last ihrer Worte auf den Schultern, und regte sich nicht. Sie starrte auf den Boden, wo erneut die Zahl 7 erschien und dann im Teppich verschwand. Ihr wurde klar, dass sie sprechen musste, solange sie noch die Kraft dazu hatte. Bereits jetzt drängte sie ihre innere Stimme: Hör auf. Leg auf.

Laut und deutlich sprach sie weiter: *Ich war dabei … Im Krankenhaus, als das Baby geboren wurde. Ich habe dort als Krankenschwester gearbeitet. Ich habe geholfen, die Adoption in die Wege zu leiten.*

Sie malte sich aus, wie Laura auf diese Nachricht reagieren würde. Sie stellte sich Lauras Gesicht vor und wie sich ihre Pupillen weiteten, während sie Mühe hatte, den Hörer festzuhalten.

Allerdings vernahm Cress nur: *Sie waren dabei?*

Wieder unterbrachen atmosphärische Störungen die Leitung, man konnte kaum mehr etwas verstehen. Sie riss sich ein letztes Mal zusammen, hob die Stimme und sagte entschlossen: *Kommen Sie morgen in den Laden von St. Barnabas.* Dann drückte sie die Telefongabel herunter. Sie hatte keine Ahnung, ob Laura sie gehört hatte oder ob die Leitung in der Zwischenzeit ganz zusammengebrochen war. Mit zittrigen Fingern legte sie auf.

Im Schlafzimmer setzte sie sich auf ihr Bett und faltete die Hände im Schoß. Im Haus herrschte eine düstere Stimmung wie oft bei Unwettern, doch auch so konnte sie das Gesicht der Mutter Gottes erkennen. Die Tränen, die schmerzerfüllten Augen. Eine Weile blieb Cress sitzen und blickte Maria an. Sie fühlte sich wieder ruhiger. Marias Augen halfen ihr dabei, Ruhe zu finden – ebenso wie die Gegenwart des Kleids, das unter dem Bett auf dem Boden lag. Sie konnte es zwar weder sehen noch fühlen, aber trotzdem tröstete es sie – wie ein weiches Kissen, das die scharfen Kanten der Erinnerung abfederte. Eine Zeit lang genoss sie diese Innigkeit. Dann stand sie auf, strich ihren Rock glatt und ging in den Flur hinaus, um im Haus die Lichter anzuschalten. Als es in der Küche hell wurde, sah sie den Bund Petersilie auf dem Tisch, den sie zuvor mit hereingebracht hatte, und beschloss, dass es noch nicht zu spät war, eine Soße zu machen.

Am höchsten Punkt der Hauptstraße durch die Hügel, hinter einem Flecken smaragdgrünen Grases, befand sich der Eingang zum Nationalpark und seinen Wanderwegen. Kieran kam selten bis hierher – jedenfalls nicht bis zu den Wegen. Wenn er es doch einmal tat, schien ihn der Regenwald zu bedrängen, und er kam sich beobachtet vor. Die Düsterkeit und die animalischen Formen der Bäume hatten etwas Bedrohliches. Außerdem bevorzugte er es, seine eigenen Wege zu suchen, eigenen Spuren zu folgen, was hier im Regenwald nicht ging. Gleichzeitig mochte er die große grüne Picknickfläche mit ihren sanften Hügeln, den locker verteilten Tischen und Bänken und den Kotkügelchen der Wallabys. Er setzte sich meist in den Schatten in die Nähe der blühenden Ingwerpflanzen und beobachtete die Besucher, die kamen und gingen.

Heute gab es zwei kleine Gruppen – eine Familie auf ausgebreiteten Decken mit Tellern, Flaschen und Bechern sowie ein Pärchen, das auf dem Rücken lag, Wanderschuhe und Socken neben sich. Einer der beiden benutzte seinen kleinen Rucksack als Kissen. Beide bewegten sich kaum; vielleicht schliefen sie. Auch die Familie schien nicht sehr lebhaft zu sein. Eine Frau lag auf dem Bauch und blätterte in einer Zeitschrift, neben sich ein Baby mit einem breitkrempigen Hut und einen Mann, der dasaß und die Ellbogen auf seine Oberschenkel gestützt hatte.

Hier zu verweilen gab Kieran das Gefühl, näher bei Angela zu sein. Sie hatte ihm einmal erzählt, dass sie gern hierherkam. Sie hatte oft dagesessen und die Familien und Paare beobachtet, stets auf der Suche nach den Dingen, die diese Menschen hatten und die ihr fehlten. War es Zufriedenheit? Nachdem die anderen weitergegangen waren, sah sich Angela an den Stellen um, wo sie gesessen hatten, um zu sehen, ob sie etwas zurückgelassen hatten – den Abdruck einer Decke im Gras, einen Plastikbecher. Irgendetwas, das ihr als Hinweis hätte dienen können.

Kieran blickte bis zum Rand des Parks, wo der Regenwald der Kiesfläche des Parkplatzes hatte weichen müssen. Die meisten behaupteten, dass es hier oben auffallend still war, doch für Kieran spielte in diesen Tagen überall Musik. Selbst hier befand er sich so nahe bei den Bäumen, dass er das Scharren der Vögelfüße im Mulch sowie das Rascheln der Eidechsen und Schlangen zu hören glaubte.

Und dann gab es da noch die leisen, geheimnisvollen Geräusche des Winds, der die Blätter rascheln ließ. Manchmal hatte Kieran den Eindruck, als ob sich all diese Laute zusammenballen und den Hügel hinaufrollen würden, um ihn dann in ihrer Gesamtheit zu erreichen. Auch Vögel meldeten sich zu Wort, ebenso wie raschelnde Palmenwedel, und er glaubte, ein Lied würde seinen Kopf umtosen. Fast klang es wie das Schlaflied von Brahms, das ihm Angela einmal vorgespielt hatte.

Er warf einen Blick auf die Frau mit dem Baby und ahnte, dass es etwas mit den beiden zu tun haben musste, wenn er auch nicht genau wusste, was es sein konnte. Eine Weile verlor er sich im Rhythmus des Lieds, kam sich vor wie ein kleines Kind, das in den Schlaf gesungen wurde. Eine Blauzunge zeigte sich am Rand des Unterholzes, zögerte einen Moment und kam dann vorsichtig heraus in die Sonne. Mann und Eidechse bedachten einander mit einem seitlichen Blick und gelangten zu der wortlosen Übereinkunft, dass sie gemeinsam das warme Sonnenlicht und die Stille genießen würden.

Abbys Perlen …

Kieran dachte an die Schaufensterauslage des Stoffladens

und an Abbys Erklärung: *Wenn ich mal reich bin, werde ich Kisten voller Perlen haben. Ich werde jeden Tag Schmuck in einer anderen Farbe tragen.* Plötzlich hatte er Angst. Er blickte auf den Boden zwischen seinen Füßen, auf einen Flecken, der eine eigene Welt darstellte – Erde, Ameisen, Gras. Für einen Augenblick überwältigte Kieran, was er getan hatte: Er hatte Abby zu sich nach Hause eingeladen. So etwas hatte er noch nie zuvor gewagt – er wäre nicht einmal auf die Idee gekommen, derart tollkühn zu sein.

Kieran blickte auf und atmete tief durch. Er wusste nicht, wie lange er schon hier war. Die Luft roch nach Regen, und der Wolkenschleier hatte sich in eine blauschwarze Wand verwandelt. Wie eine Armee in einer dunklen Tunika baute sie sich am Himmel auf. Ein wütender Wind jagte die Wolken vor sich her. Die Welt darunter wirkte geschrumpft, zwischen Bäume und Himmel gepresst. Kieran lief ein kalter Schauder über den Rücken. Stürme verunsicherten ihn. Die meisten Leute, die er kannte, mochten das Schauspiel, das sie boten. Abby hielt einen Sturm sogar für *aufregend*.

Ein fernes Grummeln ließ sich aus Osten vernehmen. Am anderen Ende der Picknickwiese war die Familie damit beschäftigt, ihre Sachen zusammenzuräumen. Der Mann jagte einem davonfliegenden Hut hinterher. Kieran erhob sich, die Eidechse floh ins Gebüsch. Wahrscheinlich roch auch sie den Regen. Die Frau hievte sich das Baby auf die Hüfte und eilte Richtung Parkplatz davon.

Kieran umrundete die Picknickwiese. Das Gras leuchtete im Licht des stürmischen Himmels. Während er den Hügel hinunterlief, ließ er die Schuhe über das Geröll am Rand der Straße schleifen. Immer wieder kickte er den Split und aufgeplatzte Mangos beiseite, die von den dort stehenden Bäumen herabgefallen waren. Als er schließlich zu Angelas Straße gelangte, fiel bereits Regen. Für einen Moment zögerte er, doch dann ging er weiter, widerstand der Anziehungskraft des Hauses und der Frau mit den Augen. Auf dem Nachhauseweg kehrte er in Gedanken zu der Melodie des Schlaflieds und der Geschichte zurück, die er damit verband.

Es war eine Unterhaltung gewesen, an deren Duft er sich noch erinnern konnte. Die Luft hatte nach Mangos, Frangipani und überreifen Maulbeeren gerochen. Wenn er später die süßliche Schwere der herabgefallenen Früchte wahrnahm, sah er stets eine in sich zusammengesunkene Puppe auf einem gefliesten Boden vor sich. Ein perfekt geformtes, lebloses Wesen. So hatte Angela ihr abgegangenes Kind beschrieben – wie eine winzige Puppe. Ein Junge.

In jener Nacht war er nach der Geschichte an herabgefallenen Frangipani vorbei nach Hause gelaufen. Die sommerlich frühe Sonne hatte den schwarzen Himmel zitronengelb und grau bemalt. Es war ihm nicht möglich gewesen, Angelas Worte und die Bilder, die in ihm aufgestiegen waren, zu vergessen.

Sie hatten über die Wallabys in den Hügeln und ihre misstrauischen Augen gesprochen, über die winzigen Babys, die wie warmer Teig in den Beuteltaschen saßen. *Weißt du, manchmal gehen sie verloren*, hatte Angela gesagt, und Sekunden später war es Kieran vorgekommen, als ob sich die Bedeutung ihrer Worte geändert hätte und sie in Wahrheit etwas anderes meinte. Eine Weile fiel es ihm schwer, ihr zu folgen. Wer war dieses Wesen mit einem Baby in seinem Inneren? Er stellte sich einen Daumen aus warmem Teig vor.

Ich war erst fünf Monate schwanger, als die Schmerzen anfingen, erzählte sie. *Noch nicht einmal fünf Monate. Ich wusste sofort, dass es ein Junge sein muss. Ich wusste es ganz einfach.*

Gern hätte er sie gefragt, woher sie das gewusst hatte, aber sie fuhr bereits fort, ihre Geschichte zu erzählen. Der Bleistift in ihrer Hand bewegte sich gemeinsam mit ihrer Stimme, kreiste über dem Papier. Brahms – es musste Brahms gewesen sein – erfüllte den Schuppen.

Ich habe versucht, so zu tun, als würde ich nichts merken. Meinem Mann August erzählte ich, dass es Muskelschmerzen seien. Das stimmte in gewisser Weise ja auch. Ich legte mich auf die Couch und redete mit dem Kind, auch wenn ich noch gar nicht wusste, wie sehr es schon ein Kind war, wie weit es sich entwickelt hatte … Ich sprach leise, um die Schmerzen zu lindern, um es zu beruhigen. Vermutlich war ich nicht mehr ganz bei Sinnen. Wieso sonst hätte ich mit diesem unbekannten Kind gesprochen, diesem unbekannten Gesicht? Ich habe immer wieder gesagt: Bitte hör auf. Ich liebe dich. Ich liebe dich bereits. Hör auf.

Kieran wusste nicht, was er tun sollte. Regungslos saß er da, die Teebecher in den Händen, die Zuckertüte unter dem Arm. Er beobachtete Angelas Miene. Ihre Augen waren auf ihre Zeichnung gerichtet. Weinte sie? Er wusste es nicht. Er hörte nur, dass ihre Stimme brach.

Dann musste ich auf die Toilette, sagte sie. *Und da ist es dann passiert. Vor Schmerzen ging ich in die Hocke. Ich stieß einen leisen Schrei aus, und dann … Es geschah so plötzlich, dass es mir gar nicht wie eine Geburt vorkam. Ich versuchte noch, ein Handtuch für ihn hinzulegen, aber er war schon da, ehe es mir gelang. Auf dem kalten Boden. Und weißt du, er war perfekt geformt. Zehen, Arme, Finger. Insgesamt war er kleiner als meine Hand, aber vollkommen. Eine winzig kleine Puppe.*

Sie holte tief Luft. *Keine Ahnung, wie lange ich dort gesessen habe. Eine halbe Ewigkeit. Als ich aufblickte, kniete August vor mir. Er sagte nichts, aber in seinem Gesicht spiegelte sich seine Verzweiflung.* Sie sah kurz auf. *Ein Junge. Ein Junge*, wiederholte sie mit undurchdringlicher Miene. *Ein Junge, der niemals atmen durfte.*

Kieran hatte gewartet, doch Angela hatte nicht weitergesprochen. Sie wischte sich mit der linken Hand über das Gesicht, während die rechte noch immer den Stift hielt. Auf dem weißen Blatt Papier zeigten sich Blütenknospen in verschiedenen Stadien des Aufgehens – winzig kleine geballte Fäuste oder Blätter, die sich gerade entfalteten. Kieran nahm die Blumen nicht wahr, obwohl seine Augen auf die tassenartigen Formen gerichtet waren.

Nach einer Weile fuhren seine Hände mit dem fort, was sie zuvor hatten tun wollen. Er gab Teeblätter in die Kanne und schaltete den Wasserkocher ein. Die Geräusche durchdrangen Angelas Schweigen. Als der Tee gezogen hatte, füllte er ihren Becher und brachte ihn ihr. Für einen Moment berührte er ihren Arm, ehe er den Becher neben ihr abstellte.

Sein Tee schmeckte nach Enttäuschung und Trauer, weshalb er ihn halb voll stehen ließ und zur Tür ging. Dort zögerte er noch einen Moment. Er wartete auf eine Anweisung. Auf irgendwas. Als sie noch immer schwieg, verließ er den Schuppen und zog leise die Tür hinter sich ins Schloss.

Plötzlich – jedenfalls war es ihm plötzlich vorgekommen – fand er sich zu Hause wieder, vor seiner eigenen Hintertür, als hätte er jenen nächtlichen Spaziergang von damals in Gedanken erneut durchlebt. Diesmal jedoch war er bis auf die Haut durchnässt gewesen. Schwer und kalt hingen seine Kleider an ihm herab, und sein Gesicht war regenüberströmt. Er blieb unter dem Verandadach stehen und sog die stürmische Luft in seine Lungen.

Der Garten war durchtränkt von Wasser, und die nasse Erde roch schwer und irgendwie nach Plumpudding. Brahms' Schlaflied war verklungen; er war froh darüber. Er wollte nicht mehr an Angelas Baby denken. Er wollte lieber den Sturm in seinen Ohren hören, das Geräusch des Lebens.

Das Licht war grau, doch durch die Düsterkeit drang ein gelbwarmer Strahl. Cress befand sich in der Küche, es war Zeit zum Abendessen, und vermutlich hatte er sich bereits verspätet. Die Gewöhnlichkeit dieser Überlegungen gab ihm neue Kraft, und er genoss den Anblick des Küchenlichts und das Gefühl des nassen T-Shirts, das an seinem Rücken klebte. Er vergaß die leblose Puppe, setzte sich auf die Stufen, tastete nach dem Holz des Bodens und zog seine Stiefel aus. Als er beim Öffnen der Tür die Wärme und den beruhigenden Geruch nach Corned Beef wahrnahm, begann er zu pfeifen.

Samstag

Kieran versuchte, gelassen zu wirken. Lässig. Es fiel ihm nicht leicht. Schließlich befand er sich in Cress' Schlafzimmer. Er wusste, dass sie den Vormittag im Geschäft verbringen würde, aber trotzdem hatte er das Gefühl, als könnte sie auch im Garten sein und jeden Augenblick hereinplatzen. Er vermochte den unangenehmen Eindruck, hier unrechtmäßig eingedrungen zu sein, nicht abzuschütteln. Außerdem befand sich schließlich Abby mit ihm im Zimmer. Er war so nervös, dass seine Hände schweißnass wurden.

Seine träumerischen Vorstellungen und die Versuche, sich die Situation im Vorhinein auszumalen, hatten ihn nicht auf alles vorzubereiten vermocht. Während der letzten vierundzwanzig Stunden hatte er nur daran gedacht, dass er Abby das Kleid zeigen wollte. Er wollte sie beeindrucken, sie zum Lächeln bringen. Doch als er jetzt vor ihr stand und es ihr hinhielt, kam er sich töricht vor. Irgendwie ausgeliefert, fast so, als ob er das Kleid angezogen hätte. Was dachte sie jetzt wohl von ihm?

Er schürzte die Lippen und wagte es, über das Kleid hinweg einen raschen Blick auf Abby zu werfen. Insgeheim erwartete er einen Ausdruck der Verwirrung, der ihm bestätigen würde, dass er sich falsch verhalten hatte. Dass er dumm gehandelt hatte.

Doch Abby starrte nur auf das Kleid. Ihre meerblauen Augen spiegelten zum ersten Mal seit Wochen Lebhaftigkeit wider, und diese Lebhaftigkeit schien ihr ganzes Gesicht zu verändern. Ihre Wangenknochen und die spitze Nase verschwanden, ihr Mund entspannte sich. Sie lächelte zwar nicht, aber das war im Grunde nicht so wichtig. Sie musterte das Kleid und wirkte beeindruckt. Kieran war so erleichtert, dass er alle Muskeln gleichzeitig entspannte.

Es hat Perlen, betonte er. *Perlen, wie du sie in diesem Geschäft gesehen hast.*

Er ließ sie nicht aus den Augen. Fasziniert sah sie auf den Stoff, dann trat sie einen Schritt vor und strich mit den Fingern über den Ausschnitt, wobei sie bei den Perlen innehielt. Ihr Gesichtsausdruck wischte Kierans letzte Zweifel endgültig beiseite. Seine Hände fühlten sich nicht mehr ungeschickt und grobschlächtig an – vielmehr kam er sich gewachsen, besser und mutiger vor.

Möchtest du es anprobieren?, fragte er.

Zuerst glaubte er, sie hätte ihn nicht gehört. Dann trat sie einen Schritt zurück und schüttelte den Kopf. Ihre Augen verdüsterten sich wieder – ebenso wie Kierans Herz. Plötzlich kam ihm das Kleid schwer vor, und ihm schmerzten die Arme vom langen Hochhalten. Er legte es auf das Baumwolltuch und gab sich große Mühe, es nicht zu verknittern. *Niemand würde es merken. Keiner weiß überhaupt, dass es da ist.*

Abby ballte die Hände zu Fäusten und öffnete sie dann wieder. *Es passt mir bestimmt nicht*, sagte sie.

Kieran blickte auf und sah sie fragend an. Was meinte sie damit? Er hatte noch nie darüber nachgedacht, sie nie unter dem Gesichtspunkt groß oder klein, dick oder dünn betrachtet. Ihm wurde plötzlich bewusst, dass er sie eigentlich noch nie genau angesehen hatte. Jetzt jedoch tat er es. Er legte den Kopf zur Seite und musterte sie stirnrunzelnd. Aber sie hatte einfach nur ihre Abby-Gestalt. Ihr Gesicht und ihr Körper waren ihm bereits viel zu vertraut, als dass er sie anders hätte sehen können. Sie trug eine weit geschnittene Baumwollhose und ein lose fallendes, langärmeliges Hemd, das früher einmal ihrem Vater gehört haben musste. Darüber hatte sie eine Weste angezogen, die offen stand. Woher wollte sie wissen, dass ihr das Kleid nicht passen würde?

Kieran zuckte mit den Achseln. Er würde ihr nicht widersprechen. *Ich finde es schön*, sagte er.

An diesem Vormittag hatte Cress im Laden von St. Barnabas vorgeschlagen, die gespendete Wolle, Stricknadeln und Stickmuster zu sortieren, auch wenn sie im Gegensatz zu ihrer Mutter nie eine begeisterte Strickerin gewesen war. Wie alle Mädchen hatte sie früh stricken gelernt und unförmige Teekannenwärmer, Schals und sogar Socken für die Jungs an der Front gestrickt. Doch die sauberen Reihen aus rechten und linken Maschen und die Zopfmuster ihrer Mutter waren für sie immer unerreichbar geblieben.

Als Shelley schwanger war, hatte Cress zum ersten Mal, seit sie von zu Hause ausgezogen war, Wolle gekauft. Pastellgrün und -gelb für kleine Stiefelchen und einen Schal. Die Fersen der Stiefel hatten ihr ziemliche Probleme bereitet, aber es war ihr trotzdem gelungen, sie fertigzustellen, auch wenn dieser kleine Triumph in keinem Verhältnis zu der Anstrengung stand, die das Stricken für sie bedeutet hatte. Die Wolle für den Schal hatte sie in die hinterste Ecke des Wäscheschranks gelegt, wo sie – wie sie jetzt überlegte, während sie die Knäuel in verschiedenfarbige Haufen teilte – vermutlich noch immer lag.

Am Morgen war sie durch die vom Sturm sauber geputzten Straßen gefahren, die Wagenfenster offen, um die kühle Luft auf ihrem Gesicht zu spüren. Wie liebte sie doch diese Morgen nach dem Regen, all die neuen Möglichkeiten, die sich auf einmal zu ergeben schienen. Jetzt stand sie hinter der Theke und arbeitete rasch und effizient. Stricknadelstärke fünf hier,

Stricknadelstärke acht dort. Blau, Rosa, Gelb. Sie fühlte die Wolle zwischen den Fingern und wünschte sich für einen Moment, zu jenen Frauen zu gehören, die damit zufrieden waren, ganze Abende lang Pullis und Socken zu stricken. Irgendwie kam ihr die Vorstellung tröstlich und beruhigend vor. Gleichzeitig wusste sie jedoch, dass es eine solche Art Trost für sie nie geben würde.

Abby sah aufmerksam zu, wie Kieran das Kleid wieder in das Tuch wickelte und sich dann bückte, um es unter das Bett zurückzuschieben. Noch ehe er damit fertig war, noch ehe er die Chance hatte, es an seinen alten Platz zurückzulegen, drehte sie sich um und verließ das Zimmer. Kieran folgte ihr hastig, wobei er das Kleid nur noch rasch mit dem Fuß weiter unters Bett schob. Er war in Eile. Abby war zum ersten Mal in seinem Haus, und er wollte nicht, dass sie sich ohne ihn hier umsah. Er wollte neben ihr stehen, während sie alles in sich aufnahm. Er wollte ihr Dolmetscher sein. Außerdem wollte er sehen, was sie sah – vor allem jedoch sollte sie alles mit seinen Augen sehen.

Sie lief Richtung Wohnzimmer. Mit der Hand strich sie über den Rand des Regals im Flur. Sie bewegte sich wie im Traum – so kam es Kieran jedenfalls vor. Am Ende des Flurs hielt sie inne. Ihr Blick wanderte über die Wände, die Sessel und den ausgeschalteten Fernseher im Wohnzimmer. Schließlich richtete sie ihre Augen auf den Couchtisch, wo Kierans Notizbuch lag.

Es war aufgeschlagen. Auf dem Papier war seine Schrift zu erkennen. Zum zweiten Mal innerhalb einer Stunde fühlte er sich schrecklich verletzlich. Er hatte fünf Wörter in Großbuchstaben aufgeschrieben: ›Ökumene‹, ›Kanarienvogel‹, ›Huftier‹, ›Fadennudeln‹. Abby blickte auf. Ihr Gesicht, dachte er, sieht aus wie ein leeres Blatt Papier, das darauf wartet, vollgeschrieben zu werden.

Sekundenlang erfüllte Stille den Raum, der voller Worte hing. Er nahm sie alle vorweg, indem er einen Schritt vorwärts tat, einen Stift nahm und das letzte Wort, das er ausgesprochen hatte, in sein Notizbuch schrieb. ›Schön‹. Abbys Blick wanderte von der Seite zu ihm und dann wieder zurück. Nach einer Weile wandte sie sich ab, um zu gehen, aber Kieran legte ihr die Hand auf den Arm. *Schreib du auch eines,* schlug er leise vor.

Sie schüttelte seine Hand ab. *Ich muss gehen,* erklärte sie.

Er begleitete sie den Hügel hinab. Obwohl sie gerade etwas Verbotenes getan hatten, war die Luft mild und freundlich. Kieran vergrub seine Fäuste in den Taschen. Er war sich nicht sicher, was Abbys Besuch gebracht hatte. Er war sich nicht einmal sicher, was er eigentlich erwartet hatte.

Abby wirkte neben ihm undurchdringlich wie der Morgen. Er wagte es, einen heimlichen Blick auf sie zu werfen. *Sie* war schön. Ihre Augen, dachte er, haben genauso ausgesehen, als sie geboren wurde. Klar und undurchdringlich. Er versuchte, diesen Blick nachzuahmen, versuchte, ebenfalls undurchdringlich und ruhig auszusehen, als sie sich beim Gemüsehändler abwandte und nach einem kurzen Gruß davonging.

In diesem Moment explodierte in ihm eine Idee wie ein Feuerwerk. *Abby*, rief er ihr hinterher. Ehe er wusste, was er tat, rannte er zu ihr. *Komm mit! Ich kann dir noch etwas Besseres zeigen!*

Laura fuhr Richtung Stadt. Sie hielt das Lenkrad mit beiden Händen fest umklammert. In ihren Fingerspitzen kribbelten verschiedene Empfindungen: Verwirrung, Ungläubigkeit, Neugier. Vor der Windschutzscheibe sah sie Muster aus Laub vorüberziehen. Die Welt um sie herum wirkte nach dem Sturm neu, glänzend und voller Optimismus. Sie beschloss, ebenfalls ruhig und optimistisch zu sein. Endlich hatte sie zumindest eine Zeugin gefunden, die dabei gewesen war, als Angela ihr Kind zur Adoption freigegeben hatte. Dennoch war es für sie ein wahrer Kraftakt, ihre Gefühle zu bändigen.

Nachdem Cress am Abend zuvor aufgelegt hatte, war es Laura vorgekommen, als ob der Sturm direkt in ihrem Haus tobte. Ihr Herz hatte wie wild in ihrer Brust gepocht, während sie versuchte, sich an jedes Wort zu erinnern, das Cress gesagt hatte. Sie wollte die Sätze mit dem Gesicht der alten Frau in Zusammenhang bringen, mit der sie noch am Nachmittag Scones gegessen hatte.

Eine Weile war sie wie betäubt durchs Haus gelaufen, bis diese Betäubung einer großen Verwirrung Platz machte, die sie seitdem mehr oder weniger erfüllte. Warum hatte ihr Cress nicht schon vorher davon erzählt? Laura hatte in die Nacht hinausgeblickt, die immer wieder durch helle Blitze erleuchtet worden war. Nur diese Blitze hielten sie davon ab, auf der Stelle in den Wagen zu springen und die alte Frau noch am selben Abend zur Rede zu stellen.

Jetzt parkte sie an der Strandpromenade und betrat den Laden, ohne die Stühle neben der Tür oder das Porzellan im Schaufenster eines Blickes zu würdigen. Cress war gerade dabei, hinter der Theke Wolle und Stricknadeln in verschiedene Haufen zu sortieren. Laura trat zu ihr und nahm ein violettes Wollknäuel. Sie rieb den Faden zwischen ihren Finger hin und her. *Hallo Cress*, sagte sie.

Die alte Frau zuckte zusammen und hielt in ihrer Arbeit inne. *Oh,* sagte sie. *Sie sind das.* Sie sah sie an und richtete den Blick dann wieder auf die Wolle.

Laura sah sich um. In einem Hinterzimmer entdeckte sie zwei weitere Frauen. Ihre Augen wanderten zu Cress und ihrem feinen silbergrauen Haar zurück, das wie am Tag zuvor außerordentlich sorgfältig frisiert war. Ihre Schultern wirkten starr, während sie einige Nadeln der Stärke sechs nahm und mit einem Faden zusammenband. Um sie herum lagen Hügel in Pastelltönen, die fast von der Theke fielen. Eine Weile kämpfte Laura gegen das Bedürfnis an, Cress an den Schultern zu packen und kräftig durchzuschütteln.

Sie schluckte und legte ihr stattdessen die Finger auf die Hand, die nicht aufhörte, die Nadeln zu ordnen. *Wollen wir irgendwo hingehen, wo wir uns unterhalten können?*, fragte sie. Ihre Stimme klang eindringlich. *Ich muss wissen, was Sie mir zu sagen haben. Ich muss wissen, was mit meiner Mutter passiert ist.*

Abby hatte schon öfter erklärt, dass sie den Sommer hasste. Er erschöpfte sie. Überall fühlte man sich müde und wie gelähmt, hatte sie gesagt, fast so, als ob man von einem heißen Bügeleisen geplättet worden wäre. Kieran musste an die altmodischen Bügeleisen denken, die er im Secondhandladen gesehen hatte, die aus schwarzem, schwerem Eisen. Er stellte sich die Hitze und den Dampf vor, das feuchte Tuch, das man zum Bügeln benutzte. Abby hat recht, dachte er. So fühlt sich der Sommer an.

Doch als er nun in der Sonne neben dem Gemüseladen stand, fiel ihm auf einmal ein besonderer Ort ein, der selbst an einem heißen Tag kühl und angenehm war. Er erklärte Abby, dass sie dorthin zu Fuß gehen mussten. Sie sah ihn stirnrunzelnd an und verzog den Mund. Für einen Moment befürchtete er, dass sie einfach nur mit den Schultern zucken und sich wieder abwenden würde. Doch dann merkte er, dass sie interessiert schien. *Es ist nicht weit*, sagte er. Damit drehte er sich um, steckte die Hände in die Hosentaschen und lief los. Er gab sich die größte Mühe, sich nicht umzudrehen. Aus dem Augenwinkel konnte er sehen, wie auch sie die Hände in die Taschen schob und ihm folgte.

Mindestens zweimal blieb sie unterwegs stehen, lehnte sich an einen Gartenzaun oder einen Baum und klagte. Kieran hielt ebenfalls inne und wartete. Beim zweiten Mal meinte er: *Es dauert nicht mehr lange.* Dann lief er weiter, wenn er sich auch bemühte, nicht ganz so große Schritte zu machen. Abbys Gesicht schimmerte feucht und war gerötet. Sie wirkte so erschöpft wie Cress nach einem heißen Tag im Garten. Die Sonne brannte auf seinen Kopf und seine Arme, und er spürte, wie Schweißperlen seinen Rücken hinabrannen und ihn kitzelten.

Doch sobald sie den Regenwald betreten hatten, wurde die Luft kühl. Kieran spürte sie wie Atem auf seiner Haut. Selbst die Sonnenstrahlen, die noch durch das Blattwerk drangen, wirkten mild und weich. Nach einer Minute drehte er sich zu Abby um. Sie wischte sich gerade das Gesicht am Hemdkragen ab. *Das hier ist ein anderes Land*, sagte er. *Nicht wahr?* Es kam ihm vor, als ob er es gerade in diesem Moment erschaffen hätte. Sie schenkte ihm ein schwaches Lächeln, ein kleines Zugeständnis. Dann gingen sie weiter.

Sie schienen bereits seit einer halben Ewigkeit hier zu sein. Die hölzerne Parkbank fühlte sich unter ihr heiß wie Stahl an, und Laura wäre am liebsten aufgestanden. Stattdessen atmete sie tief durch und lehnte sich mit den Ellbogen auf den Knien nach vorn.

Sechsundfünfzig Jahre. Cress redete weiter. Sie hatte Laura von ihrer Ausbildung zur Krankenschwester erzählt, von den Schrecken beim Anblick von Blut und vollen Bettpfannen, von den Stationen, die nach Chloroform und Schmerzen rochen. *Kränklich und süßlich*, hatte sie gesagt. *So riechen Schmerzen. Wie Jasmin.* Mit der Hand, auf deren Rücken blaue Venen zu sehen waren, zeigte sie auf einen blühenden Busch am anderen Ende des Parks.

Laura bemühte sich um Geduld, doch dann konnte sie nicht länger an sich halten. *Gut*, meinte sie. *Erzählen Sie mir bitte von der Entbindungsstation, als Angela dort hinkam. Sie waren da …*

Eigentlich war es eher eine Frage als eine Feststellung. Cress starrte vor sich hin. Vielleicht versuchte sie, sich die damalige Zeit noch einmal vor Augen zu führen. Plötzlich sagte sie: *Sechsundfünfzig Jahre.* Laura beobachtete, wie alles im Park um sie herum versuchte, still zu sein – die langen Gräser in der Nähe der Umzäunung, das Unkraut, das so nervös wirkte, als wollte es jeden Augenblick die Wurzeln aus der Erde ziehen und davonfliegen. *Es war eine der ersten Geburten, bei denen ich dabei war.*

In diesem Moment schien sich nichts mehr zu regen. Selbst der sonnendurchflutete Hibiskus wandte ihnen seine Aufmerksamkeit zu. Laura merkte, wie sie auf einmal jedes Geräusch wahrnahm – den Schrei einer Krähe, das Fallen eines Blattes, das Spinnen einer Spinne.

Ich sehe noch immer das Muster des Kleides vor mir, das sie trug, sagte Cress. *Kleines blaues Karo, vielleicht auch zitronengelb. So etwas trugen damals alle, wenn sie schwanger waren. Sie hatte ein riesiges Ding an, das ihr vermutlich von jemandem überlassen worden war. Denn sie hatte eine zierliche Figur, wenn man einmal von dem Kind in ihrem Bauch absah. Sie wirkte fast selbst noch wie ein Kind – in den Kleidern einer Erwachsenen.*

Laura regte sich nicht. Sie wagte nicht einmal, einen Blick zur Seite zu werfen. Die Spinne spann weiter, das Blatt fiel noch immer herab.

Wenn damals eine Geburt bevorstand, rief man gewöhnlich die Schwestern herbei, die sich in der Ausbildung befanden. Wir waren also alle in den Kreißsaal gerannt. Ich hatte neue Schuhe aus braunem Leder, die auf dem Linoleumboden quietschende Geräusche machten.

Irgendwo flog eine Wespe vorüber. Die Luft schien stillzustehen. *Noch heute sehe ich deutlich diese hohen Betten vor mir, in die man damals eine Frau in Wehen legte.* Cress hielt inne und blickte sich um; vielleicht suchte sie die Wespe. *Damals jedoch war meine ganze Aufmerksamkeit auf ihren Bauch gerichtet. Er war riesig, schockierend groß und fest wie ein Ball, den man zu stark aufgeblasen hat. Irgendjemand meinte, dass die Geburt bald bevorstand, sie aber noch nicht drücken solle. Auf einmal hörte ich ein seltsames Geräusch, als ob ein Stuhl über Betonboden gezogen würde.*

Wieder brach sie ab und dachte einen Augenblick nach. *Sie konnte die Geburt aber nicht mehr aufhalten. Es ging alles sehr schnell, plötzlich zeigte sich schon das Köpfchen des Kindes, kurz darauf dann der ganze kleine Körper. Wie ein Robbenjunges … Es war ein Knabe.*

Als Cress den Rücken durchdrückte und die Beine bewegte, wurde die seltsam reglose Atmosphäre durchbrochen. Ihre Stimme klang jetzt sachlich und neutral. *Es war also eine sehr schnelle Geburt. Uns blieb keine Zeit für eine Gasbetäubung oder Ähnliches. Wir sahen nur verblüfft dieses Kind an, das so plötzlich zwischen den Beinen der Mutter lag. In der Akte stand, dass es zur Adoption freigegeben worden war. Also wusch man den Jungen, wickelte ihn ein, und ich brachte ihn weg, um ihn wiegen und untersuchen zu lassen … Bei Adoptionen ist es das Beste, das Kind sofort von der Mutter zu trennen. So kann sich erst gar keine emotionale Bindung entwickeln.*

Wer hat die Akte bearbeitet?, wollte Laura wissen. *Warum war das Kind zur Adoption freigegeben? Wissen Sie das?* Sie sah Cress fragend an.

Vermutlich war es jemand von der Fürsorge. Alle schwangeren Mädchen wurden von der Fürsorge besucht. Man besprach solche Fragen immer vor der Geburt.

Laura hatte auf einmal das Gefühl, sich in einem Film zu befinden – als stünde sie selbst im Kreißsaal neben dem Fenster und sähe der Geburt in Zeitlupe zu, sähe die Mutter, als das Kind weggenommen und davongetragen wurde. *Hat sie es zumindest kurz in den Armen gehalten?* Tausende Fragen schossen ihr durch den Kopf. *Wollte sie es denn halten?*

Cress zögerte nicht mit der Antwort. *Kurz*, erwiderte sie. *Obwohl das normalerweise nicht erlaubt war. Das war die Regel. Wenn die Geburt nicht so schnell gegangen wäre, hätte sie es gar nicht gesehen. Es war so besser für die Mutter. Wenn sie das Kind sah und auch noch halten durfte, brach sie meist in Panik aus. Also ließ man die Mutter sich erholen und schickte sie dann nach Hause, um alles so schnell wie möglich zu vergessen. Man befürchtete, dass sie sonst vielleicht ihre Meinung ändern könnte, und das wäre nicht im Sinne der Behörden gewesen.*

Laura befand sich in Gedanken noch immer neben dem Fenster und betrachtete das junge Mädchen im Kreißsaal. Während Cress sprach, hatte sich das Aussehen des Mädchens langsam verändert. Laura merkte, dass sie jetzt nicht mehr das Gesicht ihrer Mutter vor sich sah, wie sie es ihr Leben lang gekannt hatte, sondern das eines anderen Menschen, einer verwirrten und verängstigten jungen Frau. Ein Mädchen in einem übergroßen karierten Kleid, das ein wenig lächerlich wirkte – ein Kind, das nicht verstand, was mit ihm geschah – und das jederzeit seine Meinung ändern konnte.

Warum wäre es nicht im Sinne der Behörden gewesen?, fragte Laura und blickte Cress direkt in die Augen. *Es war schließlich ihr Kind und nicht das des Krankenhauses. Es wäre ihr gutes Recht gewesen, ihre Meinung zu ändern.*

Cress seufzte matronenhaft, wie Laura fand, und tupfte sich mit einem zerknüllten Taschentuch die Stirn ab. *Sie war unverheiratet und sehr jung, Laura*, antwortete sie. *Sie konnte das*

Kind nicht behalten. Das alles geschah in den Fünfzigerjahren, vergessen Sie das nicht. Das war nicht wie heute. Sie zuckte mit den Schultern. *Heutzutage verliert niemand mehr ein Wort über so etwas.*

Laura glaubte eine Schärfe in Cress' Stimme zu hören, die zu der ungeduldigen Matronenhaftigkeit passte, die sie auf einmal an den Tag legte. Sie fühlte sich an die selbstgerechten Lehrerinnen aus ihrer Jugend erinnert und musste daran denken, wie sie als Schulmädchen ausgesprochen streitlustig gewesen war. Ein Schalter in ihr legte sich um. *Aber es war* ihr *Kind*, sagte sie trotzig.

Cress seufzte erneut. *Sie hatte unterschrieben, Laura.* Ihre Stimme klang erschöpft und kalt wie Eis. *Es war ihre Entscheidung, und sie hatte unterschrieben. Das war kein Voodoo-Zauber, keine schwarze Magie.* Die Worte schossen durch die klare Luft wie scharfe Pfeile.

Kieran spürte, wie sein Herz heftiger pochte, je näher sie der Lichtung kamen. Er blieb stehen und drehte sich zu Abby um. *Du musst die Augen schließen*, sagte er.

Sie betrachtete die Baumwurzeln, die sich dick wie Taue über den Weg legten. Um sie herum schienen Äste, Farne und herabhängende Stechwindengewächse nach ihr zu greifen. Abby schien Angst zu haben, dass die Pflanzen sie in die Arme oder ins Gesicht beißen könnten, selbst wenn sie die Augen weit offen hielt. *Kommt nicht infrage.* Sie schüttelte den Kopf. *Auf keinen Fall.*

Kieran trat trotzdem neben sie und legte ihr eine Hand auf den Rücken. Mit der anderen bedeckte er ihre Augen. *Ich passe auf dich auf*, sagte er. *Dir wird nichts passieren. Komm.*

Sie zögerte noch einige Sekunden, dann richtete sie sich auf, und gemeinsam gingen sie einen Schritt nach dem anderen weiter. Sobald sich ein Hindernis auf dem Weg zeigte, mochte es auch noch so klein sein, warnte Kieran Abby mit einem lauten *Achtung*. Sie hob die Füße höher, um nicht zu stolpern.

So gelangten sie schließlich zu einer kleinen Lichtung innerhalb des Waldes, die vom Hauptweg aus kaum zu sehen war. Kieran flüsterte Abby einige aufmunternde Worte zu, und dann hatten sie endlich ihr Ziel erreicht.

Die Lichtung war kaum als solche zu erkennen. Am Rand befand sich eine große Würgefeige, deren Äste dicken Seilen glichen, die sich um einen dunklen, ausgehöhlten Baumstamm schlangen. Am Wochenende kamen oft die Kinder der Umgebung und spielten in dem Baumstamm Verstecken; dabei schienen ihre Haut und Augen genauso dunkel zu werden wie die Rinde. Auch Kieran hatte sich stets magisch von diesem Baum angezogen gefühlt, obwohl er ihn vor allem beobachten wollte.

Sie blieben in einem Hügel herabgefallener Blätter stehen, und Kieran zog seine Hand fort. Blinzelnd sah sich Abby um.

Schau, der Baumstamm ist hohl. Er beugte sich vor und stützte sich mit den Händen auf den Knien ab. *Die Würgefeige hat ihn innerlich aufgefressen.*

Doch Abby blickte zu den Baumkronen hinauf, wo Wurzeln wie herabtropfende Wasserfäden hingen. Oder wie flüssiges Wachs.

Das ist nicht der ursprüngliche Baum, Abby. Kieran flüsterte, als ob es sich um ein Geheimnis handeln würde. *Es ist die Feige. Sie wächst auf dem Baum und erwürgt ihn.*

Er sah zu, wie sie einen Schritt zur Seite trat und mit den Fingern über die Feigenwurzeln strich, die so dick waren wie ihr Handgelenk. Ihr Gesicht wirkte wie immer ausdruckslos, doch in ihren Augen spiegelten sich Neugier und Faszination wider.

Gut, dachte er. Die Überraschung hatte also funktioniert.

Abby ging vorsichtig um den Stamm herum. Die Würgefeige hatte ein dickes, hartes Netz um den Baum gewoben und ihn auf diese Weise erstickt. Kieran hätte gern gefragt, warum sie nicht wie die anderen Kinder früher hier gespielt hatte. Warum hatten ihre Eltern sie nicht hierher gebracht? Er hätte auch gern gewusst, wo eigentlich ihre Mutter war.

Doch er schwieg und ging lieber in die Hocke, um dem Boden näher zu sein. Nach einer Weile meinte er: *Wenn der Baum stirbt, düngt er die Erde. So ernährt er das Wesen, das ihn umgebracht hat.*

Abby war stehen geblieben und starrte fasziniert zu den Löchern hinauf, die sich oben im Baumstamm befanden. *Es ist wie ein Haus*, sagte sie. *Mit Fenstern.*

Cress lauschte dem tiefen Bass des Pazifiks, der im Hintergrund an die Küste rollte. Das Geräusch des Meeres war für sie zu einem zweiten Herzschlag geworden. Sie merkte seine beständige Anwesenheit kaum noch, doch es war zu einem lebensnotwendigen Bestandteil ihres Daseins geworden.

Während sie von der Geburt erzählte, sah sie deutlich Angelas kleinen Jungen vor sich – seinen winzigen Körper, der mit einem kalten Stethoskop untersucht wurde, das kühl seine brandneue Haut berührte. *Ein starker kleiner Kerl*, hatte der Arzt erklärt. Cress wusste, wie positiv das war, denn genau das wollten die Agentur und das Paar hören, das auf das Kind wartete. Es sollte gesund und normal sein und keine offensichtlichen Defekte haben.

Weiter reichte ihre Erinnerung nicht. Kein anderes Bild tauchte vor ihrem geistigen Auge auf, nicht die Spur einer weiteren Geschichte. Das Baby war ein Junge gewesen, und er war stark. Was auch immer danach passiert sein musste – sicherlich hatte es Telefonate gegeben und Formulare, die ausgefüllt werden mussten –, sie wusste nichts mehr davon. *Ihre Mutter hat das Richtige getan, Laura. Für das Kind und für sich selbst.* Sie holte tief Luft und zeigte auf den unansehnlichen Hibiskus am Rand des Parks. *Babys sind wie Gärten, Laura. Sie brauchen viel Zeit und Aufmerksamkeit. Man muss sich um sie kümmern. Angela wusste das.*

Sie warf Laura einen seitlichen Blick zu. Die jüngere Frau starrte vor sich auf den Boden und weigerte sich offenbar einzusehen, was Cress schon lange wusste. *Vielleicht brauchen Babys aber auch nur ihre Mütter*, meinte sie leise.

Abby trat zu Kieran und ging ebenfalls neben ihm in die Hocke. Zusammen sahen sie in die kleine Höhle in der Rinde. Auf Abbys Gesicht breitete sich ein Lächeln aus. Fast kam es Kieran vor, als ob sie sich in Zeitlupe bewegen würde. Sie ließ sich auf alle viere nieder und machte sich klein – so klein, wie ein zierliches Mädchen werden konnte. Dann zog sie Kopf und Schultern ein und schob sich in den Baum. Bald waren nur noch ihre Füße und Fesseln zu erkennen.

Er hörte, wie sie lachte. *Jetzt bin ich unsichtbar,* rief sie.

Nach einer Weile wand sie sich wieder aus dem Stamm. Während ihr Körper langsam auftauchte, hielt sie plötzlich inne und rührte sich nicht mehr. Ihr Kopf und die Schultern steckten noch in der Baumhöhle. Nach einigen Sekunden hörte Kieran ihre Stimme. *Oh*, sagte sie. Sie klang nicht überrascht, sondern eher so, als würde sie etwas feststellen.

Oh.

Hast du eine Schlange gesehen? Kieran war aufgesprungen, noch ehe er den Satz zu Ende gesprochen hatte. *Manchmal sind da Schlangen. Abby? Fass sie nicht an.* Er packte sie an der Fessel. *Komm schon. Komm raus.*

Es schien eine halbe Ewigkeit zu dauern, bis sie wieder neben ihm stand. Atemlos klopfte sie sich Erde und Blätter aus der Kleidung. Er musterte sie aufmerksam, doch sie schien nicht im Geringsten verängstigt zu sein. *Schau selbst nach*, schlug sie vor. Sie zog einen Zweig aus ihren Haaren, so zerbrechlich wie ein Hühnerknöchelchen. *Es ist keine Schlange.* Im unheimlichen Licht des Waldes leuchteten ihre Augen besonders hell. Sie wirkten wie die Augen einer Geistergestalt, nicht wie die eines Mädchens.

Er ging um sie herum und kniete sich vor die Höhle. Jahrelang war er nicht mehr dort hineingekrochen, und jetzt kam er sich wie ein gewaltiger Riese vor, viel zu breitschultrig, um noch eindringen zu können. Er zog den Kopf ein und versuchte, einen Blick in die Dunkelheit des Baums zu werfen. Der Geruch, der ihm entgegenschlug, entführte ihn in seine Kindheit und schob den Vorhang der vergangenen Jahre beiseite. Es war eine reichhaltige Mischung aus Aromen wie bei einem üppigen Essen. Er atmete ein. Eine Art persönlicher Geruch. Er dachte an den Geruch seines eigenen Körpers nach einem langen Spaziergang.

Es gelang ihm, seine Schultern in die Lücke zu schieben. Nach und nach konnte er in der Dunkelheit Formen und Umrisse erkennen, die glanzlose Oberfläche der inneren Baumhaut. Blätter, Steine, alte vertrocknete Beeren und noch etwas anderes. Sein Magen verkrampfte sich. Ein Gesicht. Er zuckte zusammen, als ob er einen Schlag verpasst bekommen hätte. Doch noch während sein Kopf gegen das Holz des Stamms prallte, fokussierten sich seine Augen. Er hielt inne und starrte. Ein winziges Plastikgesicht – mit verrückten Augen. Eine Puppe, in ein Tuch gewickelt und in eine kleine Spalte gesteckt. Jemand hatte sie dort versteckt und behutsam mit Blättern bedeckt.

Er räusperte sich. *Mist*, sagte er.

Er wagte nicht, die Puppe anzufassen. Man darf sie nicht berühren, dachte er. Wer sie dort auch zurückgelassen hatte, würde das nicht wollen. Er war sich nicht sicher, ob man sie aus Versehen dort vergessen hatte oder ob sie Teil einer Geschichte war, die sich ein Kind ausgedacht hatte.

Langsam glitt er wieder aus dem Baum. Abby stand noch immer an derselben Stelle und massierte sich die Oberarme. Das tat sie immer, wenn sie nachdachte, wie Kieran auf einmal klar wurde. Oder wenn sie unsicher war.

Er lächelte sie an und klopfte sich den Staub aus den Kleidern. *Eine Puppe*, sagte er, *die Verstecken spielt.*

Sie starrte auf den Baumstamm, nickte und biss sich auf die Unterlippe. *Es ist ein toller Baum*, sagte sie. *Ein wunderbarer Baum.*

Still standen sie nebeneinander und bewunderten den Stamm. Kieran platzte fast vor Stolz. Er hatte das Gefühl, größer zu werden, zu wachsen, es war, als hätte er all das zusammengetragen – die kühle Luft, den Wald, den Baum. Die Puppe machte alles nur noch ungewöhnlicher. Sie stellte eine Entdeckung dar, vielleicht sogar ein Geheimnis. Ein Geheimnis, das sie verband. Er kam sich vor wie reich beschenkt.

Glaubst du, es gibt da wirklich Schlangen?, fragte Abby plötzlich. *Oder Wespen? Ich wurde mal von einer Wespe gestochen.* Wieder fuhr sie sich über die Oberarme, als ob ihr kalt wäre.

Kieran hätte sie gern festgehalten, sie so umarmt, wie das seine Mutter bei ihm tat, wenn er sich verletzt hatte oder sich fürchtete. Er hätte ihr auch gern über den Kopf gestrichen. Seine Finger zuckten nervös. Mehr als alles andere auf der Welt wollte er ihr das Gefühl geben, in Sicherheit zu sein. Er wollte, dass sie sich bei ihm geborgen fühlte, dass sie wusste, dass weder ihr noch dem Baum oder der Puppe etwas geschehen konnte.

Rasch sah er sich um, als ob er nach etwas suchen würde. *Nicht in dieser Gegend*, erklärte er zuversichtlich und schob die Hände in die Hosentaschen. *Nicht im Umkreis von vielen Meilen.*

Sie nickte und biss sich wieder auf die Unterlippe. *Wir sollten besser zurück*, sagte sie.

Während sie nebeneinanderher zum Parkeingang liefen, spielte Cress mit ihrer Handtasche. Nach einigen Momenten des Schweigens sagte sie: *Wenn Sie mehr Informationen suchen, wäre es vielleicht eine gute Idee, die Behörden direkt zu kontaktieren. Am besten das Einwohnermeldeamt. Dort gibt es vielleicht sogar eine Geburtsurkunde. Irgendwo muss es schließlich eine Behörde geben, die sich mit solchen Adoptionen befasst. Oder eine Organisation für Vermisste.*

Die Worte und die seltsam tonlose Stimme überraschten Laura. *Momentan will ich ihn noch nicht finden*, sagte sie und begriff erst in diesem Moment, wie sehr das stimmte. *Ich suche nicht nach meinem Bruder. Ich suche nach meiner Mutter. Sie ist die Vermisste.*

Vielleicht war es der Gedanke an Sicherheit. Vielleicht lag es daran, dass Kieran an diesem Tag nur daran denken konnte, Abby etwas zu schenken – etwas Besonderes wie ein Geheimnis. Etwas, das sie noch enger mit ihm verband. Zuerst hatte er geglaubt, dass das Kleid diese Verbindung herstellen konnte, dann der Baum. Als sie jetzt den Regenwald verließen, ertappte er sich dabei, wie er sie nicht in die Stadt zurückbrachte, sondern – ohne es selbst zuerst so recht zu merken – zu Angela führte. Das Wesentliche des Tages schien auf einmal in seinem Kopf zu einem großen Ganzen zusammenzuwachsen.

Ich kenne da eine Abkürzung, sagte er, ohne anzuhalten. *Aber der Weg ist ziemlich steil. Am besten hältst du dich an meiner Hand fest.* Er spürte kaum ihre Finger, als sie die seinen berührten. Vorsichtig kletterten sie durch Gebüsche und rutschten Wiesen hinab, während ihm klar wurde, dass es im Grunde immer schon dieser Ort war, den er mit ihr hatte teilen wollen.

Am Fuß des Hügels, hinter dürren, großen Gummibäumen, blieb er stehen, sah Abby an und legte einen Finger auf die Lippen. Dann erzählte er ihr flüsternd von Angela und den Nächten im Schuppen. *Sie war meine Freundin,* sagte er schließlich. Gemeinsam standen sie in der Hitze des Tages und lauschten dem heißen, knackenden Blech und dem Surren der Insekten. Ohne es zu merken, hielten sie einander noch immer an den Händen.

Sie hat mich glücklich gemacht.

Als Cress in den Laden zurückkehrte, wandten Veronica und Iris die Köpfe ab. Iris hatte die Wolle zu Ende sortiert, wie Cress sogleich bemerkte. Trotzdem sagte sie nichts, sondern ging schnurstracks in den hinteren Teil des Ladens, um dort die Spielsachen für die Kinder aufzuräumen. Um diese Zeit, kurz vor Schulende, mussten die Regale mit dem Spielzeug, den Kinderschuhen und den Strampelanzügen besonders ordentlich sein. Sie holte alles heraus, um besser Staub wischen zu können. Die Regale waren seit Monaten nicht sauber gemacht worden.

Als sie mit dem Putzen begann, verstummte das Flattern der Vogelflügel in ihrem Kopf. Es gab viel Staub. Als sie die Regale leer geräumt hatte, fegte sie die Ablagen zuerst und wusch sie dann mit warmem Seifenwasser ab. Während das Wasser dunkler wurde und die Luft um sie herum nach Putzmittel zu riechen begann, summte Cress. Sie wischte auch die Spielzeuge ab – Puzzles aus Holz, kleine Plastikautos und Lastwagen, einen Abakus, einige Puppen mit wilden Haarmähnen. Dann legte sie alles wieder ins Regal zurück, wobei sie sich Mühe gab, die Sachen so anzuordnen, dass sich eine gewisse Symmetrie ergab.

Von Zeit zu Zeit kam ein Kunde vorbei, doch inzwischen hatte sie gelernt, abweisend zu wirken, wenn sie es wollte. Die Augenbrauen hoch, die Mundwinkel nach unten. So merkte auch niemand, dass sie heimlich ein Paar kaum benutzter Stiefelchen aus Wolle – weiß mit einem zitronengelben Band – in ihren Rock schob. Ebenso wenig fiel auf, dass sich ihre Finger um einige winzige russische Püppchen legten, die sie ebenfalls mitnahm.

Als sie alles erledigt, den Putzeimer geleert und den Lappen gesäubert hatte, glaubte sie, für diesen Tag genug getan zu haben. Sie trat hinter die Theke, wo Iris noch immer mit der Wolle und den Stricknadeln beschäftigt war, nahm ihre Handtasche, legte unauffällig die russischen Puppen hinein und klappte die Tasche zu.

Du gehst, stellte Veronica fest, die bei den Küchensachen stand.

Cress blickte nicht einmal auf. *Wir müssen dringend ein paar Dinge aus der Kinderabteilung loswerden*, sagte sie, hängte sich die Tasche an den Arm und richtete sich auf, so dass sie kerzengerade dastand. *Wir brauchen neue Spielsachen.* Dann fügte sie hinzu: *Bis morgen also,* winkte den beiden Frauen zu und ging zur Tür.

Draußen fielen die ersten Regentropfen auf den Bürgersteig.

Unten am Strand war ein Junge damit beschäftigt, ein Loch zu graben. Es war bereits groß genug, dass er sich hineinstellen konnte. Mit schabenden Bewegungen verbreiterte er langsam den Rand.

Laura sah ihm missmutig zu. Das Loch hätte ebenso gut in ihr selbst sein können. Sie legte die Hand auf ihren Bauch. *Babys brauchen ihre Mütter*, hatte sie Cress erklärt, doch in Wahrheit hatte sie etwas anderes gemeint: *Kinder brauchen ihre Mütter. Ich habe meine Mutter gebraucht.* Das hätte sie sagen sollen.

Ihr Magen verkrampfte sich und schien ebenso ausgehöhlt zu werden wie der Sand durch den Jungen. Angela, die eigentlich ihre Mutter hätte sein sollen, war in jenem Kreißsaal zurückgelassen worden – das war Laura heute klar geworden. Angelas eigentliches Wesen war gemeinsam mit dem verloren gegangenen Baby verschwunden – und ihr, Laura, war nur die Hülle geblieben.

Erneut warf sie einen Blick auf den Jungen. Seine braunen Haare klebten ihm an der feuchten Stirn. Er grub das Loch mit solcher Inbrunst, als würde es sich nicht um ein Spiel, sondern um eine ernste Angelegenheit handeln. Plötzlich kamen Laura die Tränen. *Verdammte Cress*, sagte sie laut. *Verdammte Cress und ihre verdammte Frömmigkeit. Und verdammte Angela! Soll sie doch in der Hölle schmoren!*

Mit der Fußspitze kickte sie gegen einen Stein im Sand, während sie sich an all die Flüche zu erinnern versuchte, die ihr Alvaro beigebracht hatte. *Faccio le corna*, rief sie und zeigte mit dem Mittelfinger in den Himmel hinauf.

Der Junge zuckte zusammen und blickte auf, doch Laura marschierte bereits entschlossen den Strand hinauf. Immer wieder schluchzte sie laut auf, wobei sie sich ebenso leidtat wie die anderen, die es so weit hatten kommen lassen. *Ich habe dich auch gebraucht*, rief sie dem dunkler werdenden Himmel zu. Dann stürmte sie Richtung Stadt.

Cress nahm den langen Nachhauseweg. Am Nachmittag hatten sich die Wolken wieder zusammengeballt, und als sie nun am Eingang zum Nationalpark vorbeifuhr, begann es erneut zu regnen. Diesmal war es kein Sturm; der graue, aufgebläht wirkende Himmel musste sich nur entleeren. Bald schon würde sich die Welt auf die Bäume am Straßenrand und den Asphalt vor Cress' Wagen reduzieren, auf das Lenkrad und die Windschutzscheibe. Sie kurbelte das Fenster einige Zentimeter herab, um die frische Luft einzuatmen. Hier oben in den Hügeln roch der Regen anders. Für Cress roch er nach Erde, Blättern, abgestreiften Tierhäuten. Es war ein Regen, der ebenso gut aus einer anderen Galaxie stammen konnte, aus einer Welt, die älter war als die ihre.

Ihre Freude über den Regenguss – über jegliches unfreundliche Wetter – erinnerte sie an ihre Mutter, als diese in ihrem jetzigen Alter gewesen war. *Ich bin so deprimiert*, erklärte sie jedes Mal, wenn Cress mit dem unvermeidlichen Marmorkuchen und dem Rindfleischeintopf zu ihr kam. *Es liegt am Wetter.* Cress gab sich stets große Mühe, in ihrer Gegenwart fröhlich zu sein. Sie strich die Spitzendeckchen glatt und holte das Teegeschirr heraus. *Es ist doch nur Regen*, erklärte sie. *Regen ist gut für den Rasen.* Die alte Frau betrachtete die arthritisch entstellten Finger in ihrem Schoß. *Ich kann grauen Himmel nicht ertragen*, murmelte sie, um dann unweigerlich hinzuzufügen: *Er bringt die Toten zurück.*

Für Cress jedoch hatte der graue Himmel immer genau das Gegenteil bewirkt. Regen vermittelte ihr Sicherheit, ein gutes Gefühl. Als Kind hatte sie sich vorgestellt, wie sich der Regen wie von Zauberhand in Schnee verwandelte, wie jeder Tropfen zu einer weißen Flocke wurde, die auf Äste und Wiesen fiel und das Holzhaus in eine Zufluchtsstätte mit einem offenen Kamin und langen Gesprächen verwandelte. Sie mochte das Gefühl, sich in einem Gehäuse, einem Inneren zu befinden, nachdem sie den australischen Sommer in der Weite und Hitze verbracht hatte.

Auch jetzt fühlte sie sich in ihrem Auto geborgen, während die Scheibenwischer jegliche Ablenkung wegschoben. Die Regentropfen trommelten auf das Wagendach und beruhigten sie, bis sich der Tag in einen blassen Wasserstrom verwandelte, der alles verwischte.

Als Cress in ihre Auffahrt bog, ließ der Regen nach. Schlieren aus Licht zeigten sich am Himmel. Sie öffnete die Wagentür, und das feucht würzige Aroma des Gartens schlug ihr entgegen. Es war unwiderstehlich. Ohne sich die Mühe zu machen, die Kleidung zu wechseln, zog sie sich die Gartenhandschuhe über und eilte zum Gemüsebeet. Dort gab es Unkraut und Riedgräser, die sie schon einige Zeit hatte herausziehen wollen. Auf einer Eiertomate, die fast reif war, entdeckte sie eine Raupe. Mit krauser Nase nahm sie das Tier zwischen Daumen und Zeigefinger und zerquetschte es, um es dann über die Schulter zu schleudern. Dieser Teil der Gartenarbeit machte ihr keinen Spaß, doch es ließ sich nicht vermeiden. Entschlossen wandte sie sich den Kletterpflanzen zu, den Bohnen und Gurken, der wilden Maracuja.

Cress summte leise vor sich hin, ohne es zu merken. Für sie war diese Melodie wie eines jener Gespräche, in die sie sich plötzlich in ihrem Inneren verstrickt fand, ob es nun im Laden oder in ihrer Küche sein mochte. Sie tauschte Gedanken mit ihrem Inneren aus, führte Auseinandersetzungen und Streitgespräche – als würde im Raum um sie herum ein Echo widerhallen, das nur sie vernahm.

Daher überraschte es sie nicht, als sich die Melodie, die sie summte, unvermittelt in eine Frage verwandelte: Warum hatte sie nur so lange gebraucht, bis sie endlich begriff, dass Kieran nachts Angela besuchte?

Du hast eine halbe Ewigkeit gebraucht, sagte Cress laut. Sie hielt inne, schnitt eine Grimasse und riss ein paar tote Blätter ab. Die Musik hätte sie eigentlich schon früher darauf bringen sollen. In ihrem eigenen Haus hatte es nie viel Musik gegeben. Nein, so stimmte das auch nicht.

Sie ließ die Blätter zu Boden fallen und machte es sich in der Hocke bequem. Oft spielte das Radio, während sie den Abwasch machten: ›Danny Boy‹ oder ›The White Cliffs of Dover‹. Plötzlich sah sie Ed vor sich, die Hände im Spülwasser, laut singend ›I Take You Home Again, Kathleen‹. Außerdem hatten sie im Auto stets ›Ten Green Bottles‹ gesungen, wenn sie zu ihrer Schwester nach Kingscliff oder nach Grafton fuhren.

Es gab auch einen Plattenspieler mit einigen Platten, die am Geburtstag oder zu bestimmten Festen aufgelegt wurden: Ella Fitzgerald, Marlene Dietrich, später Elvis und Johnny Cash. Doch all das war vor Kierans Zeit gewesen. Cress begutachtete den Salat, zog einen Kopf heraus und schüttelte die daran klebende Erde ab. Nur bei seinen Eltern hatte Kieran regelmäßig Musik gehört, was sich auf Jazz, Rock'n'Roll und Country beschränkte. Niemals etwas Klassisches. Keine Oper. Mit solcher Musik sind wir nicht aufgewachsen, dachte sie, das gehörte nicht zu unserem Leben, und es gab keinen Weg dorthin. Die Stimmen, die Sprache, die unbekannten Töne waren wie Fremde. Irgendwie gefährlich und außerdem viel zu melodramatisch, zu demonstrativ.

Cress blickte auf und stellte überrascht fest, dass die Sonne in der Zwischenzeit fast untergegangen war. Sie pflückte noch eine Tomate, ein paar Stängel Petersilie und etwas Majoran. Heute würde es Omelett und Salat geben. Sie bückte sich, um den Salatkopf zu nehmen, dann klopfte sie sich die Erde vom Rock und ging zur Küchentür. Erst jetzt fiel ihr ein, dass ihr Schlüsselbund noch immer im Zündschloss des Wagens steckte.

Auf dem Weg zum Auto stellte sie sich Laura vor, wie diese

nach ihrem Gespräch nach Hause fuhr und versuchte, einen Zugang zu den Geheimnissen ihrer Familie zu finden.

Kieran verabschiedete sich wie immer vor dem Gemüseladen von Abby und lief dann durch die Stadt zurück nach Hause. Nach den vielen Ereignissen des Tages fühlte er sich jetzt seltsam ziellos, was selten passierte. Gewöhnlich gab es für ihn immer etwas zu tun, etwas zu beobachten, über etwas nachzudenken. Doch diesmal war er stundenlang mit Abby zusammen gewesen – so lange wie noch nie –, und jetzt fühlte er sich seltsam leer ohne sie, als ob er kein Ganzes mehr wäre.

Er lief über die Strandpromenade zu Convent Beach. Dort gab es einige Felsen, auf die man sich setzen konnte, um das Meer und die Leute zu beobachten. Er schlenderte am Wasser entlang und suchte den Sand nach Dingen ab, die Sturm und Wellen angespült hatten.

Das Wasser hatte quallenartige Lebewesen ans Land geschwappt – kleine ovale Kreaturen von der Größe einer Zitrone. Einige waren durchsichtig, andere schimmerten meerblau. Dazwischen fanden sich immer wieder eine Portugiesische Galeere und Seealgen. Kieran blieb stehen, um einen langen Seetang aus der Nähe zu betrachten. Er sah aus wie gefaltetes Leder, fühlte sich aber weich und nachgiebig an, als Kieran ihn mit der Zehe anstieß.

Seetang hatte er natürlich schon oft gesehen; das war nichts Neues. Ihm gefielen die Vormittage besser, an denen er nach starkem Wellengang Seltsames im harten Sand fand – Dinge, die wie unerwartete Geschenke für ihn bereitlagen: eine leuchtend blaue Wäscheklammer, eine Kokosnuss oder eine Ansammlung von Algen in der Form eines Kinderfußes. Auch heute suchte er hoffnungsvoll den Strand nach einer Flaschenpost ab, wie er es jedes Mal tat, ohne jemals eine gefunden zu haben.

Am Himmel sammelten sich graue Wolken und verdeckten die Sonne. In diesem milchigen Licht wirkte das Meer dunkelgrün und voller Geheimnisse. Kieran setzte sich auf einen flachen Felsen, zog die Knie an und starrte auf die Muster, von Taschenkrebsen im Sand hinterlassen. Es waren winzige Kügelchen, die wie Weihnachtsdekoration vor ihm lagen, wenn sich die Wellen wieder zurückzogen. Er versuchte, sein Gesicht im spiegelglatten Uferland zu sehen, wie er das als Kind getan hatte. Dabei fiel ihm ein, dass er mit seiner Mutter oft an Samstagnachmittagen mit einem großen alten Fahrrad bei Ebbe über den harten Sand gefahren war. Seine Mutter hatte ihn auf die Lenkstange gesetzt und war dann langsam den Halbbogen des Convent Beach entlang und wieder zurück geradelt. Manchmal sangen sie dabei ein Lied. Oder sie fuhren einfach nur dahin, den Geruch des Salzwassers in Nase und Haaren.

Diese Erinnerung machte Kieran zugleich glücklich und traurig. Ihm fiel das Wort ›Zufriedenheit‹ ein, und er wusste auf einmal, dass diese seltsame Mischung von Gefühlen etwas mit Angela zu tun hatte. Sie fehlt mir, dachte er. Als Bilder ihrer gemeinsamen Nächte im Schuppen in ihm aufstiegen, breitete sich die Melancholie noch weiter in ihm aus – zusammen mit einem quälenden Gedanken: Er würde Angela nie wiedersehen, nie mehr mit ihr sprechen. Nie mehr. Sein ganzes Leben lang nicht.

Kieran blickte aufs Meer hinaus und sah zu, wie sich die Wellen brachen. Sie wuchsen und wuchsen, um dann in sich zusammenzustürzen, immer und immer wieder. Wie ein Seufzer, den der Sand in sich aufnahm. In der Ferne war ein Junge damit beschäftigt, ein Loch zu graben. Was er wohl gerade dachte? Überlegte er sich, wie weit er graben konnte? Kieran erinnerte sich daran, wie auch er früher im Sand gebuddelt hatte, während ihm seine Mutter zugesehen hatte. Jedes Mal wollte sie mit einem Lächeln wissen, ob er vorhabe, bis nach China zu graben. Nach China … Glaubte der Junge etwa auch, dass er nur lange genug graben müsste, um in einem anderen Teil der Welt wieder aufzutauchen? Plötzlich sprang das Kind auf und rannte auf ein Paar zu, das von einem Strandspaziergang zurückzukehren schien. Für heute war seine Arbeit also erledigt. Kein China in Sicht.

Kieran saß eine Weile da und lauschte dem Rauschen und Donnern des Meeres. Schließlich stand er auf. Er zögerte einen Moment, konnte aber nicht widerstehen. Also schlenderte er den Strand entlang, die Hände in den Hosentaschen, den Sand von sich kickend, bis er vor dem Loch des Kindes stand. Neugierig starrte er hinunter. Es war kegelförmig und am oberen Rand breiter als an den anderen Stellen. Eine Welle hatte bereits ihre Spuren hinterlassen. Eine Wand war eingebrochen und hatte eine Kuhle geformt, in der das Wasser stand. Kieran konnte sein Spiegelbild darin sehen.

Von dem Loch verliefen Linien im Sand, die es wie ein Strahlenkranz umgaben und es zum Mittelpunkt eines Sterns machten. Kieran setzte sich an den Rand dieser Linien und betrachtete das Werk. Das Kind hatte sich große Mühe gegeben und war durch schöne zufällige Muster belohnt worden. Er legte sich flach auf den Bauch und lauschte. Das unangenehme Gefühl war verschwunden, und er fühlte sich glücklich, als ob Angela und nicht der Junge da gewesen wäre und das Loch mit Musik gefüllt hätte.

Eines Nachts hatte er an Angelas Fenster gestanden, in die Dunkelheit hinausgeblickt und dem leisen Regen gelauscht, der auf die Blätter der Bäume und Büsche gefallen war. Wasser lief die Regenrinne hinab, und im Abfluss schienen leise Stimmen miteinander zu reden, ehe sie weggeschwemmt wurden. Zwischendurch meldete sich immer wieder ein Frosch mit dunklem Bariton zu Wort.

Kieran hatte gespürt, wie sich in seinem Kopf ein Gedanke formte. Der Frosch und die Stimmen im Abfluss – kamen sie in Wahrheit aus seinem Inneren? Waren sie Teil von ihm, Teil der Stille in seinem Kopf – so wie die stete Bewegung seines Blutes, das durch seine Adern floss? Diese Vorstellung nahm mehr und mehr Gestalt an, ohne dass er sie hätte in Worte fassen können. Doch unvermutet sprach Angela, die neben ihm gestanden hatte, aus, was in ihm vorging.

Mit diesen Geräuschen bist du auf die Welt gekommen, sagte sie lächelnd. *Mit rauschendem, tropfendem, sprudelndem Wasser. Mit Wellen, die an den Strand rollen. Das war dein Schlaflied.*

Ja, hatte er damals gedacht. Das sind die Geräusche, mit denen ich geboren wurde, die Geräusche einer Geburt. Er hatte sich unglaublich glücklich gefühlt und an sich hinabgeblickt, da er fast erwartete, die Farbe gewechselt zu haben, so froh war er auf einmal. Angela blickte noch immer aus dem Fenster. Still spiegelte sich ihr Gesicht in der Scheibe. Dahinter zeigte sich das erste wässrige Anzeichen des Sonnenaufgangs am dunklen Himmel. Kieran lächelte und hob eine Hand, um sich von der widergespiegelten Angela zu verabschieden. *Gute Nacht*, hatte sie gesagt. Schnellen Schrittes war er durch die Tür verschwunden und hatte sich in der Dunkelheit verloren.

Laura hackte mit dem schärfsten Messer, das sie finden konnte, durch die harte Schale eines Kürbis. Es war ein wunderbares Gefühl, endlich einmal wieder die Muskeln in ihrem Arm zu benutzen, und als die erste Scheibe abgeschnitten war und sie leuchtend gelb anstrahlte, fühlte sie sich für ihre Mühe belohnt. Sie beschloss, den Kürbis nicht zu schälen, sondern ihn nur rasch mit Knoblauch und Pinienkernen in Öl anzubraten, wie Kate es mochte. Spontan ging sie zum Telefon und wählte Kates Nummer.

Als ihre Tochter abhob, fragte sie: *Kannst du dich noch erinnern, was ein Queensland Blue ist?*

Einen Moment lang herrschte verblüffte Stille. *Ein Käse?* Kate lachte am anderen Ende der Leitung. *Soll das ein Test sein?*

Kannst du dich noch daran erinnern, fasrige Mangos gegessen zu haben?

Fasrige?

Oder an das Kreuz des Südens? Wir saßen jede Nacht auf der Veranda und haben danach gesucht, als wir gemeinsam hier waren.

Mum, ich war damals erst vier. Oder fünf.

Und was ist mit deiner Großmutter?

An viel kann ich mich nicht erinnern. Ich erinnere mich noch an den Strand und die riesigen Wellen und wie ich Angst hatte, als du hineingegangen bist.

Und an Angela?

Von ihr sehe ich nur noch wenige Bilder. Sie hat nicht viel geredet. Kate überlegte. *Ich sehe noch immer ihre Hand vor mir. Ich muss neben ihr gesessen haben, weil ich auch meine eigene Hand sehe. Sie zeichnet irgendwelche Linien auf ein Stück Papier, immer und immer wieder. Unter den Nägeln hatte sie grüne Farbe.*

Laura dachte an Angela und Kate, die nebeneinander im Schneidersitz im Schatten eines Schraubenbaums saßen und gemeinsam zeichneten, während sie schwamm. *Sie hat dir beigebracht, wie man ein Schwein malt*, sagte sie. *Und die Blumen in den Dünen.*

Der späte Regenschauer hatte den Geruch von nasser, schwerer Erde und Eukalyptus ins Haus getragen. Laura atmete ihn gierig ein. Sie dachte an den damaligen Besuch bei ihrer Mutter, an Kates Blässe im Gegensatz zum braunen Teint der anderen Kinder, an ihre weit aufgerissenen Augen beim Anblick der ungewohnten Tiere. Nachdem sie das erste Mal einen Wallaby gesehen hatte, versuchte sie, so früh wie möglich aufzuwachen, um den Wallabys dabei zusehen zu können, wie sie das Gras im Rosengarten fraßen. Es war Sommer, und man musste Kate vor Schlangen, fleischfressenden Ameisen und Blutegeln warnen, die nach dem Regen herauskamen. Sie und Laura verbrachten Stunden am Strand, wo sie das Meer über ihre Beine spülen ließen und Sandburgen bauten. Manchmal gesellte sich auch Angela mit einem Skizzenbuch zu ihnen, und meist brachte sie auch für Kate einen Block zum Zeichnen.

Das war das Beste, was Angela tun konnte, dachte Laura jetzt, nachdem sich Kate von ihr verabschiedet hatte. Dieses Teilen eines wichtigen Bereichs ihres Lebens mit ihrer Enkelin. Sie war eine schlechte Gesprächspartnerin gewesen und spielte auch nicht gern, aber sie konnte das anbieten, was sie liebte. Hatte sich Angela Sorgen gemacht, ehe die beiden eingetroffen waren? Hatte sie sich überlegt, wie sie mit der Enkelin und der Tochter kommunizieren sollte? Letztlich schenkte sie Kate ihre Aufmerksamkeit auf die einzige Art, die ihr vertraut war.

Laura zerquetschte eine Knoblauchzehe und verteilte sie über die Kürbisstücke. Dann wischte sie sich die Hände ab. Noch etwas tauchte in ihrer Erinnerung auf, fast wie eine Hintergrundmelodie, die immer lauter wurde. Sie schenkte sich ein Glas Wein ein und ging nach draußen. Vielleicht wurde sie auch nach draußen gezogen, wie sie später glaubte – denn als sie in den Garten blickte statt zum grauen Meer, sah sie den Schuppen. Nach dem ersten Mal hatte sie keinerlei Bedürfnis mehr verspürt, noch einmal dort einzutreten. Er befand sich am Rand ihres Blickfelds. Fast wie das Unterbewusstsein des Hauses, dachte sie. Oder ihr eigenes. Oder das von Angela.

In der Stille der untergehenden Sonne glaubte sie, Musik zu hören. Ein Schlaflied. Vielleicht Bach. Oder doch nicht? Laura war sich nicht sicher. Sie hatte sich nie für klassische Musik interessiert und hatte ihren Musikgeschmack lieber ganz und gar von ihrem eigenen Jahrhundert bestimmen lassen. Aber sie erinnerte sich noch daran, dass sich während ihres Besuchs mit Kate in dieser Hinsicht etwas verändert hatte – etwas, das sie alle drei betraf. Angela war wie immer jede Nacht im Schuppen verschwunden und hatte dort ihre Musik gehört. Doch sie hörte inzwischen eine andere Art Musik als früher. Damals waren es hässliche, überladene Töne gewesen, die Laura ihr ganzes junges Leben lang gehasst hatte. Die Musik jedoch, die während ihres Besuchs in der Nacht aus dem Schuppen strömte, war sanft und einladend gewesen. Es waren Stücke, die sie als Kind nicht abgelehnt hätte: Bach, Beethoven, ›Peter und der Wolf‹.

Laura sog den feuchten Geruch des frühen Abends und der Hitze ein, die durch den Regen verdampfte. Ihr fiel ein Morgen während ihres letzten Aufenthalts hier ein, als sie schon früh zu den Klängen jener Musik aufwachte, die auch jetzt wieder in ihr aufstiegen. Sie war nach unten gegangen, magisch angezogen von Violinen und Vogelgezwitscher. Stirnrunzelnd war sie ans Küchenfenster getreten und hatte hinausgeblickt. Auf der Veranda saß Kate, das Kinn in die Hand gestützt. Sie saß so regungslos da, dass sie ebenso gut Teil des Laubs hätte sein können, wie ein kleiner Busch voller Blüten. Laura wollte gerade zu ihrer Tochter hinausgehen, als ihr klar wurde, dass das kleine Mädchen lauschte. Es horchte so angeregt, als handelte es sich bei der Musik um eine spannende Geschichte. Ihr Gesicht war wie verzaubert. Laura war in der Küche geblieben und hatte Kate beobachtet, bis die Musik verklungen war.

Jetzt setzte sie sich mit ihrem Glas Wein auf dieselbe Stufe der Veranda, auf der Kate zwanzig Jahre zuvor gesessen hatte. Sie versuchte zu lauschen. Die Musik in ihrem Kopf hatte aufgehört, doch Laura befand sich jetzt im Radius der vierjährigen Kate, die diese Melodie zum ersten Mal vernommen hatte. Sie blickte mit neuen Augen in den Garten hinaus und konnte wie ein Kind lächeln, das Schönheit als das erlebte, was sie war – eine Einladung ans Leben, nicht ein Ausschließen. Verzaubernd, nicht ernüchternd.

Etwas – eine Bewegung oder die Veränderung des Lichts – ließ sie aufblicken. Ihr Herz begann heftig zu pochen. Dort hinter den wild wuchernden Gummibäumen und einem Frangipani stand eine Gestalt. Ein Mann. Sie rührte sich nicht von der Stelle. Ihre Sinne waren noch ganz von der Musik gefangen genommen. Sie versuchte, die Gestalt wegzublinzeln, doch es gab keinen Zweifel. Sie war echt. Laura konnte jetzt klar die Silhouette des Mannes, die braungrüne Kleidung und Kopfhaltung erkennen, die ihr verriet, dass er sie beobachtete.

Der erste Schreck ließ nach, und sie holte tief Luft. Ein Wirrwarr aus Worten und Bildern stieg in ihr auf. Diese Situation besaß etwas eigentümlich Vorhersehbares. Sie senkte die Augen, als wäre sie dabei erwischt worden, jemanden anzustarren, und nicht selbst ein Objekt der Neugier. Hastig tat sie so, als ob sie sich Ameisen von den Füßen streifen würde, und betrachtete dann eingehend ihre Zehen. Etwa eine Minute verging. Vorsichtig blickte sie nach oben, ohne den Kopf zu heben. Er war noch immer da.

Langsam stand sie auf, wobei sie absichtlich den Blick nach unten gerichtet hielt. Dann ging sie die Veranda entlang, ohne die Gestalt aus den Augen zu lassen. Der Mann rührte sich nicht von der Stelle. Laura begann allmählich zu begreifen: Er stellte eher eine stille Präsenz als eine Bedrohung dar. Wie der Nachhall eines Ereignisses. Sie lehnte sich ans Geländer und blickte zum Horizont. Obwohl sie sich seiner Anwesenheit bewusst war, vermochte sich ihr Körper doch zu entspannen. Sie ahnte, dass es nicht das erste Mal war, dass er dort stand, aufrecht wie ein Baum, sie beobachtend. Vermutlich würde er sich nicht von der Stelle rühren, während sie draußen war. Einen Moment lang war sie sich nicht sicher, ob es ihr lieber wäre, dass er ging oder blieb. Sollte sie ihn mit kleinen Verlockungen festhalten, wie man das bei einem hungrigen Tier tat?

Nein, noch nicht. Sie war noch nicht dazu bereit. Und wenn sie es nicht war, dann er vermutlich auch nicht. Dennoch stellte es für sie eine große Willensanstrengung dar, sich abzuwenden und Richtung Haustür zu gehen. Langsam setzte sie einen Fuß vor den anderen, als wäre sie in Gedanken versunken. Der ängstliche Teil ihres Selbst hoffte, dass ihr Bauchgefühl recht hatte.

Der Boden der Veranda war jetzt kühler, wie sie mit wohliger Freude feststellte. Einen Schritt nach dem anderen. Sie musste lächeln. Er stellt keine Gefahr dar, dachte sie. Sie wusste, dass sie sich auf ihren Instinkt verlassen konnte. Als sie vor der Glastür zum Wohnzimmer stand und über die Schwelle trat, versuchte sie, noch einen letzten Blick zum Schuppen, zu den Büschen und auf den Frangipani zu werfen, ohne dass der Mann es merkte. Das war alles. Dann befand sie sich wieder im Inneren des Hauses. Vielleicht stand er noch immer dort auf seinem Beobachtungsposten. Vielleicht aber auch nicht.

Das Gefühl, richtig gehandelt zu haben, indem sie ihrem Bauchgefühl folgte, verließ Laura, als es ganz dunkel wurde. Schließlich war sie eine Frau, allein in einem Haus ohne Nachbarn. Die Dunkelheit hatte etwas Bedrohliches, wie ein wildes Tier, das sie herbeigelockt hatte und jetzt nicht zu kontrollieren vermochte. Wie hatte sie nur so dumm, so naiv sein können? Sie holte den Kürbis aus dem Ofen. Die Gestalt konnte irgendjemand sein. Mit zusammengepressten Lippen nahm sie eine Taschenlampe und ging durch die Glastür wieder ins Freie. Der Lichtstrahl erhellte die Baumstämme im Garten und ließ sie seltsam fremd wirken, doch Laura ging trotzdem bis zu den Verandastufen, wo sie stehen blieb und die Taschenlampe wie eine Waffe vor sich hielt.

Nichts. Nur die undurchdringlichen Formen der Büsche in der Nacht. In ihrer Nähe sah sie auf einem Eukalyptusbaum ein Opossum sitzen, das sie indigniert anstarrte. Rechts auf einem Baum betrachtete sie eine Eule mit unheimlich großen Telleraugen. Vor Schreck stieß Laura einen leisen Schrei aus. *Oh*, sagte sie dann. *Du bist es nur.* Die Eule und die Frau starrten einander an.

Eine Sekunde lang war sie entsetzt, wusste aber nicht, warum. Als Kind und Jugendliche hatte sie die Gegenwart von Eulen stets als angenehm empfunden. Und jetzt? Sie musste über sich selbst lächeln. Es ist ein Zeichen, dachte sie. Ein gutes Zeichen. Rasch ließ sie den Lichtstrahl der Taschenlampe ein weiteres Mal durch den Garten wandern, über Bäume, Blätter, Äste und Rinden scheinen. Dann drehte sie sich um und ging ins Haus, um zu Abend zu essen.

Kieran stand da und lauschte dem Wind sowie den geschäftigen Nachttieren. Er merkte, wie sich sein Körper entspannte. Manchmal, dachte er, ist das Geräusch der Zikaden wie ein Atmen der Nacht. Darum hielt er immer wieder die Luft an, wenn die Zikaden verstummten. Auch jetzt tat er es, während er von Baum zu Baum lief, um sich der hinteren Veranda zu nähern. Er musste sich geradezu dazu zwingen, wieder einzuatmen. Nachdem er die warme, feuchte Luft in seine Lunge gepumpt hatte, betrachtete er das Haus. Er wartete darauf, dass die Frau in die Küche zurückkehren würde.

Es war nicht schwierig, sie abends und nachts zu beobachten, denn sie ließ alle Lichter an. Auf diese Weise konnte er ihr von einem Zimmer ins andere folgen. Allzu sehr durfte er sich allerdings nicht entspannen. Immer wieder warf sie einen unerwarteten Blick über die Schulter, als ob jemand sie beim Namen gerufen hätte. Doch außer ihr gab es niemand anderen im Haus. Er wusste das.

Auf einmal wurde ihm klar, dass die Frau im Gegensatz zu Angela und ihm selbst Angst vor der Dunkelheit haben musste. Deshalb schaltete sie die Lichter im ganzen Haus an. Auch anderen Menschen erging es so, das hatte Angela ihm erzählt.

Du hast keine Angst vor der Nacht, nicht wahr?, hatte sie ihn eines Nachts gefragt.

Überrascht hatte er Angela angesehen und über ihre Frage nachgedacht. Was meinte sie?

Es gibt Leute, die Angst vor der Dunkelheit haben, fuhr sie fort und drückte etwas Farbe aus einer Tube. Auf der Tischoberfläche neben ihr waren gelbe und grüne Farbschlieren zu sehen. *Kinder zum Beispiel. Hattest du auch als Kind nie Angst vor der Dunkelheit?*

Nein.

Nie? Auch nicht, als du klein warst?

Er überlegte. Das Wort ›nie‹ machte eine Antwort schwierig. Wenn er an Dunkelheit dachte, fiel ihm nur Behaglichkeit ein. Die Schatten der Nacht, die anders wirkende Tiefe von Dingen, die weniger dunkel schienen, sondern von innen heraus leuchteten – wie die Rinde mancher Bäume oder die Flechten auf Steinen. Davon konnte er ihr erzählen. Er konnte ihr auch von den Geschichten erzählen, die mit Einsetzen der Dunkelheit in seinem Kopf aufgingen wie Blüten in einem Treibhaus. Er konnte ihr erzählen, wie es der Dunkelheit gelang, die harten Tatsachen des Tages zu überdecken, ihn unangenehme Einzelheiten vergessen zu lassen und zu befreien. Zu befreien von der immerwährenden Wachsamkeit des Tages, von sich selbst. Die Nacht erlaubte ihm, seiner Phantasie freien Lauf zu lassen. In der Nacht, dachte er, habe ich am wenigsten Angst. Da fühle ich mich am sichersten. So war es schon immer gewesen, seit er denken konnte.

Er hatte Angela beobachtet, wie sie Farbe auf ihre Leinwand tupfte. Unter ihrem Pinsel zeigten sich grüne Kleckse. *Nein*, erwiderte er. *Ich habe keine Angst vor der Nacht. In der Nacht kommen mir gute Ideen.*

Angela lächelte, ohne die Augen von der Leinwand abzuwenden. *Ja*, sagte sie, *Ideen.* Sie trat einen Schritt zurück, den Pinsel noch immer gezückt. *Genau davor haben manche Leute allerdings Angst.* Sie reichte ihm den Pinsel, damit er ihn hielt, und lachte.

Stunden später machte er sich auf den Nachhauseweg. Er dachte über ihre Unterhaltung nach und wünschte sich, dass Angela jetzt bei ihm wäre. Er hätte ihr gezeigt, wie sich Schatten in der Dunkelheit formierten – dass auch die Nacht nicht nur schwarz war. Doch dieser Wunsch würde nie in Erfüllung gehen. *Ich bin zu alt*, hatte sie lachend geantwortet, als er sie gebeten hatte, ihn zu begleiten. *Ich bin zu alt für Nachtwanderungen.*

Doch während er in die Stadt zurückkehrte und die Seitenstraßen durchquerte, in denen er immer wieder ungewöhnliche Geräusche hörte – einen schnüffelnden Hund oder raschelnde Blätter –, stellte er sich vor, wie sie neben ihm herging. Sie würden gemeinsam mit allen Sinnen wahrnehmen. Sie würden einander die Formen und Gestalten von Dingen zeigen, die in der Nacht so anders wirkten. Und er würde ihr erzählen, wie er manchmal den Sternen lauschte. Dieser Gedanke ließ ihn leise pfeifen. Als er den Strand erreichte, legte er sich rücklings in den Sand und blickte in den Himmel hinauf. Es würde nur ein paar Minuten dauern, ehe dieser begann, ihm seine Geschichten zu erzählen.

Mitternacht. Die Atmosphäre im Haus signalisierte ihr, dass etwas fehlte. Cress setzte sich im Bett auf und lauschte. Zuerst spürte sie nur das Licht, stechendes Mondlicht auf ihrem Gesicht, das durch die Jalousie hereinfiel und die Zimmerwände in Streifen schnitt. Der Mond war nicht mehr ganz voll, ein Stück war bereits von seinem runden Kreis abgeschnitten worden. Als sie das Antlitz des Mondes betrachtete, wusste sie auf einmal, dass Kieran wieder ausgegangen war.

Er ging gern nachts spazieren. Spätnachts, wenn die Luft unbeschwert und die Welt unschuldig war, wie er ihr erklärt hatte. Die Welt war dann wie ein Schlafender. *Hast du jemals einem Mann beim Schlafen zugesehen?*, hatte er sie gefragt, als sie seine Einladung ablehnte, mitzukommen. *Dann scheint er auf einmal wieder ein kleiner Junge zu sein. Sein ganzes Gesicht – alles ist anders. Sanfter. So ist auch die Welt, wenn es Nacht wird.*

Trotzdem wollte sie ihn nicht begleiten. Sie bevorzugte das Licht, nicht die Dunkelheit. Sie sah lieber, wozu die Welt in der Lage war, um auf alles vorbereitet zu sein.

Doch heute Nacht machte sie sich Sorgen. Die seltsame Atmosphäre im Haus, die Lücke, die Kieran hinterlassen hatte. Normalerweise merkte sie nicht, wenn er weg war. Nur morgens sah sie Anzeichen seiner nächtlichen Spaziergänge. Wenn er fort gewesen war, schlief er meist länger. Sie hörte ihn erst, wenn er sein Fenster zum Garten öffnete und *Cre-ess! Cressida*! hinausrief. *Wie wäre es mit einem Tee*?

Plötzlich befürchtete sie, dass es diese Lücke immer gab, wenn er nachts nicht da war, selbst wenn sie schlief und nichts davon wusste. Immer dann, wenn ihr Enkel die unschuldige Nacht erkundete.

Sie stand auf und blickte in den Garten hinaus. Das lange Gras schimmerte silbern und eisig wie das Meer bei Sonnenuntergang. Auf einmal wurde ihr bewusst, dass es Geräusche gab, die man nur hörte, weil es dunkel war, Geräusche, die der Tag verschluckte. Wenn sie sich genug anstrengte, vermochte sie vielleicht sogar die kleinen Wellen zu hören, die an den Strand rollten.

Wo war Kieran? Sie zitterte in ihrem dünnen Nachthemd. In letzter Zeit war er wieder öfter nachts unterwegs, mindestens zweimal in der Woche. Bildete sie sich nur ein, dass er am Morgen danach fiebrig und übermäßig erregt wirkte? Nervös und desinteressiert am Laden, der Fabrik oder dem Garten? Sie merkte, dass sie sich über sein Verhalten ärgerte. Es gefiel ihr nicht, dass er ein Geheimnis hatte, von dem sie nicht einmal etwas ahnte und das ihn so stark in Anspruch zu nehmen schien.

Allein deshalb war sie in Versuchung, sich anzuziehen und nach ihm zu suchen. Sie wollte wissen, was es war, das ihn von ihr wegführte. Doch das Mondlicht wirkte kalt und undurchdringlich, und die Vorstellung, durch die Nacht zu wandern, sagte ihr ganz und gar nicht zu. Sie mochte weder die vagen Formen in der Nacht noch die Möglichkeiten, die sich dann auftaten.

Also wandte sie sich wieder vom Fenster ab und schlang die Arme um den Oberkörper. Sie kam sich feige vor und war gleichzeitig verärgert, dass sie sich noch immer Sorgen um Kieran machte. Morgen wollte sie nach der Arbeit mit ihm sprechen. Es musste sein. Mit diesem Entschluss legte sie sich wieder ins Bett und zog die Decke bis zur Nase.

Sonntag

Auf dem Schild in der Nähe des Rettungsschwimmerturms stand ›Starke Strömungen‹ zu lesen. Der Strand war geschlossen und leer. Enttäuscht stand Laura im weichen Sand und starrte auf die Oberfläche des Meeres, um nach verräterischen Anzeichen einer Strömung zu suchen, nach einer leichten Farbveränderung an jenen Stellen, wo das Wasser zog und zerrte. Vielleicht lag es am Zwielicht, das der Regen hinterlassen hatte, aber sie konnte keine Gefahr erkennen. Alles wirkte harmlos. Nur manchmal meldete sich eine große Welle mit dumpfem Grollen, lauter und stärker als die anderen.

Doch das Schild ließ sich nicht übersehen: STRAND GESCHLOSSEN. Laura wandte sich in Richtung der Wasserbecken unterhalb der Landzunge, die sich zwischen den Felsen gebildet hatten. Hier zog ein Mann mit silbergrauem Haar langsam auf dem Rücken seine Bahnen, während eine Frau mit Badekappe gesetzt hin und her schwamm.

Ohne zu zögern, hechtete Laura ebenfalls hinein. Das Wasser war wie eine zweite Haut. Ihr Körper glitt hinein und hindurch, wobei ihre Bewegungen so fließend waren, als hätte sie Flossen. Sie hatte viermal ausgeholt, ehe sie überhaupt ans Atmen denken musste. Ohne Brille begannen ihre Augen jedoch bald zu brennen, so dass sie sich auf den Rücken drehte und sich langsam durch das Becken treiben ließ.

Sie schloss die Augen, da die Sonne sie blendete, und schon bald merkte sie, wie die Steifheit in ihren Armen nach dem stundenlangen Fensterputzen allmählich nachließ und sie sich entspannte.

Sie hatte die Scheiben auf dieselbe Weise geputzt, wie Angela es immer getan hatte: mit Essig und Zeitungen. Doch allein mit dem Fensterputzen war es nicht getan. Es gab Schuhschachteln, Bücher und Schränke, die geöffnet und durchgesehen werden wollten. Sie sehnte sich danach, endlich bei der Lösung des Rätsels weiterzukommen, das ihr ihre Mutter hinterlassen hatte. Überall im Haus konnten sich mögliche Informationen, Hinweise, Puzzleteile verbergen. *Fang endlich an*, hatte sie sich am Morgen selbst entschlossen aufgefordert. Doch als sie dann mit einer Tasse Tee in der Hand dastand und in den Garten hinausblickte, fielen ihr auf einmal die Fensterscheiben im Wohnzimmer auf, durch die man vor Schmutz kaum mehr hindurchsehen konnte. Also hatte sie sich an die Arbeit gemacht.

Und fast im selben Augenblick war sie zu neuem Leben erwacht. Es war der Rhythmus der Bewegungen, das Kreisen, das Reinigen. Ihre Muskeln hatten sich über die körperliche Anstrengung gefreut, und je mehr sie putzte, desto klarer konnte sie ihre aufrechte Gestalt im Glas widergespiegelt sehen. Kate hätte bestimmt gelacht: *Es sind deine schmutzigen Gedanken, die du säuberst*, hätte sie gesagt. *Du putzt, um deinen Geist zu reinigen.*

Während Laura ruhig durchs stille Wasser glitt, musste sie daran denken, was Kate tatsächlich vor einigen Tagen gesagt hatte. Noch immer glaubte sie, den Satz wie ein Echo hören zu können: *Das hätte ihr sicher das Herz gebrochen … Das Herz gebrochen … Sicher … Das Herz …*

Als sie das tiefe Ende des Beckens erreichte, hielt sie inne. Bedächtig lehnte sie den Kopf so weit wie möglich zurück, hielt sich die Nase zu und tauchte unter, damit ihr die Haare aus dem Gesicht gewaschen wurden. Dann klammerte sie sich an den Rand des Felsens, zog sich hoch und glitt aus dem Wasser.

Draußen trocknete sie sich ab, während sie die Frau mit der Badekappe beobachtete. Sie schwamm noch immer hin und her, ihre Arme tauchten auf und wieder ein, auf und wieder ein. Der Rhythmus ihrer Bewegungen änderte sich kaum, wenn sie das Ende des Beckens erreichte, anhielt und sich umdrehte, um dann wieder weiterzukraulen. Ihr Gesicht, das sich immer nur ganz kurz zeigte, war ledrig braun und schmal. Laura fragte sich, wie alt sie wohl sein mochte.

Kieran fühlte sich rastlos. Es war ein schöner Sonntag, klar, golden und heiß, aber auch seltsam unerfüllt. Er lag auf dem Wohnzimmerboden und spulte seine Videokassette vor und zurück, ohne dass ihn etwas interessiert hätte. Deutlich konnte er die Bewegungen von Cress wahrnehmen, die noch in ihrem Zimmer war. Der Uhrzeit und den Geräuschen nach zu urteilen – Schritte zum Schrank und wieder zurück zum Bett, leise Seufzer, als sie ihre Schuhe anzog – machte sie sich für die Kirche bereit.

Er wollte heute nicht allein zu Hause bleiben. In Gedanken ging er die Möglichkeiten durch: Park, Strand, Landzunge. Nach einer Weile stand er auf, nahm die Kassette heraus und brachte sie in sein Zimmer. Im Vorbeigehen rief er vor der geschlossenen Tür seiner Großmutter: *Bis später, Cress!* Ehe sie Zeit hatte, ihm zu antworten, war er schon aus dem Haus.

Einen festen Plan hatte er nicht, und das war es, was ihm Spaß machte. An einem freien Sonntag schien die Welt voller Farben und Möglichkeiten zu sein.

Gemächlich schlenderte er durch die stillen Straßen der Stadt, vorbei an den Schildern der kleinen Läden, auf denen GESCHLOSSEN stand. Ehe sich ein konkreter Plan in seinem Kopf geformt hatte, lief er bereits zum felsigen Ende von Broken Beach unterhalb der Klippe, wo der Leuchtturm stand. Er mochte die Felsplatten und wie die Flut dort kleine Wasserbecken hinterließ, gesäumt von Muscheln und Algen. Er mochte die Form der Felsen, von denen manche wie Blockschokolade aussahen und andere liniert wie ein Kreuzworträtsel.

Am meisten jedoch mochte er den Leuchtturm. Im Vergleich zu den anderen, die er auf Bildern gesehen hatte, war er alt und klein, doch für Kieran besaß er die perfekte Form. Auch das regelmäßige Kreisen des Lichtstrahls über dem nächtlichen Wasser kam ihm vollkommen vor – wie ein Herzschlag.

Er stieg den steilen Pfad hinauf, vorbei an Gruppen von Feuerbäumen. Dann folgte er der Abzäunung um die Klippe bis zum Leuchtturm. Außer ihm war kein anderer Mensch weit und breit. Glücklich setzte er sich mit dem Rücken zum weißen Beton des Leuchtturms und blickte auf die endlosen Meilen des Ozeans hinaus. Er stellte sich Augen vor, die gemeinsam mit dem Lichtstrahl über die Wellen wanderten. Wenn das Licht Augen hätte, was würde es dann wohl sehen? Vielleicht würde es die Wale sehen, ehe er sie entdeckte, wenn sie die Küste auf der Suche nach wärmerem Wasser hinaufwanderten und später, wenn sie wieder zurückkehrten.

Der Rückweg vom Strand dauerte kürzer als der Hinweg – jedenfalls kam es Laura so vor. Sie spürte die Sonne auf der Haut und das Salz in ihren Poren und fühlte sich sauber und erfrischt. Inzwischen war südöstlicher Wind aufgekommen und trug den Geruch von Zitroneneukalyptus und Mulch herbei. Sie überlegte, ob sie sich einen Tee machen sollte, entschied sich aber dagegen und füllte stattdessen ein Glas mit kaltem Wasser.

Lustlos wanderte sie durchs Haus. Nach und nach begutachtete sie die Küchenschränke, das Wohnzimmer und die Bücherregale. Die Schlafzimmer im ersten Stock. Hier galt es, ein

Leben in seine Einzelteile zu zerlegen. Sie trank das Wasser in einem Schluck aus und überlegte, wo sie anfangen sollte. Doch dann beschloss sie, etwas anderes zu tun. Sie schaute sich nach *Silas Marner* um. Das Buch würde sie vielleicht für einige Zeit an einen anderen Ort entführen.

Ihr Blick wanderte über die Tischplatte, das Sofa, die Stühle. Nichts. Wie immer zog sich ihr Magen ungeduldig zusammen. Sie hatte diese Ungeduld während der letzten Tage immer wieder bemerkt. Kleine Enttäuschungen oder Irritationen entzündeten sich wie Infektionen in ihrem Inneren. Verschwundene Schlüssel, ein stumpfes Messer. Zwei solche Vorkommnisse kurz nacheinander konnten sie in letzter Zeit fast zu einem Wutausbruch bringen.

Laura stellte ihr leeres Glas ab. *Verdammt noch mal*, murmelte sie und nahm ein paar Sachen von der verbrannten und fleckigen Linoleumoberfläche des Küchentischs. Dieser Anblick ließ sie noch ärgerlicher werden. Nervös ging sie ins Wohnzimmer und hob ein Handtuch hoch, das dort über einer Stuhllehne hing. Da sah sie aus dem Augenwinkel eine Bewegung und blickte ruckartig auf. Unter der offen stehenden Tür in den Garten hinaus stand eine Gestalt.

Fergus.

Ich habe mehrmals angerufen, sagte er, *aber Sie waren nie da*. Er putzte sich die Schuhe am Fußabstreifer ab und trat ins Haus. Obwohl er aussah, als ob er eine Frage stellen wollte, befand er: *Sie waren am Strand.*

Sie hängte das Handtuch wieder über die Stuhllehne und strich sich die Haare hinter die Ohren, während sie mehrmals tief Luft holte. Fergus musste nicht merken, dass er sie erschreckt hatte. Also zuckte sie lässig mit den Achseln und lächelte. *Ich verliere hier ständig irgendetwas*, sagte sie und stellte fest, dass ihre Stimme heiser klang. *Vermutlich habe ich auch mein Handy verlegt.* Suchend blickte sie sich im Wohnzimmer um.

Als sie aufsah, stand er noch immer neben der Tür, die Hände in den langen Boardshorts vergraben. Er sieht wirklich wie ein Fergus aus, dachte sie, barfuß und mit wilden, ungekämmten Haaren.

Sieht ganz so aus, als hätten Sie hier einiges an Arbeit vor sich, sagte er.

Kieran bemerkte die Wale gewöhnlich als Erster – und zwar ohne Fernglas. Im Gegensatz zu den anderen Leuten, die kamen und den Blick ausschließlich mit der Absicht aufs Meer richteten, einen Wal zu sehen. Ihm fiel nicht einmal auf, dass er nach ihnen Ausschau hielt oder um welche Jahreszeit es sich gerade handelte. Dass bereits wieder Oktober war. Allerdings kannte Kieran diesen Teil der See so genau wie seine Westentasche. Er kannte ihre Form und ihren Rhythmus, die Geräusche, die sie bei bestimmten Himmelsfärbungen machte, wie sie sich bei den verschiedenen Winden verhielt. Ihre grünen und grauen Stimmungen. Ihre Gerüche nach nicht menschlichen Körpern.

Das mochte er am Meer am meisten – das Nichtmenschliche. Seine Unfähigkeit, auf etwas zu reagieren, zu etwas zu gehören oder sich dem Willen anderer zu beugen. Das Meer fühlte sich nur sich selbst verpflichtet. Das liebte er an ihm. Vielleicht bemerkte er deshalb so oft als Erster die Wale: Seine Augen betrachteten das Meer auf andere Weise. Ihre Gegenwart überraschte ihn nicht. Fast war es so, als würde er ihre Gestalt schon wahrnehmen, ehe die erste Fontäne auf der Wasseroberfläche erschien. Wenn er sie jedoch sah, schwoll seine Brust vor Freude. Lachend wartete er darauf, dass ein Schwanz oder ein Teil des Rückens zu erkennen war – seine

Körperzellen in Einklang mit den Tieren, mit allem Lebendigen.

Jetzt saß er da und nahm die Masse des Leuchtturms in seinem Rücken wahr. Er dachte an den Oktober und den Tag, an dem die Wale aufkreuzten. Dieser Tag lag erst einige Wochen zurück, wenn es Kieran auch schon viel länger vorkam. Er erinnerte sich noch gut daran, dass es ein Montag gewesen war. Er war allein hier gewesen, die Wochenendbesucher waren verschwunden und die Bewohner der Stadt entweder bei der Arbeit, in der Schule oder zu Hause. Jedenfalls hielten sich außer ihm nur eine junge Mutter und ihr kleines Kind am Strand in der Nähe der Felsen von Broken Beach auf. Später vermutete er, dass sie zu sehr mit den Wasserbecken beschäftigt waren, um wahrzunehmen, was er kurz darauf draußen auf dem Meer sehen konnte.

In der Nacht zuvor war er bei Angela gewesen. Sie hatten über Obstgärten und Olivenhaine, über dunkle, geheime Strände und andere Orte gesprochen. Einmal sei sie am Strand in England gewesen, hatte sie ihm erzählt. *Das Wasser packte mich*, sagte sie, *anstatt mich zu umspülen. Vermutlich lag es an der Stimmung, in der ich mich befand.*

Kieran hatte genickt und an die Launen des Meeres gedacht, an seine Listigkeit.

Ich habe ihm nicht so recht getraut, fuhr sie fort. *Ich sehnte mich nach Griechenland, nach dem blauweißen Wasser, den Mandeln und Oliven. Obwohl ich nie in Griechenland gewesen bin.* Sie lachte.

Warum, hatte er wissen wollen. Warum war sie nie nach Griechenland gefahren? Angela hatte ihn angelächelt, ohne den Pinsel von der Leinwand zu nehmen oder den Blick davon abzuwenden. *Du hättest deine Staffelei mitnehmen und am Strand malen können.*

Jetzt hielt sie doch inne. *Ja*, erwiderte sie. *Das hätte ich gekonnt.*

Sie sprach von Möglichkeiten, die unwiederbringlich vorüber waren. Das wurde Kieran erst am nächsten Tag bewusst, als er an derselben Stelle wie jetzt gesessen und den Horizont betrachtet hatte. Der Anblick der unendlichen, geschwungenen Linie hatte ihm wie immer gefallen. Weit draußen zeigte sich ein Schatten im Wasser, eine Form, die auch bloß eine dunklere Schattierung sein konnte. Doch dann wurde sie noch dunkler und nahm Gestalt an.

Kieran wusste sofort, dass es die Wale sein mussten. Eine halbe Ewigkeit saß er regungslos am Strand und wagte nicht einmal zu blinzeln, weil er befürchtete, damit etwas zu verändern und sie aus den Augen zu verlieren. Er wurde mit einer grauen Wölbung über der Wasseroberfläche belohnt und dann mit einem schlagenden Schwanz – für ihn ein Zeichen, dass sie seine Gegenwart spürten. Das war alles. Er hatte noch eine Stunde dagesessen und versucht, das Meer mit seinen Blicken zu durchdringen, doch er hatte nur noch eine einzige graue, bogenförmige Bewegung, ein leichtes Zittern auf der Wasserhaut gesehen. Sonst nichts

Jetzt blinzelte Kieran in die Sonne. Er stellte sich die Wale vor, wie sie sich singend einen Weg durch die Tiefen des Meeres bahnten, ihre Kälber neben sich. Er hatte ihren Gesang im Fernsehen gehört, und dieser hatte ihn an etwas erinnert – an Geräusche in der Nacht, vielleicht an den Wind.

Wenn sie an jenem Tag vor mehreren Wochen gesungen hätten, wäre er dann in der Lage gewesen, sie zu hören? Oder war dieses Schwanzschlagen ein Zeichen, ein Signal, das er hätte verstehen müssen?

Irgendwie hätte er jedenfalls wissen müssen, was mit Angela geschehen war. Es musste eine Art von Nachricht, einen Hinweis gegeben haben, den er übersehen hatte. Worte im Wind, die nur für ihn bestimmt waren, die nur er hören sollte – so wie der Gesang der Wale lang Zeit auch nur von anderen Walen gehört wurde. Was immer es gewesen sein mochte, er hatte es jedenfalls nicht bemerkt. Er hatte die Chance vertan, sich von ihr zu verabschieden. In Zukunft musste er genauer zuhören, genauer hinsehen. Vielleicht gab es sogar in den Quizsendungen manchmal Hinweise für ihn, die er bisher nur nicht herausgefiltert hatte. Etwas Wichtiges, das er bisher nicht hatte notieren können.

Cress betrachtete sich im Spiegel und strich den Stoff ihres Rockes glatt. Sie drehte dem Spiegel den Rücken zu, um sich von hinten sehen zu können. Die Vorstellung, am Sonntag mit nackten Beinen in die Kirche zu gehen, widerstrebte ihr noch immer. Nylonstrümpfe waren wie Handschuhe und eine Handtasche für sie – seit ihrer Jugend ein wesentlicher Bestandteil ihrer sonntäglichen Kleidung. Sie hatte auf Seidenstrümpfe und Strumpfbänder bestanden, bis Shelley in die Highschool kam und vor allem im Sommer eine gnadenlose Kampagne gegen diese Kleidungsstücke begann. Nach einer Weile hatte Cress zu einer Strumpfhose gewechselt, aber es nie ganz geschafft, sie problemlos anzuziehen. Sie verstand nicht, wieso sich die Beine verdrehten und die Strumpfhose in ihr Fleisch schnitt. Shelley lachte sie immer wieder aus. Ihre Tochter hatte geschworen, nach der Schule nie mehr Seidenstrümpfe zu tragen, nicht einmal zu ihrer Hochzeit. Und sie hatte diesen Schwur, soweit Cress das wusste, bis jetzt auch nicht gebrochen.

Eines besonders schwülen Sommertags gab Cress schließlich nach – allerdings erst, nachdem Shelley ihr erklärt hatte, dass die abgelegten Strümpfe nicht weggeworfen, sondern zum

Anbinden der Kletterpflanzen im Garten verwendet werden konnten. Trotzdem schockierte sie das Gefühl ihrer nackten Beine unter den Röcken und Kleidern, und selbst jetzt – viele Jahre später – fand sie ihren Anblick im Spiegel noch immer beunruhigend.

Sie drehte sich um und prüfte durch einen Blick über die Schulter, ob die Knöpfe ihrer Bluse geschlossen waren. Für einen Moment berührte sie die Jadebrosche ihrer Mutter. So kannst du dich sehen lassen, dachte sie.

Im Flur nahm sie ihren Strohhut von einem Haken an der Garderobe. Sie setzte ihn auf und klappte dann die Krempe weiter nach oben, damit der Hut eine bessere Form erhielt. Vielleicht vergaß sie deshalb ihre Schlüssel, obwohl sie nachsah, ob sie das Portemonnaie eingesteckt hatte. Jedenfalls ließ sie die Schlüssel im Schloss stecken und spazierte durch den Garten zum hinteren Gartentor hinaus.

Der sommerliche Morgen hatte seine eigene Melodie, die sie an leise brodelnde Suppe auf dem Herd erinnerte, wenn die Hitze die vielen Düfte in die Luft steigen ließ. Diese Geräusche und Gerüche begleiteten sie, als sie das Gartentor erreichte und es entschlossen aufstieß. Sie tat es mit solcher Entschlusskraft, dass es mit voller Wucht gegen ein junges Mädchen prallte, das unbemerkt im Schatten neben dem Zaun gestanden hatte.

Vor Schreck presste Cress die Hand auf die Brust und stammelte: *Gütiger Himmel.*

Das Mädchen hingegen kam ins Wanken und hielt sich am Zaun fest, um nicht das Gleichgewicht zu verlieren. Dann trat es einen Schritt zurück und murmelte so etwas wie *Ich bin nur gerade stehen geblieben, um meine Schnürsenkel zu binden.* Damit drehte sich die junge Frau auf dem Absatz um und hastete davon – über den Hügel, hinein in die Hitze des Tages, als wäre sie niemals da gewesen.

Cress klopfte noch immer heftig das Herz. Sie musste sich einen Moment lang am Gartentor festhalten. Wer war das Mädchen gewesen, und wie alt mochte es wohl sein? Hatte sie sich die Wölbung unter dem lose fallenden Blumenkleid nur eingebildet? War die ganze Erscheinung vielleicht nur eine Einbildung gewesen?

Stirnrunzelnd blickte sie die Straße hinauf und hinunter. Es war nur ein Mädchen gewesen, das angehalten hatte, um sich die Schuhe zu binden. Cress zog ein Taschentuch hervor und tupfte sich die Stirn ab. Dann warf sie einen Blick auf ihre Armbanduhr, klappte die Handtasche auf, stopfte ihr Taschentuch hinein und begann, den Hügel hinunterzulaufen. Sie glaubte nicht, das Mädchen jemals zuvor zu Gesicht bekommen zu haben.

In ihrer letzten gemeinsamen Nacht hatte Angela über Opern gesprochen. Kieran hatte sie nach ihren Lieblingsopern gefragt. Zu diesem Zeitpunkt hatte er bereits das Gefühl, genau zu wissen, was sie antworten würde. Trotzdem mochte er es, ihr Fragen zu stellen.

Die italienischen, hatte sie ohne Zögern geantwortet. *La Traviata. Rigoletto.*

Erzähl mir, wie du sie zum ersten Mal gehört hast.

Angela hatte ihn angelächelt. Sie wusste inzwischen, wie solche Dinge zwischen ihnen abliefen. *Ich dachte, ich sei auf einmal im Himmel.* Sie blickte in die Dunkelheit hinaus. *Einem Himmel für Tiere.* Dann sah sie wieder Kieran an. *Es waren Geräusche, die nichts Menschliches mehr hatten. Sie gaben mir das Gefühl, besser sein zu dürfen als ein Mensch.*

Kieran hatte sie nachdenklich angestarrt. Er stellte sich Tiergeräusche vor, Walgesänge. Für einen Moment war er sich trotzdem nicht sicher, was sie meinte. *Besser als ein Mensch.* Dann hielt sie seinen Blick fest – es kam ihm wie eine halbe Ewigkeit vor –, und es war, als ob es in diesem Moment zu echtem Verstehen gekommen wäre. Nach einem Augenblick sah sie weg. Er schaute auf seine Jeans und seine Schuhe und erwartete fast, statt seiner normalen Kleidung Schuppen und Flossen zu sehen. Aber es waren nur der gewöhnliche Jeansstoff und seine Turnschuhe. Wie immer.

Jetzt blinzelte er, weil das Meer vor seinen Augen glitzerte. Die Sonne schien heute heller zu sein als sonst. Er ertappte sich dabei, wie er den Horizont nach einer Walflosse oder einem Walschwanz absuchte, nach der behäbigen Schnelligkeit der gewaltigen Körper in den Wellen. Doch da war nichts. Er wusste, dass sie inzwischen vermutlich bereits viele Kilometer weiter Richtung Süden zurückgelegt hatten. Trotzdem gab es Tage, an denen er einfach hierherkommen und aufs Meer hinausschauen musste – nur für den Fall, dass etwas Außergewöhnliches oder Wunderbares geschah.

Heute jedoch war die See leer und ereignislos, ein riesiges silbernes Tuch, das seine Augen schmerzte. Er stand auf und begann, Richtung Strand zu laufen.

In der Kirche von St. Barnabas wurden am Sonntag zwei Messen abgehalten. Cress bevorzugte es, die frühere zu besuchen. Dort gab es weniger Leute, die dumme Bemerkungen über ihr seltenes Erscheinen machten, ein kleineres Publikum für ihre Treulosigkeit. Doch es lag noch an etwas anderem.

Das wurde ihr erst bewusst, als sie nun auf das Holz-Sandstein-Gebäude zuging, das hinter dem Secondhandladen lag, in dem sie arbeitete. Langsam tastete sie sich an diesen Gedanken heran. Was war es? Etwas an der Menge, die in die spätere Messe ging. Die Köpfe der Gemeindemitglieder hoben und senkten sich im Rhythmus eines Psalms oder eines Gebets – gehorsam wie brave Kinder. Das sagte Cress schon länger nicht mehr zu. Wenn weniger Leute da waren, fiel es nicht so auf, dass sie selbst meist stumm blieb, oftmals nicht einmal mehr den Gebeten folgte – etwas, das sie früher niemals gewagt hätte.

Obwohl bereits die Kirchenglocken läuteten, standen noch immer einige Leute vor dem Eingang herum. Cress umfasste den Griff ihrer Handtasche fester und presste die Lippen aufeinander. *Na, geht schon,* murmelte sie leise, während sie betont geschäftig ihr Taschentuch herausholte. Sie war nicht in der Stimmung, irgendwelche Belanglosigkeiten auszutauschen. Während sie sich Stirn und Hals abtupfte und den Hut zurechtrückte, wanderten die Letzten in die Kirche. Jetzt konnte auch sie weitergehen.

Sie hielt sich am Geländer fest und stieg die Stufen zum Kirchentor hinauf. Mit dem letzten Glockenschlag trat sie über die Schwelle. In einer der letzten Reihen im hinteren Teil der Kirche nahm sie Platz – weit weg von den anderen, um sich besser konzentrieren zu können. Innerlich bereitete sie sich auf eine stille Befragung vor. Eine Befragung durch wen? Durch Gott? Durch einen Geist, ein höheres Wesen? Vielleicht war es auch Ed, mit dem sie sprechen wollte. Oder auch mit dem, was den Himmel hochhielt, die Sonne täglich neu aufgehen ließ und über allem – über Gutem und Bösem – gleichermaßen wachte.

Sonntage, so hatte Kieran früh feststellen müssen, waren keine Abby-Tage. Er wusste nicht, warum das so war, aber sie hatte ihm einmal etwas über den *Tag des Herrn* erklärt, das er nicht verstanden hatte. Zu Hause hatte er dann im Wörterbuch nachgeschlagen und dort eine Erklärung für den Sonntag gefunden, den Tag, an dem man traditionell weder arbeitete noch spielte, sondern ruhte. Das half ihm ein bisschen weiter, wenn auch nicht viel.

Cress besuchte an manchen Sonntagen die Kirche. Er wusste, dass sie an Gott glaubte, aber vom Tag des Herrn hatte sie noch nie gesprochen. Soweit er das mitbekommen hatte, verzichtete sie auch sonntags auf nichts. Das Wort ›verzichten‹ hatte ihn daraufhin eine ganze Weile lang beschäftigt. Es besaß jene Art harten Zischlaut, welcher der Luft wehzutun schien.

Vielleicht hatte er das Bedrohliche dieses Wortes gespürt, als er an diesem Tag weiter zum Strand gegangen war und zu seiner Überraschung dort Abby in den Felsen unterhalb der Klippen sitzen sah. Er blinzelte verblüfft. Das blumige Kleid verriet sie. Ihr Anblick war für ihn eine solch unerwartete Freude, dass er laut *He, Abby!* rief und auf sie zurannte, ehe er merkte, dass sie nicht allein war. Es waren zwei, die da auf den Felsen saßen. Abby und ein ihm unbekannter Mann. Doch bevor er ihn genauer mustern konnte, war Abby aufgesprungen, hatte sich ihm in den Weg gestellt, nervös an ihrem Kleid gezupft und gefragt: *Was tust du hier?*

Kieran verschlug es vor Schreck die Sprache. Er konnte sie nur stumm anstarren, während sie weiterhin an ihrem Kleid zog. Ihre Hände bewegten sich rasch, aber nicht rasch genug. Für einen Moment sah er die blauschwarzen Blutergüsse auf den Armen sowie einen roten Fleck an ihrem Hals. Er warf einen Blick über ihre Schulter. Der Mann – das sah er jetzt – war eigentlich kein Mann, sondern nur ein groß gewachsener Junge. Er hatte die dürren Arme über der Brust verschränkt und grinste abfällig. Sein Gesicht erinnerte Kieran an die Jungs, mit denen er zur Schule gegangen war. Sie hatten auch so brutale Münder gehabt.

Wieder sah er Abby an. Sie lächelte, strich sich das Haar aus dem Gesicht, und dann traten sie ein paar Schritte beiseite.

Kieran wollte noch näher rücken, hielt dann aber inne und vergrub seine nackten Zehen im feuchten Sand. Abby sagte:

He, wie wäre es? In einer halben Stunde vorne an der Landzunge? Dann fügte sie hinzu: *Der Baum da, der riecht wie Kartoffeln.* Zumindest glaubte er, dass sie das gesagt hatte. Eine plötzliche Windböe trug ihre Worte davon.

Sie wandte sich von ihm ab, und er stolperte davon – hinauf zur Strandpromenade, vorbei an all den Wochenendbesuchern mit ihren Hüten, Schirmen und dem Geruch nach Sonnenöl. Er versuchte nicht an Abby und diesen Mann zu denken, sondern lief so lange, bis er das Postamt sehen konnte. In einer halben Stunde. Sie hatte gesagt, dass sie ihn in einer halben Stunde treffen würde. An einem Sonntag.

Er erreichte den Gemüseladen und blieb stehen, um die Kisten mit Orangen, Kohlköpfen und Avocados zu betrachten. Fast lautlos murmelte er ihren Namen: *Abby. Abigail.* Klingt genauso geheimnisvoll wie Aubergine, dachte er. Wie Ananas. Die blauen Flecken auf ihren Armen hatten diese Farbe gehabt: wie eine Aubergine. Auf einmal hatte er das Gefühl, einen Schlag versetzt zu bekommen. Und mit diesem Schlag wurde alles, was Abby und ihn betraf, beiseitegestoßen.

Bisher hatte er die Dinge, die er über sie in Erfahrung bringen konnte, nach und nach wie Puzzleteile zusammengetragen. Er hatte keine Ahnung, wie er sie zu einem Ganzen formen sollte, oder ob sie überhaupt zusammenpassten. Bei Abby schien es nicht so sehr auf Genauigkeit anzukommen, jedenfalls nicht auf den ersten Blick. Im Grunde war es das erste Mal in seinem Leben, dass Fakten nicht so wichtig waren. Bei Abby genoss er das Unklare, das Ungenaue und gab sich damit zufrieden, dass er bestimmte Dinge nicht wusste. Heute jedoch ahnte er, dass sich das ändern würde. Er hatte begonnen, nach mehr Sicherheiten zu suchen.

Nachdenklich lief er zur Landzunge hinauf. Unter jedem Baum blieb er stehen und atmete tief ein, um die verschiedenen Düfte in sich aufzunehmen. Der Ozean zischte und seufzte weit unter ihm. Nach einer Weile entdeckte er Abbys bunte Baumwolltasche, die sie immer über der Schulter trug. Sie lag unter einer Myrtenheide. Mit den Händen in den Taschen schlenderte er darauf zu, um so gelassen und ruhig wie möglich zu wirken. Ein Geruch nach leicht verbrannten Kartoffeln lag in der Luft.

Abby war nicht da.

Kieran ging um den Baum herum und sah ins Gebüsch. Er betrachtete es als seine Aufgabe, sie zu suchen, aber zwischen den Blättern war kein frech grinsendes Mädchen, das sich versteckt hatte. Irritiert blickte er sich um. Als er wieder ihre Tasche betrachtete – die mit etwas Schwerem beladen war, der Schulterriemen im Schmutz liegend –, musste er auf einmal an einen Tatort denken, wie er ihn im Fernsehen gesehen hatte. Die Handtasche des Opfers, die im Dreck zurückgelassen worden war. Sein Herz begann heftig zu pochen, seine Lippen bewegten sich wie von selbst: *Bitte, Abby, bitte nicht.* Kein Geräusch war zu hören. Er presste sich die Hand auf den Mund. Als er aufblickte, entdeckte er sie fünfzig Meter entfernt in der Nähe der Umzäunung.

Sie stand da, das Gesicht in den Wind gerichtet, der sie heftig umtoste. Von ferne sah sie weniger wie ein Mädchen aus, sondern eher wie eine Statue, wie eine Figur aus Angelas Bildbänden. Aus Granit oder Wurmstein – aus Stein, aber doch lebendig. Für einen Moment wünschte er sich, dass sie wirklich aus Stein wäre. Dann hätte er seine Finger über ihr Gesicht, ihre Schultern, ihre Augen wandern lassen können. Über ihre Lippen.

Doch er rührte sich nicht von der Stelle. Er beobachtete sie nur regungslos, während er plötzlich verstand, warum Angela Malerin geworden war und was Künstler mit Farben versuchten. Er konnte sich die Befriedigung vorstellen, die es bedeuten musste, wenn man ein geliebtes Gesicht in Stein oder auf Leinwand festhalten konnte. Für einen Augenblick begriff er die Faszination der Kunst, die Herausforderung, die jegliches Erschaffen beinhaltete. Er hätte es niemals in Worte fassen oder den Gedanken weiterführen können, doch dieser eine Moment genügte.

Abby drehte sich um. Sie schien seine Gegenwart zu spüren. Er sah, wie die Statue zerfiel und sich wieder Abbys normales schiefes Lächeln zeigte. Schüchtern näherte er sich ihr, während sie undurchdringlich wie ein Stein auf ihn wartete. Dann blickten beide aufs Meer hinaus. Das Bedürfnis zu sprechen wurde von den Wellen hinweggetragen, die am Strand unter ihnen rauschten. Kieran wollte alles auf einmal sehen – den Ozean, ihr Gesicht.

Plötzlich erinnerte er sich an die Verletzungen auf ihren Armen. Er öffnete den Mund, doch die Worte wollten nicht kommen. Zumindest nicht die passenden. Trotzdem hatten sich die Flecken in sein Gedächtnis eingebrannt, lagen wie ein Kohledurchschlag in seinem Kopf. Er wollte später darüber nachdenken.

Gemeinsam liefen sie zum Park zurück, wo Abby allerdings nicht bleiben wollte. Kieran begann, in Richtung Gemüseladen weiterzugehen, da sie sich dort immer von ihm verabschiedete. Doch auch das wollte sie nicht. *Ich gehe nicht nach Hause*, sagte sie. Kieran sah sie fragend an. *Ich besuche jemanden.* Sie stieß mit dem Fuß gegen ein Grasbüschel, während sie über seine rechte Schulter hinweg in die Ferne blickte. Kieran wusste, dass dort nur ein gewöhnlicher Fußweg verlief, mit großen Büschen und Papierfetzen, die der Wind dahintrieb.

Er stand da, die Arme an seinen Seiten herabhängend. Auf einmal merkte er, dass er die Fäuste ballte. Sein Herz fühlte sich an, als ob es einen Schlag versetzt bekommen hätte.

Weiß dein Vater Bescheid?, fragte er das Grasbüschel. Sie hatte nur ihre Tasche dabei und trug nicht einmal Schuhe.

Das geht ihn nichts an, erwiderte sie. *Außerdem*, fügte sie hinzu und starrte Kieran finster an, als wäre er nicht Kieran, sondern ein anderer. *Außerdem ist er ein Arschloch. Ich hasse ihn.*

Kieran erwiderte ihren Blick, als ob auch sie eine andere wäre. Noch nie hatte er ein Schimpfwort aus ihrem Mund gehört oder einen harten Ausdruck wie ›hassen‹. Sie wandte sich ab und ging davon. Er eilte ihr hinterher. *Ich bringe dich hin*, sagte er zu ihrem Rücken. *Ich begleite dich bis zur Haustür.*

Abby blieb stehen. Sie sah ihn mit ruhiger Miene an und sagte: *Nein, das geht nicht. Es ist zu weit.*

Als sie sich erneut zum Gehen wandte, legte sie den Kopf zurück und rief etwas in den Himmel hinauf. Er konnte sie nicht hören, doch später stellte er sich ihre Worte wie lange Bänder vor, die sich in den Himmel entrollten. Auf jedem Band stand eine Botschaft, die ihm allein galt. Er drehte sich zum Strand und sah ebenfalls nach oben, in der Hoffnung, etwas am Himmel geschrieben zu sehen.

Worte wie Wolken, lesbar für die Augen aller.

Fergus holte kleine Flaschen mit Ingwerlimonade aus dem Transporter, den er vor dem Haus geparkt hatte. Laura folgte ihm, während er die Türen und Fenster, das Holz und den Putz genau unter die Lupe nahm. Er ließ sich Zeit, sah manchmal zweimal nach, beugte sich in Ecken, schaute unter und hinter die Möbel. Dann strich er im oberen Stock mit der flachen Hand über Holzpaneele und kratzte an abblätternder Farbe.

Solide, sagte er. Wieder im Erdgeschoss angekommen ging er nach draußen und sah sich das Haus von außen an, wobei er wieder klopfte, zog und drückte. *Das Geländer der Veranda ist verfault. An mehreren Stellen.*

Er trank seine Ingwerlimonade aus und drehte sich zu Laura um. Sie stand im Schatten der Schiebetür, die in den Garten hinausführte, und beobachtete ihn.

Ein Bauaufsichtsbeauftragter würde das nicht durchgehen lassen. Zu gefährlich. Er blickte noch einmal am Haus hoch. *Außerdem sind einige dieser Planken schon ziemlich mürbe.*

Sie nickte und nippte an ihrer Limonade.

Die Küchenschränke müssten ersetzt werden und auch die Arbeitsplatte. Im Badezimmer ist Schimmel hinter die Fliesen eingedrungen. Und die Fensterrahmen sollten geschliffen und geölt werden.

Gütiger Himmel, Fergus. Sie blies Luft durch die geschlossenen Lippen. *Was wird mich das alles kosten?* Sie trat an den äußeren Rand der Veranda und drückte gegen das Geländer. Tatsächlich bewegte es sich beunruhigend wackelig unter ihren Händen.

Fergus grinste. Zum ersten Mal fragte sich Laura, wie alt er wohl sein mochte. *Wir könnten die verfaulten Stellen einfach überstreichen, wenn Ihnen das lieber ist.* Er zuckte mit den Schultern. *Das würde wahrscheinlich gar nicht weiter auffallen.*

Laura rieb sich die nackten Oberarme, obwohl ihr nicht kalt war. *Mir vermutlich schon*, erwiderte sie lächelnd. *Wenn ich plötzlich in den Garten falle.*

Er öffnete zwei weitere Flaschen Limonade, von denen er ihr eine reichte. *Die anderen Arbeiten sind mühseliger.* Geschmeidig ließ er sich auf dem Boden der Veranda nieder und lehnte sich mit dem Rücken gegen die Hauswand. *Aber das Geländer samt Veranda könnte ich wahrscheinlich innerhalb eines Tages oder höchstens zwei erledigen.*

Fergus … Sie setzte sich im Schneidersitz etwas von ihm entfernt auf den Boden.

Nächste Woche habe ich frei, sagte er.

Cress wartete nicht bis zum Ende des Segens. Die hypnotisierenden Worte des Pfarrers und die geschlossenen Augen der Gemeindemitglieder gaben ihr die Möglichkeit, schnell und so leise wie möglich aufzustehen und die Kirche zu verlassen. Draußen beschloss sie, nicht sofort nach Hause, sondern zur Strandpromenade hinunterzugehen. Dort überquerte sie die Straße und ging bis zum Rand des Meeres. Innerlich war sie noch mit den Gedanken beschäftigt, die ihr gekommen waren, als die kleine versammelte Gemeinde einer Lesung aus dem Lukas-Evangelium gelauscht hatte.

Als Mädchen hatte sie in einem Haus direkt neben dem Ozean gelebt. Ein Haus auf niedrigen Pfählen, mit einer breiten Veranda und einem Blechdach, das hinter einer Reihe von Feuerbäumen oberhalb des Convent Beach gestanden hatte. Inzwischen kam es Cress vor, als hätte es dort häufig geregnet. Jedenfalls häufiger als jetzt. In ihrer Erinnerung sah sie sich von Grün umgeben: dem Grün des Meeres, dem Grün der Hügellandschaft hinter dem Haus und dem Grün der hohen Gräser, welche die Wege hinunter zum Strand säumten.

Cress war nie eine begeisterte Schwimmerin gewesen, und sie hatte früh feststellen müssen, dass die Sonne blasser Haut wie der ihren eher Schaden zufügte als guttat. Bereits nach wenigen Minuten wurde sie rot und brannte, wenn sie mit ihren Brüdern ins Wasser sprang. Jetzt blieb sie neben einem Büschel Dünengras stehen und sah einer Frau zu, die ein Baby im flachen Wasser vorsichtig hin und her wiegte. Wie viele Sommerabende hatte sie als Kind auf dem Bauch liegend auf der breiten Veranda verbracht, während dicke Scheiben roher Kartoffeln auf ihrem Rücken und ihren Schultern trockneten. Unter ihr stachen sie die harten Kissen der Rattancouch in den Bauch und ins Gesicht. Wenn sie einen starken Sonnenbrand hatte, wiederholte ihre Mutter die Prozedur und legte so lange kalte Kartoffelscheiben auf, bis die Röte schließlich verschwunden war.

Halt still, Cressida. Selbst jetzt noch konnte sie ihren Vater hinter seiner Zeitung hören, dessen Pfeife im Mund die ›S‹ zischender klingen ließ. Cress jammerte und klagte, während sie ihre Brüder aufzogen. Insgeheim jedoch genoss sie das Gefühl und die Wirkung der Kartoffeln, wie diese die Hitze aus ihrer Haut zogen. Schon am nächsten Tag waren die Schmerzen verschwunden.

Später jedoch fiel es ihr schwerer, die Schmerzen zu ertragen. Es war leichter, gar nicht erst in die Sonne zu gehen und sich einzureden, dass der Sand zu heiß, das Meer zu wild und unheimlich war. Sie mied den Strand und flüchtete stattdessen in den Schatten der großen Bäume, wo sie sich in englische Romane versenkte und sich über die blasse Haut und das ständige Huttragen englischer Heldinnen freute. Eine breite, weiche Hutkrempe wurde zu ihrem Markenzeichen. Unter der Krempe konnten ihre Augen zudem fremde Gesichter beobachten, ohne bemerkt zu werden.

An diesem Vormittag blinzelte sie unter ihrem Panamahut in die Sonne, schlüpfte aus den Schuhen und lief dann zum harten Sand in der Nähe des Wassers hinunter. Inzwischen konnte sie vor sich selbst zugeben, wie erleichtert sie in Wahrheit war, nicht stundenlang in der Sonne und am Meer verbringen zu müssen. Im Wasser hatte sie sich nie sicher gefühlt. Das Ziehen und Stoßen der Wellen und die Gezeiten hatten ihr schon immer Angst gemacht. Sie schienen zu Wesen zu gehören, die nichts mit den Regeln der Menschen am Hut hatten. Cress kam dieser Gedanke sowohl absurd als auch unheimlich vor. Diese Kreaturen des Meeres besaßen keinen Verstand wie sie selbst, und trotzdem hatte sie keinerlei Macht über sie.

Als sie an ihre Kindheit und Jugend und dann an Kieran

dachte, musste sie lächeln. Auch er bevorzugte das trockene Land, doch selbst als kleiner Junge geschah das weder aus Arroganz noch aus Angst vor dem Wasser. Wie sie war auch er kein Schwimmer, ja er mochte es nicht einmal, mit dem Oberkörper ins Wasser zu tauchen. Wie sie schätzte auch er die äußeren Vorzüge des Meeres – den Geruch, die Geräusche und wie es sein Aussehen verändern konnte, je nachdem welcher Himmel sich gerade über ihm erstreckte. Cress hatte immer den Eindruck gehabt, als ob das Meer für Kieran eine Art Bruder darstellte. Er lebte neben ihm, kannte seine Stärken und Schwächen, seine Eigenheiten. Er spürte eine Verbindung zu ihm, eine Gemeinsamkeit. Und auch wenn er das Meer liebte, so hatte er doch nicht das Bedürfnis, sich näher darauf einzulassen. Das verstand Cress. Sie hatte stets Ähnliches ihren Brüdern gegenüber empfunden, wenn sie ehrlich war.

Sie gelangte zu einem Felsvorsprung, der sich nur bei Ebbe zeigte. Dort beobachtete sie eine Familie winziger Krebse, die zwischen Sand und Stein hin und her rannten. Erst nach einer Weile entdeckte sie mehrere Meter entfernt eine Gestalt, die mit dem Gesicht nach unten auf den flachen Felsen lag. Ihr Herz setzte vor Schreck einen Moment lang aus. Instinktiv wollte sie einen leisen Schrei ausstoßen, der ihr jedoch im Hals stecken blieb. Da bewegte sich die Gestalt, die sie sofort als Kieran identifiziert hatte. Zuerst einen Arm, dann einen Fuß, und ihr wurde klar, dass er lebte und offenbar nur angestrengt versuchte, etwas zwischen den Felsplatten zu erspähen.

Mit kleinen Schritten näherte sie sich ihm. Je näher sie kam, desto deutlicher konnte sie sehen, dass er in die Lachen starrte, die das Meer dort zurückgelassen hatte. Das Wasser hatte sich in Furchen angesammelt, kaum größer als ein paar Finger oder eine kleine Faust.

Mit ruhiger Stimme sagte er: *Sieh nur.* Er blickte nicht auf.

Sie war sich sicher, dass er ihre Anwesenheit noch gar nicht bemerkt hatte. *Sieh nur, wie kleine Geheimnisse.*

Sie beugte sich vor, um die Wassermulde vor ihm besser zu begutachten. Doch da sie nichts erkennen konnte, trat sie zu einer anderen. Was hatte Kieran mit ›kleinen Geheimnissen‹ gemeint? Mühsam ging sie in die Hocke. Die Lachen hatten die Form von Austern, unten breiter und dann schmaler werdend. Auf ihnen schwammen feine Schleier aus Seegras oder Moos.

Cress runzelte die Stirn. Sie beugte sich noch weiter nach vorn, dann lehnte sie sich verblüfft zurück. Sie hatten die Form einer Frau. Wie kleine Vulven. Vorsichtig steckte sie die Hand in das warme Wasser und berührte mit den feuchten Fingern ihre Lippen. Alles an ihnen war weiblich – der salzige Geschmack, die geheimnisvollen Mulden, das Innenleben. Rasch warf sie Kieran einen Blick zu.

Er war jedoch ganz in das Schauspiel vertieft, das sich unter der Wasseroberfläche abspielte. Die hastig vorbeihuschenden Lebewesen, die seepockenartigen Muscheln. Seine Haare waren feucht vor Schweiß und Gischt, während die Augen leuchteten wie die eines Kindes.

Sie beobachtete ihn, bis ihre Beine zu zittern begannen und sie sich langsam erhob. *Komm*, sagte sie und strich ihm mit der Hand über den Kopf. *Gehen wir nach Hause. Zum Mittagessen.* Sie begann, über die Felsplatten zurückzulaufen, vorsichtig einen Fuß nach dem anderen auf die unebene Steinoberfläche setzend.

Kieran blieb noch eine Minute lang liegen. Als sie sich zu ihm umdrehte, war er aufgestanden, den Blick jedoch noch immer auf die Wasserlachen gerichtet, die Arme herabhängend. Nachdem sie die Strandpromenade erreicht hatte, wandte sie sich noch einmal um. Jetzt hatte er sich ebenfalls auf den Weg gemacht. Er lief mit den Händen in den Hosentaschen dahin, wobei er vor sich hin pfiff und sich alle Zeit der Welt ließ. Doch er folgte ihr nach Hause.

Sie tranken die zweite Ingwerlimonade aus, und Fergus stand auf. *Muss noch eine Welle erwischen*, sagte er und trug die Flaschen in die Küche. Laura begleitete ihn zur Haustür. *Es ist hier übrigens überraschend ordentlich*, stellte er fest, als er einen letzten Blick über die Schulter warf. *Sie müssen ziemlich beschäftigt gewesen sein.*

Sie sah ihn an. *Es war bereits aufgeräumt, als ich eintraf*, erwiderte sie. *Ich dachte, jemand hätte hier Ordnung gemacht.*

Nicht dass ich wüsste, sagte Fergus. Er zuckte mit den Achseln und verabschiedete sich. Als er mit dem Transporter rückwärts aus der Einfahrt fuhr und den Hügel hinauf verschwand, sah sie ihm nach.

Montag

Früh am Morgen beschloss Kieran, in die Fabrik zu gehen. Dann fiel ihm der Laden von St. Barnabas ein. Er stellte sich die langen Regalreihen mit den alten Kleidungsstücken und dem Geschirr und die Eimer voller Spielzeug in einer Ecke vor. Cress' Herz hing an solchen alten Dingen – an dem Schmuck und dem Porzellan in den Glasvitrinen, an den antiquarischen Büchern. Das wusste er, und irgendwie verdarb ihm das heute die Laune, dort auszuhelfen.

Also überlegte er sich, doch noch einmal Angelas Haus aufzusuchen.

Cress hatte eine Kanne Tee gemacht, ehe sie in den Garten hinausgegangen war, wo sie für Angela Blumen pflücken wollte, wie sie erklärt hatte. Kieran goss sich eine Tasse ein und begann, durch das Haus zu wandern, wobei er an nichts Bestimmtes dachte. Er ließ seinen Gedanken freien Lauf. Er wollte an nichts Konkretes denken. Als die Tasse leer war, kehrte er in die Küche zurück und bestrich eine dicke Scheibe Weißbrot mit Butter und Marmelade. Nachdem er sie gegessen hatte, winkte er Cress zu und verließ den Garten.

Im Park wanderte er von den Schaukeln und den Klettergerüsten zum Teich und dann wieder zurück, wobei er bemerkte, dass die Gärtner der Stadtverwaltung beim Mähen des Rasens einige Büschel Paspalum-Gras übersehen hatten. Diese Tatsache lenkte ihn eine Weile ebenso ab wie die weggeworfene Frittentüte, das zerknüllte Bonbonpapier und der kaputte Styroporbecher, die unter dem Klettergerüst herumlagen. Während er sich am Klettergerüst entlanghangelte, betrachtete er den Müll. Die Sachen waren nicht sonderlich spannend, und doch starrte Kieran darauf, als könnte sich der Abfall plötzlich in etwas anderes verwandeln. Insgeheim wünschte er sich, Abby würde endlich kommen.

Endlich sprang er vom Klettergerüst und hob den Müll auf. Die Tüte roch noch immer nach altem Fett. Als er die Sachen in einen Papierkorb geworfen hatte, wusch er sich unter dem Wasserhahn am Parkeingang die Hände und rieb sie dann an seinen Shorts trocken. Schließlich drehte er eine letzte Runde, um noch einmal nach Abby Ausschau zu halten. Danach gab er auf. Er versuchte, nicht allzu viel darüber nachzudenken, warum sie nicht gekommen war, und machte sich in Richtung Stadtzentrum auf.

Cress parkte den Wagen, stieg aus und lief auf die schweren Eisentore des Friedhofs zu. Eigentlich hatte sie gehofft, eine große Trauergemeinde vorzufinden – zumindest groß genug, um nicht überrascht sein zu können, wer da war und wer nicht. Warum sie sich das wünschte, wusste sie nicht und wollte es auch gar nicht genauer analysieren – ebenso wenig wie sie in diesem Moment an Angela denken wollte. Sie war weder neugierig, wer zur Beerdigung kommen würde, noch wollte sie selbst bemerkt werden. Eine große Ansammlung von Künstlern und Honoratioren wäre das Beste. Dann könnte sie der Tochter ihr Beileid ausdrücken und danach so schnell wie möglich wieder verschwinden.

Allerdings sollte es nur eine schlichte Gedenkveranstaltung am Grab geben. In der Zeitungsanzeige des Lokalblattes hatte nichts über einen Gottesdienst oder Ähnliches gestanden. Nur eine Einladung an ›Freunde und Bekannte von Angela Lindquist‹, sich um zehn Uhr im östlichen Teil des Friedhofs zu versammeln. Zehn vor zehn ging Cress langsam über den Rasen, strich mit der offenen Handfläche über Wicken, Maßliebchen und Gladiolen. Als sie die frisch ausgehobene Grabstätte in der Nähe der östlichen Mauer erreichte, versuchte sie, die Handvoll Leute zu identifizieren, die sich bereits eingefunden hatte. Sie kannte nur Iris Ferguson. Es war Iris' Mann Frank gewesen, der Angela tot auf dem Boden des Schuppens gefunden hatte, als er wie immer Holz liefern wollte. Diese Tatsache – das konnte Cress deutlich sehen – verlieh Iris einen gewissen Sonderstatus unter den Trauergästen.

Iris blickte auf. Als sie Cress entdeckte, lächelte sie und winkte sie zu sich. Einige der Trauergäste rückten näher zusammen, als ob Cress' Eintreffen ein Zeichen wäre. Iris stellte sie ihnen vor. Es handelte sich um einen Lehrer der Highschool, einen Vertreter der örtlichen Gesellschaft für bildende Künste, ein Mitglied des Gemeinderats und die Trauerrednerin. Cress hörte etwas wie *Ihre Töchter waren gemeinsam in der Schule.* Doch ihre Aufmerksamkeit galt dem schlichten und schönen Sarg aus Rosenholz, der auf Tragegurten über dem Grab hing. Ein Strauß hellgelber Rosen lag darauf. Auf der anderen Seite des Grabs waren weitere Gäste, die leise und mit gesenkten Köpfen miteinander redeten. Sie kannte keinen von ihnen.

Laura hatte alle möglichen Gefühle erwartet, nur nicht Nervosität. Als sie dem Weg an den Reihen von Gräbern vorbei folgte, fühlte sich ihr Inneres hohl an. Unsicher strich sie sich den schwarzen schmalen Rock glatt, als ob sie befürchtete, irgendwo eine unziemliche Falte zu haben. Wieder einmal musste sie an ihren umbrischen Birnbaum denken, an den Pfröpfling, der in ihrer Baumschule um sein Leben rang. Wenn sie dort gewesen wäre, hätte sie jeden Tag mit ihm gesprochen, sich zu ihm gebeugt und ihm mit ihren Worten warmen Atem eingehaucht, um ihn zum Leben zu ermuntern.

Für einen kurzen Moment schloss sie die Augen, um sich Italien vorzustellen. Als sie sie wieder öffnete, fand sie sich in der australischen Landschaft mit ihren typischen Eukalyptusbäumen und Flammenbäumen wieder, was sie inzwischen jedoch nicht mehr überraschte. Sie hielt ihre gelbe Rose fest und ging den Weg weiter bis in den Ostteil des Friedhofs.

Unbekannte oder zumindest unvertraute Gesichter wandten sich ihr zu, als sie sich dem neu aufgelassenen Grab näherte. Eine freundliche Frau mittleren Alters stellte sich als Trauerrednerin vor. Andere traten zu Laura und drückten ihr die Hand. Ihr Blick richtete sich auf die frisch aufgeworfene rote Erde und den Sarg, der seltsam klein schien – wie für ein Kind. Alle schienen auf etwas zu warten. Als sie den Weg entlangschaute, entdeckte sie Fergus, der heute in seinem dunklen Anzug wie ein Anwalt aussah und mit großen Schritten auf sie zueilte.

Er trat zu Laura und stellte sich neben sie. Überrascht stellte sie fest, dass er sich sogar rasiert hatte. Seine Haare waren zwar ungekämmt wie immer, doch er hatte sie sich zu dem feierlichen Anlass aus dem Gesicht gestrichen. Aufmerksam sah er sie an.

Tut mir leid, sagte er, *ich wurde aufgehalten.*

Eigentlich hatte sie nicht angenommen, dass er kommen würde. Er nickte den anderen Trauergästen zu, von denen er einige auch namentlich grüßte. Die Rednerin räusperte sich, um anzufangen. Das leise Murmeln erstarb. Fergus legte für einen Moment seinen Arm um Lauras Schultern und drückte sie an sich. Während sie auf das grauenvoll bunte Karomuster seiner schlecht gebundenen Krawatte starrte, spürte sie, wie sich ihre Nervosität in Luft auflöste.

Versteckt hinter einem Zitroneneukalyptus beobachtete Kieran von der Anhöhe aus die Gruppe, die sich unter ihm versammelt hatte. Die Szene wirkte fast regungslos, oder zumindest kam es ihm so vor. Allerdings wusste er, dass es in dieser Stille Tausende Bewegungen gab: Brustkörbe, die sich beim Atmen hoben und senkten, Lippen, die sich öffneten und schlossen, im Wind wehende Blätter.

Außerdem gab es noch etwas anderes: die Abwesenheit von Geräuschen. Er meinte, ein Bild in einem von Angelas Büchern, aber auch das Wort ›Tableau‹ zu betrachten. Fast hatte er den Eindruck, dass auch Angela die Szene von oben beobachtete, irgendwo hinter seiner Schulter. Am liebsten hätte er sich umgedreht und sie aufgefordert: *Das solltest du malen.* Diese Ansammlung von Menschen, die Köpfe gesenkt. Die verschiedenen Formen, die sie gemeinsam und allein bildeten. Wie ihre Blicke am Grab aufeinandertrafen und manchmal zum Himmel wanderten oder in die Ferne.

Kieran wandte die Augen der großen, dünnen Gestalt zu, die seine Großmutter war. Sie stand neben einer Frau, die möglicherweise Iris aus dem Laden war. Sie waren beide alt, aber Cress hätte er jederzeit problemlos in einer Menge erkannt, auch ohne ihr Gesicht zu sehen. Es lag an ihren Schultern. Sie waren so kantig wie kleine Felsen. Keine Kleidung konnte die Kanten und Ecken verbergen, aus denen sie bestand. Selbst jetzt, nachdem ihr Körper bereits leicht nach vorn gebeugt war, wirkten diese Schultern noch zu jeder Arbeit entschlossen. So sieht sie heute aus, dachte er. Zu jeder Arbeit bereit.

Eine Frau in der Gruppe hielt ein aufgeschlagenes Buch in der Hand. Er reckte den Kopf, um ihr Gesicht besser sehen zu können. Sie redete, blickte auf das Buch und dann wieder auf. Von seinem Platz aus konnte er nichts außer einem leisen Rauschen hören, als eine Windböe mit dem Laub der Bäume spielte. Kieran blickte sich um. Die Landschaft um ihn herum schimmerte dunkelgrün und braun. Dazwischen zeigten sich dunkle Schattenflecken, die von Bäumen kamen – riesige Feigen und Eukalyptus sowie eine Jacaranda in voller, dunkelvioletter Blüte.

Angela hatte diese Farbe geliebt. Er versuchte sich daran zu erinnern, ob sie jemals eine Jacaranda gemalt hatte. Sie hatte sie für eine Plage gehalten, das wusste er, die überall ihre Blütenblätter verstreute und so Abflüsse verstopfte und andere Pflanzen am Wachsen hinderte. Doch einmal hatte Kieran bei ihr eine Liste mit Farben entdeckt, mit denen sie experimentierte. Unter der Überschrift ›Wahre Farben‹ hatte ›fleischiges Grün, Zunge, Jacaranda-Blau (?)‹ gestanden. Er vergaß, sich bei ihr nach der Bedeutung des Fragezeichens zu erkundigen. Eine weitere unbeantwortete Frage, die ihm nun für immer ein Rätsel bleiben würde. Aber er hatte sofort gewusst, welche Farbe sie mit ›Zunge‹ gemeint hatte.

Seine Gedanken wurden durch ein leises Surren unterbrochen. Plötzlich bewegte sich der Sarg, was Kieran verwirrte. Bisher hatte er nicht auf ihn geachtet, sondern die Augen auf die Gruppe, den Rasen, die anderen Grabsteine und den Himmel gerichtet. Jetzt zitterte der Sarg und begann langsam in dem Loch zu verschwinden, das – wie ihm nun klar wurde – schon die ganze Zeit da gewesen war.

Kieran starrte regungslos darauf. Der Sarg hätte ebenso gut von Zauberhand in das Grab gelassen werden können – wenn man so etwas glauben wollte. Er trat von einem Fuß auf den anderen und versuchte, einen besseren Blick auf das Schauspiel zu erhaschen. Vielleicht übersah er etwas? Vielleicht waren da unsichtbare Hände am Werk, die unten in dem Erdloch arbeiteten. Doch sobald er den Gedanken zu Ende formuliert hatte, wusste er, dass das Unsinn war. Es musste ein Mechanismus sein, so dass man keine Hände mehr brauchte. So war es bestimmt.

Er beobachtete die Trauergäste, um zu sehen, ob noch jemand anders dem Sarg hinterhersah. In diesem Moment entdeckte er für den Bruchteil einer Sekunde ein weiteres Gesicht oder zumindest ein Profil. Jemand musste sich etwas zur Seite bewegt, vielleicht den Kopf gesenkt haben, so dass er dieses Gesicht sehen konnte. Warum hatte er es nicht schon vorher bemerkt? Ein blauschwarzer Vorhang aus Haaren verbarg es fast gänzlich, aber trotzdem war er sicher, dass sie es war. Die Frau in Angelas Haus. Mit blauschwarzen Haaren. Wie Angela.

Eigentlich überraschte ihn ihre Anwesenheit nicht. Er hätte sich denken können, dass sie heute hier sein würde. Neugierig lehnte er sich etwas zur Seite, ohne jedoch die Deckung der Blätter zu verlassen, damit er auch ihren restlichen Körper sehen konnte. Er hatte recht gehabt. Die schwarze Kleidung und ihre ernste Ausstrahlung änderten nichts an seiner Meinung: Wie Angela war auch sie ein Mensch, der sich nicht so leicht einschüchtern ließ.

Der Sarg war verschwunden. Die Augen der anderen waren ihm bis in die Tiefe hinab gefolgt. Alle hielten ihre Körper auf eine ähnliche Weise, fiel Kieran auf. Als ob sie sich nach innen gefaltet hätten, mit eingesunkener Brust, die Finger verschränkt. Alle außer seiner Großmutter. Sie blickte geradeaus, und auch wenn ihr Blick nicht in seine Richtung gerichtet war, so trat Kieran doch vorsichtshalber wieder mehr in den Schatten des Baums zurück, um nicht von ihr entdeckt zu werden. Cress' Schultern waren angespannt. Sie war aufmerksam, fast wie ein Wachsoldat.

Dann schauten auch die anderen wieder auf. Ihre Körper wirkten jetzt freier, lebendiger. Die Frau mit dem Buch reichte einigen Leuten die Hand und ging dann davon. Die Trauergäste folgten ihr einer nach dem anderen, wobei sie meist zuerst noch eine Blume am Kopfende des Grabs niederlegten.

Er beobachtete Cress. Auch sie wandte sich ab, in der Hand hielt sie noch immer ihren Blumenstrauß. Dann blieb sie stehen und trat ans Grab. Die Trauergemeinde löste sich auf. Kieran nutzte die Gelegenheit, um sich so unauffällig wie möglich hinter einem Busch zu verstecken. Es war ein Hibiskus, er erkannte die großen, weichen Blüten. Vorsichtshalber ging er in die Hocke.

Von diesem Platz aus hatte er einen besseren Überblick. Jetzt konnte er sogar Cress' Gesicht erkennen. Er beobachtete, wie sie am Grab stand. Nach einer Weile ging sie in die Hocke und zog eine Blume aus ihrem Strauß. Er konnte nicht erkennen, um welche Blume es sich handelte, nur dass sie lose Blütenblätter haben musste, denn Cress zupfte diese einzeln ab und verstreute sie über Grab und Sarg.

Er betrachtete ihr Gesicht. Weinte sie? Nein. Aber ihre Lippen bewegten sich. Sie redete.

Er war zu weit entfernt, um zu hören, was sie sagte. Die Worte fielen mit den Blütenblättern ins Grab. Verschwunden für immer. Dann presste sie die Lippen aufeinander und stand auf. Erschrocken stellte Kieran fest, dass ihr das Aufstehen schwerzufallen schien. Sie stützte eine Hand auf dem Boden ab, um nicht das Gleichgewicht zu verlieren. Als sie schließlich wieder aufrecht dastand, strich sie mit der Hand über ihr Kleid. Dann drehte sie sich um und legte ihren Blumenstrauß zu den anderen. Ein kleiner Hügel aus Rosa und Gelb. Sie rückte ihre Handtasche an ihrem Arm zurecht, hob den Kopf und sah sich noch einmal um.

Kieran hielt den Atem an und versuchte, sich so klein wie möglich zu machen. Er starrte auf die Adern der fleischig grünen Blätter vor seiner Nase. Als er es schließlich wagte, wieder den Kopf zu heben, hatte Cress beinahe schon das Friedhofstor erreicht.

Fergus bestellte Cognac. Sie saßen in der Bar des Commercial Hotels. Es gibt so viel zu reden und doch nichts zu sagen, dachte Laura. Die Worte würden von dem dicken blauen Teppichboden, den Dunstwolken, die jeder neue Gast von draußen hereinbrachte oder ihrer eigenen Sturheit verschluckt werden. Den ganzen Vormittag über schien ihr Kopf von einer Wolkendecke verhangen zu sein, die nicht aufreißen wollte. Sie musste an das Drückende eines subtropischen Sommers denken, an das Gewitter, das sich zusammenbraute, aber nicht entlud. Trotz der Klimaanlage im Hotel merkte sie, dass ihr ganzer Körper schweißgebadet war.

Auf einmal kam ihr eine Frage, deren Plötzlichkeit fast körperlich spürbar war und sie aus ihrer Entrücktheit riss. Im Grunde wollte sie die Frage gar nicht stellen, weil sie sich ein wenig schämte. Trotzdem sagte sie mit leicht unsicherer Stimme: *Fergus, wissen Sie eigentlich, auf welchem Friedhof mein Vater liegt?*

Er senkte das Glas, das er gerade zum Mund geführt hatte, und blickte auf. Sie war ihm dankbar, dass er weder überrascht wirkte noch eine dumme Bemerkung machte. *Da müsste ich nachsehen*, erwiderte er. *Ich nehme an, auch hier oben …* Er wies mit dem Kopf zur Seite. *… wo Angela liegt.*

Seine direkte Antwort hatte etwas Befreiendes. *Ich habe mir nie die Mühe gemacht, es herauszufinden, ehe ich wegging*, erklärte Laura. Sie sah ihm in die Augen. *Dazu war ich viel zu wütend.*

Danach stießen sie zweimal auf Angela an und sprachen dann über die Reparaturen, die im Haus nötig waren. Laura fiel es schwer, echtes Interesse zu entwickeln. Die Renovierung war ihr momentan völlig egal. Meine Eltern liegen jetzt auf dem Friedhof, dachte sie, und ich habe weder meine Mutter noch meinen Vater wirklich gekannt.

Dieser Gedanke kreiste in ihrem Kopf wie in einer Endlosschleife, bis sie sich schließlich dazu zwang, an etwas anderes zu denken. Sie zählte Fergus die verschiedenen Dinge auf, die im Haus anstanden und die sie am Tag zuvor miteinander besprochen hatten: Küche, Schränke, Fenster, Badezimmer, hintere Veranda. Boden. Malerarbeiten. Sie seufzte. Mit jedem Wort fühlte sie sich apathischer.

Schließlich nahm Fergus seinen Mantel und seine Krawatte, die er gleich nach der Beerdigung abgenommen hatte. Er suchte und fand auch seine Autoschlüssel und sagte dann: *Ich muss jetzt.* Er stand auf und legte sich den Mantel um die Schultern. *Sie sollten sich nicht allzu viel Gedanken um das Haus machen*, fügte er hinzu. *Ich werde morgen mal bei Ihnen vorbeischauen. Dann legen wir los.*

Laura war kaum in der Lage, ihm für sein freundliches Angebot gebührend zu danken oder zu begreifen, was es eigentlich bedeutete. Stattdessen sah sie ihm zu, wie er sein Glas hob und den Rest des Cognacs austrank.

Als er sich zum Gehen wandte, fragte sie: *Fergus?* Er blickte sie an. *Haben Sie eigentlich noch die Briefe, die Ihre Tante an ihren Sohn geschrieben hat?*

Einige der Trauergäste wollten sich noch auf einen Tee in einem Café zusammensetzen, aber Cress lehnte dankend ab. Sie war nicht in der Stimmung, mit anderen zu reden. Also setzte sie sich hinter das Lenkrad ihres alten VW und fuhr los, ohne zu wissen, wohin. Es war ein heißer Tag. Für einen Moment überlegte sie, hinunter ans Meer zu fahren, um sich dort den Wind um die Nase blasen zu lassen, doch als sie an der Abzweigung zum örtlichen Krankenhaus vorbeikam, bog sie dort ab. Sie fuhr hinter das Krankenhaus, wo noch die alten Gebäude standen, und parkte den Wagen unter den weit ausladenden Ästen eines Flammenbaums. Auch hier war die Luft so heiß wie das Wasser einer heißen Quelle. Sie stieg aus und lehnte sich gegen die Kühlerhaube, um zu ihrer alten Station mit den breiten Veranden und den weiß gestrichenen verschlungenen Eisenbalkonen hinaufzublicken.

Sie starrte so lange auf das Gebäude und den Rasen, bis sie glaubte, sie sehen zu können: die Krankenschwestern mit ihren weißen, steifen Hauben, die Patientinnen in ihren Morgenmänteln aus Chenille, den Gürtel über den geschwollenen Bäuchen zusammengebunden, als läge die Geburt noch vor ihnen. Kleine Bettchen, die nebeneinander in der Säuglingsstation aufgereiht waren. Die verschreckten Gesichter junger Frauen. Der Geruch nach Phenol, Bodenwachs und Angst.

Cress sah auch ihr jüngeres Selbst vor sich. Damals war sie vielleicht zweiundzwanzig Jahre alt gewesen. Steif vor Stolz in ihrer Schwesterntracht eilte sie die weiß getünchten Gänge der Wöchnerinnenstation entlang. Ihre braunen Lederschuhe machten ein knirschendes Geräusch auf dem Linoleumboden. Jede Oberfläche glänzte – der Boden, die Messinggeländer, die Fenster. Wenn sie vorbeilief, konnte sie überall ihr Spiegelbild sehen, ihren selbstbewussten Gang, die gestärkte Haube, ihr ernstes Gesicht. Manchmal warf sie einen Blick auf die silberne Schwesternuhr, die ihr um den Hals hing.

Cress rutschte auf dem warmen Metall der Kühlerhaube hin und her. Mit zusammengekniffenen Augen betrachtete sie das Gebäude, während sie versuchte, den Ausdruck ihres jungen Gesichts von damals zu interpretieren, als sie sich zu einer Patientin in einem hohen Bett herabbeugte, die Finger auf dem schmalen Handgelenk der Frau. Doch sie konnte sich nur noch daran erinnern, wie die Haube ihren Kopf umschlossen und der harte Stoff ihr ein Gefühl der Sicherheit gegeben hatte. Viele Monate hatte sie gebraucht, um sich daran zu gewöhnen, sie zu tragen und sich selbst als ›Schwester‹ zu sehen. In der ersten Zeit hatte sie sich oft im Spiegel gemustert, eine Haarsträhne an ihren Platz zurückgeschoben oder das Band der Haube auf der Stirn zurechtgerückt, stets von Neuem verblüfft über ihre starke äußere Verwandlung.

Damals war es ihr nur wie eine äußere Verwandlung vorgekommen, denn die Haube hatte ihr Gesicht älter und somit autoritärer erscheinen lassen. Doch inzwischen begriff sie, dass es mehr als das gewesen war. Sie trat in den Schatten des Flammenbaums und strich mit der Hand über dessen Rinde, während sie versuchte, ihr achtundsiebzigjähriges Selbstverständnis mit ihrem jungen Selbst in Einklang zu bringen, damals in den gewienerten Korridoren und an den Betten junger Frauen. Wie hatte sie sich damals gefühlt? Sie hatte geglaubt, dass sie die Haube aus ihrem bisherigen Leben herausgehoben hatte, fast wie es eine Krone getan hätte. Gleichzeitig war sie Symbol ihrer Getrenntheit gewesen. Wenn Cress sie trug, verließ sie die Ebene der Gewöhnlichkeit und der Fehlbarkeit der anderen Frauen um sie herum.

Diese Erkenntnis traf sie wie ein Schlag. Sie legte die Hand auf die Stirn, als würde sie nach dem Leinenstoff der Haube von damals tasten. *Du bist eine gute Schülerin*, hatte ihr Vater gesagt, als sie ihren Abschluss hinter sich gebracht hatte. Und das stimmte. Sie war in der Schule ebenso gewissenhaft gewesen wie später in der Krankenschwesternausbildung. Noch jetzt konnte sie den Stolz spüren, den ihr Vater empfunden hatte, als sie problemlos ihre Lehrzeit durchlief und stets Bestnoten erhielt, obwohl bereits Ed in ihr Leben getreten war und sie jeden Sonntag viele Stunden in der Sonntagsschule und der

Kirche verbrachte. Irgendwie gelang es ihr, alles unter einen Hut zu bekommen.

Zu Hause hatte das Mantra ›Harte Arbeit‹ gelautet, wodurch man angeblich alles erreichen konnte – einen guten Beruf, ein Haus, eine erfolgreiche Ehe. Es hatte ihr nichts ausgemacht, diesem Mantra zu folgen. Erst jetzt begriff sie, dass damals alle um sie herum ähnlich gedacht hatten. Am Ende des Krieges und kurz danach taten die Leute das, was von ihnen verlangt wurde. Sie krempelten die Ärmel hoch, packten fest an, schufteten schwer.

Auch damals wusste sie, dass es natürlich auch einige gab, die das nicht taten, die keine Initiative zeigten, keine Arbeitsmoral, die nur an sich selbst dachten. *Als Kind hatte ich nichts*, wiederholte ihr Vater oft und gern. *Das bedeutet aber nicht, dass man nichts erreichen, dass man sich nicht selbst aus dem Sumpf ziehen kann. Jeder kann etwas erreichen, man muss nur fest genug wollen.* Das war gewöhnlich der Auftakt zu einer Predigt über die Vorteile des harten Arbeitens gewesen.

Cress trat von einem Fuß auf den anderen, rieb sich den unteren Teil ihres Rückens und drückte ihn ein wenig durch. Dann setzte sie sich wieder hinter das Steuer ihres Wagens. Sie umfasste das Lenkrad mit beiden Händen und sah die vielen jungen Frauen vor sich, schwanger und allein, verlassen von ihren Liebsten. Sie sah die Familien vor sich, die in die Kirche von St. Barnabas kamen, um dort Essen zu erhalten, die zu acht in einem Heimzimmer unten an der Mündung wohnten, die Frauen mager, die Kinder barfuß und frech.

Jeder kann das, man muss nur fest genug wollen …

Jeden Morgen hatte sie ihre weiße Schwesternhaube aufgesetzt und festgesteckt. Dann war sie in den Tag hinausgesegelt, um pflichtbewusst ihre Arbeit zu machen. Cress lehnte sich auf dem Fahrersitz zurück, ließ die Schultern langsam kreisen und strich dann die Haarsträhnen zurück, die ihr ins Gesicht gefallen waren. Die Haube hatte ihr ein gutes Gefühl gegeben, das sie im Laufe der vielen Stunden als Krankenschwester durchaus als gerechtfertigt gesehen hatte. Sie hatte sich die Haube verdient. All diejenigen jedoch, all die verängstigten Mädchen, die nach ihr riefen, wenn ihre vaterlosen Kinder das Licht der Welt erblickten, diese Mädchen waren anders. Sie hatten sich nicht genügend angestrengt. Sie hatten nicht hart genug gearbeitet.

Die Vorstellung des leeren, vor sich hin brütenden Hauses, das auf dem Hügel auf sie wartete, ließ Lauras Magen vor Panik verkrampfen. Eine Weile saß sie noch in der Hotelbar, nachdem Fergus gegangen war, und überlegte, ob sie sich einen weiteren Drink oder auch zwei oder drei bestellen sollte. Sie war schon viele Jahre nicht mehr betrunken gewesen. Vor Italien, vor der Baumschule und den Familien, die sie kennengelernt und mit denen sie gegessen und ihre Krüge mit eigenem Wein getrunken hatte, war sie kaum jemals in Versuchung gewesen, Alkohol zu sich zu nehmen. Die Erinnerung an Angelas jahrelanges Trinken und den damit verbundenen sauren Geruch hatten sie mehr als angewidert. Bei Alvaro, Francesca und den italienischen Familien hatte sie allerdings rasch begriffen, dass Alkohol keine Gefahr darstellen musste. Zum Mittagessen gab es immer einen Teller Suppe, ein Stück Weißbrot und ein Glas Grappa; dann ging es zurück an die Arbeit. Dasselbe Ritual wiederholte sich am Abend, vielleicht noch ergänzt durch Käse oder ein Stück Birnenkuchen.

Diese Erinnerung ließ große Sehnsucht nach Italien in ihr aufsteigen, auch wenn sie wusste, dass sie dort jetzt mit der anstrengenden Arbeit des Zuschneidens der Bäume beschäftigt wäre. Sie stellte sich Alvaro, Francesca und die Jungen vom benachbarten Hof vor, wie sie sich zum Essen unter dem Feigenbaum versammelten, wie Hände und Worte über die Teller hin und her flogen, während sie aßen, Witze rissen, sich stritten. Laura merkte, dass ihr selbst die scharfe Zunge und das missbilligende Kopfschütteln von Francescas Mutter Anna fehlte, die oft das Mittagessen für alle kochte.

Diese Bilder vertrieben ihr Bedürfnis nach Gin oder mehr Cognac. Laura steckte ihren Geldbeutel wieder in die Tasche zurück, verließ das Hotel und machte sich erneut auf den Weg zum Friedhof.

Dort angekommen wandelte sie langsam an den Reihen von Gräbern entlang, wobei sie immer wieder stehen blieb und die Inschrift auf den Grabsteinen las, die durch Regen und die salzige Meeresluft oftmals ein wenig verwischt war. Manchmal ließ sie ein Name innehalten. Olive Rose Brown. Tonlos formte sie die Worte mit den Lippen. Es war ein wunderbarer Name – aus drei Farben bestehend, jeder kurz und klar.

In der nächsten Reihe fand sie ein Grab mit der Aufschrift ›Dorothy May Alcorn, geliebte Ehefrau. 7. Juli 1911 – 29. Dezember 1959‹. Darunter befand sich eine leere Stelle, die Laura anstarrte. Offensichtlich hatte der trauernde Witwer geglaubt, eines Tages würde sein eigener Name dort stehen, doch das Schicksal hatte es anscheinend anders geplant. Vielleicht hatte er keine Familie gehabt, keine Kinder und keine überlebenden Verwandten, die ihm seinen letzten Willen erfüllten. Dorothys Mann war offenbar niemandem im Gedächtnis geblieben.

Warum quälte sie dieser Gedanke mehr als die Beerdigung ihrer Mutter? Mehr als die Tatsache, dass ihre Eltern gestorben waren? Ja sogar mehr als die Ereignisse der vergangenen Woche? Warum trieb er ihr die Tränen in die Augen? Sie hatte keine Ahnung, wer diese Dorothy May Alcorn gewesen war. Sie kannte keine Alcorns in der Stadt, hatte keinen Grund, um sie zu trauern. Doch dieser Grabstein erzählte leise und unaufdringlich von Einsamkeit und Leid und war dabei so ausdrucksstark, dass sie diese Gefühle endlich auch als ihre eigenen anzuerkennen vermochte. Sie stand vor Dorothy May Alcorn, schlug die Hände vors Gesicht und weinte.

Nach einer Weile ging sie weiter. Für einen Moment blieb sie an Angelas Grab stehen, das jetzt voller Blumen war. Nachdenklich schlenderte sie weiter. Sie suchte nach Augusts Namen. Dabei erinnerte sie sich an ein Gespräch mit Alvaro, der sich ebenso wie Francesca und ihre weitläufige Sippe überrascht, wenn nicht sogar schockiert gezeigt hatte, dass Laura keinen Kontakt mehr zu ihrer Familie hatte.

Das war nicht meine Entscheidung, hatte sie ihm eines Tages auf der Rückfahrt von einem Markt erzählt, wo es nur drei Sorten Äpfel gegeben hatte, von denen zwei importiert waren. Zuvor hatten sie über die jungen Italienerinnen gesprochen, die – vor der großen Emigration in den fünfziger Jahren – traditionell den Steckling eines Obstbaums ins Haus ihres neu angetrauten Ehemanns mitgebracht hatten. *Auf diese Weise konnten sie so kochen wie ihre Mütter*, hatte Alvaro erklärt. Dann hatte er sie über die Rezepte ihrer Familie auszufragen begonnen. Sie hatte gelacht, während sie eine schmale Landstraße entlanggefahren war.

So etwas gab es bei uns nicht.

Er hatte sie stirnrunzelnd angeschaut, und sie hatte sich selbst überrascht, als sie hinzufügte: *Ich wollte immer, was du hast.* Dann musste sie lächeln, denn Alvaros und Francescas dritte Tochter war gerade geboren worden.

Während der Schuljahre und auch später noch hatte sie oft Geschichten von Mädchen und Frauen und den jeweiligen Vätern gehört. Es war im Grunde gleichgültig, welche Geschichten es waren: Die Männer konnten Idioten sein, Tyrannen, die ihre Töchter ignorierten, schlugen oder gerade mal so tolerierten. Es ging einzig und allein um die Tatsache, dass sie da waren. Es interessierte Laura nicht, wie sie als Väter waren. Sie wusste, dass sie am liebsten jeden Mann in den Vater hätte verwandeln wollen, den sie sich so sehnlichst wünschte. Letztlich erfand sie sich einen, ohne etwas über den existierenden zu wissen.

Dieser erfundene Vater war während des Krieges Kapitän eines U-Boots gewesen und hatte japanische Schiffe versenkt. Manchmal tauchte er in Spielplatzunterhaltungen oder im Englischunterricht auf. Jedes Mal wurde seine Brust breiter, wies mehr Medaillen auf, und in ihr schlug ein größeres Herz – allein für sie. Er ging mit ihr spazieren, bewunderte, wie gut sie ihre Hausaufgaben machte, spielte stundenlang Verstecken. Schließlich starb er eines Nachmittags – nach Monaten voller Geschichten –, als Laura von ihrem Lehrer Mr Lee aus der fünften Klasse gerufen wurde. Angela wartete draußen vor der Schule auf sie.

Ich habe gerade deine Mutter gefragt, sagte Mr Lee mit einem spöttischen Ausdruck im Gesicht, *wie es Admiral Lindquist geht. Ob er vielleicht mitkommen möchte, wenn du seine Medaillen in den Unterricht bringst.*

Mr Lees Augen wanderten von der Tochter zur Mutter und wieder zur Tochter zurück. Er war neu in der Schule, erinnerte sich Laura jetzt, während sie herabgefallene Blätter und Zweige auf dem Weg durch den Friedhof mit der Fußspitze anstupste. Angela verblüffte beide mit ihrer Antwort. *Admiral Lindquist,* antwortete sie ruhig, *ist vor einigen Jahren gestorben. Laura fehlt er sehr und mir ebenfalls. Die Medaillen habe ich allerdings leider der Kriegerdenkmalstiftung überlassen.*

Damit hatte sich Angela verabschiedet, und Laura war in ihre Klasse zurückgekehrt. Mr Lee hatte sie eine Zeit lang beobachtet, den Admiral aber nie mehr erwähnt. An jenem

Nachmittag erwartete sie, zu Hause eine Standpauke erdulden zu müssen, aber ihre Mutter war wie so oft im Schuppen gewesen und hatte sich nicht gezeigt. Auch Angela verlor nie mehr ein Wort über die Sache.

Jetzt stand Laura vor einem kleinen Grabstein mit der schlichten Inschrift: ›August Arne Lindquist, geliebter Ehemann und Vater. Am 16. Mai 1955 bei einem Unfall ums Leben gekommen‹. Sie war gekommen, um diese Zeilen zu lesen. Doch sie war nicht auf das Marmeladeglas und die verblühten Blumen am Fuß des Grabs gefasst gewesen. Sie bückte sich, um einige verwelkte Blätter vom Grab zu sammeln.

Angela musste einige Wochen vor ihrem Tod hier gewesen sein. Sie musste Augusts Grab regelmäßig aufgesucht haben, denn es wirkte gepflegt und ordentlich. Hinter dem Stein lagen ein Putzlumpen und ein Paar Gartenhandschuhe, um das Grab von Unkraut und herabgefallenen Blättern zu befreien.

Sie setzte sich auf den Randstein des Wegs und schlang die Arme um die Knie. Eigentlich hatte sie immer gewusst, was mit ihrem Vater, dem schwedischen Emigranten, passiert war. Es wäre unmöglich gewesen, es nicht zu wissen. Allein zu Hause vertrieb sie sich nach der Schule oft die Zeit damit, sich Fantasieväter zu erfinden oder nach dem echten zu suchen. Deshalb bedeuteten auch die Papiere, die sie eines Tages in einem Schrank fand, einen wahren Schatz für sie. Die ausgeschnittenen Artikel, die Sterbeurkunde und ein alter Pass – all das erklärte plötzlich die Traurigkeit und die emotionale Ferne ihrer Mutter.

Wann immer Laura nach ihrem Vater gefragt hatte – Angelas Antwort war stets knapp und sachlich ausgefallen. *Er ist bei einem Zugunglück ums Leben gekommen* war alles, was sie sagte. *Bei einer Entgleisung. Du warst noch zu klein, um dich daran erinnern zu können.*

Doch die Zeitungsausschnitte enthüllten eine andere Wahrheit: ›Zugführer bei Entgleisung ums Leben gekommen‹ lautete eine der Überschriften. ›Schlechte Gleisführung, klagt die Gewerkschaft an‹ eine andere. In diesem Artikel entdeckte sie auch den Namen ihrer Mutter und ihren eigenen. Sie erinnerte sich noch gut an den Schock, den sie nicht beim Anblick des Wortes ›Zugführer‹, sondern bei ihrem eigenen Namen verspürt hatte. Es kam ihr so vor, als ob erst die Druckerschwärze und die Tragödie, die sie festhielt, sie zum Leben erweckte. Sie und ihre Mutter waren durch die schwarzweiße Zeitungsseite auf einmal real geworden.

Sie stützte das Kinn auf den Knien ab und dachte an Angela an Augusts Grab – mit ihren Gartenhandschuhen, dem Putzlappen und den Blumen in der Hand. Warum hatte sie niemals ihre Tochter hierhergebracht? Ein weiteres Geheimnis. Und warum hatte sie, Laura, nie daran gedacht, sich nach dem Grab zu erkundigen? Vielleicht weil die Wirklichkeit ihre Fantasievorstellungen zerstört hätte, dachte sie jetzt. Vielleicht weil ihr Vater in dieser schattenhaften Zeit gelebt hatte, ehe ihre Erinnerung einsetzte – eine Zeit, die nur Angela gehörte. Angela, die hier mit ihren Handschuhen, ihren Blumen und ihrer Trauer jahrzehntelang das Grab ihres Mannes gepflegt hatte. Eine Trauer – eine weitere –, die sie für sich behielt, unwillig – oder unfähig? – sie mit ihrer Tochter selbst an dieser symbolischen Stätte zu teilen.

Laura blickte auf. Die Sonne hatte ihre Wanderung Richtung Westen begonnen und brannte nun nicht mehr ganz so gnadenlos herab. Seufzend stand sie auf und klopfte ihren Rock aus. Sie blickte auf den Grabstein, als ob August sie sehen könnte. In Europa, dem Geburtskontinent ihres Vaters, wurden die Gräber der Angehörigen oftmals aufmerksam gepflegt und gerieten nur selten in Vergessenheit. Bevor sie diesmal nach Hause zurückflog, wollte sie eine Grabpflege in die Wege leiten. Es braucht nicht viel, um einmal im Monat das Unkraut zu jäten, dachte sie.

Und Blumen zu den Geburtstagen.

Am späten Nachmittag, vor dem Abendessen, saßen Kieran und Cress gemeinsam vor dem Fernseher und schauten sich das ›Millenniumsquiz‹ an. Kieran hockte mit einem Stift in der Hand und konzentrierter Miene da, während die Wettbewerbsteilnehmer ihre Antworten abwogen und Preise aus den nummerierten Kästchen an der Wand wählten.

Cress wanderte in Gedanken immer wieder zu dem Hochzeitskleid in ihrem Zimmer. Zum ersten Mal versuchte sie sich vorzustellen, wie es wohl mit den anderen Dingen hier auf dem Couchtisch aussehen, in welche Verbindung es zu ihnen treten würde. Sie erinnerte sich an den Moment, als sie es zum ersten Mal ausgewickelt hatte. Sie hatte es überall berührt, wie als wollte sie es mit ihren Absichten vertraut machen. Doch schon zu diesem Zeitpunkt hatte sie das Gefühl gehabt, als besäße das Kleid eigene Absichten. Als hätten ihre Hände es nicht nur zufällig gefunden.

Das war der Schlüssel: Die Existenz all ihrer Besitztümer war vorherbestimmt, jedes der Stücke musste hier sein. Doch sie selbst war ebenso ausgewählt worden wie die Dinge selbst. Sie hatten sie, Cress, gewählt. Diese Erkenntnis hinterließ ein wohliges Gefühl. Ein Lächeln erhellte ihr Gesicht und wurde breiter, als Kieran die richtige Antwort auf die ausschlaggebende letzte Frage des Quiz verkündete: *Beutelwolf.* Ohne sich umzudrehen, fügte er stolz hinzu: *Beutelwolf ist ein gutes Wort.*

Die Erkennungsmelodie der Quizshow ertönte, der Abspann begann. Cress berührte Kieran sanft an der Schulter. *Zeit für eine Dusche*, sagte sie. Er reagierte nicht. *Und setz auch gleich Wasser auf, wenn du schon unterwegs bist.*

Er legte den Stift beiseite. *Okay*, erwiderte er und drehte sich ihr mit leuchtenden Augen zu. *Aber zuerst musst du das richtige Kästchen wählen.* Fragend zog sie die Augenbrauen hoch. *Also*, sagte er. *Welches möchtest du – das Kästchen mit der Teetasse vorne drauf oder das mit dem Auto*?

Sie gab sich die größte Mühe, nicht zu lächeln. *Das sind also die einzigen Kästchen, die zur Auswahl stehen?*, wollte sie wissen.

Ja.

Also gut. Lass mich nachdenken. Ich glaube, dann nehme ich das Auto.

Kieran holte tief Luft und blies sie dann langsam wieder aus. *Das ist schade, Cress,* sagte er.

Warum?

Weil sich in dem Kästchen mit dem Auto nur ein neues Auto befindet.

Oh. Cress, die für einen Moment ganz in dem Spiel aufging, stellte sich einen glänzenden neuen Kleinwagen vor, der auf einer Drehscheibe auf dem Set des ›Millenniumsquiz‹ stand, daneben eine gertenschlanke Blondine. *Das ist alles? Und was versteckt sich dann hinter dem Kästchen mit der Teetasse, wenn ich fragen darf?*

Kieran erhob sich und sah sie strahlend an. *Lebenslanges Glück*, erklärte er.

Cress betrachtete das offene Gesicht ihres Enkels. Es war wie so oft unlesbar. Sein Lächeln und seine großen Augen verrieten nicht, was in ihm vorging, was ihn ausmachte, welcher Zufall ihn zu dem hatte werden lassen, der er war. Was ihm dieses außerordentliche, aber unberechenbare Gedächtnis gegeben und gleichzeitig jegliche Fähigkeit genommen hatte, irgendeine Schulprüfung zu bestehen.

Sie erwiderte sein Lächeln.

Wir versuchen es nächste Woche noch einmal, erklärte er fröhlich und ging pfeifend in die Küche, um den Wasserkocher anzustellen.

Zwei Dinge geschahen, nachdem Laura vom Friedhof zurückgekehrt war. Sie schenkte sich ein Glas Wein ein und durchwanderte dann langsam die Zimmer des Hauses, wobei sie an den Jungen, Kieran, und das Gemälde dachte, das Angela ihm hinterlassen hatte. ›Auf der Suche nach Gehalt‹. Im Wohnzimmer blieb sie vor dem Bücherregal stehen, um zu sehen, was noch weggepackt werden musste. Auf einmal hörte sie wildes Flügelschlagen hinter sich. Sie wirbelte herum, das Weinglas noch immer in der einen Hand, die andere an die Brust gedrückt. Es war ein Vogel, der irgendwie ins Haus gelangt war und nun nicht mehr hinausfand.

Laura konnte nicht sagen, um welche Art es sich handelte, vielleicht um einen Honigfresser. Mit voller Wucht warf er sich gegen die geschlossenen Fenster, knallte gegen die Decke, blind vor Entsetzen und Angst. Laura ließ das Glas fallen und ging in die Hocke. Auch sie fürchtete sich vor dieser winzigen Kreatur, die sich aufgebläht hatte, um bedrohlicher zu wirken. Der Vogel kam ihr eigentümlich riesig und bösartig vor. Natürlich wusste sie, dass sie ihn eigentlich einfangen sollte, ihn einfach packen, nach draußen tragen oder dort wieder freilassen konnte. Doch sie sah sich dazu nicht in der Lage. Ein seltsames Grauen hatte sie erfasst und lähmte sie.

Nach einer halben Ewigkeit – so kam es ihr jedenfalls vor – erhob sie sich, rannte zur Glastür und schob diese weit auf. Innerhalb weniger Sekunden spürte der Vogel die Freiheit und stürzte durch die Öffnung hinaus in den Garten, wo er, wie von einem Wirbelwind ergriffen, verschwand. Zitternd und bebend blieb Laura zurück. Sie keuchte atemlos, und als sie die Tür wieder zuschob, pochte ihr Herz wie ein gefangener Vogel in ihrer Brust.

Nach einer Weile wanderte ihr Blick zu dem Glas und dem vergossenen Wein auf dem Boden. Aus dem Glas war nur ein dreieckiges Stück abgesprungen, das sie nun hochhob und zwischen Daumen und Zeigefinger festhielt, während sie darüber nachdachte, warum eine solche Angst von ihr Besitz ergriffen hatte. Absurd, dachte sie. Es war doch nur ein kleiner Vogel. Sie stand auf und hielt das kaputte Glas ins schwächer werdende Sonnenlicht. In diesem Augenblick sah sie das Mädchen – jedenfalls hielt sie es für ein Mädchen. Eine schlanke Gestalt zwischen den Bäumen, nackte dünne Beine, die in weiten Shorts steckten. Laura stürzte zur Tür, riss sie erneut auf und rief: *He*! Doch natürlich war das Mädchen bereits verschwunden.

Sie starrte an die Stelle, an der gerade noch die Gestalt gestanden hatte. Die Bäume hatten sie verschluckt. Es hatte eine rasche Bewegung gegeben, das Aufblitzen blonder Haare – dieselbe Farbe, wie Kate sie als junges Mädchen gehabt hatte. Sie wandte sich von der Tür ab und betrachtete stirnrunzelnd das Glas in ihrer Hand. Wie viel hatte sie heute bereits getrunken? Für einen Moment kam ihr die Möglichkeit, einer Halluzination aufgesessen zu sein, gar nicht so abwegig vor. Vielleicht hatte ein Zusammenspiel aus dem Einfallen der Sonnenstrahlen und dem Winkel der Bäume ein Bild vor ihren Augen entstehen lassen, das in Wahrheit nicht existierte.

Sie ging in die Küche, stellte das Glas ab und kochte Wasser für einen Tee.

Noch Stunden später ärgerte sie sich über sich selbst – nicht ihrer Reaktionen auf den Vogel und das Mädchen wegen, sondern weil sie sich so dumm verhalten hatte. Sie hatte angefangen, sich ein Gefühl der Entspanntheit, der Zugehörigkeit zu diesem Haus, dieser Landschaft einzureden. Das Mädchen und der Vogel waren gemeinsam zu ihr gekommen, um sie daran zu erinnern, dass sie hier zweitrangig war, dass es andere Kräfte gab, die eine Rolle spielten. Und dass sie als Angelas und Augusts Tochter in ein kaltes Vakuum hineingeboren worden war – ein Vakuum, das ein verschwundenes Kind im Leben ihrer Eltern hinterlassen hatte.

Kierans Hände steckten tief in schaumigem Abwaschwasser. Er tauchte die großen Essteller hinein, rieb sie mit dem Schwamm ab und drehte sie, um auch die Rückseite zu reinigen. Dann hielt er sie hoch und ließ sie abtropfen. Währenddessen summte er ein Lied vor sich hin, das ihm oft einfiel, wenn er an der Spüle stand: *Are you going to Scarborough Fair/Parsley, sage, rosemary and thyme …*

Es schien zum Rhythmus des Abwaschs zu passen, zu dieser Stunde des Tages. Er musste summen, denn abgesehen von den ersten beiden Zeilen kannte er den Text nicht. Er liebte diese Zeilen. Rosmarin und Thymian, vor allem Zitronenthymian, gehörten zu seinen Lieblingskräutern. Cress holte immer wieder einen Kräuterzweig aus seinen Taschen, wenn sie diese am Waschtag durchsuchte, ehe sie die Hose in die Maschine steckte. Wenn es sich um Rosmarin handelte, blieb der Zweig in der Tasche. Rosmarin gehörte auch zu ihren Lieblingsdüften.

Draußen lief langsam ein Schatten vorüber. Es musste Cress sein, die durch den Garten lief. Vermutlich war sie durch die Küchentür direkt hinter ihm hinausgegangen, ohne dass er etwas bemerkt hatte. Er schüttelte den Kopf. Das war erstaunlich. Er ließ das Wort kreuz und quer durch seinen Kopf wandern, während er eine Pfanne schrubbte. Er-staun-lich. Irgendwie führte es ihn zu seinem Lied zurück, das er weitersummte und dabei abtrocknete. *Are you going to Scarborough Fair/Parsley, sage, rosemary and thyme …*

Als er fertig war, hängte er das Geschirrtuch zum Trocknen über einen Stuhl und ging ins Badezimmer, um sich die Zähne zu putzen.

In London war es noch nicht einmal sechs Uhr früh. Laura stellte sich vor, wie das Telefon in einer leeren Wohnung klingelte. Sie kam sich auf einmal selbstsüchtig vor, denn sie hoffte, dass Kate von ihrer Nachtschicht nach Hause gekommen war und sie das Läuten des Telefons wecken würde. Doch als sich Kate meldete, klang ihre Stimme überraschend lebhaft.

Ich dachte mir schon, dass du vielleicht anrufst, sagte sie am anderen Ende der Leitung.

Laura hielt sich nicht lange mit unnötigem Gerede auf. *Du musst das nicht beantworten*, begann sie, *aber* … Sie hörte Kates unterdrücktes Lachen. *Aber … Bin ich eine gute Mutter gewesen*?

Gütiger Himmel, Mum …

Nein, ich möchte, dass du mir ehrlich sagst, wie ich für dich als Mutter war. Vielleicht habe ich mich nicht genügend bemüht oder …

Einen Moment lang hörte sie nichts. Lag es an der Verbindung? Dann fragte Kate: *Oder*?

Laura zögerte. *Oder vielleicht … Ich weiß nicht. Vielleicht habe ich dir eine gewisse Melancholie vererbt, die dich jetzt belastet.*

Sie hörte Kate atmen und wusste, dass ihre Tochter Tausende Kilometer von ihr entfernt lächelte. In diesem Moment war die Distanz zwischen ihnen verschwunden. Sie hätte am liebsten das Gesicht ihrer Tochter berührt, sie in die Arme genommen, den Rosmarinduft ihrer Haare eingeatmet.

Du bist ein echter Knaller, Laura, meinte Kate. Es war ein Satz, den einmal ein Mann zu Laura gesagt hatte, in Kates Hörweite. Seitdem benutzte sie das Zitat zu allen möglichen Gelegenheiten.

Laura seufzte. *Hör zu*, sagte sie schließlich und hielt dann inne.

Mach dir keine Sorgen, Mum, erwiderte Kate. *Es geht mir gut.* Sie schwieg einen Augenblick und fügte dann hinzu: *Uns geht es gut.*

Im abendlichen Garten atmete Cress die salzig pfeffrige Luft der Nacht ein. Sie ging einen schmalen Pfad entlang, der durch ein Beet mit Spinatpflanzen und Chilibüschen führte, vorbei an der Passionsfrucht, dem Jasmin und den winzigen Fäusten junger Tomaten. Eine einsame Heuschrecke zirpte vom Feigenbaum in der Nähe des Zauns herab. Hinter sich konnte sie deutlich das Stimmengewirr aus dem Fernseher und das Klappern der Teller im Spülbecken hören.

Als sie sich bückte, um einige abgestorbene Blätter von den Salatköpfen zu zupfen, dachte sie: Das sind meine Daseinsgründe – diese Stimmen, diese Luft, diese wachsenden Pflanzen. Sie hätte den Gedanken gern jemandem gegenüber laut geäußert, der dazu genickt und sie verstanden hätte. Sie hätte gern gesagt: *Horch.* Dann hätte sie den Kopf zur Seite gelegt und geflüstert: *Dieses Geräusch, das man sich einzubilden glaubt, dieses Rieseln von Salz in der Luft. Das ist das Meer.*

Aber Cress war allein. Also streckte sie die Hände aus, als könnte sie das Salz und die Luft über dem Meer spüren, das Heranrollen der Winde an der Landzunge. Dann legte sie die Handflächen auf ihre Wangen. Es war eine Geste, die Kieran als Kind oft gemacht hatte, wenn er versucht hatte, Tau in der Luft zu fangen.

Ihre Finger bewegten sich wie Falter über ihre Wangen und ihre Lippen. Sie verspürte so etwas wie Glück oder Dankbarkeit darüber, dass sie hier unter dem unkontrollierbaren Himmel in ihrem Garten stehen konnte. So war das Leben, unkontrollierbar, unbezähmbar, und trotzdem war sie dankbar. Gleichzeitig stieg eine alte Sehnsucht in ihr auf, während die Falter über ihren Mund und ihr Kinn strichen. Es war eine Sehnsucht, die so alt war wie sie selbst – die Sehnsucht nach den Dingen, die sie, im Gegensatz zu den Spinatpflanzen und den Kräutern, nicht zum Leben erwecken konnte.

Dienstag

Nach der Beerdigung behielt Kieran Cress genau im Auge. Äußerlich schien alles in Ordnung zu sein, aber er bemerkte, dass sie auffallend still war – fast so, als ob sie auf etwas warten würde. Als ob etwas bevorstünde, das sie auf keinen Fall verpassen wollte. Doch was konnte das sein?

Er ertappte sich dabei, ebenfalls aufmerksamer um sich zu blicken und zu lauschen. Er achtete auf die Bewegungen der Tiere, auf das Zunehmen und Abnehmen des Mondes. Mehr als sonst horchte er auf das Geräusch der Wellen, die mittägliche Luft, ja sogar auf den Wetterbericht im Radio. Cress schaltete täglich morgens und abends um sieben die Nachrichten an, die auch er sich jetzt anhörte – vor allem die Wettervorhersagen, die er ebenso nach irgendwelchen Hinweisen durchforstete wie Cress' Gesicht.

Als er am Dienstag festgestellt hatte, dass es an diesem Tag bis zu dreißig Grad geben würde und es sonst keinerlei beunruhigende Nachrichten gab, folgte er Cress, nachdem sie das Radio ausgeschaltet hatte, zur Küchentür in den Garten hinaus. Sie blieb auf der Schwelle stehen und nahm ihre Gartenhandschuhe und den Sonnenhut vom Haken.

Welche Bilder magst du lieber, wollte Kieran plötzlich wissen. *Ölgemälde oder Aquarelle?*

Im Haus hatten nie viele Bilder an den Wänden gehangen; das hatte er schon seit einiger Zeit bemerkt. Es gab nur einige Fotografien von ihm als Säugling und Kleinkind, ein Hochzeitsbild seiner Eltern, eine Aufnahme seiner Mutter zu Schulbeginn und das Sepia-Gesicht seines Großvaters in Uniform unter einem Schlapphut. Die Miene seines Großvaters wirkte überrascht, wie Kieran fand, und sehr jung. Dieses Foto hatte es ihm besonders angetan. Es unterschied sich von den anderen Familienmitgliedern, als wäre es ein anderer, unbekannter Mann. Als ob es zwei Großväter gegeben hätte – den einen, über den Cress manchmal sprach, und diesen anderen, viel jüngeren Soldaten-Großvater. Dieser Eindruck verwirrte Kieran, obgleich er sich das Bild weiterhin gern ansah.

Die anderen Gesichter waren ihm vertrauter. Sie strahlten ihn voller Optimismus an, voller Hoffnung auf eine schöne Zukunft. Sie schienen einem unsichtbaren Paar Augen zuzulächeln, einem zukünftigen Gesicht, vielleicht sogar ihm. Selbst als sie das Klicken der Kamera hörten, blickten sie aus ihrem Leben bereits hinüber zu ihm. Aus irgendeinem Grund fand er diesen Gedanken beruhigend, als ob jeder Mensch mehrfach existierte. Manchmal hatte er sogar das Gefühl, als befänden sich seine Familienmitglieder hier mit ihm in diesem Zimmer und säßen neben ihm. Er malte sich ihre Stimmen aus und überlegte sich, was sie wohl sagen würden.

So war ihm auch nie das Fehlen anderer – gemalter – Bilder aufgefallen, bis er Angela kennengelernt hatte. Mit Angela begannen die Fotos für ihn anders auszusehen. Er versuchte sich auszumalen, wie die Gesichter wohl wirken würden, wenn sie aus Ölfarben bestünden. Er folgte den Hautfalten und unterschiedlichen Schattierungen und dachte dabei an dicke und dünne Pinselstriche. Und da er Angelas Hand vor sich sah, wenn er sich einen Pinsel vorstellte, überlegte er sich, wie die Aufnahmen wohl aussehen würden, wenn Angela sie gemalt hätte. Würden die Farben dieselben sein? Und die Augen? Er stellte sie sich vor, wie sie seinen toten Großvater malen würde, die Braunschattierungen seiner Uniform, diesen Ausdruck auf seinem Gesicht, diese Art Verblüffung. Hätte auch Angela ihn so gesehen? In diesem Moment, als er neben Cress an der Gartentür stand, wünschte er sich mehr denn je, dass er Angela noch fragen könnte. Würde sein Großvater auch unter den Schichten von Ölfarbe so seltsam verblüfft wirken? Oder würde er wieder anders aussehen, eine weitere Version seines Selbst zeigen?

Ich mag einige Ölgemälde, sagte Cress gerade und zog sich die Gartenhandschuhe an. *Und Kohlezeichnungen. Deine Mutter hat in der Schule schöne Kohlezeichnungen gemacht.* Sie sah Kieran an und wartete auf seine Antwort, während sie mit ihrer Hutkrempe spielte.

Angela mochte alles.

Er betrachtete Cress' Unterarme mit ihren Altersflecken. Wieder musste er an Striche und Punkte denken und wie Angela diese Haut gemalt hätte. Es gab ein Wort, das sie immer wieder benutzt hatte. Tüpfeln. Genau – Cress' blasse Unterarme würden mit einer Farbe wie ›Hellbraun‹ getüpfelt werden … Er musste an die Reihen von Farbtuben denken, die auf Angelas Tisch gelegen hatten … Oder vielleicht auch mit einer Farbe namens ›Rindenbraun‹.

Sie konnte sehr gut Aquarelle malen, erklärte er.

Cress nickte. *Ja, ich weiß – diese Blumen*, erwiderte sie, rückte den Hut zurecht und schob ihre Haare hinter die Ohren. *Wenn man so malen kann, braucht man keinen Garten.* Sie machte einen Schritt in den sonnendurchfluteten Garten hinaus, und Kieran folgte ihr.

Du schon, Cress, antwortete Kieran, während sie gemeinsam die Beete und Spaliere mit ihren üppig wuchernden Pflanzen begutachteten. Es war November. Die Magnolie neben der Küchentür stand in voller Pracht, und hinter dem Gartentor drängten die ersten orangefarbenen Blüten des Flammenbaums zwischen den Blättern hervor. Die Luft schien von Nektar getränkt zu sein. *Du hast einen grünen Daumen.* Cress warf ihm einen überraschten Blick zu und lächelte. Dann nahm sie einen Eimer und ihr altes rotes Gartenkissen, auf das sie sich immer kniete. Kieran folgte ihr einen Pfad entlang.

In der Mitte blieb sie stehen und beugte sich vor, um eine Tomatenpflanze zu begutachten. *Sieh nur*, sagte sie. Die winzigen gelben Blüten waren seit dem Tag zuvor verschwunden. Sie sah sich nach den Schuldigen um. Vermutlich Vögel. Kieran sah, wie sie nachdachte und ihre Augen durch den Garten wanderten. Manchmal erinnerte sie ihn an einen Vogel.

Ohne Kieran anzusehen, fragte sie: *Mochtest du Angelas Bilder*?

Er stand neben ihr, die Hände wie so oft in den Hosentaschen. Auch die obersten Blätter der Petersilie waren abgepickt worden, wie ihm jetzt auffiel. Er dachte über die Frage nach, während Cress langsam weiterging, hier mit einem Finger Blätter anstubsend, dort einen Blütenkopf anhebend. Manchmal blieb sie stehen und blickte vor sich hin, still wie eine Statue. Irgendwann bewegte sich ihre Hand, zuerst vorsichtig und dann blitzschnell, um eine kleine Heuschrecke zu fangen. Mit einem grimmigen Lächeln strich sie das zerdrückte Insekt von ihrem Handschuh, wobei sie leise vor sich hin murmelte. Kieran verspürte Mitleid mit der winzigen Kreatur.

Sie hat gute Farben verwendet, sagte er.

Cress nickte und ging in die Hocke, um am Rand eines Beetes Unkraut herauszurupfen. Ihm gefielen die kleinen Pflanzen. Die malvenfarbenen Blüten schienen ihn anzugrinsen. Cress hatte offenbar dieselbe Assoziation. *Freche Rotznasen*, murmelte sie und riss an den fleischigen Wurzeln, um dann alles in ihren Eimer zu werfen. Kieran musterte das Unkraut eingehend. *Die meisten Dinge besitzen Schönheit*, hatte ihm Angela einmal erklärt. Es hing allein davon ab, von welchem Blickwinkel aus man sie betrachtete.

Wenn sie mit Öl gemalt hat, redete sie nie viel, fuhr er fort. Er sah Cress zu, wie sie am Gartenzaun entlanglief und sich zwischendurch immer wieder auf ihr Kissen kniete, um Unkraut und Gras herauszuziehen, wobei sie versuchte, auch die Wurzeln zu erwischen.

Nach einer Weile meinte sie: *Sie war ein sehr stiller Mensch.*

Kieran wusste nicht so recht, ob das eine Frage oder eine Feststellung sein sollte. Er schaute auf die saftigen Blätter eines Basilikumstocks, doch vor seinem geistigen Auge sah er Angela. Ihr Gesicht wirkte konzentriert, ihre Lippen waren leicht geöffnet, wenn sie auch stundenlang kein einziges Wort sprach. So kam es ihm jedenfalls vor. Er erinnerte sich an die Erleichterung, die er verspürt hatte, wenn sie schließlich den Pinsel beiseitegelegt und vorgeschlagen hatte, Tee zu machen.

Manchmal, antwortete er Cress.

Aber er hatte diese Stille auch geliebt. In einer solchen Stille vermochte man alle Geräusche der Nacht zu vernehmen, die er so sehr mochte. Dann konnte man ein wahres Orchester an Geräuschen spielen hören. Er hatte fast regungslos dagesessen und sich ausgemalt, auf dem Boden des Ozeans zu sein und dem Meer zu lauschen. Die Geräusche waren wie Wellen, die ihn umflossen. Der Wind verwandelte sich in die Bewegung der Gezeiten, und die Nachtvögel wurden zu Walen und Delfinen und ihren Gesängen. Heuschrecken und Geckos zirpten und zischten – wie die Unterhaltungen der Fische, der Rochen und der Seeanemonen. Zu solchen Zeiten ließ Angela ihre Musik nur sehr leise im Hintergrund spielen, so dass auch diese Kieran als Unterwasserrhythmus dienen konnte, die orchestrale Hintergrundmusik zum Walzer der Fische und der Neptungräser.

Sie hat deine Gesellschaft sicher sehr genossen, sagte Cress.

Kierans Blick wanderte vom Basilikum zu den kurzen Büscheln des Majorans und der Petersilie und dann zu seiner Großmutter. Sie drückte gerade eine Handvoll Unkraut und lange Gräser in den Eimer. Ein seltsames Gefühl erfüllte ihn, fast so, als wäre er tatsächlich unter Wasser gewesen und soeben erst wieder aufgetaucht. Er schüttelte den Kopf, als müsste er das Wasser aus den Ohren bekommen.

Auf einmal begriff er. Die Dinge, die Cress sagte. Über Angela und ihn. All die Dinge, die sie wusste.

Im Rosengarten war Laura mit Stutzen und Umgraben beschäftigt. Einige der Pflanzen sahen aus, als wären sie nicht mehr zu retten. Sie waren dick und verholzt und hatten lange, harte Dornen, die an die Zehennägel eines alten Menschen erinnerten. Nur widerstrebend hatte sie beschlossen, die Rosen für Angela zu schneiden, da sie wusste, wie sehr ihre Mutter diese geliebt hatte. Lauras ganze Kindheit hindurch hatten die Rosen hingegen eine Art Bedrohung dargestellt: schmerzhaft, wenn man sie aus Versehen falsch berührte, und ungeeignet zum Versteckspiel. Ein entwischter Ball konnte die Blütenblätter auf dem Boden verstreuen und zu einer unangenehmen Bestrafung führen.

Ein weiterer Grund, um in den Nachbargarten zu fliehen: ihr eigener war rosenverkrustet. Als Kind hatte sie diese Blumen gehasst.

Doch jetzt stellten die Rosen eine Art Denkmal für Angela dar oder würden das bald tun. Laura brauchte all ihr Fingerspitzengefühl, um sie am Leben zu erhalten. Einige zeigten trotz der Vernachlässigung und des trockenen Sommers magere Blüten. Entschlossen knipste sie diese ab. Die Morgensonne brannte auf ihren Rücken, und sie spürte, wie die Geschicklichkeit und Sicherheit in ihre Hände zurückkehrte. Erst jetzt fiel ihr auf, dass ihr die Ereignisse der letzten Wochen genau das geraubt hatten: ihr Selbstbewusstsein, ihre Selbstsicherheit.

Hinter ihr waren die scharfen Schneidegeräusche zu vernehmen, die entstanden, wenn man Holz bearbeitete. Es wurde gehobelt, geschliffen und genagelt. Als Fergus eingetroffen war, hatte Laura ihm ihre Hilfe angeboten. Doch er hatte sich nur kopfschüttelnd im Haus umgesehen und gemeint: *Sie haben auch so schon genug zu tun.*

Die erste Stunde war seltsam für sie gewesen. Sie kannte Fergus kaum, und nun arbeitete er auf ihrer Veranda, als wären sie schon lange alte Freunde. Dieses eigentümliche Gefühl ließ jedoch nach, je länger sich ihre Hände mit den Rosen beschäftigten. Die Situation hatte etwas Vertrautes – die fernen Arbeitsgeräusche und die Vertiefung in Setzlinge und Erde. Sie musste an Alvaro und die Fiorentina denken, an die Dinge, die sie zurückgelassen hatte, an die vielen Bäume, die ihr Bestes gaben, um am Leben zu bleiben.

Wen kümmern diese Bäume?, hatte Francesca sie einmal zu Beginn ihrer Bekanntschaft gefragt. Damals bestand die Baumschule erst aus einem kleinen Stück Land, und das alte Haus war noch nicht renoviert. *Wenn sie fast ausgestorben sind, dann gibt es dafür doch sicher einen Grund. Meinen Sie nicht auch?*

Laura war gerade vom Gastone-Anwesen zurückgekehrt, wo sie in einem alten Farmerkatalog einen Hinweis auf den Fico Rondinino San Sepolcro gefunden hatte, einen Feigenbaum, den sie schon seit vielen Jahren suchte. Sie bebte förmlich vor Aufregung, nun endlich eine Spur entdeckt zu haben. *Ihre Großmutter liegt Ihnen doch auch am Herzen, nicht wahr*, hatte sie erwidert und einen Eimer mit Wasser für neue Setzlinge gefüllt. *Das ist im Grunde dasselbe.*

Alvaro hatte ihr zugezwinkert, während er seine Messer gereinigt hatte. *Francesca ist eine moderne Frau, Laura.* Mit seinem Akzent klang ihr Name wie ›Lara‹. *Sie interessiert sich nur für aktuelle Dinge.*

Laura musste wieder an den Fiorentina-Birnbaum denken und wie er über dem Tal und dem Kartoffelfeld gewacht hatte. Sie dachte an die Früchte, die er bereits in seinem Leben hervorgebracht hatte, an den Schatten, den er gespendet, und an das Holz seiner herabgefallenen Äste, das man für ein Feuer gesammelt hatte. Seit wie vielen Generationen wohl? Sie hatte sein Alter auf etwa hundert Jahre geschätzt, doch er konnte auch älter sein. Die Fiorentina war vielleicht schon eine Ururgroßmutter, deren Erinnerungen weit zurückreichten an Jahreszeiten und Kinder, an Kriege und Hochzeiten, an all die Familien, die in die Städte oder später in ferne Länder gezogen waren, die Bäume zurücklassen mussten und nur ihr Wissen und ihre überlieferten Rezepte mitnehmen konnten.

Sie richtete sich auf und wischte sich mit dem Ärmel ihres Hemds den Schweiß von der Stirn. Die Wasserflasche neben ihr war leer, also ging sie ins Haus, um sie wieder aufzufüllen. Noch immer dachte sie an die Birne und den Pfröpfling, um den sich jetzt Alvaro kümmerte. Mehrmals schon hatte sie der Versuchung widerstanden, ihn anzurufen und sich nach dem Baum zu erkundigen, da sie ihn nicht beleidigen wollte. *Vertrau mir*, hatte er gesagt, als sie das erste Mal zusammen einen Baum herangezogen hatten. Und das hatte sie und wollte es auch weiterhin tun.

Am Spülbecken blickte sie durch das offen stehende Fenster zu Fergus hinüber, der sich gerade am anderen Ende der Veranda herunterbeugte, um etwas festzunageln. Sie füllte ein großes Glas mit Wasser, um es ihm zu bringen. Da er inzwischen etwas abschliff, hörte er sie nicht kommen. Sie blieb mit dem Glas in der Hand stehen und beobachtete ihn eine Weile. Seine Schultern und Arme schimmerten golden in der Hitze. Seine Haut war dunkelbraun. Wie angemalt, dachte sie, eine Schicht über der nächsten. Als sie merkte, wie intensiv sie ihn betrachtete, wandte sie hastig den Blick ab und stellte das Glas für ihn auf ein Fensterbrett. Eine Haut wie die seine erlitt keinen Sonnenbrand, sondern legte sich nur eine weitere Schicht zu. Ihre eigene Haut hingegen spannte von der starken Sonnenstrahlung.

Sie wandte sich gerade zum Gehen, als Fergus sie bemerkte und in seiner Arbeit innehielt. Er bedankte sich für das Wasser und trank es auf einen Zug leer. *Warum machen Sie das?*, wollte Laura wissen. Sie wies mit der Hand auf die Veranda und das Haus. *All das?*

Er gab ihr das Glas zurück und zuckte mit den Achseln. *Als Bohemien-Anwalt verspüre ich eben manchmal Mitleid mit meinen Klienten*, erwiderte er grinsend.

Sie blickte in seine grünen Augen. Empfand er Mitleid wegen des Hauses, als Testamentsvollstrecker, mit ihrer Familie oder mit ihr? Sie wusste es nicht. Er wartete, ob sie etwas entgegnen würde, doch sie nickte nur und lächelte. Also wandte er sich wieder seiner Arbeit zu.

Laura brachte das leere Glas in die Küche zurück und trat dann an die Tür zum Garten, um ihr Werk zu begutachten. Die Rosen bestanden jetzt nur noch aus nacktem Holz. Knochig dürre Bettelkinder, entblößt und verstümmelt. Jeden, der nichts von Pflanzen verstand, hätte dieser Anblick sicher erschreckt. Sie hingegen verspürte einen leisen Anflug von Triumph. Sie hatte dem Garten ihr Zeichen aufgedrückt.

Es ist das Beste für euch. Glaubt mir, erklärte sie den Pflanzen und ging ins Haus.

Cress saß am Küchentisch und band Kräuterzweige für den monatlichen Kirchenbasar zusammen. Rosmarin, Salbei, Lorbeerblätter, Thymian. Veronica besaß wirklich eine Nase dafür, genau im richtigen Moment anzufragen – normalerweise nachdem sie Cress im Laden von St. Barnabas geholfen oder ihr die alten Hemden ihres Mannes für Kieran gegeben hatte. Jedenfalls hatte sich Cress bisher noch nie in der Lage gesehen abzulehnen, sondern hatte immer etwas beigesteuert, mochten es nun frisch gepflückte Tomaten, einige Auberginen oder Kürbisse sein.

Später jedoch machte sie sich meist Vorwürfe. Es ging ihr nicht um die Zeit, die sie darauf verwendete, oder das Gemüse, das sie herschenkte, sondern um die zwei Besuche in der Kirche, die immer damit verbunden waren – einmal, um die Sachen vorbeizubringen, und ein weiteres Mal, um beim Aufbau des Standes behilflich zu sein. Sie versuchte, die beiden Besuche, die am dritten Mittwoch des Monats stattfanden, so kurz wie möglich zu halten, indem sie in die Kirche kam, rasch ihre Aufgaben erledigte und dann gleich wieder verschwand, ehe mehr von ihr verlangt werden konnte.

Heute jedoch genoss sie erst einmal das Zusammenbinden der Kräuter und die wunderbaren Düfte, die ihr in die Nase stiegen. Sie dachte an Suppen mit einem Kräuterbund darin, an die Salbeifüllungen ihrer Mutter. Doch es war vor allem das Aroma des Rosmarins, sauber und stachelig, das ihre Erinnerung an jenen Moment weckte, als sie auf einmal begriffen hatte, wohin Kieran des Nachts verschwand und was die Musik in seinem Leben bedeutete. Der Rosmarin war es gewesen, der ihr verraten hatte, dass er nicht irgendjemand x-Beliebigen besuchte, sondern Angela.

Es war an einem Winterabend gewesen. Im Ofen schmorte ein Lammbraten. Sie hatte das Fleisch mit Salz und Knoblauch eingerieben und dann in den Herd geschoben. Die Sonne ging gerade unter. Die ersten Grillen hatten zu zirpen begonnen, und aus dem Wohnzimmer konnte sie den durchdringenden Ton einer Fernsehreklame vernehmen. Kieran wartete auf sein Quiz.

Es gab Lammbraten, weil Montag war. Montag war Bratentag, da es so zumindest etwas gab, worauf man sich nach dem Wochenende und zu Beginn der Woche freuen konnte. Cress hatte diese Tradition eingeführt, als Ed noch am Leben und Shelley ein Kind gewesen war. Nach Eds Tod hatte sie damit aufgehört, doch als Kieran bei ihr eingezogen war, fiel ihr der Montagsbraten wieder ein, und sie begann, diese Tradition fortzuführen.

Eine Weile lang war Lammbraten mit Ofenkartoffeln sein Lieblingsgericht gewesen – zumindest hatte er das behauptet. Innerhalb weniger Monate wurde diese Leibspeise jedenfalls von Bratwürsten abgelöst. Fast so, dachte sie jetzt, als ob er sie an ein Leben mit ihm gewöhnen und ihr Honig um den Bart streichen wollte – und nicht umgekehrt, wie sie das eigentlich angenommen hatte.

Trotzdem gab es weiterhin jeden Montagabend Lamm. An jenem Abend vor zwei oder drei Jahren war sie aus der Küche gekommen und hatte sich erschöpft neben Kieran niedergelassen. Es war ein Winter ohne Regen gewesen. Stunden hatte sie auf den Knien verbracht, um die Pflanzen mit einer Gießkanne zu wässern und sie dazu zu überreden, am Leben zu bleiben. Das Quiz hatte bereits angefangen, der Moderator hatte die Gäste vorgestellt und das Thema des Abends verkündet – Kunstgeschichte und Kunst in der Praxis –, als Cress der Rosmarin einfiel. Kieran hatte kaum mit der Wimper gezuckt, als sie sich wieder aus dem Sessel erhoben hatte und in die Küche zurückgekehrt war.

Wieder im Wohnzimmer, war der Duft nach Rosmarin noch immer an ihren Fingern (später entdeckte sie ein abgebrochenes Zweiglein, das an ihrem Ärmel hängen geblieben war). Kieran starrte weiterhin regungslos auf den Fernseher, und Cress nahm an, dass er sie gar nicht bemerkte.

Zuerst schien alles wie immer. Kierans Konzentration auf das Quiz war nichts Ungewöhnliches – ebenso wenig wie die Notizen in sein Büchlein, seine zurückhaltende Freude, wenn er eine Antwort wusste oder sie schneller als einer der Teilnehmer sagen konnte. Irgendwann fiel Cress auf, dass er diesmal in der Lage war, alle Fragen zu beantworten, und das auch still, ohne viel Aufhebens zu machen, tat. Er notierte sich jede der Antworten, und zwar nicht, um sich wie sonst später daran zu erinnern oder weil er sich geirrt hatte und etwas lernen wollte. An diesem Abend schrieb er seine Antworten auf, weil er sich an ihnen wie an Jagdtrophäen weiden wollte.

Cress gab nun darauf Acht, welche Fragen eigentlich gestellt wurden. Es ging um verschiedene Themenkomplexe zur Kunst. Die Antworten bestanden meist aus Begriffen und Namen wie ›Handtrommel‹, ›Surrealismus‹, ›Gouache‹, ›Pissarro‹, ›plein air‹, ›Streeton‹ oder ›ocker‹. Fasziniert beobachtete sie Kieran bis zum Ende der Quizshow. Es war kaum zu fassen. Kieran wusste, dass man ein Bild oder ein Muster, das durch das Zusammenfügen verschiedener Teile entsteht, Mosaik nennt; dass eine Grundtechnik der Aquarellmalerei das sogenannte Lavieren ist, während er *Deckweiß* vor sich hin murmelte, als der Moderator nach einem Pigment fragte, das aus Zinkoxid hergestellt werden konnte. Die Teilnehmer der Show wirkten überfordert und waren erleichtert, dass es sich um die letzte Frage gehandelt hatte.

Während des Abspanns legte Kieran langsam seinen Stift beiseite. Anders als sonst wollte er diesmal nicht über das Quiz sprechen. Er meinte nur lächelnd: *Es gibt heute Lammbraten, nicht wahr?*

Während sich Cress nun über ihre Kräutersträußchen beugte und den Rosmarin zwischen den Fingern zerrieb, murmelte sie leise vor sich hin: *Rosmarin symbolisiert die Erinnerung.* Sie wünschte sich, dass sie damals anders gehandelt hätte. Warum hatte sie Kieran nicht schon an diesem Abend auf Angela angesprochen? Auf seine nächtlichen Ausflüge, auf die vielen Stunden, die er mit ihr verbrachte? Warum hatte sie ihn nicht gefragt, worüber sie sprachen? Oder was Angela so tat und sagte. Und vor allem: Warum ging er überhaupt so oft zu ihr?

Doch damals hatte sie das Gefühl gehabt, nicht den richtigen Zeitpunkt zu finden, um ihm solche Fragen zu stellen. Ihre erste Reaktion – von einem leichten Schreck einmal abgesehen – war eine Art von Trauer, von Verlust gewesen. Kieran gehörte ihr und das auf eine Weise, die über das übliche Großmutter-Enkel-Verhältnis hinausreichte. Sie hatte sich immer als seine Beschützerin gefühlt – das wurde ihr an diesem Abend im Winter klar –, und zwar von jenem Moment an, als sie seinem Körper aus dem Bauch seiner Mutter geholfen, das Blut und die Fruchtwasserschmiere weggewischt und schließlich ein wenig zögerlich die Nabelschnur durchtrennt hatte.

Er war etwas zu früh zur Welt gekommen. Eds Beerdigung war kaum vorüber gewesen, die Blumenbuketts waren noch nicht verblüht, und die Kondolenzkarten standen noch auf der Kommode. Vince, Shelleys Mann, war wieder nach Brisbane zurückgekehrt. Cress und ihre hochschwangere Tochter wollten den Kokon aus emotionaler Sicherheit noch nicht verlassen, der manchmal Trauernde länger als gewöhnlich zusammenbleiben lässt. Auch ihren Brüdern und ihr war es damals so ergangen, als ihr Vater gestorben war. Sie hatten auf der Veranda des alten Hauses zusammengesessen, Tee und heiße Schokolade getrunken und eine ganze Woche lang miteinander geredet, bis Joe schließlich meinte, er müsse zurück nach Sydney.

Dasselbe war nach Eds Tod passiert. Während kurzer Momente erkannte sie dieses Verhaltensmuster – wenn sie Wasser für einen Tee aufsetzte oder die Wäsche aus dem Garten hereinholte – und wusste, dass ihr dieser Kokon eine falsche Sicherheit vorgaukelte. Aber diese Sicherheit gab ihr auch die Kraft, nicht die Ruhe zu verlieren, als sich bei Shelley, einige Tage nach Vince' Abreise, eine Magenverstimmung in heftige Wehen verwandelte, gefolgt von einer erschreckend schnellen Geburt auf Cress' Schlafzimmerboden. Nie zuvor hatte sie eine derart rasche Geburt miterlebt.

Der Säugling hatte sofort zu atmen und zu wimmern begonnen und war rosa geworden. Also wickelte sie ihn in ein weiches Handtuch und reichte ihn ihrer Tochter. *Es ist alles in Ordnung*, flüsterte sie, als ob das Geschehene etwas Verbotenes darstellte, das nur heimlich hatte passieren dürfen. *Es geht ihm gut*. Sie hatten beide auf dem Boden gesessen, geweint und gelacht und das Kind gestreichelt. Cress ertappte sich dabei, wie sie sich alles besonders gut einprägen wollte, um später Ed davon zu erzählen.

Das war vor dreißig Jahren gewesen. Sie hatte nie den Finger auf den genauen Zeitpunkt legen können, an dem sie und Kieran dieses besondere Vertrauen zueinander geknüpft hatten – diese Symbiose, die es ihnen erlaubte, in der Gegenwart des anderen ganz sie selbst zu sein, ohne bestimmte Erwartungen an ihre Rollen als Großmutter und Enkel. In der Gesellschaft des anderen konnten sie einfach so sein, wie sie waren. Das zu verlieren ängstigte sie am meisten, als sie an jenem Abend begriff, mit wem sie Kieran plötzlich teilen musste. Sie fürchtete sich vor dem Verlust des Gefühls, wahrhaftig sie selbst sein zu dürfen. Denn das hatte erst er ihr geschenkt.

Sie steckte die Kräuter in kleine Netzbeutel und band sie oben mit einer Schleife zusammen. Empfindungen wie Angst oder Sehnsucht konnte man nicht so eindeutig in einen Beutel stecken und ein Schildchen daran heften. Sie erinnerte sich daran, wie sie an jenem Abend, als Iris anrief, in der Küche gestanden hatte, die Hand auf dem bereits wieder aufgelegten Hörer. Als wollte sie den Apparat daran hindern, ihr weitere Nachrichten mitzuteilen.

Doch was gab es noch Weiteres in ihrem Leben? Sie war schon alt. Zu alt. Was vorbei ist, ist vorbei, dachte sie. Angela war tot. Und Kieran? Sie sah das offene und dennoch unlesbare Gesicht ihres Enkels vor sich. Kieran verschwand nicht mehr in der Nacht.

Laura versuchte, sich auf die Schuhschachteln zu konzentrieren. Die erste Papierschicht erinnerte sie daran, dass sie trotz aller Fremdheit gewisse Eigenheiten ihrer Mutter gut gekannt hatte. Zum Beispiel war Angela niemand gewesen, der um des Besitzes willen anhäufte oder hortete. Sie besaß gern einige Wertpapiere und Aktien als kleine Sicherheiten gegen eine plötzlich drohende Armut oder im Falle einer Katastrophe. Mehr jedoch nicht.

In der Schachtel befanden sich außer den Wertpapieren Marmeladegläser voller Knöpfe – obwohl sie nicht genäht hatte – und Seiten voller Rezepte – obwohl sie nicht gekocht hatte. Wenn Laura als Kind neue Schuhe für die Schule, eine Bluse oder ein Buch gebraucht hatte, war Angela stets zu einem Glas mit Münzen gegangen und hatte den Betrag daraus entnommen. Das Glas hatte sich über die Jahre gefüllt und war für solche Dinge vorgesehen gewesen. Auch andere Rechnungen wurden auf dieselbe Weise bezahlt. Im Grunde war das typisch für ihre Mutter gewesen: Alles geschah Stück für Stück, alles wurde verwertet. Sie hatte alte Belege und Busfahrpläne aufbewahrt, das Schild einer Azalee, Kataloge eines Ladens für Kunstbedarf in Brisbane. Die Weihnachtskarte einer Kunsthandwerksgalerie an der Küste. Einen Büchereiausweis.

Alles Überreste eines durchschnittlichen Lebens.

Laura hatte plötzlich einen Frosch im Hals. Sie räusperte sich und blinzelte. Es waren kleine unbedeutende Dinge, aber sie symbolisierten Angelas Welt und waren ebenso wichtig wie ihre Kunst, wie die Gemälde im Schuppen. Voller verschlüsselter Bedeutungen. Mit den Fingern strich sie über einen Beleg für eine Wolljacke, Größe 12, zum Preis von 29.99 australische Dollar, wobei sie das Papier so sanft berührte, als würden sich unter dem Wort ›Wolljacke‹ die Rippen, Ellbogen und Handgelenke ihrer Mutter befinden.

Ganz unten in der Schachtel fand Laura zwei handgeschriebene Belege. Einer war für zwei Leinwände zu jeweils neunzig auf sechzig Zentimeter, der andere für Brennholz. Beide waren ordentlich in der Mitte gefaltet. Dann entdeckte sie ein weiteres Stück Papier. Es hatte eine andere Größe und Struktur, war alt und dünn wie das Luftpostpapier, das sie vor vielen Jahren benutzt hatte, um Briefe nach Hause zu schreiben.

Sie erkannte Angelas Schrift, die sich in fünfzig Jahren kaum verändert hatte. Die Tinte war etwas ausgebleicht, aber noch immer lesbar und vermochte sie so noch immer über die vielen Jahre hinweg zu erreichen und ihr fast das Herz zu brechen. Ihr Herz kam ihr in diesem Moment wie ein Schwamm vor, der alles aufsog, was sich ihm präsentierte und dadurch immer schwerer wurde.

In Angelas Handschrift waren einige Liedstrophen notiert. Laura las sie und biss sich auf die Unterlippe, als sie den Song erkannte.

›Some say love, it is a hunger … ‹

Es waren die Worte eines Liedes von Bette Middler mit dem Titel ›The Rose‹.

Manchmal hatte Kieran das dumpfe Gefühl, alles, was er war, und alles, was er hatte, konnte nicht ausreichen und würde es auch niemals tun. Es war ein Gefühl, das er nicht verstand, aber er wusste, dass er es nur in Abbys Gegenwart empfand. Vor Abby hatte er Sehnsucht nicht gekannt. Wie diese Empfindung alles überdecken, allem einen Anstrich von Traurigkeit, von Enttäuschung verleihen konnte! Bisher hatte er nie etwas wirklich begehrt, noch nie etwas so heftig gewollt, dass er sich so unwohl und unruhig fühlte.

Er saß auf dem Klettergerüst im Park und nahm sich vor, sich nicht umzusehen und nach ihr zu suchen. Stattdessen dachte er über das Wort ›begehren‹ nach, das ihm das Gefühl gab, etwas Heimliches zu tun. Er hatte das Wort gleich nachgeschlagen, als er es bei ›Whiz Kids‹ gehört hatte. ›Sich erträumen‹, stand im Wörterbuch. ›Das Bestreben, etwas zu besitzen.‹ Das hatte Kieran verwirrt. Seiner Meinung nach war Abby niemands Besitz.

Seitdem Angela jedoch tot war, war er sich nicht mehr so sicher. Er erinnerte sich wieder an das Wort, und ihm wurde bewusst, dass Abby durchaus eine Art Geheimnis darstellte, das man lüften, also auch besitzen wollte. Sie war sein Geheimnis. In gewisser Weise, dachte er, schlang die Beine um eine Stange und ließ seinen Oberkörper herab, um dann langsam mit dem Kopf nach unten hin und her zu pendeln – in gewisser Weise gehörte Abby also ihm. Als sein Geheimnis.

Er schaukelte zweimal vor und zweimal zurück, hangelte sich dann wieder nach oben und kletterte schließlich herunter. Jetzt wagte er es, sich umzusehen. Der Park war noch immer leer. Langsam schlurfte er zum Hahn, um einen Schluck

Wasser zu trinken. Manchmal machten ihn die vertrautesten Anblicke unerträglich eifersüchtig – die Leute, die er in Abbys Straße sah, alles, was irgendwie mit ihr in Verbindung stand. Er hasste dieses Gefühl. Er wollte es wieder loswerden, sich von ihm befreien. In solchen Momenten lief er durch die Straßen oder durch seinen Garten und wünschte sich nichts sehnlicher, als wieder das ruhige, ereignislose Leben eines Lattenzauns oder eines Zitronenbaums zu führen, wie er das früher getan hatte.

Doch dann geschah es, dass ihn etwas überraschte – so wie auch jetzt, als er sich über den Wasserhahn beugte und die atemberaubende Schönheit des Wassers bemerkte, das eine kleine schillernde Lache auf dem Boden gebildet hatte. All das endlose Wissen des Himmels spiegelte sich darin, all die zahllosen Möglichkeiten blickten ihn an.

Kieran starrte in die Lache und murmelte leise *zahllos* vor sich hin. Er glaubte, das Wort im Wasser schwimmen zu sehen, in dieser schlammigen Bräune, zwischen all den roten und blauen Formen. In dieser Pfütze schien sich alles versammelt zu haben, was das Leben ausmachte.

Als er aufsah, nahm er die Welt auf einmal mit neuen Augen wahr. Entschlossenen Schrittes verließ er den Park und ging zur Strandpromenade hinunter, wobei er einmal stehen blieb, um die rauen Sandsteinziegel einer alten Mauer genauer zu mustern. Über dem gelblichen Sandton hatten sie einen schwachen grünen Schimmer, fast wie die Augen eines alten Mannes. Über der Mauer hing Flieder herab. Er war schon tausende Male an dieser Stelle vorbeigekommen, doch erst jetzt nahm er wahr, wie schön die Mauer war.

Fasziniert starrte er auf die Hemdstoffe vorüberlaufender Männer, auf deren bunte Paisley- und Karomuster. Sie kamen ihm unglaublich kompliziert und clever vor. Auch der herrliche Schwung des Oberarms einer Frau begeisterte ihn, als sie diesen ausstreckte und nach etwas fasste. Versunken strich Kieran mit der Hand über das Treppengeländer des Postamts, dessen Metall mit den Jahren immer glänzender geworden war.

All das war zweifelsohne schön.

Am liebsten hätte er Abby davon erzählt. Er hätte sich gern umgedreht, sie hinter sich entdeckt und verkündet, wie herrlich das Leben sein konnte. *Schau nur*, hätte er ihr gern zugerufen und alles, was er sah und empfand, auch in ihren Augen widergespiegelt gesehen.

Am Strand lehnte er sich an einen warmen Felsen, der die Hitze des Tages gespeichert hatte. Das alles kennt der Felsen, dachte Kieran – die Sonne, ihren Verlauf, ihre Stärken und Schwächen. Zu jeder Stunde des Tages.

Alles hat ein Gedächtnis, hatte Angela ihm eines Nachts erklärt, als sie im Schuppen gesessen und Tee getrunken hatten. Es war einer jener seltenen Momente gewesen, in denen sie zu malen aufhörte, um sich ein wenig auszuruhen. Kieran war es eigenartig vorgekommen, neben ihr zu sitzen. Ungewöhnlich. Alles war ihm neu vorgekommen, irgendwie unnatürlich. Bis zu diesem Zeitpunkt hatte er sie immer nur stehend erlebt. Wenn er an sie dachte, sah er sie auch so vor sich – mit dem Rücken zu ihm oder im Profil. Stets jedoch malte sie entweder an der Staffelei oder beugte sich über eine ihrer Zeichnungen.

In jener Nacht jedoch schien sie fast in ihrem Sessel zu versinken. *Rück deinen Stuhl heran*, bat sie ihn und winkte ihn zu sich. *Ich brauche eine kurze Pause.*

Kieran versuchte zu lächeln und so entspannt wie möglich zu wirken, während er den Becher mit Tee auf seinem Knie balancierte und sich vorbeugte. In der anderen Hand hielt er ein Geschirrtuch.

Angela nickte und gab dann einen Seufzer von sich. *Hier ist es jetzt anders. Besser*, sagte sie und sah sich im Schuppen um. Dann richtete sie den Blick wieder auf Kieran. *Das liegt an deiner Gegenwart. An dir.*

Er starrte auf den Boden, während er seinen Tee schlürfte, und hoffte, dass er bald verstehen würde, was sie mit dieser Äußerung meinte. Nach einer Weile blickte er auf, da Angela schwieg. Erfolglos suchte er nach den richtigen Worten für eine Antwort.

Angela wies mit ihrem Becher auf den Raum. *Alle Dinge sind wertvoll*, sagte sie.

Kieran blickte sie unverwandt an, aber sie hatte die Augen auf etwas anderes gerichtet. Die Nacht um sie herum schien zu warten. Kieran fiel auf, dass er noch immer das Geschirrtuch in der Hand hatte und dass Angela darauf starrte. Er knüllte das Tuch zu einem feuchten Ball zusammen.

Und alles besitzt ein Gedächtnis. Steine und Erde haben ein Gedächtnis, Kieran. So wie die Muskeln. Oder die Zellen. Dieser Ort, diese Wände ... Sie sind porös, und sie werden sich an dich erinnern. An deine Hände und was sie ausgedrückt haben. Was du gesagt hast.

Als er jetzt so am Felsen lehnte, fragte er sich, ob das tatsächlich stimmte. Erinnerten sich die Wände in Angelas Schuppen an ihn? Würden sich dieser Felsen, dieser Sand, das Gras im Park und die Schaukeln an ihn erinnern? Mit einem Ruck richtete er sich auf. Seine Stimmung war auf einmal deutlich beschwingter, und seine Glieder fühlten sich leicht, ja fast schwerelos an.

Er hoffte, dass Angela recht hatte. Als er sich auf den Weg Richtung Straße machte, gruben sich seine Füße in den Sand. Er schob die Hände in die Taschen und gab einem Stück Treibholz einen Tritt, um zu sehen, wie weit es flog. Dann dachte er an die Farben, die er in der Lache gesehen hatte, und an die Sandsteinziegel, die eine ähnliche Farbe hatten wie Abbys Haar.

An dem Tag, an dem er sie kennenlernte, hatte er ihre Haare berührt. Sie hatte auf der Schaukel gesessen und den Kopf zurückgeworfen, so dass ihre Haare fast den Boden berührten. Vielleicht kann sich ihr Haar an mich erinnern, dachte er jetzt und begann, fröhlich zu pfeifen. Inzwischen hatte er die Straße erreicht. Wenn es tatsächlich stimmte, was Angela gesagt hatte, dann konnte sich Abbys Haar jetzt vielleicht an ihn erinnern.

Laura hielt das Stück Papier in der Hand. Obwohl es eigentlich schwer hätte sein müssen, fühlte es sich leicht an. Schließlich zeigte es ihr von Neuem, dass es eine andere Angela gegeben hatte, von der sie nie etwas ahnte. Eine Schattenmutter, die sie nicht gekannt hatte und die so sehr von den Versen eines populären Songs berührt gewesen war, dass sie diese aufgeschrieben und sogar aufbewahrt hatte.

Laura schüttelte den Kopf. Die Angela, die sie gekannt hatte, hätte so etwas niemals getan. Sie brachte das Papier zu Fergus auf die Veranda.

Schauen Sie, was ich gefunden habe. Sie hielt ihm die Zeilen unter die Nase. Er runzelte die Stirn und wischte sich dann mit dem Handrücken über den Mund. *Es lag in einer Schachtel.*

Er las die Verse und blickte sie dann mit hochgezogenen Augenbrauen an.

Ich hatte immer gedacht, dass sie nur Opern und klassische Musik mag, fügte Laura hinzu.

Er zuckte mit den Achseln und legte ihr dann kurz die Hand auf die Schulter. Fast wie auf der Beerdigung, dachte sie. Sie schüttelte erneut den Kopf und sagte: *Im Grunde hatte sie zwei Gesichter.* Sie steckte das Papier in die Hosentasche und ging wieder ins Haus zurück.

Als Cress fertig war, hatte sich der Nachmittag schon fast seinem Ende zugeneigt. Sie sammelte die duftenden Beutelchen zusammen, legte sie in eine Schachtel und brachte diese nach draußen. Späte Sonnenstrahlen fielen schräg in den Garten und ließen ihn gestreift aussehen.

Sie beschloss, noch an diesem Tag zur Kirche zu fahren und die Schachtel in der Sakristei zu deponieren, wo sie um diese Zeit vermutlich niemanden mehr vorfand. Wenn sie sich beeilte, blieb ihr vielleicht sogar noch genügend Zeit, um nach Hause zurückzukehren, die Würste fürs Abendessen vorzubereiten und sich dann ›Gartenwelt Australien‹ anzusehen. Hastig blickte sie an sich herab. Rock und Bluse waren ansehnlich genug, um damit auch jemandem über den Weg laufen zu können. Also stellte sie die Kiste auf den Beifahrersitz ihres Autos und setzte sich hinters Steuer.

Nachdem sie den Wagen neben der Kirche geparkt hatte, eilte sie mit dem Schlüssel nach hinten zur Sakristei. Sie wollte gerade aufsperren, als sie bemerkte, dass die Tür bereits offen war. Irritiert schürzte sie die Lippen und trat ein.

In der Sakristei war es düster. Iris beugte sich gerade über eine Palette mit Ringelblumen- und Nelkensetzlingen, den Rücken der Tür zugewandt. Als Cress sie grüßte, blickte sie kurz auf und wandte sich dann wieder den Pflanzen zu.

Aus irgendeinem Grund erinnern mich diese Blumen an Angela, sagte Iris. *Vielleicht liegt es an den Farben. Oder vielleicht auch nur an der Tageszeit.*

Hm, murmelte Cress und sah sich nach einem Platz für ihre Kiste mit den Kräutersträußchen um.

Nachts war doch ihre bevorzugte Zeit, fuhr Iris fort. *Hatte wohl etwas mit den Farben zu tun.*

Iris' Worte stießen in Cress eine Erinnerung an. Sie schob ein Glas mit selbstgemachter Aprikosenmarmelade beiseite. Aus irgendeinem Grund war sie schlecht gelaunt. *Vielleicht solltest du das Licht anschalten*, schlug sie vor und drehte sich zum Lichtschalter.

Iris lehnte sich an einen Tisch. *Kannst du dich noch erinnern, als sie einmal vorbeikam?*, fuhr sie unbeirrt fort. *Mit diesem Bild, das sie spenden wollte. Ich glaube, es ging um eine Auktion für die Kinderwohlfahrt. Ich erinnere mich jedenfalls noch daran, dass sie meinte, die Nacht wäre ihr Reich. Irgendjemand hatte sie nach ihrer Arbeitsweise gefragt. Sie erklärte, dass sie die Nächte am liebsten mochte, weil sie so unkompliziert seien. Sie mochte angeblich ihre Konsistenz oder so.*

Cress legte ein Geschirrtuch über die Kräuterkiste und drehte sich dann Iris zu. *Stimmt*, erwiderte sie. *Sie sprach von der Konsistenz der Nacht … Könntest du übrigens darauf achten, dass die hier morgen nicht in der Sonne stehen?* Es war eher eine Anweisung als eine Bitte. *Ich bin vielleicht noch nicht da, wenn ihr den Stand aufbaut*. Iris nickte, und Cress ging zur Tür. *Muss wieder zurück, bevor Kieran nach Hause kommt*, erklärte sie und hob zum Abschied die Hand.

Während der Rückfahrt versuchte sie sich auf das Abendessen zu konzentrieren, musste aber immer wieder an Angela denken. Sie sah sie deutlich vor sich auf der Windschutzscheibe. Es musste vor etwa zwanzig Jahren gewesen sein, als Angelas Bilder gerade bekannt wurden. Cress hatte Kieran zu der Auktion für die Kinderwohlfahrt mitgenommen. Sie hatte keine Ahnung gehabt, dass auch Angela dort sein würde. Gemeinsam mit Kieran, der damals vielleicht zwölf oder dreizehn gewesen sein mochte, hatte sie am Rand einer kleinen Gruppe von Leuten gestanden, die das Gemälde begutachtete. Oder vielleicht auch seine so zurückgezogen lebende Schöpferin.

Cress hatte weder das Wort ›Konsistenz‹ gehört noch mitbekommen, dass Angela die Nacht als unkompliziert bezeichnet hatte. Aber sie konnte sich an etwas anderes erinnern, das Angela an diesem Tag gesagt hatte. Vielleicht wusste sie es wegen Kieran noch so genau. Er war fasziniert zu Angela getreten, sobald diese angefangen hatte, über die Nacht zu sprechen.

Ich mag es, wie sich die Luft mit Mondlicht füllt, hatte sie gesagt. *Das Tageslicht lässt die Dinge windiger erscheinen, es flacht Farben und Oberflächen ab.*

Kieran neben ihr hatte aufgeregt genickt. Er hatte den Blick auf etwas hinter der Gruppe gerichtet, und Cress nahm an, dass er vor sich hin träumte. Doch später, als sie gemeinsam nach Hause gefahren waren, hatte er Angelas Äußerungen wörtlich und voller Begeisterung wiedergegeben.

Jetzt stieg Cress aus ihrem Wagen und sah den letzten Sonnenstrahlen zu, die rosa und pfirsichfarben hinter der Wäschespinne aufleuchteten. Sie ging hinüber und drehte an der Spinne, um zu sehen, ob Kierans T-Shirts trocken waren. Auf der Auktion hatte jemand Angela mit den Worten geschmeichelt: *Aber Ihre Bilder sind doch voller Farben und Licht.* Ein anderer hatte erklärt: *Diese Wildblumen … Sie sehen aus, als würden sie von einem weichen Licht durchstrahlt. Einem Schimmer.*

Cress erinnerte sich noch an Angelas Lächeln. Es galt ihnen allen, auch Kieran. *Aber die Nacht erlaubt den Farben, in ihrem Inneren zu erblühen*, sagte sie. *Finden Sie nicht auch? Das Tageslicht macht alles so eindeutig, so offensichtlich. Wie Miniröcke.*

Die Gruppe um Angela hatte gelacht und war dann zu einem anderen Thema übergegangen. Cress sah, dass sich Angela von ihren Bewunderern löste, und zog Kieran hastig fort.

Natürlich waren wir damals alle etwas jünger, dachte sie jetzt und tastete einen Jeansbund und einen Ärmel nach Feuchtigkeit ab. Die Leute mussten angenommen haben, dass sie wussten, was Schmerz und Enttäuschung bedeuteten. Sie glaubten, in Angela eine Trauer zu verspüren, und hatten sie deshalb in

Ruhe gelassen. Weshalb, wenn nicht aus Trauer, hatte Angela so sehr auf der Milde der Nacht und der Härte des Tages bestanden – so mussten sie wohl gedacht haben. War es ihr, Cress, nicht ähnlich ergangen? Hatte sie es nicht auch nur dadurch, dass sie ihre Trauer irgendwann beiseitegeschoben hatte, geschafft, ihren Glauben zu bewahren und zweimal in der Woche den Gottesdienst in St. Barnabas zu besuchen?

Sie runzelte die Stirn, während sie die taufeuchte Wäsche musterte. In Wahrheit verschwand die Trauer niemals ganz – das wusste sie inzwischen. Trauer war wie ein Chamäleon. Sie verbarg sich hinter anderen Gefühlen, anderen Eindrücken, verkleidete sich. Die Trauer war im Verkleiden sogar so geschickt, dass man Jahre nach einer Katastrophe für jemanden gehalten werden konnte, der niemals Schmerz und Leid empfunden hatte. Oder für jemanden, der problemlos damit umgehen konnte.

Cress wusste, dass viele annahmen, mit dem Alter käme eine gewisse Gelassenheit in solchen Dingen wie dem Umgang mit Verlusten. Auch sie selbst hatte das einmal geglaubt. Aber seit der vergangenen Woche hatte das Chamäleon erneut seine Farbe gewechselt. Die Trauer hatte sich in ihr wieder zu Wort gemeldet und ihr deutlich vor Augen geführt, dass auch Alter keine Immunität davor bedeutete.

Im Wohnzimmer schaltete sie den Fernseher ein. Dann ging sie in die Küche, wo sie Tomaten und Zwiebeln für die Soße schnitt und Bratwürste in eine Pfanne legte. Sie warf einen Blick auf die Uhr und ließ Wasser ins Spülbecken laufen, um das Gemüse zu waschen. Aus dem Wohnzimmer hörte sie die Stimme des Nachrichtensprechers. Es musste also bereits nach neunzehn Uhr sein. Cress trocknete sich die Hände an einem Geschirrtuch und begann durchs Haus zu gehen, um überall Licht zu machen. Mit halbem Ohr hörte sie den Stimmen im Fernseher zu, die über Abflussprobleme, ein Buschfeuer in Queensland und einen politischen Aufruhr sprachen, der sie nicht im Geringsten interessierte. Sie wollte nichts von alldem wissen. Es tangierte sie nicht.

Sie ging in ihr Schlafzimmer, um ein frisches Handtuch zu holen, und beschloss, sich heute Abend einmal keine Gedanken über Kieran und Angela zu machen. Sie wollte in Ruhe das Essen kochen, ihre Gartensendung ansehen und dann eine lange heiße Dusche nehmen.

Nachdem Fergus am späten Nachmittag nach Hause gegangen war, öffnete Laura den Kühlschrank und betrachtete das Stück Fisch, das sie fürs Abendessen vorgesehen hatte. Auf einmal erschienen ihr das Haus und die Vorstellung, hier in dieser feuchten Luft allein zu essen, unerträglich. Sie verließ die Küche, zog ihre Wanderstiefel an und ging durch den Rosengarten zu dem Fußweg, der zum Nationalpark führte. Sie wollte laufen, nichts anderes. Ihr Körper sollte die Führung übernehmen und ihr zu verstehen geben, was sie tun musste.

Zu dieser Tageszeit war das Aufeinanderprallen der verschiedenen Elemente – Regenwald und Meer, Pflanzensäfte und Salz – beinahe auf der Zunge zu schmecken. Sie glaubte es spüren, ja fast hören zu können.

Laura atmete tief ein.

Hier gab es jede nur erdenkliche Grünschattierung. Jede Größe, jedes Blatt- und Rindenmuster in Form von Tränen oder Flecken. Über ihr wucherten Farne so groß wie Bäume, mit riesigen Fingerblättern und geballten Fäusten. Alles lebte, alles starb. Dasein und Tod – tief in der Erde miteinander verbunden.

Laura musste aufpassen, wohin sie trat. Die großen Bäume, Kletterpflanzen und Wurzeln ragten in den Pfad hinein. Der Wald war feucht, fruchtbar und unersättlich. Sie lief weiter, und die Worte des Songs, die Angela notiert hatte, fielen ihr wieder ein. Sie hallten in den Bäumen wider, wurden von den Wippflötern wiederholt, die ihre Rufe in den Wald hineinklapperten. Auch die Schnäpper schienen im Rhythmus der Musik zu trillern.

It is a flower, hörte sie die Luft um sich herum singen. *It is a river. An endless, aching need.*

Im vorderen Zimmer stand eine Couch wie in einem Wohnzimmer. Es gab Bücherregale und einen Kamin – daran erinnerte sich Kieran noch gut. Er erinnerte sich auch an den Aschehaufen, der seit dem Winter nicht berührt worden war, und daran, wie er dort immer wieder zusammengekehrt hatte. Die Bücher und Zeitschriften waren überall verteilt gewesen, hatten jegliche nur erdenkliche Oberfläche bedeckt. Es hatte eine halbe Ewigkeit gedauert, bis er sie ordentlich zusammengestapelt hatte. Ob die Frau sie wohl wieder im ganzen Zimmer verteilt oder ihre eigene Unordnung geschaffen hatte? Vermutlich hatten sich nach dem Schleifen und Sägen Staub und Holzspäne niedergelassen und die Oberflächen bedeckt.

Wenn die Frau das Zimmer während des Tages benutzte und Kieran aufpasste und sich so wenig wie möglich bewegte, konnte er sie so lange beobachten, wie er wollte. Die Schatten der Bäume bildeten einen guten Schutz. Das wusste er, denn einige Tage zuvor hatte sie plötzlich mit dem Putzen eines Fensters innegehalten und in den Garten gestarrt. Sie hatte ihn direkt angesehen, ohne ihn wahrzunehmen, den Lappen an die Scheibe gepresst. Er war seltsam ruhig geblieben und hatte auf ihren Schrei oder eine wütende Tirade gewartet. Doch dann hatte sie nach einigen Sekunden – oder waren es Minuten gewesen? – einfach den Blick abgewandt und wieder mit kreisenden Bewegungen begonnen, das Glas zu putzen.

Er war fassungslos gewesen. Sie hatte ihn nicht gesehen. Warum nicht? Vermutlich hatte sie einfach nur nachgedacht und vor sich ins Leere gestarrt, doch in diesem Moment war ihm trotzdem ein wenig mulmig geworden. Am liebsten wäre er auf der Stelle den Hügel hinaufgerannt, durchs Gebüsch gekrochen, die Straße zu seinem Haus zurückgelaufen und hätte sich in seinem Zimmer verkrochen. Doch er wusste, dass das unmöglich war, solange sie Fenster putzte.

Er hatte das Gefühl, dass sich die Dinge auf einmal umgekehrt hätten – als wäre er derjenige, der beobachtet, der durch den Blick eines anderen gefangen gehalten wurde. Wie unter einem Mikroskop. Ganz schön dämlich, hatte er gedacht und sich langsam weiter nach hinten sinken lassen, um noch tiefer im Laub des Eukalyptusbaums zu verschwinden. Plötzlich musste er grinsen. Ganz schön dämlich. Das war mindestens das dritte Mal diese Woche gewesen, und sie hatte ihn noch immer nicht entdeckt.

Jetzt jedoch war es Abend. Er blieb am Rand des dunklen Gartens stehen, im Schutz eines großen Maulbeerbaums, und hielt den Blick auf die Vorderfenster des Hauses gerichtet. Näher wollte er nicht heran. Zwar war er nicht im eigentlichen Sinne nervös, doch sein Magen verkrampfte sich trotzdem. Er hatte das Gefühl, als ob dieser Ort in der Dunkelheit eher ihm als ihr gehörte. Vor allem der Schuppen.

Doch da war sie wieder, im vorderen Zimmer. Von seinem Platz aus konnte er nur ihren Kopf und ihren Oberkörper erkennen. Ohne sich von der Stelle zu rühren und näher heranzurücken, war es schwierig zu wissen, was sie tat. In diesem Moment durchquerte sie das Zimmer und verschwand aus seinem Blickwinkel. Vermutlich war sie in die Küche gegangen. Natürlich. Schließlich war es Zeit fürs Abendessen. Deshalb verkrampfte sich auch sein Magen; er hatte seit einer halben Ewigkeit nichts mehr zu sich genommen.

Außerdem war da noch etwas anderes: Heute Abend wünschte er sich sehnlicher denn je, wieder mit Angela sprechen zu können, und das machte seinen Magen noch rebellischer.

Ihm fielen die hohen Bäume am anderen Ende des Gartens und die Steine in der Nähe des Schuppens ein. Von dort aus hatte er ihr bereits beim Kochen in der Küche zugesehen. Sie beim Kochen zu beobachten war dasselbe, wie Angela beim Malen zuzusehen, wurde ihm auf einmal bewusst. Er verweilte noch immer regungslos, falls sie plötzlich wieder auftauchen sollte, und überlegte: Wenn ich im Zickzack um das Haus herumschleiche, kann ich die Bäume erreichen. Also trat er unter dem Maulbeerbaum hervor, ließ sich auf alle viere nieder und verharrte dort für einen Moment. Eine Minute später war er ein Schatten unter vielen, Teil der Dunkelheit, die Haus und Schuppen einhüllte.

Doch die Frau befand sich nicht in der Küche. Durch die Fenster konnte er nur den Kühlschrank und die weißen Wände sehen. Verwirrt ballte er die Fäuste. Warum hatte er angenommen, dass sie dort sein würde? Vielleicht war sie ja auch auf die Toilette gegangen und schon lange wieder im vorderen Zimmer. Das war möglich. Oder sie hatte sich früh schlafen gelegt. Sehr früh. Wenn sie in der Dusche gewesen wäre, hätte er von hier aus das Wasser gehört. Da war er sich sicher. Aber wie sollte er …

Hallo.

Kierans Herz machte einen Satz und schien die Worte zu blockieren, die aus seinem Mund kommen wollten. Er gab keinen Laut von sich, sondern riss nur den Kopf herum, presste die Finger zusammen und wich einen Schritt zurück, ohne es zu merken.

Die Frau befand sich nur wenige Meter von ihm entfernt. Sie wirkte ebenso aufrecht und still, wie er es selbst bis vor Kurzem noch gewesen war. Ihr Mund war zu einem leichten Lächeln verzogen. Er erstarrte, ein Fuß hinter dem anderen, bereit, davonzurennen. Sein ganzer Körper rief ihm zu, genau das zu tun – *Renn!* –, doch seine Beine schienen nicht hören zu wollen. Verwirrt sah er an sich hinab und dann wieder die Frau an. Ihr Lächeln hatte nichts Böses an sich, so dass sein Herz wieder in seine Brust zurückkehren konnte. Er presste eine Hand darauf, ohne die Frau aus den Augen zu lassen.

Ich habe etwas für dich, sagte sie.

Laura lehnte sich gegen den niedrigen Tisch und verschränkte die Arme. Kieran stand schweigend vor dem Bild. Er hatte die ganze Zeit über nichts gesagt, sondern bloß genickt, als sie *Kieran?* gefragt hatte, und dann war er ihr schweigend in den Schuppen gefolgt. Auch als sie auf die große Leinwand zeigte, die an einer Wand lehnte, war er still geblieben. Er hatte nur dagestanden, und sein Blick war von dem Bild zu ihr und wieder zurück zum Bild gewandert.

Also hatte sie es auf eine Staffelei gestellt, war ein paar Schritte zurückgetreten und hatte gesagt: *Es gehört dir. Angela wollte das.*

Sie beobachtete ihn, wie er auf das Bild zuging, eine Hand ausstreckte und dann mit einem Finger den Titel nachfuhr, der am unteren Rand hingekritzelt war: ›Auf der Suche nach Gehalt # 2‹.

In der Stille wurde die Zeit zu etwas Fließendem, Elastischem, das sich zwischen ihnen ausbreitete. Zum ersten Mal seit ihrer Rückkehr nach Australien spürte Laura etwas von Angelas Gegenwart. Sie fühlte sich ruhig – so wie es auch Angela mit Kieran in dieser Stille ergangen sein musste. Während sie ihn beobachtete, kam ihr die Stille wie ein Zeitstrom vor, der sich zwischen ihnen hin und her bewegte. Zwischen allen dreien: Sie war gleichzeitig Angela im Schuppen und Laura in der Baumschule. Beide jedoch teilten diesen Fluss der Ruhe, den Kieran mit sich gebracht hatte. Jeden Augenblick konnte einer von ihnen etwas sagen und den Fluss unterbrechen, doch dieses Gefühl würde bleiben.

Hier also hatte Angela Gehalt gefunden – innere Ruhe, stille Zufriedenheit.

Kieran sah Laura an. Seine Miene wirkte ausdruckslos, als ob er auf etwas Unwichtiges wie einen Bus warten würde. Laura erwiderte seinen Blick. *Kannst du mir von Angela erzählen?*, fragte sie. Noch während sie ihre Frage formulierte, wurde ihr klar, dass sie eigentlich keine Antwort erwartete.

Mindestens eine Minute lang erhielt sie auch keine. Er stand nur mit derselben ausdruckslosen Miene da. Dann zuckte er mit den Achseln. *Sie war traurig*, sagte er.

Kieran lief durch die summende Dunkelheit nach Hause und dachte über die Frau nach. Über Laura. So hatte sie sich vorgestellt, ehe er gegangen war: *Ich bin übrigens Laura.*

Er sprach ihren Namen laut aus, während er der Straße hügelabwärts folgte. Es war ein guter Name. Ihm gefiel, wie er ausklang, dasselbe ›A‹ am Ende wie bei Angela. Es hinterließ einen schönen Klang.

Nach dem Besuch im Schuppen hatte er sich viel besser gefühlt als zu dem Zeitpunkt, als sie auf einmal hinter ihm *Hallo* gesagt hatte. Zwar hatte er keine Angst vor ihr verspürt, aber er war unsicher gewesen. Unsicher, ob er an demselben Ort sein wollte wie sie. Im selben Zimmer. Als sie ihn entdeckt hatte, hatte er sich über sich selbst geärgert. Außerdem wollte er nicht mit ihr in den Schuppen. Jedenfalls nicht zuerst, nicht mit ihr.

Und dann war da noch etwas anderes: Vielleicht wollte sie mit ihm reden. Er aber wollte das nicht.

Doch dann geschah etwas. Er hatte vor Angelas Bild gestanden und es betrachtet. Die Frau hatte sich im Hintergrund aufgehalten, und obwohl er wusste, dass Angela nicht mehr zurückkommen würde, war das auf einmal in Ordnung gewesen. Es gab so viele Teile von ihr in der Welt, so viele Erinnerungen. Nach einer Weile hatte er das Bild von der Staffelei genommen, sein Gewicht gespürt und gesagt: *Ich glaube nicht, dass ich es nach Hause tragen kann.*

Laura hatte mit ihren Augen gelacht – diese Augen hatten dasselbe Blau wie die von Angela – und ihm erklärt, dass sie sich darum kümmern würde. Sie kenne seine Großmutter, fügte sie hinzu – so wie das auch Angela gesagt hatte. Er wünschte ihr eine Gute Nacht und ging dann durch den Garten davon. Es war ein gutes Gefühl, nicht mehr durchs Gebüsch kriechen zu müssen. Als er die Straßen der Stadt erreichte, kam er sich vor, als hätte er eine Zeitreise gemacht und wäre schon einmal hier gewesen. Ihm fiel sogar das richtige Wort dafür ein: Déjà-vu.

Manchmal, nach langen Sommernächten in Angelas Schuppen, war er zum Strand gegangen und hatte sich in den feuchten Sand gelegt. Er hatte die Augen geschlossen und sich überlegt, was die Geräusche um ihn herum bedeuteten und wie sie entstanden. Das Schlagen der Wellen an den Strand und das Zischen des Wassers, das entstand, wenn sich das Meer wieder zurückzog. Er fragte sich, ob es dasselbe Geräusch am unteren Ende eines Wasserfalls gab, wo sich das Wasser sammelte und in Bächen und Flüssen davonströmte.

Auch jetzt musste Kieran wieder an diese Geräusche denken. Er hatte sich bereits zum Abendessen verspätet, war aber trotzdem in Versuchung, noch einmal zum Strand hinunterzugehen und seine Wange auf den feuchten Sand zu legen. Der

Sand hielt keine Überraschungen bereit, sondern war so zuverlässig wie sein Kopfkissen. Dieser Gedanke und das damit verbundene Bild seines gemütlichen Bettes ließ ihn den Strand vergessen und lenkte ihn doch nach Hause. Er fühlte sich auf einmal müde und wollte sich mit einer guten CD ins Bett legen. Schon die Vorstellung ließ ihn schneller durch die duftenden Straßen heimwärts eilen.

Als er die Tür öffnete, war es still im Haus. Der Duft von Bratwürsten, der ihm entgegenschlug, war so einladend, dass er die Würste vor sich zu sehen glaubte. Alles schien von innen heraus zu leuchten. Würste waren sein Lieblingsessen. Er ging beschwingten Schrittes ins Wohnzimmer. Überall waren die Lampen angeschaltet, und er konnte die Dusche rauschen hören. In seinem Zimmer wählte er Lucinda Williams aus seinem CD-Regal. Während ihre Stimme langsam den Raum erfüllte, warf er sich rücklings aufs Bett. Er verschränkte die Arme hinter dem Kopf und begann, seine nackten Zehen im Takt der Musik zu bewegen.

Drei Wörter nur: *Sie war traurig.*

Laura schenkte sich den restlichen Wein ein und setzte sich in den Sessel im Wohnzimmer, wo die Papiere aus den Schuhkartons und dem Schulranzen noch auf dem Boden verstreut waren. Von dem Moment an, als sie Kieran draußen im Schatten der Bäume hatte stehen sehen, schien sich ein unsichtbares Dreieck zu schließen.

Sie war traurig.

Diese schlichten und vernichtenden Worte führten alle drei zusammen – Angela, Kieran und Laura. In diesem Augenblick war es Laura zum ersten Mal möglich gewesen, die Wut zu vergessen und die Distanz zu überwinden, die Angela zwischen ihnen aufgebaut und die Laura dann geografisch fortgesetzt hatte, indem sie die Stadt, ja sogar den Kontinent verließ. Laura hatte nur eine Angela gekannt – wütend, hart und beherrschend. Kieran hingegen hatte die andere, die innerliche Angela kennengelernt.

Sie stellte das Weinglas auf den Boden neben die Papiere und Dokumente. Ihr Blick blieb an ihnen haften. Wie ihr erst jetzt bewusst wurde, stellten sie die äußeren Koordinaten ihrer Familie. Dort lag ihre Geburtsurkunde: ›Laura Elisabeth Lindquist. Tochter von Angela Mary und August Arne, geboren am 10. September 1953 um 20.14 Uhr in Ballina, New South Wales. 3,57 kg.‹ Hier fanden sich die frühen Aufzeichnungen ihres Wachstums durch das städtische Kinderwohlfahrtzentrum: ›Laura Elisabeth Lindquist nahm ihre erste feste Nahrung – zerdrückte Bananen – im Alter von drei Monaten zu sich, krabbelte mit sieben Monaten und bekam ihren ersten Zahn im Alter von acht Monaten, als sie sich auch selbstständig aufsetzen konnte und entwöhnt wurde. Im Alter von zwölf Monaten begann sie zu laufen.‹

Und da lagen auch die Todesanzeige ihres Vaters, Angelas Rechnungen, verschiedene Visitenkarten und die Verse des Songs ›The Rose‹.

Laura wusste, dass die Papiere nichts von der Einsamkeit ihrer Kinderjahre erzählten, von ihrer rebellischen Schulzeit, ihrem Zorn. Aber sie zeigten etwas anderes, etwas, wonach sie nie bewusst gesucht hatte. Sie waren ein Beweis dafür, dass sie das Produkt einer Liebe, dass sie gewollt und umsorgt gewesen war. Diese Liebe zu ihr war sogar amtlich aufgezeichnet worden: ›zerdrückte Bananen im Alter von drei Monaten‹ …

Als sie einige Zeit später zu Bett ging und die Beweise dieser Liebe auf dem Boden des Wohnzimmers zurückließ, war es diese Formulierung, an die sie denken musste und die sie in den Schlaf begleitete.

Mittwoch

Laura hatte gerade mal eine Woche gebraucht, um sich an den Rhythmus eines Lebens allein zu erinnern und zu gewöhnen. Ein Leben ohne Erwartung, ohne die Schritte oder Stimme eines anderen zu hören, ohne die Gliederung des Tages in das Weggehen und Wiederkehren eines anderen Menschen. Nach ihren ersten einsamen Jahren in London hatte es immer jemanden gegeben, der zu ihr nach Hause gekommen war: Freunde, mit denen sie die Wohnung teilte, eine Weile während des Studiums Kates Vater und schließlich Kate selbst. Die Bewegungen anderer Leute hatten ihre Tage gegliedert, ihnen einen Sinn verliehen, einen Stundenplan gegeben. Gemeinsam mit ihrer Arbeit hatten sie Lauras Alltag in erträgliche Einzelteile zerlegt.

Doch seit sie nun hier allein und ohne ihre Arbeit war, hatte sie sich wieder an etwas erinnert, das sie lange vergessen geglaubt hatte. Allein musste man selbst versuchen, dem Tag eine Bedeutung zu geben und ihn so strukturieren, dass es etwas zu tun gab, das die Leere füllte. Wenn man allein war, konnte Zeit zu einem Feind werden. Oder zu Inhaltslosigkeit verkommen, zu einem Horrorszenario, wenn die Sekunden nur langsam verrannen, während man in den Himmel starrte und darauf wartete, dass die Dunkelheit kam und der Tag endlich vorüber war. Denn dann konnte man zumindest ein Abendessen zu sich nehmen oder sich darauf vorbereiten auszugehen, um so wenigstens die letzten Stunden zu strukturieren, ehe man sich schlafen legen konnte.

Laura war immer viel zu sehr beschäftigt gewesen, um diese

Art Leben zu kennen, doch hier in Australien ertappte sie sich dabei, wie sie auf das Klingeln des Telefons wartete oder darauf, dass jemand nach Hause kam. Sie war an diese Stille nicht gewöhnt, an diese Abwesenheit eines anderen Blicks, der seine Schrecken, aber auch seine Vorteile hatte. Wer war sie, wenn sie nicht durch die Augen eines anderen Menschen wahrgenommen wurde? Wenn nicht eine bestimmte Version ihres Ichs in Erscheinung trat? Ohne die Anerkennung oder Ablehnung eines Gegenübers, ohne Erwartungen und Bedürfnisse? Ohne die Vorstellung eines anderen von ihr?

Während sie halbherzig versuchte, die alten Zeitschriften und Bücher zu stapeln und zu ordnen, begriff sie auf einmal, dass es das war, womit sie ihre Mutter zurückgelassen hatte, als sie aus Australien floh. Mit dieser Einsamkeit. Mit dieser endlosen Neuerfindung des Ichs.

Als sie das Motorengeräusch von Fergus' altem Transporter vor dem Haus und kurz darauf ein Klopfen an der Tür hörte, schreckte sie geradezu zusammen. Seit Kierans Besuch hatte sie weder an Fergus noch an seine Reparaturarbeiten gedacht.

Ich komme nicht herein, erklärte er gleich zur Begrüßung. Er war ein paar Schritte zurückgetreten und lächelte sie an. Seine Stimme klang ebenso fröhlich wie das rotweiße Hawaiihemd, das er trug. *Ich habe nur meine Säge hier vergessen. Aber ehe ich sie mitnehme, schneide ich noch schnell die letzten Stücke zurecht.*

Er ging die Stufen der Veranda hinunter. *Ist das in Ordnung? Ich habe leider nicht viel Zeit. Muss noch nach Hause und mich für ein berufliches Treffen umziehen.*

Er winkte Laura zu, und sie nickte. Noch ehe sie etwas sagen konnte, eilte er bereits um das Haus herum zur hinteren Veranda, wo eine Minute später das durchdringende Kreischen einer Motorsäge die klare Luft erfüllte.

Als Cress die gehäkelten Babystiefelchen und die Puppen herausgeholt und sie auf dem Couchtisch im Wohnzimmer neben Kierans Notizbuch ausgebreitet hatte, war das Geräusch in ihrem Kopf wieder da gewesen.

Kieran hatte seit einigen Tagen sein Notizbuch offen liegen gelassen. Eine Liste mit verschiedenen Wörtern war auf der aufgeschlagenen Seite zu sehen, doch ihr stach vor allem das Adjektiv ›schön‹ ins Auge. Eine Weile stand sie vor dem Tisch und starrte auf das Buch und das Wort, wobei ihr auffiel, wie sehr es sich von den anderen Wörtern der Liste unterschied, zu denen ›Fadennudeln‹ und ähnliche Begriffe gehörten. Zusammen mit den Stiefelchen und den Puppen schien ›schön‹ eine Art Code, eine geheime Sprache zu bilden.

Sie ließ sich langsam auf dem Sofa nieder und faltete die Hände im Schoß, wobei sie mit den Fingerspitzen der einen Hand die der anderen rieb. Als sie ihre Finger betrachtete, reckte sich der rechte Daumen wie von selbst, und sie sagte laut: *Das ist der Daumen, der schüttelt die Pflaumen.* Die Vögel in ihrem Inneren begannen wieder zu flattern, so wie in den Tagen zuvor.

Es reichte. Entschlossen nahm sie die Stiefelchen und die Puppen und trug sie in ihr Schlafzimmer zurück, wo sie sie rasch in die oberste Schublade ihrer Kommode unter ihre Unterwäsche schob. Dann ging sie in die Wäschekammer, um den Staubsauger und ein paar Staubtücher zu holen. Sie wollte mit dem Wohnzimmer anfangen. Das ganze Haus kam ihr düster und verwahrlost vor. Sie würde ein Zimmer nach dem anderen sauber machen, bis alles wieder so war, wie es sein sollte. Dann würden hoffentlich auch die Vögel aufhören, mit den Flügeln zu schlagen.

Kieran war bis Mittag mit dem Bekleben von Tüten beschäftigt. Diesmal enthielten sie kleine orangefarbene Bonbons in Cellophan. Anheben, platzieren, festdrücken. Er war froh – froher als sonst –, an diesem Vormittag zum Bekleben und nicht zum Zählen eingeteilt worden zu sein. Mindestens zweimal hatte ihn Jillian, die ihm gegenübersaß, bereits angebrüllt und wissen wollen, warum er Löcher in die Luft starrte. Sie hatte ihn mit einem ungeduldigen Blick bedacht, der selbst durch ihre dicken Brillengläser deutlich zu erkennen war. Kieran hatte *Okay, okay* gemurmelt und ihr ebenfalls einen finsteren Blick zugeworfen, obwohl er wusste, dass sie recht hatte. Er war nicht bei der Sache.

Seit dem gestrigen Abend quälte ihn ein Gefühl im Magen, das er nicht einzuordnen vermochte. Er war bloß eine halbe Stunde bei Laura gewesen, und trotzdem schien sich etwas verändert zu haben. Etwas Neues war entstanden. Er wusste nicht, was es war, weil er Laura noch nicht kannte. Aber er verspürte dennoch eine diffuse Angst, dass dieses Neue jeden Augenblick zerbrechen könnte. Wie Glas. Vielleicht würde ihr etwas zustoßen. Angela war schließlich auch etwas zugestoßen, und er wollte nicht, dass Laura ebenfalls verschwand.

Kieran saß am Fließband, auf dem die Bonbons vorbeiliefen, und kam sich ziemlich töricht vor. Noch am Tag zuvor wäre er am liebsten vor Laura weggelaufen. Er hatte nicht das geringste Bedürfnis verspürt, sie kennenzulernen. Doch er erinnerte sich, dass es ihm bei Angela genauso ergangen war. Zuerst hatte er immer wieder gegen das Bedürfnis ankämpfen müssen, einfach aufzustehen und fortzulaufen. Fort aus dem Schuppen, fort von ihr. Es war seltsam gewesen, auf einmal im Inneren des Schuppens zu sein und nicht mehr von draußen hineinzusehen. Wie an jenem Tag, als er bei einer Schulaufführung von den Schauspielern auf die Bühne gezerrt wurde. Auf der Bühne war er vor Schreck wie erstarrt gewesen. Er vermochte weder seine Klassenkameraden noch den leeren Stuhl anzuschauen, auf dem er gerade noch gesessen hatte.

Es dauerte mehrere Monate, bis er sich in Angelas Gegenwart wohlfühlte. Seine Besuche im Schuppen ließen sich weder mit zu Hause noch mit der Arbeit oder sonstigen Orten vergleichen, an denen er sich aufhielt. Mit ihr zusammen zu sein war beinahe so, als wäre er allein. Sie verlangte oder erwartete nichts von ihm. Er merkte, dass er es gewesen war, der sie ausgewählt hatte, weshalb es auch ganz in seinem Ermessen lag, was er dort tun wollte und was nicht. Er konnte selbst entscheiden, ob er die Pinsel reinigte oder Toast machte. Ob er den Schuppen fegte oder Angela nur beim Malen zusah. Es waren immer dieselben Aufgaben, die er übernahm und die ihm zusagten. Wenn er genug hatte, konnte er gehen oder auch bleiben – je nachdem.

Diese Erkenntnis beschäftigte Kieran den ganzen Vormittag bis zur Mittagspause, in der er seine Sachen packte und ging. Er dachte nicht daran, dass er erst einen halben Tag gearbeitet hatte oder was er mit dem Nachmittag anfangen wollte. Im Grunde sehnte er sich nur danach, dieses Neue zu erkunden, sich in diesem Neuen aufzuhalten. Er wollte darüber in Ruhe nachdenken.

Während sich seine Arbeitskollegen also die Hände wuschen und in die Kantine zum Mittagessen gingen, nahm er seinen Rucksack und schlich davon. Er überlegte, was wohl der beste Ort sein mochte, um seinen Gedanken nachhängen zu können, und beschloss, den Bus zurück in die Stadt zu nehmen, um sich in den Park zu setzen.

Ich glaube, ich wäre lieber blind als taub, hatte Angela eines Nachts kurz nach Kierans erstem Besuch erklärt.

Als er ihre Stimme vernahm, hatte er die Augen geöffnet. Eine Weile hatte er mit zurückgelegtem Kopf dagestanden und der Musik gelauscht. Ihm war nicht aufgefallen, dass er die Lider geschlossen hatte, so sehr war er in die Musik und das Gefühl vertieft, sich im und nicht außerhalb des Schuppens zu befinden. In dieser Nacht hörte Kieran zum ersten Mal in seinem Leben Puccini.

Musik macht mich zu einem anderen Menschen. Zu einem besseren Menschen. Sie lächelte.

Er war sich nicht sicher, was sie mit diesen Worten meinte. Er wusste nur, dass er die Musik in jeder Faser seines Körpers spürte und dass alles an ihm darauf reagierte – seine Beine, sein Bauch, seine Hände, sein Kopf. Fast war es, als würde er von einem anderen warmen Körper umarmt. Sogar sein Atmen veränderte sich. Vielleicht meinte Angela ja genau das.

Wenn du blind wärst, sagte er bedächtig, *könntest du aber nicht mehr malen.*

Aber wenn ich taub wäre, erwiderte sie, ohne zu zögern, *würde ich nichts mehr empfinden.* Sie drehte sich zu ihm. *Das bedeutet mir die Musik, verstehst du? Sie schenkt mir Gefühle. Und sie gibt mir Mut. Sie macht mich mutiger, als ich sonst bin.*

Für einen Moment herrschte Schweigen. Wieder erfüllte die Musik den ganzen Raum. *Ich mag Emmylou Harris*, erklärte Kieran nach einer Weile.

Angela lächelte, und er kam sich schüchtern und kühn zugleich vor. *Ich habe alle ihre Alben*, fuhr er fort. *Ihre Musik macht mich glücklich.*

Sie kehrte zu ihrer Farbpalette zurück und begann, hautfarbene Rosatöne zu mischen. Kieran hatte sich in jener Nacht nur noch langsam durch den Schuppen bewegt. Immer wieder blieb er stehen, schloss die Augen, legte den Kopf zurück und überließ sich seinen Gefühlen.

Nach dem Staubsaugen ging Cress in die Küche. Dort füllte sie den Wasserkocher und warf einen Blick in ihre Teedosen. Der Orange Pekoe war fast aus, aber dafür gab es noch Darjeeling und Karawanentee. Vielleicht lag es an ihrer Erschöpfung, aber das lebhafte Blau des Karawanentees sah beruhigend aus, weshalb sie einige Löffel davon in die Teekanne gab. Dann holte sie ihre Lieblingstasse heraus – einen Becher aus billigem Knochenporzellan, den ihr Kieran einmal als kleiner Junge zum Geburtstag geschenkt hatte. Er war voller Veilchen, was seiner Schönheit für Cress allerdings keinen Abbruch tat. (*Beilchen*, hatte Kieran damals glücklich verkündet, als sie den Becher auswickelte. *Die schönsten Blumen!*)

Als der Tee fertig war, ging sie mit dem vollen Becher zurück ins Wohnzimmer, wo sie sich langsam vor dem Bücherregal auf den Boden setzte. Bei diesem Wetter bauten häufig Wespen ihre Nester in den Bücherrücken, zwischen den Seiten oder in einer Ecke des Regals. Auf diese Weise hatte sie eine schöne Ausgabe von *Stolz und Vorurteil* verloren, denn der klebrige Schmutz des Nests hatte die dünnen Seiten des Buches ruiniert. Der Dickens-Roman *Unser gemeinsamer Freund* wäre beinahe demselben Schicksal zum Opfer gefallen, hätte sie ihn nicht rechtzeitig gerettet. Seitdem nahm sie sich jeden Sommer die Zeit, die Bücher einzeln durchzublättern, wobei sie vor allem bei den alten Ausgaben aufpasste, dass ihr kein Wespennest entging.

Während sie ein Buch nach dem anderen herauszog, abstaubte, zwischendurch an ihrem Tee nippte und dabei einen Abschnitt oder die Karten und Anmerkungen las, die sie manchmal in den Büchern fand, wurde sie ruhiger. Schon seit ihrer Kindheit hatte sie es sich angewöhnt, etwas wie eine Geheimnachricht, eine Einkaufsliste oder eine Geburtstagskarte, die sie nicht wegwerfen wollte, in ein Buch zu schieben. Auf diese Weise überraschte sie sich immer wieder selbst, wenn sie das Buch erneut zur Hand nahm oder es jemandem lieh. Diesmal entdeckte sie eine Notiz in Shelleys runder Kinderschrift – ›Mum, Veronica hat angerufen. Um 4‹ –, drei Geburtstagskarten von Kieran und eine Postkarte von Convent Beach bei Ebbe …

Veronica! Cress' Herz begann schneller zu schlagen. Der Kirchenbasar. Sie hatte versprochen, vor dem Mittagessen in die Kirche zu kommen und zu helfen. Hastig warf sie einen Blick auf die Uhr, die auf der Kommode stand. Beinahe elf, ihr blieb also noch genügend Zeit.

Mühsam stand sie auf und gab dabei versehentlich *Jane Eyre* einen Tritt, so dass das Buch ein paar Meter über den Boden schlitterte. Als sie sich bückte, um es aufzuheben, fiel ein Zeitungsartikel heraus. Sie blinzelte. Es war eigentlich kein Artikel, wie sich zeigte, sondern eine Anzeige der australischen Regierung mit dem Staatswappen am oberen Rand und einem dicken Querbalken darunter, unter dem zu lesen war: ›Ermittlungen der Regierung von New South Wales zu den Adoptionspraktiken von 1945–1998. Das Komitee für soziale Belange lädt vor allem Frauen ein, die ihre Kinder nach 1945 in New South Wales zur Adoption freigegeben haben, in Kontakt zu treten und/oder als Zeuge bei nicht öffentlichen Anhörungen auszusagen, die über den Bundesstaat verteilt abgehalten werden …‹

Cress ließ das Papier sinken. Die Sonne erhellte den Boden des Wohnzimmers, der aussah, als würden überall funkelnde Bonbons herumliegen. Sie versuchte sich daran zu erinnern, wie sie an diesen Artikel gekommen war und weshalb sie ihn in diesem Buch aufgehoben hatte. Doch es fiel ihr nicht mehr ein. Sie schien in dieser Hinsicht keine Erinnerung mehr zu haben. Weder sah sie sich, wie sie die Anzeige las, noch wie sie eine Schere zur Hand nahm, um sie auszuschneiden, oder wie sie das Papier in das Buch legte. Auch konnte sie sich nicht mehr entsinnen, wie sie den Band wieder an seinen Platz gestellt hatte, wo die Anzeige dann trotz des jährlichen Abstaubens vergessen worden war.

Sie schüttelte den Kopf. Unglaublich. Einfach unglaublich.

Wie dem auch sein mochte – jetzt war nicht die Zeit, darüber nachzudenken. Sie hielt den Ausschnitt mit Daumen und Zeigefinger fest, klappte das Buch auf und legte ihn wieder hinein. Schließlich stellte sie den Band zwischen *Sturmhöhe* und *Middlemarch* zurück. Dann rieb sie sich den unteren Bereich ihres Rückens, der mal wieder schmerzte, und beschloss, für den Moment nicht weiterzuputzen. Das konnte warten. Also trug sie den leeren Becher in die Küche und wusch sich die Hände.

Kieran dachte über die verschiedenen Augen nach, die er kannte, als er schließlich den Park erreichte. Angelas, Lauras, seine eigenen. Nach dem gestrigen Abend wusste er: Sie waren alle blau. Er überlegte. Wie sah es mit Cress' Augen aus? Braun, dachte er. Wirklich, waren sie braun? Und die Augen seiner Mutter? Auch braun? Wie immer, wenn er etwas nicht so recht greifen konnte, begann er nervös zu werden. Er fühlte sich ungeschickt und unzulänglich.

Unruhig blickte er in den Himmel und fand dort Rettung: Es war Mittag. Vielleicht war Abby ja auch im Park.

Eilig rannte er los, vorbei am Ententeich und dem Windschutzwall. Er versuchte, um jede Ecke zu blicken und das Gebüsch mit den Augen zu durchkämmen. Er musste sie finden. Als er sie auf einer Bank sitzen sah, mit den Füßen im Sand, wurde er abrupt langsamer. Er wollte sie zuerst betrachten, ihre blonden Haare, das von den Strähnen verdeckte Gesicht. Er wollte die Freude und Erleichterung genießen, die ihn bei ihrem Anblick durchfuhr. Und er wollte sich die Farbe ihrer Augen vorstellen.

Nach einigen Sekunden setzte er sich neben sie. In dem Moment, in dem sie das Kinn hob, um ihn anzusehen, konnte er sich wieder erinnern: grünbraun. Ihre Augen waren grünbraun. Wie Wasserpfützen auf einem Felsen, nachdem sich das Meer zurückgezogen hatte. Manchmal hockte er vor diesen Pfützen und betrachtete sie, während er darauf wartete, dass die winzig kleinen Lebewesen darin auftauchten wie Schauspieler auf einer Bühne. Er liebte das Geheimnisvolle daran, die versteckten Rückzugsmöglichkeiten der Tiere.

Auch Abbys Augen besaßen etwas Mysteriöses.

Heute wirkten sie undurchdringlich. Bestürzt wurde ihm bewusst, dass sie auch schon beim letzten und vorletzten Mal so gewirkt hatten. Und dass bereits eine halbe Ewigkeit vergangen war, seit sie auf der Schaukel gesessen oder kopfüber am Klettergerüst gehangen hatte.

Komm, schlug er vor und zeigte auf die Schaukel. Er wollte sie aufmuntern, da er sich für sie verantwortlich fühlte. Sie schwieg und rührte sich nicht von der Stelle. *Ich stoße dich an, dann fliegst du ganz hoch.*

Nein. Die Antwort klang entschlossen. Sie schüttelte den Kopf. *Nein.*

Er blickte sich um und biss sich auf die Unterlippe, als hätte ihn etwas gestochen. Plötzlich spiegelte sich das Sonnenlicht in der Metallrutsche. Kieran sprang auf, rannte zur Rutsche und kletterte hinauf. *He*, rief er von oben, setzte sich und rutschte mit dem Rücken voran grinsend nach unten. Dann kroch er auf allen vieren wieder nach oben, stand auf und ruderte wie ein Verrückter mit den Armen. *Abby, Abby, Abby!* Mit einem Satz sprang er von der Rutsche, die Arme weit ausgebreitet. Unten wartete er diesmal vergebens auf ihren Applaus.

Stattdessen sah sie ihn schweigend an, während er seine Jeans ausklopfte und sich wieder neben sie setzte. *Ich kann das nicht mehr, Kieran*, sagte sie nach einer Weile. *Ich kann weder springen noch schaukeln.* Sie nahm ihre Wasserflasche, die neben ihr stand, und trank einen Schluck. Als sie sein fragendes Gesicht sah, fügte sie hinzu: *Es geht einfach nicht. Okay? Geht alles nicht.*

Einige Minuten lang saßen sie still nebeneinander. Kieran musterte den Sand unter seinen Schuhen. Schließlich sagte Abby *Muss nach Hause* und stand auf. Sie zog ihre Windjacke zu und ging davon. Er beobachtete ihre Haare, die sacht hin und her wippten. Sie hielt weder inne noch drehte sie sich noch einmal zu ihm um. Es war das erste Mal, dass er ihr nicht folgen wollte.

Es lag an ihrer Miene, die weder traurig noch wütend gewirkt hatte. Was wollte sie? Was fehlte ihr? Er vergrub die Hände in den Hosentaschen und dachte nach, während er mit den Schuhspitzen Halbmonde in den Sand malte. Dieser Gesichtsausdruck erinnerte Kieran an Cress. Plötzlich fand er sich in Gedanken im Secondhandladen von St. Barnabas wieder. Es musste schon eine Ewigkeit her sein. An Mariä Himmelfahrt.

Er hatte seiner Großmutter geholfen, hinten im Geschäft eine Kiste mit Gegenständen aus einer Haushaltsauflösung auszupacken. Es gab alte Tupperwaredosen, Bücher mit zerrissenen Umschlägen, Tassen ohne Untertassen. Unten in der Schachtel lagen ein kleines Kruzifix und ein ungewöhnliches Bildnis der Gottesmutter. Sie hatte den Blick gesenkt, und ihr Herz stand in Flammen.

Cress hatte jeden Gegenstand, der aus der Kiste kam, abgestaubt. Doch als Kieran ihr das Bildnis reichte, hielt sie inne. Sie strich mit dem Zeigefinger über das vertraute Gesicht, und auch ihr Blick war wie der Marias gesenkt. Kieran machte mit seinem Staubtuch weiterhin kreisende Bewegungen, so dass Cress nicht bemerkte, wie aufmerksam er sie beobachtete. Lange Zeit schien sie regungslos dazustehen. Kierans Staubtuch hatte schon mehrere Dutzend Male einen Plastikdeckel abgewischt, bis sie das Bild schließlich beiseitelegte. Sie warf ihm einen raschen Blick zu. *Komm, kleben wir Preise auf die Sachen*, sagte sie.

Etwa eine Stunde später, als sie die Dinge aussortierten, die in die Regale geräumt werden sollten, erinnerte sich Kieran wieder an die Jungfrau Maria und an den Ausdruck in Cress' Gesicht. Was er zuerst für Traurigkeit gehalten hatte, begriff er nun als etwas anderes – eine Art Sehnsucht. Denn das Bildnis war nirgendwo zu entdecken und tauchte auch auf keinem Verkaufsregal auf. Kieran ahnte, wo es steckte, und begriff noch im selben Moment, dass dieses Wissen und die Tatsache, dass er allein es besaß, nichts bedeutete. Diese Einsicht ließ ihn erleichtert aufatmen.

Auf dem Weg zurück nach Hause warf er immer wieder einen Blick auf Cress' Handtasche, die auf der Rückbank des Wagens lag. Äußerlich sah sie aus wie immer, und dasselbe traf auf seine Großmutter zu, die sich über das Lenkrad beugte, um nicht von der Sonne geblendet zu werden. Er schaute auf die Straße und fing an, über das bevorstehende Abendessen nachzudenken.

Als er jetzt Abbys schmaler Gestalt nachsah, die immer kleiner wurde, ließ ihn etwas nicht los. Er stand auf und folgte ihr, wobei er sich bemühte, großen Abstand zu halten, damit sie ihn nicht bemerkte. Sie war nicht in der Laune, überrascht zu werden – das wusste er. Aber er merkte auch, dass etwas nicht stimmte, und diese Gewissheit lastete schwer auf ihm.

Verborgen hinter Bushäuschen und Hibiskusbüschen folgte er ihr bis zur Archer Street. Sie hatte den Kopf gesenkt und die

Arme über der Windjacke verschränkt. Eine Windjacke! An einem Sommertag! Als sie die Straße überquerte und so langsam das Gartentor aufstieß, als bräuchte sie dafür ihre ganze Kraft, kam ihm ein Gedanke: Abby war krank.

Er erinnerte sich an das letzte Mal, als er unter einer heftigen Erkältung gelitten und einen Tag vor dem Fernseher verbracht hatte, eingewickelt in eine Steppdecke und immer wieder seine Videokassette ansehend. Cress hatte ihm heiße Zitrone mit Honig gemacht, und seine Mutter hatte ihn mehrmals angerufen, um ihn zu bitten, sich auszuruhen. Vom Schnupfen und dem Gefühl einmal abgesehen, sich nicht die Mühe machen zu wollen, aufzustehen, war es ihm nicht schlecht gegangen. Diese Erinnerung ließ ihn erleichtert aufatmen. Abby litt vermutlich nur unter einer Erkältung. Sie hatte es sogar mehr oder weniger selbst angedeutet: *Geht alles nicht.* In ein paar Tagen würde es ihr wieder besser gehen, so wie es ihm wieder besser gegangen war. Ihre Nase würde vielleicht noch rot schimmern und ihre Stimme heiser klingen, aber sie würde wieder im Park sein und sich gern von Kieran auf der Schaukel anstoßen lassen.

Gut.

Er steckte die Hände in die Hosentaschen, drehte sich um und ging pfeifend nach Hause.

Laura machte einen Tee mit Milch und trug dann zwei Becher nach draußen, wo Fergus auf der Veranda im Schatten saß, den Rücken an die Hausmauer gelehnt. Die Hitze drückte wie ein schweres Gewicht. Wenn Fergus gegangen war, wollte sie ans Meer fahren und schwimmen gehen.

Ich dachte, Sie müssten gleich weiter, sagte sie und reichte ihm seinen Tee.

Er nickte zum Dank. Das Hemd mit dem Blumendesign klebte ihm schweißnass am Oberkörper. *Hat länger gedauert als ge-*

dacht. Ich habe das Treffen abgesagt. Er fächerte sich mit der Hand Luft zu. *Es ist sowieso viel zu heiß, um einen Anzug zu tragen.*

Laura ließ sich neben ihm auf dem Boden nieder. *Ich habe gestern Abend Kieran kennengelernt*, sagte sie.

Fergus hustete hinter seinem Becher. *Sie kommen aber ganz schön herum*, meinte er.

Er ist zu mir gekommen. Nachdenklich nippte sie an ihrem Tee. *Er ist schon seit einiger Zeit immer wieder hier gewesen. Zu allen möglichen Zeiten.* Sie sah den Ausdruck auf Fergus' Gesicht und lachte. *Harmlos, Fergus. Er hat Angela auch immer nachts besucht. Ich hatte ihn erwartet.*

Spricht er viel? Fergus trank seinen Tee aus, und Laura nahm den Becher, um ihn noch einmal zu füllen. Als sie durch die Tür ins Haus ging, drehte sie sich um und meinte: *Er sagt kaum etwas und doch sehr viel.* Eine Minute später tauchte sie wieder auf, lächelte ihn an und erklärte: *Ich glaube, ich fange allmählich an zu begreifen.*

Dann wechselte sie das Thema und fragte, welchen Klienten man denn so kurzfristig absagen könne. Sie merkte, wie sich eine gewisse Leichtigkeit in ihr auszubreiten begann, wie erleichtert sie war, endlich wieder eine normale Unterhaltung mit einem normalen Menschen führen zu können, ohne ständig aufpassen zu müssen, was sie sagte und was nicht.

Arbeit ist für mich nur Arbeit, erklärte Fergus. *Ich mache sie, wenn es sein muss. Aber ehrlich gesagt nagle ich lieber Holz zusammen oder gehe surfen.*

Dann erzählte er ihr von den Stränden zwischen Byron Bay und Brooms Head, wo man die besten Wellen reiten konnte, und vom Strand von Angourie namens Spooky's, an dem er surfen gelernt hatte. Er sprach über das Meer wie andere über ihre Häuser redeten, mit derselben Vertrautheit und einer Art selbstverständlicher Zuneigung.

Ohne nachzudenken erklärte sie, dass sie schon immer surfen lernen wollte. Es war fast, als ob man einen Fremden ins Vertrauen ziehen, ihm etwas Persönliches mitteilen würde. *In Italien und London bin ich von Land umschlossen*, sagte sie. *Ich weiß also nicht, warum mich das Surfen noch reizt.* Insgeheim ahnte sie, dass genau das jedoch einer der Gründe sein musste. *Heutzutage habe ich sogar Angst vor ein paar kleinen Wellen.*

Fergus nickte und trank den zweiten Becher leer. *Man muss sich ihnen einfach überlassen*, erwiderte er. *So muss man auch nicht allzu viel paddeln.*

Während er sprach, glaubte sie, ihn deutlich vor sich sehen zu können, im Wasser schwimmend und wie er sich von der Strömung mitnehmen ließ, ohne dass ihn das ängstigte. Dieser entspannte Umgang mit dem Meer erfüllte sie fast mit Ehrfurcht. Er kam ihr wie ein anderes Wesen vor. *Sie haben keine Angst*, sagte sie – eine Äußerung, die eigentlich als Frage gedacht war.

Er dachte einen Moment nach, während er in das Tal hinunterblickte, das sie vom Meer trennte. Dann grinste er und meinte: *Wenn ein Haifisch in der Nähe ist, werde ich schon ein bisschen nervös. Aber das Wasser ist ihr Territorium. Das darf man nicht vergessen.* Seine Augen blitzten auf, wie Sonnenlicht auf Glas. Er hielt ihr seinen Arm entgegen, die Handfläche zeigte nach oben. Spielerisch fuhr er mit einem Finger über eine seiner deutlich sichtbaren Venen. *Sehen Sie? Salzwasser.*

Sie lächelte und verspürte plötzlich das Bedürfnis, sich vorzubeugen und mit der Fingerkuppe seine Salzwasservenen nachzuzeichnen. Vermutlich duftet er nach Zitronen und Salz, dachte sie.

Sie sollten sich ein Surfbrett für Anfänger mieten, meinte Fergus und stupste sie vorsichtig an. *Dann bringe ich es Ihnen gern bei.*

Auf dem Tisch des Kirchenbasars stapelte sich eine große Zucchini-Pyramide – offenbar Ergebnis einer Rekordernte – neben Salatköpfen, Bergen von Tomaten und Kisten voller Avocados. Cress war froh, dass sie dieses Jahr kein Gemüse angeboten hatte. Außer Chayoten hatte sie diesmal von keiner Sorte große Mengen geerntet, und auch die Chayoten kamen ihr blass und unansehnlich vor, wenn sie sie mit den anderen Gemüsesorten hier verglich. Doch als sie auf den Stand zusteuerte, ermutigte es sie, dass schon einige ihrer Kräutersträußchen verkauft worden waren.

Der Stand befand sich im Schatten eines großen Kampferbaums neben der Kirche. Das war für Cress der angenehme Teil dieser Aufgabe. Sie mochte den Baum, die Form seiner Äste und dass seine kleinen Blätter bei der leichtesten Brise zu rauschen begannen. Sie wusste, dass Kampferbäume inzwischen oft als Plage galten. Entlang der nördlichen Küste von New South Wales und in den Hügeln wurden sie von den Bezirksverwaltungen gnadenlos abgesägt. Doch irgendwie war es diesem Exemplar gelungen zu überleben – vielleicht weil es auf dem Grund von St. Barnabas wuchs, wo Kinder, die sich bei den Predigten langweilten, in seinem Schatten spielen und auf seine Äste klettern konnten.

Iris, Veronica, Ethel und Cress saßen auf Klappstühlen hinter dem Tisch mit dem Gemüse und plauderten, während Kunden kamen und gingen. Natürlich waren es Ethels Zucchini; sie gewann bei der Ballina-Gartenschau regelmäßig Preise für ihr Gemüse. Das ist auch nicht schwierig, dachte Cress. Schließlich waren Zucchini das Einzige, was Ethel anbaute. Wen sie aber wirklich bewunderte und insgeheim auch beneidete, war Emily Hopkins und ihre Kartoffeln mit dem weißen Fleisch. Die rote Erde, die noch an ihrer Schale hing, ließ sie noch schmackhafter aussehen. Cress hatte mit Kartoffeln noch nie Glück gehabt.

In der Mittagszeit machten Veronica und Ethel eine Pause und gingen in ein Café. Iris schenkte Tee aus ihrer Thermoskanne ein, und Cress bot ihr ein Sandwich mit Corned Beef und Essiggurken an. Die zwei Frauen lehnten sich auf ihren Stühlen zurück und sahen beim Essen dem bunten Treiben der Passanten zu, die an der Strandpromenade entlangliefen. Cress hielt ein Viertel Sandwich in der Hand, während sie an ihrem Tee nippte. Die Augen hatte sie auf die Vorübergehenden gerichtet. *Kanntest du Angela eigentlich als junge Frau?*, fragte sie auf einmal wie nebenbei.

Iris hielt einen Moment inne, ehe sie den Becher an die Lippen führte. *Nein,* antwortete sie, ohne überrascht zu klingen – fast so, als hätte sie diese Frage schon länger erwartet. Sie blickte weiterhin geradeaus. *Aber mein Mann hat ihr ja jahrelang Brennholz geliefert,* fügte sie hinzu.

Die beiden schwiegen wieder eine Weile. In den Blättern des Kampferbaums raschelte eine Brise vom Meer. *Er hat sie kaum je zu Gesicht bekommen*, fuhr Iris schließlich fort. *Sie war immer im Schuppen, er konnte die Musik hören. Die Rechnung hat er meist auf dem Holzstapel gelassen.* Sie überlegte. *Der einzige Grund, weshalb er sie überhaupt gefunden hat, war die fehlende Musik. Das ließ ihn stutzig werden. Er hatte wohl eine Vorahnung. Dann hat er sie auf dem Boden liegend gefunden.* Wieder machte sie eine Pause, ehe sie fast entschuldigend hinzufügte: *Aber du hast sie gekannt, nicht wahr?*

Nein, eigentlich nicht, erwiderte Cress. *Im Grunde gar nicht.*

Iris nippte an ihrem Tee. Als sie den Becher ausgetrunken hatte, stellte sie ihn auf den Tisch neben Pat Henrys Mangos. *Einmal hat er mit ihr gesprochen*, sagte sie.

Cress merkte, wie sich die Haut auf ihren Unterarmen anspannte. Sie strich sich ein paar Brösel vom Rock und tat so, als wäre sie nur mäßig interessiert.

Vor vielen Jahren. Er parkte den Lieferwagen hinter dem Haus, und da saß sie schluchzend auf der Verandastufe. Als er zu ihr trat, blickte sie einfach nur in den Himmel hinauf und meinte: ›Schwarze Kakadus.‹ So hat mir das mein Mann jedenfalls erzählt.

Cress ordnete die wenigen Kräutersträußchen, die noch übrig geblieben waren. *Seltsamer Kommentar*, sagte sie.

Sie war offensichtlich verwirrt. Murmelte irgendwas von wegen Geburtstag und bot ihm etwas zu trinken an. Er meinte, sie hätte nach Alkohol gestunken. Als zwei junge Frauen auf den Stand zukamen, erhob sich Iris. *Sie ist aufgestanden und in den Schuppen gewankt, und das war es.* Sie lächelte den Frauen entgegen. *Die Zucchini kosten jetzt nur noch die Hälfte*, sagte sie.

Als die anderen zurückkehrten, half Cress noch, das Obst und Gemüse neu anzuordnen, und fand dann, dass sie genug getan hatte. Sie kaufte einen Sack von Emilys Kartoffeln und einen Bund Mangold, obwohl auch der ihre allmählich geerntet werden konnte. Mangold war Iris' Spezialität. Dann verabschiedete sie sich von den Frauen. Auf dem Weg zum Auto sah sie ständig eine jüngere Angela vor sich, deren Augen irre wirkten und deren Zunge durch den Alkohol gelockert war. Sie schürzte die Lippen. Auch sie genoss hier und da ein Glas Wein, aber Alkohol war keine Lösung für Probleme. Ganz im Gegenteil, dachte sie, während sie ihren Korb in den Kofferraum stellte, sich ans Steuer setzte und die Fenster herunterließ. Die Luft im Wagen erinnerte an eine Sauna.

Sie fuhr nach Hause.

Heute war für Kieran ein Enterprise-Packaging-Tag, weshalb es sie wunderte, ihn auf einmal auf der Straße entlangwandern zu sehen. Sie hielt an und beobachtete ihn im Rückspiegel. Er hatte die Hände in die Hosentaschen gesteckt und den Kopf nach oben gereckt. Während sie ihm nachsah, bog er am Gemüseladen nach rechts in die Archer Street. Hinter ihr hupte ein Autofahrer. Erschreckt und beschämt zuckte sie zusammen und fuhr hastig weiter, ohne noch einmal an Kieran zu denken. Erst zu Hause, als sie den Schlüssel in die Haustür steckte, hielt sie abrupt inne und überlegte. Warum war Kieran nicht bei der Arbeit? Und wen kannte er in der Archer Street?

Am späten Nachmittag saß Kieran mit einer Tasse Chai auf dem Boden des Wohnzimmers und schaute sich zum sechzehnten Mal das Finale des letztjährigen ›Millenniumsquiz‹ an. Irgendwie hatten es all die Aufnahmen von den Quizsendungen jüngeren Datums nicht geschafft, diese Episode zu überspielen. Auf diese Weise sah er sie jedes Mal, wenn er die Kassette in den Videorekorder schob. Zumindest zehn Minuten davon. Doch das störte ihn nicht. Es war eine Sendung, durch die er eines der besten Wörter in sein Notizbuch schreiben konnte, das er kannte. Er strich mit den Fingern über die Seite, während die Kassette zu ihrem Ende kam und es auf dem Bildschirm schwarz wurde: ›schlafwandeln‹.

Eines Nachts, nachdem er Toast gemacht hatte, erzählte er Angela davon. Sie warf den Kopf zurück und lachte. Es war ein fröhliches, liebenswürdiges Lachen, das er nicht verstand. *Sehr gut*, sagte sie schließlich. *Die Leute werden mich bestimmt für eine Schlafwandlerin halten. Nachts allein im Schuppen mit meinen Malereien und meinen Träumereien. Was sollten sie sonst von mir denken?*

Kieran war verwirrt. Er konnte ihr Lachen nicht einordnen, doch sie lieferte ihm keine weitere Erklärung. Also konzentrierte er sich auf das einzige Wort in ihrer Aussage, das er irgendwie nachvollziehen konnte – allein.

Du lebst hier mit niemandem zusammen. Es war eine Aussage und gleichzeitig eine Frage.

Nein, mit niemandem.

Du trägst aber einen Ehering. Kieran kehrte die Toastkrumen auf dem Tisch zusammen und räumte die Teller weg. Neben ihm lagen eine vertrocknete Blume und ein verschrumpelter Apfel.

Ich war früher einmal verheiratet. Vor vielen Jahren. Und ich habe eigentlich auch eine Tochter. Ich war nicht immer allein.

Er fuhr mit dem Aufräumen fort, indem er die Bleistifte sorgfältig nebeneinanderlegte. *Bist du nicht immer noch verheiratet?* Ebenso gut hätte er sich danach erkundigen können, wo das Terpentin stand, so unaufgeregt klang seine Stimme.

Angela hielt inne und blickte starr vor sich hin. Sie schob die Unterlippe vor und überlegte. *Na ja*, sagte sie, *das hängt davon ab, wie man es betrachtet. Mein Mann ist schon lange verstorben. Die meisten würden mich als Witwe und nicht mehr als verheiratet bezeichnen. Ich bin eine Witwe, keine Ehefrau.*

Er hörte mit dem Sortieren auf. *Cress ist auch verwitwet*, meinte er und blickte auf den Tisch, als ob er auf der Platte seine Antwort ablesen würde.

Ja, ich weiß. Sie tauchte einen Pinsel in eine dunkelrosa Farbe auf ihrer Palette, zog ihn wieder heraus und streifte ihn ab. *Wir sind beide Witwen, Cress und ich.*

Jetzt zeichnete Kieran das S von ›Schlafwandeln‹ mit der Spitze seines Zeigefingers nach. Seit jener Nacht hatte er das Wort in mehreren Wörterbüchern nachgeschlagen, um noch weitere Synonyme zu finden: ›Nachtwandeln‹, ›somnambul sein‹. Sein Lieblingsbegriff, den er in einem alten Nachschlagewerk entdeckt hatte, das ihn immer besonders faszinierte, war ›mondsüchtig‹. In seinen Ohren klang es ein wenig wie die Beschreibung für ein Zauberwesen. Etwas, das besser und ungewöhnlicher war als ein Mensch.

Das gefiel ihm.

Sie fuhren gemeinsam zum Strand hinunter. Laura versprach nichts. *Ich bin eine Frau mittleren Alters, Fergus*, sagte sie lachend. Insgeheim sah sie sich jedoch bereits auf den Wellen reiten, ihr Körper im Einklang mit dem Surfbrett und dem Meer. Allerdings war sie sich nicht so sicher, ob Fergus ein guter Lehrer sein würde.

Sie blieben im weichen Sand stehen. Fergus zeichnete die Form eines Brettes in den Sand und bat sie, sich darauf zu legen.

In den Sand?, fragte sie verblüfft.

Er achtete nicht darauf. *Es gibt drei einfache Schritte*, fuhr er unbeirrt fort.

Sie musterte ihn. *Jetzt hören Sie aber auf, Fergus. Ich bin keine zwölf mehr. Ich lege mich nicht einfach hier in den Sand.*

Er seufzte. *Sie wollen sich also gleich in die großen Wellen stürzen? Mein Gott, bin ich froh, dass ich Sie nicht in der Schule unterrichten musste.*

Laura lachte und schüttelte den Kopf. Ihre Zeugnisse aus der Highschool, die in dem alten Schulranzen gewesen waren, hatten sie wieder an die Auseinandersetzungen mit Angela erinnert. Wie oft hatten sie sich damals darüber gestritten, ob es wichtiger war, den Anweisungen der Lehrer zu gehorchen oder seine eigene Linie zu verfolgen. ›Intelligent, aber unverblümt. Manchmal auch störend‹, hieß es zum Beispiel im Zeugnis der zehnten Klasse. Gefolgt von der vorhersehbaren Feststellung: ›Laura muss lernen, sich besser zu konzentrieren und auf das Wesentliche zu besinnen, statt ständig nur zu widersprechen.‹

Angela hatte auf jedes Zeugnis gleich reagiert. *Es liegt ganz bei dir*, sagte sie meist. *Du bist intelligent. Du kannst dir selbst aussuchen, ob du den schweren oder den leichten Weg nehmen willst.*

Laura fand, dass sie den einzig richtigen Weg wählte und alles infrage stellte. Erst seit einiger Zeit malte sie sich aus, wie sie wohl gewesen wäre, wenn sich Angela nicht so distanziert verhalten hätte. Hätte sie auch dann alles in Zweifel gezogen und jede Auseinandersetzung bis zum bitteren Ende geführt?

Sie warf Fergus einen misstrauischen Blick zu. Er grinste. *Wie wäre es, wenn Sie sich auf den Boden legen und mir zeigen, wie man es richtig macht?*, schlug sie vor.

Cress rief ihn aus der Küche. Kieran schaltete den Videorekorder aus und schlenderte zu ihr hinüber. Es duftete nach geschmorten Zwiebeln und Fleisch. Kartoffeln köchelten unter dem klappernden Deckel eines Dampfkochtopfs vor sich hin. Er piekste einen halben Zwiebelring mit einer Gabel auf und steckte ihn sich in den Mund. *Kieran*, ermahnte ihn Cress und schob ihn beiseite, als er sich noch mehr holen wollte. *Pass auf, das ist heiß*, warnte sie. *Hol mir lieber etwas Petersilie aus dem Garten, ja?* Er schnappte sich einen zweiten Ring und verschwand hastig durch die Tür ins Freie.

Sekunden später war er zurück, die Hand voller Petersilie. *Wunderbar*, sagte Cress und nahm ihm das Kraut ab. Als er sich zum Gehen wandte, hörte er noch etwas wie *Genug für die nächsten vierzehn Tage*. Doch mit ihrer nächsten Bemerkung überraschte sie ihn. *Du triffst dich nach der Arbeit noch manchmal mit diesen netten Jungs von Enterprise Packaging, oder*? Sie stampfte die Kartoffeln zu Brei. *Du weißt schon – die oben in Pottsville wohnen.*

Es kam ihm eher wie eine Feststellung als eine Frage vor, weshalb er nichts erwiderte, sondern sich etwas zu trinken aus dem Kühlschrank holte. Er hörte, wie das Zerstampfen der Kartoffeln sie anstrengte, und drehte sich mit einem Glas kaltem Wasser in der Hand zu ihr um. *Ich kann das machen, Cress*, sagte er und streckte die Hand aus.

Sie reichte ihm die Gabel. *Du solltest sie mal zu uns einladen*, meinte sie. *Oder gibt es noch andere, die du gern einladen würdest? Wir könnten Pizza machen*. Nachdenklich suchte sie ein paar Stängel Petersilie heraus.

Kieran stampfte und stampfte. Er sah zu, wie die Butter über die heißen Kartoffeln floss. Wie sehr er das mochte! Er hätte stundenlang Kartoffelbrei machen können. Cress behauptete immer, er sei der beste Stampfer der Welt. Auf einmal merkte sie, dass sie noch immer redete. *Kieran?* Er hatte schon lange aufgehört, ihr zuzuhören, so sehr faszinierte ihn das Drehen und Rühren der Gabel in den weichen Knollen. Er blickte auf und grinste. *Ich bin der beste Stampfer der Welt, nicht wahr, Cress?*

Sie legte das Messer beiseite und lächelte. *Ja*, sagte sie. *Das bist du.*

Laura ließ sich atemlos in den Sand fallen. Ihre langen Haare waren voller Salz, und ihre Arme schmerzten. Es fühlte sich herrlich an. *Niemand hat mir je verraten, dass es so schwierig sein würde*, meinte sie lachend.

Fergus löste sein Gummiband vom Fußgelenk und legte das Surfbrett neben sie in den Sand. *Nächstes Mal wird es viel einfacher*, erwiderte er. *Nächstes Mal werden Sie auf dem Brett stehen und auch oben bleiben.*

Sie glaubte ihm zwar nicht, aber im Grunde war es ihr egal. Sie hatte sich eine halbe Stunde lang durch die Gischt gekämpft, um eine Welle zu erwischen, hatte gepaddelt und auf dem Brett gekniet, war heruntergefallen und hatte sich wieder hinaufgehievt – immer und immer wieder. Als ihr Gehirn und ihre Arme sie bereits anflehten, endlich aufzugeben, war es ihr gelungen, sich zuerst hinzuknien und dann sogar aufzurichten. Zehn Sekunden lang war sie auf dem Kamm einer kleinen Welle geritten, war dahingeflogen, ehe sich das Brett überschlug und das Wasser sie wiederhatte. Doch es waren die herrlichsten, aufregendsten zehn Sekunden seit Langem gewesen. Als sie wieder auftauchte und vor Begeisterung in die Luft boxte, konnte sie Fergus sehen, der bis zur Taille im Wasser stand und wie ein Sieger strahlte.

Eine Weile saßen sie nebeneinander im Sand und sahen zu, wie sich das Licht langsam wandelte. Eine Gruppe Leute, die nach der Arbeit zum Surfen an den Strand gekommen waren, konkurrierten um die besten Wellen. Laura beobachtete ihre Bewegungen, während Fergus auf einmal in einer fremden Sprache zu reden begann: *Sinker, Formula, Heckaufbiegung, halsen.* Sie hörte ihm zu und spürte dabei ihre erschöpften Muskeln. In ihrem Kopf und unter ihrer salzigen Haut ging eine Veränderung vor sich. Das Gefühl, glücklich zu sein, kehrte in ihren Körper zurück. Sie wollte nicht daran denken, wie lange diese Empfindung anhalten würde. Stattdessen sprang sie auf, zog ihr T-Shirt an und fragte: *Wie heißt eigentlich der Wein, den wir letztens getrunken haben?*

Sie saßen auf dem Boden der Veranda, wie es ihre Gewohnheit geworden war. Das Holz fühlte sich wunderbar warm an. Fergus erzählte von den Jahren, die er nach der Universität in Irland verbracht hatte. Sie sprach von Kate und ihren Bäumen. Über ihr Unbehagen in Australien. *Wieso haben die Leute solche Angst vor dem Anderssein?*, wollte sie stirnrunzelnd wissen. *Vor Schönheit?*

Wie können Sie das sagen? Er lachte. *Wenn Sie gerade erst mit all den anderen da draußen im Meer waren. Alle haben danach gesucht. Nach Schönheit.* Er goss ihr Wein nach und sah sie dann an. *Wussten Sie eigentlich, dass ich im Alter von sechzehn ein Jahr lang in die gleiche Schule wie Sie gegangen bin?*

Laura streckte die Beine aus, um noch die letzten Sonnenstrahlen zu erwischen. *Versuchen Sie etwa, das Thema zu wechseln, Fergus?*

Nein. Wir sprechen doch gerade über Schönheit. Sanft stieß er mit ihr an. *Sie waren eine Klasse über mir. Ich war wahnsinnig verliebt in Sie.*

In mich?

Natürlich waren Sie in einer anderen Liga. So hübsch und so unnahbar. Er legte sich die Hand auf die Brust. *Ich habe das ganze Jahr über gelitten.*

Laura schüttelte den Kopf und lächelte. *Ihr armes Herz*, sagte sie.

Donnerstag

Sie lag im Dämmerlicht und versuchte, sich den Mittwochnachmittag noch einmal ins Gedächtnis zu rufen. Wo und wie hatte es angefangen? Mit einer Einladung zu einem Glas Wein. Mit einer Zusage. Alles verbarg sich bereits in diesen zwei Gesten, dachte Laura.

Möchten Sie …

Ja.

Von diesem Moment an folgte ein spielerisches Geplänkel, notwendig, um zum nächsten Punkt zu gelangen. Die Worte waren wichtig: *Wahnsinnig verliebt … In einer völlig anderen Liga … Ihr armes Herz …* Dann die Blicke – auf ihre Haare, auf seine Beine. Und schließlich das Schweigen, das der Fantasie den nötigen Raum gab.

Dann hatte er sie berührt. Erst sanft und zögerlich. Vier Finger auf ihrem Gesicht.

Er küsste sie, als ob es nur Küsse gäbe. Als ob nur das zählte. Hielt ihre Hände fest. Der Kuss eines Jungen, eines Mannes – unschuldig und zugleich eine Grenze überschreitend. Später fühlten sich seine Glieder, als sie sich um sie schlangen, genauso an. Sein Körper unter dem ihren, auf dem ihren – einmal Junge, einmal Mann. Einmal selbstbewusst, einmal vorsichtig. Die Augen geöffnet, dann geschlossen.

Sie hatte gedacht, dass allein sein Geruch sie zum Höhepunkt kommen lassen würde. Ein Duft aus Salz, Schweiß und etwas anderem. Wie der Hauch eines Meerwesens.

Ich hätte mich duschen sollen, sagte er später.

Sie hatte ihn angelächelt. *Das hätte es aber weniger aufregend gemacht*, hatte sie geantwortet.

Kieran lief die Strandpromenade entlang. Der Wind blies ihm stark entgegen, so dass er langsamer als gewöhnlich vorankam. Er zog den Kopf ein und versuchte, sich so kraftvoll und hart wie möglich zu machen, um den Böen etwas entgegenzusetzen.

Dieser Wind, dachte er, ist wie ein böses Tier, wie ein brutaler Kerl. Er mochte ihn nicht. Er mochte die grausamen Formen nicht, die er im Laub der Bäume hinterließ, ebenso wenig wie die Gesichter, die die Leute zogen. Sie wurden seltsam verzerrt, vor allem die Münder. Er senkte den Blick, um die Mienen der Vorübergehenden nicht mehr sehen zu müssen. Im Wind sahen sie alle aus wie schlecht gesetzte Pinselstriche, wie Malfehler.

Das Unangenehmste war jedoch der tosende Lärm. Er füllte seinen Kopf und presste gegen Arme und Brust. Es war ein Ausdruck von Wut. Er erinnerte Kieran an Lehrer, die ihre Geduld verloren, weil er nicht rechnen konnte; an Schulkameraden, wenn der Ball an ihm vorbei ins Tor flog. Es war das Geräusch, das zu Abbys Vater passte, auch wenn Kieran nicht so recht wusste, warum.

Es war ein Laut, größer und undurchdringlicher als das Meer.

Bei diesem Gedanken warf er einen seitlichen Blick auf den Ozean. Der Wind kam aus Westen, das wusste er, weil die Wellen rückwärts getrieben wurden. So sah es jedenfalls aus. Die Wasseroberfläche bestand nur noch aus aufgepeitschten Wellenkämmen und Tälern. Selbst die Gischt wirkte verwirrt, wenn sie kurz auf den Wellen mitritt. Die Luft war seltsam dünn.

Kieran richtete den Blick wieder auf die Promenade. Rasch

sah er nach links und rechts, ob irgendwelche Autos kamen, und überquerte dann die Straße, um nach Hause zu gehen. Er wollte nicht länger in diesem Lärm bleiben, sondern es sich zwischen den vier Wänden seines Zimmers gemütlich machen. Dort konnte ihn das Geräusch wenigstens nicht erreichen, dort konnte er alles in Stille tauchen. Dieser Wind, dachte er, ist das Gegenteil von Musik. Er höhlte ihn aus, trocknete ihn von innen. Er wollte lieber zu Hause in seinem Zimmer sitzen und Emmylou zuhören.

Diese Vorstellung ließ ihn schneller laufen. Hastig eilte er am Zeitungsladen vorbei und hatte schon fast die Ecke erreicht, als ein alter Mann aus einer Tür gestürzt kam und mit Kieran zusammenstieß. Er wusste sofort, dass der Mann stark betrunken war. Seine Augen waren halb geschlossen, und der scharfe, saure Geruch von Alkohol hüllte ihn ein wie eine düstere Wolke. Mit langsamen, ungeschickten Bewegungen fasste er nach Kieran, um sich an ihm festzuhalten.

'tsch… 'tsch… 'tschuldigung, nuschelte er. *Junge.*

Kieran erstarrte und blickte sich dann hastig um. Der Wind drohte, sie beide umzuwerfen und Richtung Straße zu treiben.

Ein kribbelndes Gefühl breitete sich von seinem Kopf bis zu seinen Füßen aus. Er merkte, wie sich sein Körper anspannte und hart wurde, obwohl der Mann nur schlapp und hilflos an seiner Schulter hing, während er sich mit einer Hand an Kierans Oberarm festhielt. Vielleicht lag es an dem Geruch. Vielleicht war es auch der Druck der Finger auf seiner Haut, die ihn nicht losließen. Er hatte keine Ahnung. Er wusste nur, dass er den Mann dringend abschütteln wollte, seine Finger und seinen Geruch. Er wollte nur noch fort, nach Hause.

Wieder sah er sich um. Kein anderer Passant befand sich nahe genug, damit er ihn hätte um Hilfe bitten können. Der alte Mann war still geworden. Man konnte nur noch seinen rasselnden Atem hören. War er eingeschlafen? Kieran holte tief Luft. Er legte den Arm, an den sich der Mann klammerte, vorsichtig um den zusammengesackten Körper und begann, ihn langsam – wie bei einer Art Tanz – in Richtung einer Bank zu zerren, die unter dem geschlossenen Fenster eines Hotels stand.

Erstaunlicherweise befand sich noch immer niemand in Hörweite, also setzte er den Mann vorsichtig dort ab. Der zerzauste Kopf fiel ruckartig nach hinten, für einen Moment öffneten sich die tränenden Augen. Dann schlossen sie sich wieder.

Kieran ging hastig davon. Er klopfte sich die Kleidung aus, als ob er den Geruch wegstreichen könnte. Als er das Gartentor seiner Großmutter erreichte, beugte er sich hinunter, um den Duft des Lavendels einzuatmen, der dort wuchs. Seine Haut prickelte noch immer, seine Handflächen fühlten sich feucht an.

Am späten Vormittag spazierte Laura zur Landzunge hinaus. Sie war seit vielen Jahren nicht mehr dort gewesen, kannte aber den Weg noch genau – fast so, als hätte sie als Kind Brosamen gestreut, die sie als Erwachsene nun wiederfand. Wind war aufgekommen und wirbelte Gischt durch die Luft. Trotzdem glaubte sie, sich sehen zu können, wie sie früher hier barfuß, mit strähnigen Haaren und braun gebranntem Teint entlanggelaufen war. Noch immer säumten Feuerbäume den Pfad, erinnerten sie heutzutage jedoch an Olivenbäume an griechischen Hängen.

Sie lief zu einer Gruppe Myrtenheiden, wo sie sich vor dem Wind schützen wollte. Unter den Ästen – ihren seltsamen verbrannten Geruch einatmend – dachte sie an den Jungen, den Angela Paul genannt hatte und der inzwischen ein erwachsener Mann mit einem Namen, einer eigenen Geschichte und einer Identität geworden war. Welche Augen, Haare, Wangenknochen und Haut er wohl haben mochte? Was sie wohl gemeinsam hatten?

Unten den Bäumen sammelte sich die Hitze. Es war noch nicht Mittag, und doch boten die Bäume schon kaum mehr Schatten. Lauras Haut kribbelte. Sie blickte zum Horizont und dachte: So vieles fehlt. Der Himmel und die windumtoste See gaben nichts preis. Alles sah aus wie immer – trotz Angela, trotz Paul, trotz all der Risse und Knicke in Lauras bisheriger Identität.

Sie schlenderte den sandigen Pfand entlang zurück in die Stadt, wo sie Käse kaufen wollte. Als sie gerade die Tür des Feinkostladens öffnete, stieß sie beinahe mit Cress zusammen, die beim Verlassen des Geschäfts in ihre Einkaufstasche blickte. Einen Moment lang sahen sich die beiden Frauen verblüfft an.

Ich dachte, man hätte mir den falschen Tee gegeben, sagte Cress. *Aber nein, es ist tatsächlich Lady Grey.* Sie lächelte Laura an.

Diese legte ihre Hand auf den Arm der alten Frau. *Ich habe für Kieran noch dieses Bild*, erklärte sie vage, da sie nicht wusste, ob Cress von Kierans Besuch bei ihr erfahren hatte.

Cress zögerte einen Augenblick, ehe sie antwortete. *Ja*, sagte sie. *Stimmt. Das Bild.*

Die beiden merkten, dass sie anderen Einkäufern den Weg versperrten. Während sie beiseitetraten, sagte Cress noch einmal *Ja* und ging dann davon. Überrascht blickte Laura ihr hinterher.

Nach ein paar Schritten blieb Cress stehen, drehte sich noch einmal um und meinte: *Vielleicht möchten Sie mal zum Tee kommen?* Sie ging etwas weiter, ehe sie noch einmal innehielt. *Wie wäre es morgen? Um elf?*

Dann wandte sie sich endgültig zum Gehen.

Der Geruch von Alkohol. Wie ein Eindringling war er eines Nachts bei Angela im Schuppen gewesen. Später dachte Kieran nie mehr daran, doch jetzt hatte die Begegnung mit dem alten Mann und dessen Geruch die Erinnerung in ihm wachgerufen, so dass er jede Einzelheit wieder klar vor sich sehen konnte. Zu Hause starrte er auf den schwarzen Fernsehbildschirm, als ob jene Eindrücke von einst noch einmal für ihn abgespielt werden würden.

Es war Sommer gewesen, mit dieser weihnachtlichen Luft und dem nächtlichen Zirpen der Grillen und anderer Insekten. Kieran war zwischen den Bäumen hindurchgeglitten und hatte den Schuppen durch die Seitentür betreten, wie immer. Er hatte Angela angesehen. So war es seine Gewohnheit. Es ging nicht darum, ob sie von der Leinwand hochblickte und ihm in die Augen sah oder nicht. Es ging darum, dass sie da war, dass er da war und dass sich alles, jeder Staubpartikel in der Luft, an seinem Platz befand. In jener Nacht war das nicht der Fall.

Angela stand nicht an ihrer Staffelei. Sie lehnte am äußersten Ende des Tischs, und selbst aus der Entfernung konnte Kieran sehen, dass sie schwankte. Immer wieder rutschte sie zur Seite und hatte Mühe, aufrecht stehen zu bleiben.

Er hielt auf der Schwelle an. Ohne ihn anzublicken, sagte sie: *Komm herein. Setz dich.* Sie zeigte auf einen leeren Hocker neben sich. *Komm schon, wir haben etwas zu feiern.* Dann lächelte sie und drehte den Deckel einer Flasche auf. Es war ein seltsames, schiefes Lächeln.

Aus der Nähe merkte Kieran, dass sie in Wahrheit gar nicht lächelte. Ihr Gesicht erinnerte ihn an die Puppen, die sie manchmal bei Enterprise Packaging zusammensetzen mussten. Die Lippen waren über ihre Zähne gezogen, doch der Rest des Gesichts wirkte erstarrt. Mit farbbefleckten Händen gab sie ein paar Eiswürfel in zwei Gläser und goss eine Flüssigkeit hinein, die wie Flammen loderte. Kieran setzte sich und legte den Kopf leicht zur Seite, um sie besser mustern zu können. So machte das auch seine Mutter, wenn sie mit ihm sprechen wollte. Doch Angela starrte nur auf ein paar beschriebene Blätter Papier, die vor ihr lagen und die er nicht genau ausmachen konnte.

In diesem Moment nahm er diesen Geruch wahr. Für den Bruchteil einer Sekunde hielt er ihn für den Geruch einer neuen Reinigungsflüssigkeit. Oder vielleicht war auch eine der Flaschen Terpentin, die auf dem Tisch aufgereiht waren, ausgelaufen und hatte sich im Zimmer verteilt. Doch dann fielen ihm Cress' Küsse zu Weihnachten ein und das süßliche Aroma, nachdem sie ein Glas Sherry getrunken hatte.

Aber das hier war etwas anderes. Cress strömte zu Weihnachten einen warmen, glücklichen Geruch aus. Hier jedoch roch es sauer und traurig.

Angela hatte die Lippen aufeinandergepresst, als müsste sie sich bemühen, nicht zu sprechen. Er folgte ihrem Blick, der weiterhin auf die Papiere gerichtet war. Vielleicht wollte sie, dass er las, was dort stand. Vielleicht schwieg sie deshalb. Er beugte sich vor und bemerkte sogleich einige interessant aussehende Wörter. Also las er neugierig den ganzen Text.

NOTIZEN FÜR EINE AUSSTELLUNG

Die schwarzen Kakadus kreischen, heimwärts. Sie dringen in meine Träume, vielleicht auch in die Träume eines anderen. Oder reißen sie ein Loch in den Himmel, um dort hindurchzustürzen, um an jenen Ort zu gelangen, wo ich mich aufhalte – formlos, dunkel?

Die Hebamme sagt:
Wie man sich bettet, so liegt man.
Die Kakadus schreien,
als jeder Muskel in mir nach unten drückt,
um dieses Kind zu gebären.
Am Ende gleitet es aus mir,
Verletzt mich mit seiner selbstverständlichen Getrenntheit,
So plötzlich, so vollständig.

Ich schließe die Augen.
Als ich sie öffne, ist Morgen.
Ein Geruch hängt über mir –
Neben mir, in mir. Dieser Geruch lässt mich aufschreien
Und bringt sie zu mir.
Du bist wach, sagt sie.
Irgendwo zwischen meinem Schrei und ihren Worten
Schlägt die Erkenntnis zu.
Ein Stück meines Fleisches ist mir entrissen.
Das ist es, was ich rieche. Mein Körper verkrampft.
Wo ist mein Sohn?
Mein Körper, mein armer Körper, weiß die Antwort bereits:
Er ist nicht mehr da.

Er las die Zeilen mehrmals hintereinander und verstand sie doch nicht. Seine Augen kehrten immer wieder zu den Worten ›formlos‹ und ›vollständig‹ zurück, ebenso wie zu der Formulierung ›Schlägt die Erkenntnis zu‹.

Lass uns anstoßen, sagte Angela plötzlich und hob ihr Glas. *Auf abwesende Freunde und geliebte Menschen*. Sie hielt inne, und das Lächeln auf ihren Lippen erstarb. *Auf meinen Sohn*, fügte sie hinzu. Ihre Stimme klang belegt. Dann zog sie die Nase hoch, nahm einen Schluck und redete weiter, wobei sie ausdruckslos das Glas anstarrte: *Wo auch immer er sein mag. Alles Gute …* Wieder brach sie ab. … *zum Geburtstag.*

Alles Gute zum Geburtstag.

Kieran hörte die Worte, und endlich begann er zu verstehen. Erleichtert schürzte er die Lippen. Mein Sohn. Alles Gute zum Geburtstag. Das verstand er. Ein Toast – ja. Jetzt wusste er, was zu tun war. Er hob sein Glas, wie Angela es getan hatte und wie das seine Eltern zu seinem Geburtstag taten. Cress stieß an Weihnachten auch immer mit ihm an. Er war zwar noch unsicher, was den Geruch betraf, aber zumindest verkrampfte sich sein Magen nicht mehr.

Mum singt mir immer …, begann er, doch Angela wiederholte noch einmal *Wo immer er sein mag* und kippte die Flüssigkeit hinunter. Dann stellte sie das Glas ab und schenkte sich mühsam nach. Um nichts danebenzuschütten, musste sie die Augen zusammenkneifen.

Kieran war erneut verwirrt. Das Ganze kam ihm nicht wie ein fröhlicher Geburtstag vor.

Früher habe ich regelmäßig getrunken, erklärte sie nach einer Weile. Sie ließ die Flüssigkeit in ihrem Glas kreisen. Er beobachtete, wie sich das Licht golden brach. *Konnte kaum warten, bis es Abend war. Den ganzen Tag über dachte ich: Fast geschafft. Die Nachmittage waren verdammt lang, kann ich dir sagen. Hat mich beinahe umgebracht, das Warten.* Sie machte ein Geräusch, das wie ein Grunzen klang. Er brauchte einen Moment, um zu begreifen, dass es als schnaubendes Lachen gemeint war.

Hab Laura schnell ins Bett gebracht und bin dann förmlich hierher gerannt, fuhr sie fort.

Ihre Sätze erinnerten ihn an eine schiefe, immer wieder abreißende Linie.

Nur ich, die Farben, die Musik und der Wein … Moselwein, eimerweise …

Kieran wollte etwas sagen. Er hätte gern mit einigen Worte die Stimmung geändert. Warum hatte er nicht sein Notizbuch dabei? Er wusste, dass er darin bestimmt ein passendes Wort für diesen Moment gefunden hätte. Außerdem hätte er dann ›Moselwein‹ und ›hindurchstürzen‹ aufschreiben können. Vielleicht sollte er sie fragen, wie man …

Die Musik so laut es ging, redete Angela weiter. *Puccini in voller Lautstärke.* Sie hob das Glas und fuchtelte damit in der Luft herum. Orangefarbene Flüssigkeit spritzte durch die Gegend. *Puccini*! Sie nahm einen weiteren Schluck, senkte das Glas und betrachtete es dann so intensiv, als enthielte es ein Geheimnis.

Kieran hielt noch immer seinen Drink in der Hand, ohne auch nur daran genippt zu haben. Er wollte sich dringend bewegen. Anstatt zu sprechen, wäre er lieber zu den Pinseln gegangen, die neben der Staffelei lagen, und hätte sie gereinigt. Angela würde sich bestimmt ärgern, wenn sie hart wurden – da war er sich sicher. Er warf einen raschen Blick auf die dünnen Holzscheiben, die sie als Paletten benutzte. Zwischen den Farbklecksen lagen zwei offene Tuben ohne Deckel. Es war nicht typisch für Angela, so nachlässig zu sein. Irgendwie fühlte er sich verantwortlich für sie, als ob es seine Aufgabe wäre, die Dinge wieder in Ordnung zu bringen.

Er wandte sich ihr zu, den Mund geöffnet, um etwas zu sagen.

Ich war dumm. So dumm. Angela starrte noch immer auf das Glas in ihrer Hand. Ihre Stimme klang jetzt weicher.

Trotzdem bekam Kieran allmählich Angst, weil er nichts tun konnte. Nicht einmal aufräumen oder die Pinsel sauber machen. Schlimmer noch war allerdings das Gefühl, das sich seiner bemächtigte – eine ähnliche Empfindung wie damals, als in der Schule alle außer ihm die Rechenaufgaben richtig gelöst hatten. Die Zahlen hatten ihn von der Tafel herab voller Verachtung angestarrt.

Meine Lehrerin hat mich mal dumm genannt, warf er vorsichtig ein. Er beugte den Kopf vor, um Angela dazu zu bringen, ihn anzusehen.

Aber es war klar, dass sie nicht zuhörte. Ihre Augen waren geschlossen, der Kopf sackte nach vorn. Er berührte sie an der Hand, und sie riss verwirrt die Augen auf. Einige Sekunden lang starrte sie ihn an, ehe sie sich am Tisch abstützte und langsam aufrichtete. Er beobachtete sie, wie sie zum Sofa am anderen Ende des Raums wankte, sich seitlich darauf fallen ließ und dann zu einem Ball zusammenrollte.

Die Böden in der Küche und im Wohnzimmer füllten sich mit Umzugskartons, und die Atmosphäre im Haus begann sich allmählich zu verändern. Ein offenerer Raum, dachte Laura, kein drückender mehr. Sie machte sich nichts vor. Das Haus fühlte sich trotzdem nicht wie ihr eigenes an und würde das auch niemals tun. Aber die Luft schien durchlässiger und die Wand aus Zorn dünner geworden zu sein. Als sie durch die Zimmer lief, konnte sie Orangen, Knoblauch und die Jasminseife auf ihrer Haut riechen.

Als sie gerade dabei war, eine Kiste mit den letzten Magazinen und Zeitungen zu füllen, die noch immer im Wohnzimmer herumlagen, rief Fergus an. *Ich habe soeben Sylvies Briefe entdeckt*, sagte er. *Ich bringe sie dir, wenn ich nachher bei dir vorbeifahre – ja?*

Eine halbe Stunde später blickte sie zum Fenster hinaus und sah, wie er aus seinem Transporter stieg – in einer Hand ein Buch, in der anderen einen Umschlag. Als sie ihm die Tür öffnete, beugte er sich zu ihr herab, gab ihr einen Kuss und reichte ihr ein Buch mit dem Titel *Surfen für Mädchen*. Laura lachte laut auf.

Fergus jedoch runzelte gespielt finster die Stirn. *Ich will dich bald wieder auf dem Brett sehen.*

Den Umschlag legte er auf den Holztisch, der seit ewigen Zeiten neben der Tür stand. *Sylvies Briefe*, sagte er. Er wirkte ein wenig unkonzentriert. *Und ein paar andere Sachen. Infos zu Adoptionspraktiken und so.* Mit den Fingern strich er über die Tischplatte und ging dann in die Hocke, um die Beine zu begutachten. *Der ist alt.*

Laura zuckte mit den Achseln. Es war eines dieser Möbelstücke, die schon immer da gewesen waren und deshalb kaum mehr von ihr bemerkt wurden. *Ich glaube, er gehört zu den ersten Dingen, die sich meine Eltern angeschafft haben,* meinte sie. *Ihr erster Esstisch.*

Es war ein schmaler Tisch, kaum einen Meter lang, und mit den Jahren hatte er durch die Sonne und einige ungeschickte Versuche, ihn zu polieren, einen Großteil seiner ursprünglichen Farbe verloren. Die Platte hatte im Laufe der Zeit zahlreiche Kratzer und Kerben abbekommen, und an manchen Stellen konnte man Wasserringe und Brandspuren erkennen. *Das war vermutlich dein erster Versuch, mit der rechten Hand zu essen*, meinte Fergus und zeigte auf zwei tiefe Kratzer an einem Ende des Tischs.

Laura sah den Tisch zum ersten Mal in ihrem Leben in einem anderen Licht. *Es ist fast ein Kunstwerk*, erklärte sie lächelnd.

Deshalb protestierte sie auch nicht, als Fergus vorschlug, ihn für sie zu restaurieren. Sie half ihm, den Tisch zum Transporter zu tragen.

Jetzt musst du hierbleiben, sagte Fergus, nachdem er den Motor angelassen hatte. *Zumindest bis ich ihn dir zurückbringe.*

Kieran stand auf und schaltete den Fernseher ein. Auf dem Bildschirm erschien Werbung für ein Handy. Die durchdringende Erkennungsmelodie erfüllte das stille Haus. Panisch suchte Kieran nach der Fernbedienung, um leiser zu stellen. Dann setzte er sich in den Sessel und legte die Arme auf die Lehnen. Er versuchte, sich auf das zu konzentrieren, was im Fernsehen lief, sah aber immer wieder Angela vor sich und wie sie in jener Nacht ausgesehen hatte, nachdem sie auf dem Sofa zusammengebrochen war. Nach einer Weile – er wusste nicht, wie viel Zeit vergangen war – hatte er es gewagt, zu ihr zu schleichen. Angela hatte zusammengerollt wie ein Kind geschlafen. Ihr Anblick erinnerte ihn an jenen Tag, als Cress mit den Bissen von Weberameisen an ihren Füßen aus dem Garten gekommen war. Sie hatte sich gekrümmt auf einen Stuhl gesetzt und schien sich so klein wie möglich machen zu wollen. So sah auch Angela aus.

Aber da war auch noch etwas anderes gewesen. Als er sich zu ihr herabbeugte, bemerkte er, dass sie nicht still dalag, sondern ihr Körper kleine Bewegungen machte – wie sich Wasser kräuselte, wenn man einen Stein hineinwarf. Für einen Moment brach ihm dieser Anblick fast das Herz. Angela war sehr traurig. Ein harter Stein aus Traurigkeit. Die Traurigkeit tat ihrem ganzen Körper weh.

Er wusste nicht, wie lange er dort vor ihr saß, die Ellbogen auf die Knie gestützt. Draußen zirpte und flüsterte die Nacht, drinnen im Schuppen jedoch lastete die Gewöhnlichkeit des Zimmers wie ein schweres Gewicht. Die Atmosphäre erinnerte Kieran an einen ungeduldigen Menschen, der nervös mit dem Fuß auf den Boden klopfte.

Manchmal löste er den Blick von Angela und sah sich um. Er betrachtete die Wände des Schuppens, die blinden Augen der Fenster, eine Leinwand mit den ersten Spuren von Farbe. Pfotenabdrücke, dachte er und sah wieder Angela mit ihren zerzausten Haaren an, die unordentlich wie ein Kind wirkte, nachdem es tief geschlafen hatte.

Er musterte sie noch einige Minuten lang und stand dann auf. Nachdenklich drehte er sich zu der Staffelei und dem Tisch mit dem Durcheinander aus Lappen, Blumen und Bröseln um. Dann machte er sich leise und flink an die Arbeit, während er Angelas Atmen und der Nacht lauschte. Er war sich nicht sicher, worüber sie gesprochen hatte, aber als er seinen Aufgaben nachging und sie immer wieder anschaute, fielen ihm die Worte ein, mit denen sie begonnen hatte. Worte, die er verstanden hatte.

Nachdem er schließlich mit dem Aufräumen fertig war und das Licht ausgeschaltet hatte, sagte er sie in einem leisen Singsang in den dunklen Raum hinein, als würde er sie einem schlafenden Kind zuraunen: *Alles Gute zum Geburtstag.*

Der Klang seiner Stimme in der Dunkelheit brachte ihn zum Lächeln, und auch das Klicken der Tür, als sie ins Schloss fiel, schien ihm zu applaudieren.

Jetzt spielte er mit der Fernbedienung und sah zu, wie die tickende Uhr den Beginn von ›Whiz Kids‹ ankündigte. Zum ersten Mal seit jener Nacht fiel ihm wieder ein, was Angela noch gesagt hatte: *Auf meinen Sohn, wo immer er sein mag.* Er erinnerte sich an die Geschichte, die sie ihm über das Baby erzählt hatte, das zu früh auf die Welt gekommen war, eine Totgeburt. An die Bilder von einer Puppe.

Hatte sie das gemeint? Nein. Das war es nicht gewesen – Kieran wusste es mit plötzlicher und absoluter Sicherheit. Genauso wie er in der kurzen Sekunde verstand, ehe er seine Aufmerksamkeit wieder dem Fernseher zuwandte, dass alles, was Angela ausgemacht hatte – ihre Bilder, ihre Traurigkeit – nicht mit etwas zu tun hatte, das da war, sondern mit etwas, das fehlte.

Ehe Laura zu Bett ging, öffnete sie noch den Umschlag, den Fergus ihr gebracht hatte. Sie kippte den Inhalt auf den Wohnzimmerboden. Es handelte sich um einen weiteren kleineren Umschlag, eine Art Rundbrief und einen Bericht mit dem Titel ›Ein neuer Anfang. Vierte Jahreskonferenz zu früheren Adoptionspraktiken‹.

Sie blätterte den Bericht durch: Adressen, Forschungsergebnisse, Reden. Gegen Ende entdeckte sie ein paar Artikel von sogenannten verzichtenden Müttern. Sie hatte den Begriff noch nie gehört. War Angela auch eine verzichtende Mutter gewesen? Die Bezeichnung kam ihr zu hart, zu konkret vor. Trotzdem traf sie zu: Sie hatte auf ein Baby verzichtet, hatte ein Kind zur Adoption freigegeben. Daran ließ sich nicht rütteln. Sie war eine verzichtende Mutter gewesen.

Es war bereits nach Mitternacht. Rasch überflog Laura den Rundbrief mit dem Titel ›Wurzeln‹ und schob dann alles wieder in den großen Umschlag, den sie neben dem Sessel liegen ließ. In ihrem Schlafzimmer warf sie einen Blick auf das Bett. Hatten sich Fergus und sie dort tatsächlich vor achtundvierzig Stunden geliebt? Die Laken waren zerwühlt, die Decke zurückgeschlagen. Auf einmal wirkte alles seltsam verloren. Doch noch ehe sie lange darüber nachdenken konnte, entkleidete sie sich hastig und schaltete das Licht aus.

Mit den Geräuschen der Nacht um sie herum schlief sie ein.

Samstag

Laura klappte die Hinterbank herunter und schob die Leinwand in den Wagen. Dann machte sie zwei Anrufe und zog für ihren Besuch bei Kieran und Cress Rock und T-Shirt an. In der Dienststelle des Ministeriums antwortete niemand, aber dafür hob Michael Peters in seiner Galerie in Noosa sofort ab. Sie redeten kurz miteinander. Er wusste noch nichts von Angelas Tod. Sie vereinbarten, noch einmal miteinander zu telefonieren, und legten dann auf.

Sie fuhr zu dem Holzhaus hinauf, das oben auf dem Hügel fast nicht zu sehen war, so verwachsen war der Garten. Ihr fiel Kieran ein, wie er regungslos im Dunkeln vor ihrer Küche gestanden hatte. Als sie leise zu ihm getreten war, hatte sie sein offenes Wesen sofort gespürt.

Nachdem sie vor dem Haus geparkt hatte, öffnete sie das Holztor und lief einen Weg entlang, der zur einen Seite von einem Rasen mit einer Wäschespinne und zur anderen von einem blühenden Garten gesäumt wurde. Das war also sein Garten. Ranken von Kürbissen und Chayoten wucherten über den Zaun. Laura kam an Gemüsebeeten mit Spinatpflanzen, Tomaten, Salatköpfen und Paprika vorbei. Daneben gab es Rankhilfen für Erbsen und Bohnen, die säuberlich hochgebunden waren.

Trotz der Üppigkeit herrschte Ordnung, ja Genauigkeit. Drei Petersilienpflanzen hier, drei stachelige Rosmarinstöcke dort, ein riesiger Oreganobusch da drüben. Die Kräuter bildeten ein buntes Muster. Das gefällt Kieran bestimmt, dachte Laura.

Cress begrüßte sie an der Tür. Die Frauen, beide in Röcken, lächelten einander an. Zivilisierte Versionen unseres Selbst, dachte Laura. Allerdings wirkte Cress mit ihren exakt gekämmten Haaren und ihren gebügelten Kleidern stets sauber und gepflegt. Laura blickte an sich hinab. Sie hatte seit Jahren nichts mehr gebügelt.

Es tut mir leid, sagte Cress, während sie Laura ins Wohnzimmer führte, wo ein Sessel auf einem altmodisch braunen Teppich stand. Außerdem gab es einen Fernseher. *Aber Kieran ist noch nicht da. Ich bin mir sicher, dass ich ihm von Ihrem Besuch erzählt habe. Aber so ist er eben. Möchten Sie einen Tee?*

Sie verschwand, und kurz darauf hörte Laura das Plätschern von Wasser und das Klappern von Geschirr. Dann schaute Cress' Kopf wieder um die Ecke: *Orange Pekoe, Darjeeling, chinesischer Schwarztee? Ich glaube, ich habe auch noch irgendwo einen Ceylon.*

Laura zuckte mit den Achseln. *Chinesischer Schwarztee*, erwiderte sie. Cress lächelte ihr zu und verschwand wieder in der Küche. Während Laura es sich auf der Couch bequem machte und das Zimmer mit dem dominierenden Fernseher, aber auch den Bücherregalen begutachtete, hörte sie erneut Cress' Stimme: *Er kann allerdings jederzeit plötzlich auftauchen. Das tut er oft.*

Kieran stand hinter dem Bushäuschen, Abbys Haus gegenüber. Er versuchte sich zu erinnern, wie lange er sie schon nicht mehr gesehen hatte. Es kam ihm vor, als wären viele Wochen vergangen, auch wenn er wusste, dass das nicht stimmte. Doch er konnte die Sorge, dass sie krank sein könnte, nicht abschütteln, was die Zeit mehr in die Länge zu ziehen schien. Am liebsten wäre er ins Haus marschiert und hätte ihr einen süßen Tee mit Milch und einen Toast mit Butter gemacht. Er wünschte sich, dass er sich an ihr Bett setzen, ihr ein paar Witze erzählen und sich vergewissern könnte, dass es ihr gut ging.

Heute sah das Haus besonders verschlossen und geheimnisvoll aus. Mehr als gewöhnlich, dachte Kieran, der sich das nicht erklären konnte. Der Anblick machte ihn unruhig. Er wollte dringend näher heran, das Ohr an eine der Mauern oder eines der Fenster pressen und lauschen.

Einmal, als er unter einem Baum im Garten des Nachbarn gewartet hatte, war die tobende Stimme von Abbys Vater zu ihm hinübergetragen worden, der seine Tochter beschimpft hatte. Die Worte verstand Kieran nicht, doch das war auch nicht nötig. Es war eindeutig die Stimme des Vaters gewesen, hart und hässlich wie das Kratzen von Metall auf Metall. Kieran hatten die Glieder gezuckt, so sehr wäre er am liebsten ins Haus hinübergeeilt und hätte dem Mann befohlen, mit dem Brüllen aufzuhören. Aber er ahnte, dass er es damit vermutlich noch schlimmer gemacht hätte. Der Anblick des Mannes, sein angespannter Körper zeigte ihm deutlich: Das war ein Mensch, der in der Lage war, jederzeit jemandem wehzutun.

Jetzt überquerte Kieran eilig die Straße. Er hatte den Kopf gesenkt und lauschte nach Geräuschen, nach irgendwelchen Anzeichen.

Nichts.

Nur das Brummen eines Staubsaugers im Nachbarhaus und ein bellender Hund. Kieran atmete auf. Vielleicht konnte er sich heute doch entspannen.

Ich habe früher in der Sonntagsschule unterrichtet.

Cress goss noch Tee in die Tassen aus Chinaporzellan. Es waren wertvolle Tassen, Tassen ihrer Mutter mit Rosengirlanden und einem Goldrand, der noch nicht abgerieben war. Jahrelang hatte sie keine Lust gehabt, sie zu benutzen. Doch an diesem Tag, während sie auf Laura gewartet hatte und insgeheim froh war, dass sich Kieran nicht zeigte, hatte sie beschlossen, sie herauszuholen. Es schien ihr die richtige Gelegenheit dafür zu sein.

Als sie mit dem Tee und einigen gebutterten Schnitten Dattelbrot zurückkam, saß Laura mit der alten Familienbibel im Schoß auf dem Sofa. Die Bibel stand gewöhnlich neben Dickens, Austen und Joyce auf dem erst vor Kurzem abgestaubten Bücherregal. Die Karte mit dem Engel und den Kindern lag noch immer zwischen den Seiten.

All diese kleinen Gesichter, die dich ansehen. Sie reichte Laura das Milchkännchen. *Ich kann Ihnen gar nicht sagen, wie gut mir das tat.* Sie hielt inne. Seltsamerweise verspürte sie auf einmal das Bedürfnis, Zucker in ihren Tee zu tun, wie das ihre Mutter immer getan hatte – ihre Mutter, die lange in ihrem Tee gerührt und dabei an die gegenüberliegende Wand gestarrt hatte.

Dann war das alles auf einmal so bedeutungslos, fuhr sie fort. *Alles. Es gab nicht nur einen einzigen Grund dafür. Es kam einiges zusammen. Nach dem Tod meiner Mutter fand ich keinerlei Trost mehr im Glauben. Ich konnte ihre Präsenz nicht spüren, sie war einfach weg. Man merkt gar nicht, wie viele Bereiche des Lebens durch den Glauben beeinflusst werden. Es geht nicht nur darum, das Wort ›Gott‹ aus seinem Vokabular zu streichen, sondern man scheint sich dabei vor allem selbst zu verlieren. Ein Mensch, der seinen Glauben verliert …* Sie führte ihre Tasse an die Lippen. *… erstarrt zu einer Salzsäule.* Sie trank einen Schluck Tee und lehnte sich zurück. Ihre Finger und Glieder fühlten sich angenehm leicht an.

Laura hielt ihren Teller mit einer halb gegessenen Schnitte Dattelbrot in der Hand. Es kam Cress vor, als wüsste sie nicht so recht, was sie antworten sollte. Dann stellte sie ihren Teller ab. *Ich durfte die Sonntagsschule nie besuchen*, sagte sie. *Dafür habe ich Angela gehasst, als ich klein war. Ich wollte so sein wie alle anderen.* Sie nahm den Teller wieder auf. *Ich wollte auch eine Mutter haben wie die anderen.*

Cress betrachtete die jüngere Frau ihr gegenüber und fragte sich, ob in ihrer Stimme eine Herausforderung lag. Doch dann sprach Laura weiter, und Cress merkte, dass sie sich geirrt hatte. *Jetzt wünsche ich mir nichts mehr, als dass ich noch einmal mit ihr reden und ihr erklären könnte, dass ich sie verstehe.*

Kieran schlenderte in Richtung St. Barnabas, um Cress zu besuchen, falls sie im Geschäft war. Er versuchte sich daran zu erinnern, worum sie ihn gebeten hatte. Irgendetwas war da gewesen, doch es fiel ihm beim besten Willen nicht mehr ein. Sein Gedächtnis wollte diese Information einfach nicht preisgeben. Wenn sie etwas von ihm erbeten hatte, musste es vermutlich mit dem Secondhandladen zu tun haben.

Es war Samstag. Im Geschäft drängelten sich die Kunden. In jedem Gang standen Kauflustige herum, und an der Kasse hatte sich eine kleine Schlange gebildet. Kieran blickte sich um und winkte dann Iris zu. Sie schnitt eine leichte Grimasse und wandte ihre Aufmerksamkeit dann erneut einem Mann zu, der ihr eine Frage gestellt hatte, während sie für einen anderen etwas einwickelte.

Kieran ging nach hinten, um dort nach Cress zu suchen. Auf dem Weg durch Gang vier blieb er stehen, um sich das Regal mit den Werkzeugen anzusehen – Zangen, Hämmer, kleine Sägen, Kisten mit Nägeln. Das Übliche, abgesehen von einem Fernglas, das jemand hier eingeordnet hatte, weil vielleicht nicht klar war, wo man es sonst unterbringen konnte. Kieran nahm es in die Hand und betrachtete es eingehend. Es schien in einem guten Zustand zu sein, die Gläser waren klar und unverkratzt. Er vergaß den ursprünglichen Grund für seinen Besuch und trat mit dem Fernglas ans Schaufenster, um es zu testen.

Gerade wollte er hindurchschauen und die Strandpromenade absuchen, als etwas seine Aufmerksamkeit erregte, das sich wesentlich näher zu ihm befand. Fliegende, lange blonde Haare, eine weite Hose, ein bestimmter wiegender Gang.

Abby.

Es musste Abby sein. Er hielt das Fernglas vor die Augen und versuchte, sie wiederzufinden. Da war sie tatsächlich mit ihren hin und her wippenden Haaren.

Kennst du Abby?

Kieran ließ das Fernglas hastig sinken. Iris stand so dicht hinter ihm, dass er sie fast berührt hätte. Er sah sie ausdruckslos an.

Armes Ding. Ich bin froh, dass sie zumindest etwas zugenommen zu haben scheint. Ist Abby denn eine Freundin von dir, Kieran?

Er antwortete nicht. Mit dem Fernglas in der Hand fühlte er sich unangenehm, ertappt. Vorsichtshalber nickte er. Vielleicht würde das ja helfen. Eine Weile beobachteten die beiden Abby, die inzwischen die Straßenecke erreicht hatte und Richtung Strand weiterging.

Im Grunde ist jeder dein Freund, nicht wahr, Kieran?, sagte Iris. Dann verschwand ihr Lächeln. *Pass nur auf, dass ihr Vater nichts von dir erfährt. Er mag es nicht, wenn sie Freunde hat. Nicht einmal in der Kirche.*

Kieran hielt den Blick auf Abby gerichtet, sein Herz pochte heftig in seiner Brust. Aber Abby hat Freunde, dachte er. Schließlich war er ihr Freund, und dann gab es da noch diesen Jungen vom Strand. Außerdem hatte sie ihm mindestens einmal von jemandem erzählt, den sie besuchen wollte, auch wenn er nicht wusste, um wen es sich handelte. Hatte ihr Vater sie deshalb beschimpft und angeschrien? Er sah ihrer kleiner werdenden Gestalt hinterher. *Warum?*, fragte er und drehte sich zu Iris. *Warum mag er es nicht, wenn sie Freunde hat?*

Doch Iris war bereits wieder mit etwas anderem beschäftigt. Sie bückte sich, um eine Schachtel mit alten Flaschen aus dem Fenster zu nehmen. Er starrte auf ihre perfekt geformten, blauweißen Locken. *Ich weiß es nicht, Kieran*, erwiderte sie, hob die Schachtel hoch und hievte sie sich auf die Hüfte. Dann wandte sie sich zum Gehen. *Vielleicht*, fügte sie über die Schulter hinzu, *weil er Angst hat, dass sie ebenso weglaufen könnte wie ihre Mutter.*

Kieran folgte Iris zu den Regalen mit den Glaswaren. Er wollte mehr wissen, mehr fragen: Weshalb war ihre Mutter weggelaufen? Wohin? Wer tat Abby weh und machte ihr blaue Flecken auf die Arme? Doch noch ehe er den Mund öffnen konnte, hatte sich ein weiterer Kunde an Iris gewandt. Kieran kehrte also zu den Werkzeugen zurück, stellte das Fernglas an seinen Platz und eilte aus dem Laden. Hastig überquerte er die stark befahrene Straße, ohne erst lange nach rechts und nach links zu schauen, und rannte dann auf den Sand von Convent Beach zu. Dort blickte er sich um und ballte die Fäuste. Wieso hatte er das Fernglas nicht mitgebracht?

Abby war nirgendwo zu sehen.

Als ich jung war, dachte ich immer, dass das Dasein einer Mutter nur Unglück bedeutet, erklärte Laura. *Mutter sein und unglücklich sein waren für mich eins.* Inzwischen hatten sie ihre Teetassen und die Kanne leer getrunken. Kierans Abwesenheit und ihr Warten auf sein Erscheinen hatten ein Vakuum geschaffen, das sie beide zu füllen versuchten. Als ob es in unserem Leben nicht bereits genügend Abwesenheit gäbe, dachte Laura.

Gleichzeitig fragte ich mich, fuhr sie laut fort, *ob es wohl ein*

Geheimnis gäbe, was das Muttersein betrifft – ein Geheimnis, das auch ich eines Tages erfahren würde. Ich fragte mich, ob auch ich diesen Ausdruck im Gesicht bekommen würde, wenn ich einmal Mutter wäre.

Cress lehnte sich vor. *Alle Mütter leiden*, meinte sie. Laura musterte sie neugierig. *Das hat meine Mutter immer gesagt.*

Ein weiteres Stück des Puzzles, das allmählich ein ganzes Bild zu ergeben begann.

Plötzlich blickte die alte Frau zu der antiken Uhr, die auf einer Kommode in der Nähe der Tür stand. Ihre Bewegung erinnerte Laura an einen Vogel. Cress zuckte mit den Schultern. *Kieran ist …* Sie hielt inne. … *unberechenbar. Man kann eine Stunde oder auch einen ganzen Tag auf ihn warten. Es ist nie sicher, wann er auftaucht.*

Laura strich sich die Brösel vom Rock und erhob sich. Es war eindeutig, dass dies eine Aufforderung zum Gehen war. *Angela hatte für nächsten Monat in Noosa eine Ausstellung geplant*, sagte sie und sah Cress dabei zu, wie diese das Geschirr zusammenräumte. *Es wäre schön, wenn Kierans Bild auch dort zu sehen sein würde.* Sie ging Richtung Tür.

Cress folgte ihr. *Ja, natürlich*, erwiderte sie. *Wir können ihn gern fragen.*

Sonntag

Der Schmerz breitet sich den ganzen Nachmittag über langsam in ihr aus. Ein übles, ziehendes Gefühl, das kommt und geht. Vielleicht vom Magen? Dieser Gedanke beruhigt sie. Er hat etwas Vertrautes, auch wenn sich ihr Bauch schwer und hart anfühlt. Sie macht Kartoffeln und Lammkoteletts für ihren Vater und lässt das Essen im Ofen stehen. Hofft, dass sie etwas schlafen kann. Rollt sich unter den rosa Decken ihres schmalen Betts zusammen.

Als die Schmerzen heftiger werden, wacht sie wieder auf. Sie fühlt sich im Stich gelassen, an die Matratze gekettet. Inzwischen hat sie auch Angst. Sie wünscht sich, sie könnte jemanden fragen, jemanden, der vielleicht Bescheid wüsste. Es fällt ihr schwer, nicht zu weinen.

Das Haus ist in Dunkelheit getaucht. Sie steht auf, um das Laken wieder zurechtzuziehen und spürt, wie sich der Schmerz in ihr aufbäumt. Ein Schrei formt sich in ihrem Hals. Sie hält sich am Fensterbrett fest, öffnet die Lippen, und der Laut fließt über.

Aaaahhhh.

Die Nacht draußen vor dem Fenster wirkt wie immer – eine durchlässige sommerliche Dunkelheit, der gelegentliche Ruf eines Fuchses. Das Meer, das alle in den Schlaf rauscht.

Der Schmerz in ihr nimmt zu und ebbt wieder ab. Zu und ab.

Sie liegt um ihren Bauch gerollt. Da ist er wieder, diesmal noch stärker. Wieder hört sie ihre eigene Stimme. *Aaahhhh.* Wenige Sekunden später erklingt die Stimme ihres Vaters. *Abby?*

Seine Schritte auf den Dielen. Sie reißt die Bettdecke hoch und dreht sich zur Wand, ballt eine Faust und schiebt sie sich in den Mund. Die Tür öffnet sich, und sie spürt seinen Blick auf ihr. Dann sagt er noch einmal ihren Namen, diesmal jedoch nur noch flüsternd.

Abby?

Eine halbe Ewigkeit vergeht, ehe sie das Klicken des Türschlosses hört. Dann wieder Stille.

Sie verliert jegliches Gefühl für sich selbst. Sie ist nicht mehr Abby, sondern nur noch dieses Ding. Sie ist der Schmerz, der sie auslöscht. Es gibt nur noch den Schmerz und die Dunkelheit. Das dringende Bedürfnis zu schreien. Irgendwann findet ihre Hand einen dicken Bleistift, der neben dem Bett liegt. Wie ein tollwütiger Hund beißt sie wild darauf herum.

Jetzt gibt es keine Ruhepause mehr, nur noch ein langes Verkrampfen der Muskeln, ein Reißen. Blut. Sie schmeckt Blei in ihrem Mund, während sie die Zähne zusammenpresst. Irgendwann merkt sie, dass sie ächzt, die Beine gespreizt, als hätte sie jemand auseinandergezerrt. Angst dehnt sich in ihr aus. Sie keucht und versucht, keinen Laut von sich zu geben.

Dann sitzt sie in der Hocke auf dem Bett und hält sich mit beiden Händen am Kopfende fest. Es ist ihr Körper, der handelt, ohne dass sie ihm Anweisungen gegeben hätte. Ein feuchter Schwall strömt aus ihr heraus, doch der Druck ist noch immer zu spüren. Sie versucht sich zuzudecken, da ihre Eingeweide herauszufallen drohen. Ihre Hände ertasten etwas Rundes wie eine Orange, weich wie ein Pfirsich und doch auch hart. Ihre Lungen füllen sich mit Luft. Sie presst, stöhnt leise und verspürt dabei fast Freude.

Dann ist es vorbei. Sie fällt vornüber auf die Knie, während sich zwischen ihren Beinen etwas bewegt.

Sie fürchtet sich davor, das Etwas anzusehen. Einige Minuten lang kniet sie da und atmet schwer. Sie zittert am ganzen Körper. Dann lehnt sie sich schließlich zurück und senkt den Blick. Im schwachen Licht, das durch das Fenster hereinfällt, sieht sie auf dem blutigen Laken das Gesicht einer Puppe. Sie erkennt es sofort und streicht vorsichtig mit dem Zeigefinger über die Wange.

Der Mund und die Augen sind offen, und es gibt ein leises Quäken von sich, fast wie ein Kätzchen. *Still, Püppchen*, flüstert sie. *Still.* Es gehorcht. Das Wimmern hört auf, doch stattdessen beginnt es, mit den Beinen zu strampeln. Auf und ab, wie eine Marionette.

Sie lehnt sich an die Wand und schließt für einen Moment die Augen. Vielleicht schläft sie auch ein, sie weiß es nicht. Als sich ihre schweren Lider irgendwann wieder öffnen, weiß sie nur, dass die Dunkelheit vor dem Fenster durch aprikosen- und rosafarbene Streifen erhellt wird. Doch auch dieser Anblick kann sie nicht vor dem Entsetzen ablenken, das sie verspürt. Was hat ihr Körper getan? Das Blut, der Geruch. Das puppenartige Wesen, das aus ihr ausgeschieden wurde, die Klumpen und Schnüre aus Fleisch, die an ihm hängen.

Heftige Übelkeit steigt in ihr auf.

Am Horizont wird es allmählich heller. Der Morgen. Ihr Vater. Sie steht auf, zwingt ihre Beine, sich zu bewegen, auch wenn wieder Blut aus ihr fließt. Doch wieder ist sie auf einmal nicht mehr Abby. Sie kennt sich nicht mehr, sie ist eine Fremde. Diese Nicht-Abby weiß, was zu tun ist.

In der Dämmerung verlässt sie das Haus, eine Schattengestalt, die sich selbst beobachtet. Sie verspürt keine Angst mehr. Nicht-Abby wird sie in Sicherheit bringen. Aber sie muss sich beeilen.

Sie hastet durch das seitliche Gartentor in den Garten des Nachbarn. Dort gibt es neben einem Fenster eine Kräuselmyrte, die kurz vor der Blüte steht. Es ist der richtige Baum. Sie sieht noch einmal nach, ob das Bündel auch fest gewickelt ist und sich der Boden unter dem Baum glatt anfühlt. Noch einmal berührt sie die Wange. Fast so, als würde man einen Finger in Wasser tauchen, denkt sie.

Dann hebt sie ihren langen Rock, ihren makellosen weißen Rock, und eilt davon.

Montag

Die Bäume entlang der Straße ließen in der Hitze bereits die Blätter hängen. Das Gras fühlte sich scharf und stachelig an, was Kieran jedoch nicht auffiel. Die Stimme des Nachrichtensprechers hallte noch in seinem Kopf wider: *… ein Neugeborenes … Archer Street.*

Er sah zwar die Fußgänger auf der Strandpromenade, nahm sie aber nicht wahr, ebenso wenig wie die Rettungsschwimmer, die sich am Strand verteilten, oder das Mädchen, das vor einem Café die Tische abwischte. Während er sich vom Strand entfernte, an den Schaufenstern der Geschäfte vorbeilief und der Gemüseladen in sein Blickfeld rückte, sah er nur Abbys Gesicht und Abbys Körper in den übergroßen Kleidern vor sich, bewacht von der monströsen Gestalt ihres Vaters. Ein Baby sah er nicht. Er wollte nicht einmal an das Wort denken. Als er es dennoch versuchte, sah er nur ein Stoffbündel in der Größe eines Rosinenkuchens vor sich.

Ihre Straße war leer, wie sie das immer zu sein schien. Er erwartete, dieselbe Schwere wie stets zu empfinden, wenn er hier war, ein Gefühl, das fast einem Grauen glich. Doch heute hatte es sich in Zorn und Besitzgier verwandelt. Er ging auf das Haus zu, diesmal ohne sich zu verstecken. Es war ihm egal, ob man ihn sah oder nicht. Wie eine erhitzte Maschine an einem heißen Tag peilte er sein Ziel an – vorbei an dem Hibiskusbusch rechts von Abbys Gartentor, seiner sonst üblichen Grenzlinie.

Drohend ragte das Haus über dem Flecken verbrannten Rasens im Vorgarten auf. Kieran öffnete das Tor und fragte sich, während sein Herz wie ein Kolben pumpte, wie man dieses Haus am besten beschreiben konnte. Welches Wort würde es am treffendsten charakterisieren? Diese Überlegungen machten es einfacher und ließen das Bild von dem Mann mit den schweren Stiefeln, der Kühlbox und den nackten Schultern für eine Weile in den Hintergrund treten. Es hielt ihn auch davon ab, sich zu überlegen, was er eigentlich tun wollte, wenn er vor der Haustür stand.

Natürlich war die Tür geschlossen. Instinktiv hob er die Hand, um zu klopfen, doch dann ließ er sie wieder sinken. Wäre dumm zu klopfen, dachte er. Einige Sekunden lang lauschte er aufmerksam, ob er etwas hören konnte. Doch da war kein Geräusch zu vernehmen. Nichts.

Ohne nachzudenken, legte er die Hand auf den Türknauf und drehte daran. Verwirrenderweise konnte er die Tür problemlos öffnen. Er stieß sie auf und trat über die Schwelle ins Innere des Hauses, ohne sich so recht bewusst zu sein, was er da eigentlich tat.

Die Küche, in der er sich wiederfand, erkannte er als solche, auch wenn sie nichts mit der von Cress gemein zu haben schien. Sie war auch ganz anders als die moderne Küche seiner Mutter in Brisbane mit ihren glatten Oberflächen und der Kaffeemaschine. Diese Küche wirkte seltsam unauffällig: rechteckig, mit farblosen Arbeitsplatten und ebenso stumpf wirkenden Schränken, die darüber hingen. In der Mitte des Raums stand ein kleiner Holztisch mit zwei Stühlen.

Eine Ähnlichkeit mit Cress' Küche gab es allerdings doch – und zwar die absolute Reinlichkeit und Ordnung, die hier herrschte. Alles befand sich an seinem Platz. Nur eine Tasse, halb voll mit kaltem Tee, stand auf dem Tisch. Später würde sich Kieran nicht mehr daran erinnern, wann ihm all diese Einzelheiten aufgefallen waren, ob auf seinem

Weg nach draußen oder jetzt, als er regungslos dastand und lauschte.

Kein Laut war zu hören, nicht einmal das Ticken einer Uhr. Auch der cremefarbene Kühlschrank gab kein Geräusch von sich. Er surrte, brummte oder klapperte nicht, wie das Cress' Kühlschrank tat. Kieran begriff auf einmal, wie beruhigend dieser Laut im Grunde war. Ohne ihn schien das ganze Haus den Atem anzuhalten.

Er blickte zu dem Durchgang am anderen Ende der Küche. Dort befand sich eine Art Flur, wo es eine Garderobe mit Haken für Mäntel und Jacken gab. Da hing auch Abbys Umhängetasche. Sie leuchtete ihm wie ein Signal entgegen, wie ein Zeichen. Sogleich kehrte der Zorn, der ihn hierhergetrieben hatte, zu ihm zurück. Sein Magen krampfte sich wütend zusammen, und Kieran stürzte los – in den Flur und die Zimmer, die dahinter lagen.

Er war jetzt ein anderer Kieran. Wie ein Jäger, dachte er. Entschlossen schob er die Luft beiseite, als ob es sich um Schlingpflanzen im Urwald handeln würde. Am liebsten hätte er gerufen, seine Stimme als Waffe eingesetzt; doch er blieb stumm. Hastig eilte er von einem Zimmer zum anderen, blickte in alle Ecken, hob Dinge hoch, um darunter zu schauen – ein Kissen, eine Zeitung –, und ließ sie dann wieder achtlos fallen.

Aus Versehen stieß er gegen einen Schuh, der ordentlich neben seinem Bruder stand. Die Vorstellung, ihn dort liegen zu lassen und nicht wieder an seinen Platz zu räumen, ängstigte und begeisterte ihn zugleich. Er starrte den Schuh an. Ein Männerschuh, das Leder geputzt und auf Hochglanz poliert. Doch wie er da so mitten im Zimmer auf der Seite lag, war er nur noch ein nutzloser Gegenstand.

Und im Haus gab es niemanden, der ihn verteidigen, ihn retten konnte.

Cress sortierte die schmutzige Wäsche im Wäschekorb nach Farben. Sie war schon immer ein Verfechter der Farbregel gewesen: dunkle, weiße und bunte Sachen getrennt, außer bei Handtüchern. Je älter sie wurde, desto weniger streng nahm sie es mit den Handtüchern oder auch den Bettlaken. Inzwischen warf sie diese durcheinander in die Maschine, ohne groß einen Gedanken daran zu verschwenden. Mit einem gewissen Verdruss hatte sie feststellen müssen, dass sie nicht, wie befürchtet, grau wurden, sondern ihre Farben behielten. All die Jahre, dachte sie.

Es war Cress' Angewohnheit, sich um sieben Uhr die Nachrichten anzuhören, eine Tasse Tee zu trinken und eine Ladung Wäsche in die Maschine zu tun. Die winzige Waschküche befand sich neben der Küche, so dass sie ihren Tee dort trinken, Wäsche sortieren und gleichzeitig Radio hören konnte. Oft ertrug sie die Nachrichten nur, um zu erfahren, wie das Wetter wurde. Es war wichtig zu wissen, was der Tag versprach.

Inzwischen hatte sie zwei Wäscheberge angehäuft – einen aus Kierans Jeans und dunklen T-Shirts und einen aus Röcken, Blusen und kleinen Wäscheteilen. Die Nachricht über ein ausgesetztes Baby ging ihr nicht aus dem Kopf. Sie kannte die Archer Street. Sie befand sich am Rand der Stadt, in einer seltsamen Gegend aus alten und neuen Sozialwohnungen.

Sie beugte sich vor, um den ersten Wäschehaufen hochzuheben und in die Maschine zu stopfen. Plötzlich hielt sie inne, blickte auf, lauschte. Etwas – eine Abwesenheit, die sie spürte – signalisierte ihr, dass Kieran das Haus verlassen hatte. Es war noch viel zu früh für ihn, sein Bus fuhr erst in einigen Stunden. Wenn er um diese Zeit aufstand, dann tat er es nur, um seine aufgezeichneten Quizsendungen anzusehen. Das wusste Cress. Doch sie konnte weder die gedämpften Stimmen aus dem Fernseher noch irgendeine Musik hören.

Sie ließ die Bluse fallen, die sie in der Hand zusammengeknüllt hatte, und ging in die Küche. *Kieran*, rief sie, obwohl sie wusste, dass sie keine Antwort erhalten würde.

Kieran!

Ihre Antwort entdeckte sie auf dem Küchentisch, wo eine halb volle Schale mit Cornflakes und Milch stand. Er hatte nicht einmal Zeit gehabt, sein Frühstück zu Ende zu essen. Sie betrachtete das Schälchen. Normalerweise verabschiedet er sich immer, dachte sie.

In den aufgeweichten Cornflakes und der Krümmung des Löffels sah sie auf einmal ein Bild vor sich. Fast kam es ihr vor, als würde sich ihr eine Gestalt nähern. Die Züge wurden klarer, je näher sie kam. Als die Gestalt die Archer Street verließ …

Ein Zittern erfasste Cress, vor Schreck presste sie sich die Hand auf die Brust. Sie bebte am ganzen Körper. Jetzt sah sie deutlich ein Mädchen vor sich. Ein sehr junges Mädchen. Ihre Hand wanderte zu ihrem Mund, um einen Aufschrei zu unterdrücken.

Abbys Zimmer. Er wusste, dass es ihr Zimmer sein musste, da er hier jeden Abend Licht gesehen hatte, wenn der Vater nicht da war. Der Rest des Hauses war dann in Dunkelheit getaucht. Nur eine einzige Glühbirne leuchtete am Ende des Gartenwegs und warf stumpfes gelbes Licht auf die Stufen, die zum Haus hinaufführten. Kieran hatte Abbys Vater öfter beobachtet, wie er mindestens einmal pro Woche und das monatelang nachts schwankend diese Stufen hinaufstieg, seine Haut schimmernd wie Kupfer.

In denselben Nächten hatte sich Kieran Abby hier in diesem Zimmer vorgestellt. Er hatte sich ein Mädchen ausgemalt, das mit Perlen und Armreifen spielte und sich Bilder in Büchern ansah. Sogar mit Puppen hatte er sie vor sich gesehen. Jetzt jedoch prallten diese beiden Welten gnadenlos aufeinander. Das Zimmer erinnerte in nichts an sein eigenes mit den Postern, der Musik, den verstreuten Kleidern und Notizbüchern.

Während er sich umblickte, fiel ihm endlich das Wort ein, das er gesucht hatte. Das Wort für das Haus und auch dieses Zimmer: karg. Wie die anderen Räume war es auch hier so ordentlich, dass sich Kierans Magen verkrampfte, als ob sein Körper zusammengepresst würde. Und dann war da diese Farbe der Wände, des kleinen Schreibtischs und des Teppichbodens. Vielleicht wäre es in einem anderen Kontext ein verblasstes Blau gewesen, doch in dieser Umgebung wirkte es stumpf und grau. Das Rollo vor dem Fenster war herabgezogen und tauchte das Zimmer in diffuses Dämmerlicht, obwohl es draußen strahlend schön war.

Trotzdem schien hier irgendetwas nicht zu passen. Irgendetwas störte Kierans Wahrnehmung. Seine Augen wanderten über den Schreibtisch, wo nur eine kleine Vase mit Plastiknelken stand, zu den penibel eingeräumten Regalen. Dort entdeckte er ein kleines Glasbehältnis, das er zuerst nicht einzuordnen vermochte, bis er es in die Hand nahm und in seinem Inneren weiße Flocken sah, die auf ein Miniaturschloss fielen. Eine Schneekugel. Er schüttelte sie und beobachtete, wie der Schnee langsam fiel.

Dann blickte er auf. An der Wand ihm gegenüber hing ein Kruzifix. Er trat zu ihm und strich mit der Fingerkuppe über die Gestalt des Christus, die am Kreuz hing. Vorsichtig berührte er die winzigen Füße und den Kopf, als ihm auf einmal klar wurde, was hier so seltsam war.

Es war der Geruch. Ein menschlicher, schwerer Geruch. Rasch zog er die Hand fort, als ob er einen lebenden Körper angefasst hätte. Das Kruzifix fiel zu Boden. Kieran ging in die Hocke, um es aufzuheben, doch die Düsterkeit dort unten verwirrte ihn. Für einen Moment hatte er den Eindruck, sich nach einem Regenschauer in einem Wald zu befinden. Der Boden war feucht und roch mulchig, wie nasse Erde und Baumwurzeln, Blätter, Steine, Tierfell und Kot. Wie die Erde, die sich aus toten Dingen erneuerte. Es war weder ein guter noch ein schlechter Geruch.

Eines war allerdings eindeutig: Er gehörte nicht hierher.

Schwankend stand Kieran wieder auf und tastete die Wand nach einem Schalter ab. Als er ihn fand, wurde das Zimmer von kränklich blassem Licht erhellt. Er wusste sofort, dass er sich der Quelle des Geruchs gegenübersah. Sein Körper erstarrte, und für einen Moment hoffte er, dass das wässrige, klebrige Blut nur eine Sinnestäuschung wäre.

Doch das war es nicht. Seine Nase, seine Augen, seine Hände, seine Fingerkuppen – alles an ihm wusste: Es war Blut. Blut. Kieran hatte schon öfter Blut gesehen, und der Anblick aufgeschlagener Knie und eingerissener Zehennägel erschreckte ihn nicht. Doch hier in diesem Zimmer ließ es ihn kaum mehr atmen. Er stolperte hinaus. Als er das Haus durch die Hintertür verließ, begann er zu schluchzen.

Cress fuhr den Hügel hinunter in die Stadt. Es beruhigte sie ein wenig, unterwegs zu sein, sich zu bewegen, und ließ sie ihre Übelkeit für den Moment vergessen. Mit einer Hand hielt sie das Lenkrad und mit der anderen die Gangschaltung und blickte starr geradeaus auf die Straße. Auf einmal merkte sie, dass sie zu schnell fuhr, denn sie musste am Stopp-Schild der ersten Kreuzung scharf bremsen. Drohend wie eine Warnung ragte das STOPP vor ihr in den Himmel auf. Atemlos blieb sie einen Moment lang stehen. Außer ihrem Wagen war weit und breit kein anderer zu sehen.

Wie viel Uhr war es? Und welcher Tag? Sie konnte sich nicht

daran erinnern, die Haustür geschlossen oder sich angeschnallt zu haben. Doch hier saß sie nun hinter dem Steuer, vom Sicherheitsgurt gehalten wie von einem Freund. Sie fuhr weiter Richtung Strand.

Der Sand, die Landzunge, die Felsen. All das war Kierans Territorium. Sie wusste das und kannte die Art, wie er sich in dieser Umgebung bewegte, was er betrachtete. Sie parkte den Wagen an der Promenade und ging den Weg zum Strand hinunter. Die Sonne blendete sie, und sie kniff die Augen zusammen, so dass sie nur noch einen schmalen Streifen aus Meer, Himmel und Sand erkennen konnte. Eilig lief sie weiter, verlangsamte jedoch ihren Schritt, als ihr bewusst wurde, was sie hierhergeführt hatte.

Erneut sah sie die Gestalt vor ihrem geistigen Auge und musste gleichzeitig an die Wasserlachen in den Felsen denken, wo sie Kieran vor Kurzem gefunden hatte. Sie hatten sie an weibliche Geschlechtsorgane erinnert. Irgendwo tief in ihrem Inneren hatte sie schon lange auf einen Tag wie diesen gewartet.

Sie erreichte den Sand und blickte an sich herab. In der Eile hatte sie ihre klobigen Gartenschuhe angezogen, aus denen sie nun herausschlüpfte. Dann ging sie barfuß weiter. Der Sand war bereits warm. Sie hielt sich die Hand über die Augen, um besser sehen zu können. Noch war der Strand fast leer – die frühen Schwimmer hatten ihn bereits wieder verlassen, und die Familien waren noch nicht eingetroffen. Nur ein Rettungsschwimmer saß auf seinem Aussichtsturm und beobachtete das Meer. Weiter vorn bei den Felsen angelte jemand, nur durch eine durchsichtige Schnur mit dem Wasser verbunden. Es war die einzige menschliche Gestalt auf den grauen löchrigen Steinfelsen.

Cress eilte weiter.

Die angelnde Frau nickte ihr zu, als sie an ihr vorüberlief. Cress hielt den Blick auf den Boden gerichtet, um nicht in ein Loch zu treten oder über eine der alten Austernschalen oder einen Stein zu stolpern, die hier überall herumlagen. Die vulvaähnliche Form der Mulden wollte sie wahrlich nicht noch einmal sehen, doch es blieb ihr nichts anderes übrig, wenn sie nicht hinfallen wollte. An diesem Morgen bei Ebbe waren sie noch nicht mit Wasser gefüllt und zeigten so noch besser ihre Form. Sie versuchte, nicht an den weiblichen Geruch zu denken, den sie verströmten. Das Ganze war ihr auf einmal peinlich.

Endlich blieb sie auf einer glatten Steinplatte stehen und blickte sich in alle Richtungen um – sogar ins Meer hinaus, auch wenn sie wusste, dass Kieran niemals schwimmen ging. Eine Welle schlug gegen den Felsen. Über ihr kreischten Möwen. Sie holte tief Luft.

Er war nicht da.

Kieran merkte nicht, dass er weinte, bis er das Gesicht des Mannes sah und stehen blieb. Für einen Moment fühlte er sich wie betäubt vor Schock, wie ein Jäger, der sich unerwartet seiner Beute gegenübersah. Der Mann stand unten an der Treppe des Hauses – sein Gesicht, das Kieran nur zu gut kannte, nach oben gewandt, die Hand auf dem Geländer. Die Augen starrten ihn an.

Seine Hand.

Kieran blickte auf diese Hand, und innerhalb des Bruchteils einer Sekunde verließ ihn jegliche Vernunft.

Er fasste keinen Entschluss, keinen Plan. Er stürzte sich einfach von der obersten Stufe auf sein Gegenüber, vergaß, dass er aus Haut und Knochen bestand, die brechen könnten. In diesem Augenblick bestand er nur noch aus Zorn, war bloß noch glitzernde Härte, glühende Wut. Als er mit dem Mann zusammenprallte, stieß er einen Schrei aus, der schon lange in ihm gewartet hatte. Er hob die Hände und merkte, dass er noch immer die Schneekugel festhielt, was ihn jedoch nicht überraschte.

Ebenso wenig überraschte es ihn, dass er damit auf den Kopf des Mannes schlug. Einmal und dann noch einmal.

Cress blickte auf das Meer, ihre Gartenschuhe in der einen, den Autoschlüssel in der anderen Hand. Sie hatte den Rücken durchgedrückt und stand stocksteif da. Eine milde Morgenbrise spielte mit ihren Haaren und ihrem Rock, hob sie ein wenig und ließ sie dann wieder fallen. Die Luft war vom Rauschen und Tosen des Wassers erfüllt. Cress starrte hinaus zum Horizont. Sie wusste eigentlich nicht, was sie dort suchte. Was sie dort zu finden hoffte. Gedankenversunken beobachtete sie, wie die Linie des Horizonts dunkler wurde.

Kieran. Ein Baby. Ein junges Mädchen …

Ein ausgesetztes Baby.

Sie wandte den Blick zum Himmel empor, wie sie es früher des Öfteren in der Hoffnung getan hatte, eine Antwort zu finden. Doch heute fand sie dort nichts außer einem durchdringenden Blau, das ihr in den Augen brannte.

Sie begann in Richtung der Landzunge zu laufen, wie es Kieran oft tat. Zwar erwartete sie auch dort, nur enttäuscht zu werden, aber sie musste sich trotzdem vergewissern.

Es ging eine sanfte Anhöhe hinauf. Der Weg war teilweise mit Feuerbäumen gesäumt, die im stärker werdenden Licht der Sonne silbern glänzten. Trotz des Schutzes war Cress ein wenig außer Atem, als sie die Grasfläche mit den ausgetretenen Pfaden, den Bäumen und kleinen Büschen erreichte, die so pittoresk ins Meer abfiel. Sie lief direkt auf die Bäume zu, während sie ihrem Herzen befahl, langsamer zu schlagen.

Die Myrtenheiden, die Feuerbäume und der damenhafte Farn, der seine Röcke unter den Baumstämmen ausgebreitet hatte, kamen Cress stumm und taub vor. So wie ich, dachte sie. Es war keine Hilfe in Sicht, kein Mensch weit und breit. Sie drückte ein paar Äste beiseite, die weiter unten wuchsen, um in den Laubbäumen dahinter nachzusehen. Doch auch da gab es nichts.

Sie fühlte sich hilflos und töricht. Ihre Finger krampften sich um das Metall des Autoschlüssels, dann betrachtete sie nachdenklich ihre Handfläche, in die sich die Form des Schlüssels eingedrückt hatte.

Sie befand sich am Rand eines Dickichts aus Bäumen. Hinter den niedrig wachsenden Ästen eines Eukalyptus konnte sie das Gras, das Meer und den Himmel erkennen. Die Sonne brannte herab und ließ die Farben üppiger und die Welt fleischiger, realer wirken. Real …

Sie zögerte und kniff die Augen zusammen, um die Szene, die sich ihr bot, noch einmal genau in Augenschein zu nehmen, fast so, als wäre sie wie ein gerahmtes Bild. Die See glitzerte zwischen dem Laub auf, und Cress' Blick wanderte zu den Adern der grünen Blätter und dann zu den aufgerauten Rinden. Sie glaubte, Kierans Stimme zu hören, wie er sagte: *Man kann die Farben hören, Cress. Ehrlich. Vor allem in der Nacht.*

In diesem Moment nahm sie die Laute der Welt wieder wahr – das matte Rascheln des Grases, das schmerzliche Rauschen des Meeres und das blasse Flattern ihres eigenen Herzens. Es klang wie Musik, gnadenlos und strahlend schön. Geigen- und Klavierklänge in Violett und Blau. Ein beruhigender Klang. Plötzlich ergab alles einen Sinn.

Sie eilte den Pfad zurück, ohne darauf zu achten, ob ihre nackten Füße auf heißen Sand oder scharfe Steine traten. Immer wieder zuckte sie zusammen. Ihre alten Beine schmerzten.

Wie alt sie doch schon waren! Doch jetzt wusste sie zumindest, wohin sie diese alten Beine tragen mussten.

Laura trat mit den Füßen das Laken fort und drehte sich im Bett um. Durch das Fenster fiel heller Sonnenschein, und die ersten Vögel – ein Lachender Hans und eine Elster – taten ihre Anwesenheit kund. Sie lag auf der Seite und sah zu, wie sich das Licht veränderte, wie sich Formen in Dinge verwandelten: die Bäume, die Wassertanks im Garten. Wohnte all diesen Dingen ein Geheimnis inne? Hatten sie etwas zu verbergen? Waren sie für dieses Gefühl verantwortlich, dass jemand da draußen wartete, der nicht Kieran war, und das sie schon seit Tagen nicht loswurde? Heute war dieser Eindruck stärker als sonst und ließ sie sich unruhig im Bett hin und her wälzen, schien ihre Haut zu überziehen. Sie streckte die Arme und Beine, um nach erfrischender Kühle zu suchen, doch die Hitze war bereits um diese Tageszeit unangenehm drückend. Es blieb ihr also nichts anderes übrig als aufzugeben und trotz der frühen Stunde aufzustehen.

Vom Küchenfenster aus sah Laura Wolkenbändern hinterher, die über das Tal drifteten. Die Grün- und Brauntöne der Landschaft wurden bereits von der Sonne durchleuchtet. Zum hundertsten Mal seit ihrer Rückkehr dachte sie: Die Farben sind hier anders.

Ihr nächster Gedanke überraschte sie allerdings: Was hätte Angela wohl mit den Farben in Italien gemacht, den Farben der umbrischen Hügel und des Himmels? Was wäre aus Tagen entstanden, die sie mit Spaziergängen über die dortigen Felder verbracht hätte, mit Betrachtungen der gepflügten Reihen, dem Licht und dem Dunkel? Hätten sie sich dort vielleicht besser verstanden? Wenn Angela Italien gemalt hätte, wären sie dann in der Lage gewesen, endlich einmal miteinander zu reden? Das Gespräch zu führen, das sie so dringend hätten führen müssen?

Der Wasserkocher begann zu pfeifen. Sie goss heißes Wasser in die Kanne und drehte sie dann einmal um ihre Achse, wie das Angela immer getan hatte. *Damit der Tee besser zieht*, hatte sie Laura geantwortet, als diese sie das erste Mal danach gefragt hatte. Als kleines Kind konnte sich Laura nichts anderes vorstellen, als dass der Tee die Kanne im Kreise zog – ein Bild, das sie lange Zeit fasziniert hatte.

Sie schenkte sich Tee ein. Als sie ihre Finger in den kleinen Griff des Bechers schob und diesen anheben wollte, rutschte sie ab. Heißer Tee verbrannte ihre Haut, und als sie in Panik versuchte, die Finger zurückzuziehen, warf sie den Becher zu Boden. Hastig ließ sie kaltes Wasser über die geröteten Finger laufen und wandte sich dann dem zerbrochenen Becher zu. Während der letzten Wochen hatte sie ihn täglich benutzt, und jetzt lag er in Scherben auf dem Holzboden. Langsam sammelte sie die Scherben ein, legte sie neben das Spülbecken und ließ dann noch einmal kaltes Wasser über ihre Hand laufen.

Es gab zwei weitere Becher, die sie noch nicht verpackt hatte. Also goss sie sich erneut Tee in einen der beiden, trank ihn rasch aus und ging ins Wohnzimmer, wo ein Stapel Kisten stand, die in den Schuppen gebracht werden mussten. Laura hievte sich eine Kiste auf die Hüfte und öffnete mit der freien Hand die Tür zur Veranda. Eine Brise, hoch oben in den Eukalyptusbäumen, ließ die Blätter aneinanderreiben – wie ein langer Rock, der über einen Teppich streift. Während sie auf den Schuppen zuging, wunderte sie sich wieder einmal, wie wenig sich diese Welt doch verändert hatte. So hatte es auch schon ausgesehen, als Angela noch täglich hierhergekommen war, um zu malen.

Sie drehte an dem alten Metallknauf und stieß die Tür auf.

Der erschreckte Schrei oder welchen Laut auch immer sie von sich gab, ließ sich nicht unterdrücken. Später konnte sie sich nicht mehr genau daran erinnern. Sie wusste nur noch, dass er nicht lange angedauert hatte, da das Mädchen sonst gewiss geflohen wäre. Es hätte sich bestimmt schneller bewegt. So drehte es sich nur langsam zu Laura um.

Es schien keine Angst zu haben. Dieser Eindruck würde sie noch lange beschäftigen, die Tatsache, dass das Mädchen keine Angst hatte. Wie konnte man annehmen, irgendetwas über diese junge Frau zu wissen, wenn man sie als verängstigt bezeichnete, obwohl es doch die anderen waren, die Angst vor ihr hatten? Angst vor dem Bild, das sich Laura bot, als sie die Tür öffnete – ein Bild, das sie später immer wieder beschreiben würde: das Mädchen, das Kleid. Das unbefleckte Gesicht eines Kindes.

Cress wich mit ihrem alten Auto den Furchen und Löchern auf dem ungepflasterten Weg aus. Von der Hauptstraße ging es teilweise recht steil abwärts, und nach einem Regenguss war es hier bestimmt unangenehm rutschig. Doch die Entfernung zwischen der Straße und dem Haus hatte diese Unannehmlichkeiten für jemanden wie Angela wahrscheinlich wettgemacht – da war sich Cress eigentlich sicher. Sie war zum ersten Mal hier, und trotzdem kam ihr der Weg vertraut vor. Als ob sie Kieran in Gedanken gefolgt wäre und nun genau wüsste, wie es hier aussah.

Sie gab Acht, die Autotür nicht laut ins Schloss zu werfen, als sie ausstieg, auch wenn sie danach durch einen stark beschnittenen Rosengarten eilen musste, wo es keinerlei Sichtschutz vor dem Haus gab. Für einen Moment fragte sie sich, warum sie so ungeschickt vorging. Was wollte sie eigentlich mit diesem Besuch bezwecken? Hatte sie vor, jemanden zu überraschen oder etwas zu verhindern? Sie wusste keine Antwort darauf, während sie auf Beinen, die sich noch nie so alt angefühlt hatten, durch den Garten eilte.

Im Grunde sah sie nur eines vor sich: Kierans Gesicht. Ihre Hand auf seiner Wange. Der schwache Stoppelbart, die weiche Babyhaut hinter seinen Ohren.

Dieses Bild machte Cress Mut. Sie versuchte nicht mehr, ihre Schritte zu dämpfen, als sie die Stufen hinaufging. Oben auf der Veranda hob sie die Hand und klopfte dreimal fest an die Tür. Ein kalter Schauder lief ihr über den Rücken. Der Lärm schien in ihrem Körper widerzuhallen wie Wellen vom Handgelenk bis zum Ellbogen. Doch das Haus antwortete nur mit großer Stille.

Cress blieb einen Moment lang regungslos stehen und dachte an Angela. An die Jahre, die sie in diesem Haus verbracht hatte. Sie trat einen Schritt zurück und ging eine Stufe hinab. Wie eine müde alte Frau saß das Haus ausdruckslos auf seinen Grundfesten, das Holz knarzend und brüchig. Einen Augenblick lang verspürte sie Trauer für Angela und für sich selbst, für die langen Jahre der Witwenschaft.

Dann drehte sie sich um und umrundete das Haus. Ein Weg führte durch Farne und stachelige Gräser, vorbei an Wassertanks und alten Eukalyptusbäumen. Es gab auch nach hinten eine Veranda, wo sogar eine Tür offen stand. Aber Cress wurde magisch von einem Schuppen angezogen, der sich weiter unten im Garten befand. Wie ein alter Vertrauter stand er dort zwischen grünen Büschen. Das Wellblech funkelte im Sonnenlicht.

Sie blieb stehen. Das Haus und alles andere löste sich hinter ihr auf.

Angelas Schuppen.

Gedankenversunken spielte sie mit dem Taschentuch in ihrer Rocktasche.

Sie war tatsächlich noch ein Kind. Trotz des Kleids oder auch wegen des Kleids – Laura war sich da nicht so sicher – wirkte das Gesicht, das ihr zugewandt war, so gelassen ungeformt und darin so geheimnisvoll wie das eines Babys. Ihre Haare erinnerten an vom Wind zerzauste Gräser, und ihre Haut war blass und schimmerte. Die unbeschädigte Haut eines Teenagers.

Sie kann nicht älter als sechzehn sein, dachte Laura. Als der erste Schreck nachgelassen hatte, trat sie einen Schritt auf das Mädchen zu und öffnete den Mund, um etwas zu sagen. Doch dann hielt sie wieder inne, während sie nach den richtigen Worten, der passenden Stimmlage suchte. Erstaunlicherweise gelang es ihr innerhalb weniger Sekunden, den richtigen Ton zu treffen.

Hallo, sagte sie herzlich und ebenso wenig überrascht wie das Mädchen.

Sie wusste nicht, ob das Mädchen sie gehört hatte, auch wenn es sich nur wenige Meter von ihr entfernt befand. Es gab kein Zeichen von sich. Weder bewegte es sich, noch weiteten sich seine Pupillen, die regungslos und ruhig auf Laura gerichtet waren. Laura erwiderte den seltsamen Blick. Fast wirkte er, als ob das Mädchen nicht sie, sondern jemand anderen vor sich sehen würde. Laura nahm ihren Mut zusammen und betrachtete den blutigen Rock. Es schien von einer frischen Wunde herzurühren, doch das Gesicht und die Hände ihres Gegenübers verrieten nichts von einer Verletzung. Auch das cremefarbene, mit Perlen bestickte Oberteil des Kleids war unbefleckt.

Lauras Magen verkrampfte sich. Unwillkürlich trat sie einen weiteren Schritt auf das Mädchen zu. Es war ein Hochzeitskleid.

Das ist ein hübsches Kleid, sagte sie leise.

Das Mädchen sah sie noch immer ausdruckslos an. Dann zeigte sich die Andeutung eines Lächelns auf ihren Lippen. Es war herzerweichend, und Laura merkte, wie sich ihre Angst legte. Ohne sich von der Stelle zu rühren, fragte sie: *Darf ich es anfassen?*

Die Antwort lag im Blick des Mädchens, das die Augen ein wenig senkte. Eine zarte Geste des Vertrauens. Laura bewegte sich so vorsichtig vorwärts, als könnte selbst die Luft jeden Augenblick zersplittern oder ungewollten, ängstigenden Lärm erzeugen. Als sie dem Mädchen näher kam, streckte sie die Hand aus – wie bei einem Tier, das sie nicht kannte. Um das Kleid berühren zu können, ohne der Trägerin zu nahe zu treten. Ihre Finger strichen über die alte Spitze, unter der sich ein Schenkel des Mädchens befand. Feucht. Beide betrachteten schweigend den Stoff.

Sehr hübsch, flüsterte Laura schließlich.

So unauffällig wie möglich versuchte sie, zur Seite zu treten, um herauszufinden, wo und wie schwer das Mädchen verletzt war. Vorsichtig warf sie einen Blick auf den Rücken. Dort stand das Kleid offen. Eine Leiste aus winzigen, stoffbezogenen Knöpfen formte den einen Teil eines V, eine Reihe aus leeren Schlaufen den anderen. Laura betrachtete die entblößte Haut. Auch diese war makellos, die reine Haut eines Kinderrückens. Der Anblick rührte sie. Am liebsten hätte sie dem Mädchen über den Rücken gestrichen, um ihm zu versichern, dass alles gut werden würde. *Wie heißt du?*, fragte sie stattdessen leise.

Abby, erwiderte das Mädchen ebenfalls flüsternd.

Dann geschah dreierlei kurz nacheinander – zumindest kam es Laura später so vor. Tage, ja selbst Wochen später hatte sie den Eindruck, als hätten sich die Elemente verschworen oder höhere Wesen eingegriffen – jedenfalls konnte es sich bei den Ereignissen um kein zufälliges Zusammentreffen handeln. Irgendwie war schon vorher alles miteinander verbunden gewesen.

So jedenfalls stellte es sich ihr dar: Sie betrachtete den Rücken des Mädchens. Als sie sich aufrichtete, drehte sich das Mädchen um, hob die Arme und schlang diese um Lauras Nacken – wie ein Geschenk, das sie schüchtern darbot. Diese überraschende Geste wurde mit einer jähen Gewissheit verbunden, die Laura erfüllte. Sie kam von dem Geruch, der durch die Bewegung des Mädchens in ihre Nase stieg – der schwere, süßliche Geruch der Plazenta. Sie war sich sicher, dass sie Blut an den Beinen, zwischen den Zehen und den Rockfalten entdecken würde, wenn sie an dem zitternden kleinen Körper hinabschauen könnte – was allerdings unmöglich war, da sich das Mädchen fest an sie klammerte.

Laura schloss für ein paar Sekunden die Augen, um die Tränen zurückzuhalten. Als sie sie wieder öffnete, stand die regungslose Gestalt von Cress vor ihr. Eine Hand lag auf dem Türknauf, während die andere ein Taschentuch knetete. Ihre Finger waren das Einzige, was sich in diesem Moment bewegte. Doch in Cress' Augen zeigte sich ebenso wenig irgendein Anzeichen von Angst wie in denen des Mädchens, das sich noch immer an sie schmiegte.

Er war sich bewusst, wie schnell er sich bewegte. Doch er hatte keine Ahnung, wohin er rannte und was er dort wollte. Kieran merkte nur, wie ihn Blätter berührten und ihm Bäume den Weg wiesen. Oder auch nicht. Er lief die Straße entlang Richtung Regenwald. Inzwischen hatte er zu schluchzen aufgehört. Doch hier und da entkamen ihm seltsame Laute, eine Art Wehklage, die ihn an Angelas Musik erinnerte. An eine Oper von …

Er wusste nicht mehr, wer sie komponiert hatte. Aber allein dieser Gedanke, diese Vorstellung, war das Erste, was seit Stunden Sinn zu ergeben schien.

Angela.

Er blieb stehen, drehte um und rannte die Straße in die entgegengesetzte Richtung zurück. Zu den Hügeln, dahin, wo Musik stets Zuflucht bedeutet hatte.

Laura merkte, dass Cress sprach. Aber es dauerte einige Sekunden, bis die Worte zu ihr durchgedrungen waren. Diese Sekunden reichten jedoch, um die plötzliche Anwesenheit der alten Frau zu verarbeiten und nicht in Panik auszubrechen. Dann nahm sie die Worte wahr. *… ein Baby … heute Morgen gefunden … unter einem Fenster in der Archer Street.*

Laura ließ das Mädchen nicht los, deren Körper nun erstarrt und zugleich schlaff wirkte. *Ein Baby*, wiederholte Laura.

Erst ein paar Stunden alt. Cress war inzwischen in den Schuppen getreten. Ihre Miene wirkte ausdruckslos, aber ihre Haare hatten sich aus den Klammern gelöst und fielen ihr ins Gesicht. Sie sieht aus wie jemand, dachte Laura, der durch den Wind ist.

Es kam in den Nachrichten. Sie schien nicht Laura, sondern das Mädchen zu meinen.

Eine Weile herrschte Schweigen. Draußen riefen sich Tausende von Vögeln Fragen und Antworten zu. *Ich suche Kieran*, fuhr Cress fort. Wieder sprach sie mit dem Mädchen. *Hast du ihn gesehen? Ich weiß, dass er ein Freund von dir ist. Vielleicht sogar ein guter Freund.*

Das Mädchen schlang die Arme fester um Lauras Hals. *Er ist nicht hier, Cress*, antwortete diese. Der eindringliche Blick der alten Frau begann sie allmählich zu verstören. *Hier ist nur Abby. Die vielleicht Hilfe braucht.*

Ist Kieran bei dem Baby? Cress' Stimme mochte sanft klingen, aber ihre Augen verrieten anderes. Sie waren wie aus Stein. *Wer weiß etwas über das Kind? Weiß es dein Vater? Und Kieran?*

Laura sah Kieran vor ihrem geistigen Auge – seine Miene

und wie er sie im Dunkeln angesehen hatte. Sein Gesicht, die klaren Augen. Plötzlich verstand sie, was Cress hier suchte, was sie in Wahrheit von dem Mädchen wissen wollte. *Cress …* begann Laura.

Hat Kieran dir dieses Kleid gegeben? Ihre Augen wurden noch härter. *Hat Kieran …*

Abby löste die Arme von Laura und drehte sich zu Cress um. Laura sah, wie das Mädchen allmählich zu begreifen begann. Auf seinem Gesicht zeigte sich ein Ausdruck zwischen Verwirrung und Entschlossenheit. Ohne zurückzuweichen, begegnete es dem Blick der alten Frau. *Nein*, sagte es. Das Wort hallte wider wie ein Stein, der in einen See geworfen wurde. Langsam schüttelte es den Kopf. *Nein*, wiederholte Abby. *Nein, nein, nein.*

Kieran erreichte den Gartenzaun. Er achtete nicht darauf, ob seine Stiefel auf dem Weg zu hören waren oder nicht, sondern hastete weiter. Dabei sah er sich um. Es kam ihm fast vor, als ob ihn die Bäume anspornen würden: *Schneller! Rascher! Beeil dich!* Als er zu den zugeschnittenen Rosenstöcken kam, verlangsamte er seinen Schritt. Sie sahen in seinen Augen genauso aus, wie sie das sollten und wie sie zur restlichen Welt um sie herum passten – dürr, trocken und leblos.

Sein Herzschlag wurde etwas langsamer, und auch sein Körper schien nicht mehr ganz so stark unter Strom zu stehen. Zum ersten Mal seit dem frühen Morgen dachte er darüber nach, was eigentlich passiert war und was er möglicherweise getan hatte.

Er entdeckte nämlich Cress' Wagen, der neben dem Haus geparkt war. Blinzelnd registrierte er seine Anwesenheit, ebenso wie die Tatsache, dass demnach auch Cress hier bei Angela sein musste. So ist das also, dachte er. So ist das. Weiter kam er nicht, denn in diesem Moment stieß er die Schuppentür auf.

Vor Überraschung glaubte er für einen Augenblick, in einen leeren Raum zu stürzen. Denn da war nicht nur Cress, sondern auch Laura, und vor allem, in der Mitte des Bildes, das sich ihm bot – Abby. Sie sah aus wie immer, wenn man einmal von den Blutflecken auf dem langen weißen Kleid absah, das sie anhatte. Irgendwo in seinem Inneren tauchte eine Erinnerung auf, doch er war viel zu sehr darauf konzentriert, endlich Abby zu finden, um dieser nachgehen zu können.

Mit großen Schritten eilte er auf sie zu und legte eine Hand auf ihre Wange. Sie schenkte ihm ihr Lächeln. *Abby,* sagte er und begann zum zweiten Mal an diesem Tag zu weinen.

Donnerstag, eine Woche später

Sie saßen in Cress' Wohnzimmer und tranken Tee. Laura beugte sich zu Kieran und sagte: *Weißt du, Kieran, du bist wirklich ein guter, verlässlicher Freund.*

Er sah sich im Zimmer um, da er nicht wusste, was er antworten sollte.

Für Abby und für Angela, fuhr Laura fort.

Er blickte sie fragend an.

Ein wahrer Freund.

Er war sich nicht sicher, ob sie das feststellte oder etwas von ihm wollte.

In diesem Moment kam Cress mit mehr Tee herein. *Ich habe nur noch Vanille*, erklärte sie. Hinter ihr trat Fergus ins Zimmer. Er trug ein Hemd, das an Abbys blumige Kleider erinnerte. Mit einem Seufzer ließ er sich in den Sessel fallen und meinte: *Es wird keine Anklage geben.*

Kieran musterte die Gesichter der anderen. Regungslos wie ein Standbild stand Cress mit ihrem Tablett in den Händen da. *Keine Anklage also*, sagte sie, wie um sicherzugehen, dass sie auch richtig verstanden hatte.

Fergus zog die Augenbrauen hoch. *Nicht gegen Kieran*, erwiderte er.

Kieran sah, wie sich die Gesichter ihm zuwandten. *Die Waffe war aus Plastik*, fuhr Fergus mit einem schwachen Lächeln fort. *Außerdem wird das Opfer inzwischen selbst von der Polizei befragt. Abby hat erklärt, dass ihr Vater sie schlägt. Oft.*

Cress setzte sich schwerfällig aufs Sofa und stellte das Tablett ab. *Und der Vater des Kindes?*, fragte sie leise.

Irgendein junger Kerl, den sie in der Kirche kennengelernt hat. Er hat sich aus dem Staub gemacht. Mit diesem ganzen Medienrummel …

Kieran hörte nur mit halbem Ohr zu. *Abby ist sehr traurig*, sagte er. *Wegen des Babys.*

Cress rührte in ihrer Tasse. Das Klappern des Löffels erfüllte einen Moment lang den Raum.

Laura nippte an ihrem Tee und meinte: *Sie ist ein so kleines Baby. So kleine Lungen.*

Und Abby ist selbst noch ein Kind, erklärte Cress und lehnte sich vor. Ihre Tasse hielt sie mit den Fingerkuppen fest, den Blick hatte sie auf den braun gefleckten Teppich gerichtet. *So jung.*

Sie ist siebzehn, sagte Fergus.

Kieran starrte ihn an. Siebzehn. War das ein gutes Alter oder ein schlechtes? Er hatte keine Ahnung.

Wenn – oder falls – das Kind stabil genug ist, fuhr Fergus fort, *will sie es zu sich nehmen. Wenn man bis dahin ein Zuhause für sie gefunden hat.*

Halten Sie das für eine gute Idee? Cress hatte den Blick noch immer auf den Teppich gerichtet, so dass sich Kieran gezwungen sah, ebenfalls dorthin zu schauen, um herauszufinden, was sie so faszinierte. Es war jedoch dasselbe Muster wie immer.

Abby möchte das so, entgegnete Fergus. *Das ist das Wichtigste.*

Am selben Nachmittag holte Laura, als sie in ihr fast leer geräumtes, stilles Haus zurückgekehrt war, noch einmal den Umschlag mit Sylvies Unterlagen hervor. Sie entfaltete den Rundbrief, der die Überschrift trug: ›Wurzeln. Hilfe für Menschen, getrennt durch Adoption‹. Darunter stand eine Telefonnummer in Sydney, die sie wählte.

Als am anderen Ende der Leitung abgehoben wurde, sagte sie: *Mein Bruder wurde gleich nach seiner Geburt im Jahr 1952 zur Adoption freigegeben. Ich bräuchte Ihre Hilfe, um ihn zu finden.*

Samstag

Die Galerie bestand aus Glas, Stahl und hochpoliertem Holz. Angelas gerahmte und beschriftete Bilder sahen in diesem Umfeld verblüffend, professionell und wichtig aus. Laura und Fergus wandelten langsam durch die Räume. Zum ersten Mal verspürte Laura so etwas wie Stolz auf das, was ihre Mutter erreicht hatte – eine Frau, die, wie es in der Ausstellungsankündigung hieß, ›botanische Kunst mit menschlichen Emotionen zu verbinden wusste‹.

Sie beobachteten die Vernissage-Gäste, die Weingläser in Händen hielten und an den Bildern vorbeischlenderten. Die älteren botanischen Studien fanden zuerst ihre Käufer. *Investoren*, wie Fergus bemerkte.

Kierans Gemälde, das mit dem Vermerk ›Nicht zum Verkauf‹ versehen war, hing allein an einer Wand. ›Auf der Suche nach Gehalt‹: Man hatte es in die Nähe einer Dreiergruppe platziert, welche die Galerie schon seit Monaten für die Ausstellung aufbewahrt hatte. Auch hier fanden sich das üppige Blattwerk und die Dschungelfarben, doch dazwischen zeigten sich menschliche Gesichter mit geschlossenen Augen und stummen Mündern. Es hieß: ›Er verletzt mich mit seiner selbstverständlichen Getrenntheit.‹

Laura nahm eine der herumliegenden Broschüren mit dem Titel ›Ansichten einer Ausstellung – Angela Lindquist‹ und schob sie in Fergus' hintere Hosentasche.

Sie war erleichtert, als der formelle Teil der Ausstellungseröffnung vorüber war und sie sich davonstehlen konnten. Als sie neben dem Auto standen, um einzusteigen, legte sie ihre Hände auf Fergus' Wangen. *Sie hat recht*, sagte sie. *Sie hat immer recht gehabt: Letztlich klammert man sich an das, was einem das Gefühl gibt, am Leben zu sein.*

Ihr blieb noch eine Woche in Australien. Plötzlich erschien es ihr zu kurz. *Ich würde gern ein Stück davon mitnehmen.* Ihre Finger strichen über die weiche Haut hinter seinen Ohren. Sie dachte an ihre wertvollen Pfröpflinge in Umbrien, an das verbundene Baumfleisch. *Oder ein Stück von deiner Handfläche, um es auf meine zu setzen.*

Langsam fuhren sie die Küstenstraße zu ihrem Hotel in Coolum zurück. Im Wagen herrschte ein Schweigen aus tausend unausgesprochenen Gedanken.

Cress machte Kamillentee und setzte sich dann neben Kieran auf die Couch im Wohnzimmer. Sie war froh, dass sie sich gegen die lange Fahrt nach Noosa entschieden hatten. Beide waren erschöpft. Es war erst halb sieben abends, kam ihr aber schon wesentlich später vor. Trotzdem forderte sie Kieran nicht auf, bald duschen zu gehen. Stattdessen nippte sie an ihrem Tee und spielte mit einer seiner Haarsträhnen, während er das Ende der ›Whiz Kids‹ anschaute. Seine Finger hüpften und sprangen über die Seiten seines Notizbuchs, das aufgeschlagen vor ihm lag. Aufmerksam beobachtete er die Teams, wie sie bei verschiedenen Antworten zögerten.

In der Werbepause drehte er sich mit erwartungsvoller Miene zu ihr um. Sie lächelte ihn an. *Überirdisch*, sagte er. *Das hätten sie wissen müssen. Ein anderes Wort für himmlisch.*

Ein gutes Wort, nicht wahr?, fügte er nach einer Weile hinzu. *Überirdisch.* Er wandte sich wieder dem Bildschirm zu. *Da muss ich an einen funkelnden Nachthimmel denken.*

Minuten später war die Sendung vorbei, und Kieran hatte das Zimmer verlassen. Cress stellte sich ein riesiges Himmelszelt voll glitzernder Sterne vor. Sie schloss die Augen. Eine Braut tanzte allein unter diesem Himmel, ihr Kleid in der Farbe des Mondes. Sie konnte sich noch so gut daran erinnern, an die Euphorie der Liebe. In jenen frühen gemeinsamen Tagen mit Ed war sie davon erfüllt gewesen, als ob die große Leere in ihrem Inneren wie ein Segel vom Wind aufgeblasen worden wäre. Sie hatte sich angefüllt und reich gefühlt. Zum ersten Mal in ihrem Leben war es genug gewesen.

Cress lehnte sich zurück. Sie konnte Kieran hören, der vor sich hin summte, während er sich für die Dusche auszog. Dann folgte das leise Gluckern in den Leitungen, als er das Wasser andrehte. Selbst jetzt glaubte sie noch den Saum des Hochzeitskleids spüren zu können, der über ihre Waden strich, während sie verträumt mit verschränkten Armen und einer Doppelreihe Perlen um ihren Hals tanzte.

Sie nahm einen Schluck Tee, doch anstatt Kamille zu schmecken, glaubte sie den Geschmack der Perlen im Mund zu haben – glatt, cremig und vollkommen. Wie alte Perlen. Sie hielt die Tasse an ihre Wange, dann öffnete sie ruckartig die Augen.

Na also, dachte sie und lächelte. Ich habe seit vielen Stunden kein einziges Mal an Angela gedacht.

Dienstag

Der Tisch stand im Flur in der Nähe der Treppe. Er befand sich nicht mehr an seinem ursprünglichen Platz. Laura wusste das, seitdem Fergus sie überrascht und ihn, in ein staubiges Laken eingewickelt, hereingebracht hatte. Sie hatte sich auf die Treppe gesetzt und die Augen geschlossen, wie er es ihr aufgetragen hatte. Dann hatte sie die Augen wieder geöffnet.

Der kleine Küchentisch war nicht mehr vernarbt und verbrannt, verkratzt und abgeschlagen. Er war so restauriert worden, wie es zu ihm passte. Fergus hatte nicht versucht, ihn wieder in seinen Originalzustand zurückzuversetzen, denn das wäre sowieso nicht möglich gewesen. Er hatte auch nicht alle Kratz- und Brennspuren entfernt und den Tisch seines Charakters beraubt. Irgendwie ist es ihm gelungen, dachte sie, während sie das warme Goldgelb des neu geölten Kiefernholzes und die schlichten Linien bewunderte, ihn mehr zu sich selbst finden zu lassen. Der Küchentisch war nun eindeutig der schönste Gegenstand im ganzen Haus.

Deshalb hatte sie ihn auch nicht an seine alte Stelle gerückt. In den vergangenen Tagen hatte sie immer wieder Dinge dort abgelegt, die sie später noch einmal genauer betrachten wollte, und sich dann auf die Treppe gegenüber gesetzt, den Kopf in die Hände gestützt und nachgedacht.

In wenigen Tagen waren auf diese Weise einige Samen, ein zerbrochener Kerzenständer, ein überzogener Knopf von einem alten Kleid oder einer Bluse, ein größerer Glassplitter zusammengekommen. Und ihr Flugticket nach Hause.

Erst vor Kurzem hatte sie auch noch die Scherben des zerbrochenen Bechers hinzugefügt – drei Teile, zusammengerollt wie Blätter.

Jetzt trat sie zu dem Tisch und nahm die Scherben aus Porzellan und Glas. Behutsam trug sie diese in den Garten hinaus. Dort zog sich langsam die Sonne zurück und überließ diese Seite des Hügels seinen eigenen Farben – einem satten Grün, Braun und Blau, denen man nicht anmerkte, dass sie noch vor Kurzem dem gnadenlosen Licht der Sonne ausgesetzt gewesen waren.

Als sie um das Haus herumging, sah sie automatisch nach den Rosen. Sie tat das jetzt jeden Tag, seit sie die Stöcke so radikal zurückgeschnitten hatte, auch wenn sie wusste, dass es noch zu früh war. Vor allem auf die Sorte Candy Stripe, von der sie sich sicher war, dass Kieran sie besonders schön finden würde, wenn sie einmal blühte, freute sie sich. Sie stellte sich vor, wie er Abby ein paar Blumen mitbrachte, eine Handvoll rosa und weiß. Er würde bestimmt strahlen, während er sie für Abby in ein Marmeladeglas stellte.

Rosa, hörte sie ihn sagen. *Rosa für Mädchen.*

Am Rand des Kräutergartens kniete sie nieder und legte jede der Scherben einzeln vor sich ins Gras. Sie sah sich nach dem Spaten um, der noch an derselben Stelle in der Erde steckte, wo sie ihn zurückgelassen hatte. In der Nähe der Rosmarin- und Thymiantöpfe, die sie nicht mehr einpflanzte.

Plötzlich musste sie daran denken, was Francescas Mutter einmal gesagt hatte. *Rosmarin in den Vorgarten*, hatte sie Laura radebrechend auf Englisch erklärt, das durch einen fehlenden Zahn noch undeutlicher klang. *Heißt, Frau ist in Kontrolle.* Dazu hatte sie bedeutsam genickt und ihr einen Topf gereicht. *Ist wahr.* Laura hatte jahrelang nicht mehr daran gedacht.

Die Sonne war hinter den Bäumen verschwunden. Hinter

ihrer Schulter miaute eine Katzendrossel – wie ein wimmernder Säugling im Gebüsch. Dahinter antwortete ein anderer Vogel, den sie nicht erkannte.

Dann noch einer. Ein leises Klagelied im Dämmerlicht. Laura sog die feuchte, üppige Luft der Bäume, des Grases und des Meeres ein, die um sie herum dunkler wurde. Sie drückte den Rücken durch und füllte ihre Lungen damit. Dann atmete sie langsam wieder aus und nahm den Spaten in die Hand.

Die schwarzbraune Erde gab leicht nach. Perfekt zum Pfropfen, dachte sie und drückte die erste Porzellanscherbe in den Boden.

Dank

Dieses Buch wurde von vielen Händen gehegt und gepflegt. Keine jedoch packte stärker und sicherer zu als die von Mary-Rose MacColl. Ich möchte ihr für ihre Ratschläge, ihre Geduld, ihre Zuneigung und ihren Mut danken, die mich die ganzen drei Jahre hindurch begleitet und geführt haben.

Ich möchte auch Sandra Hogan, Krissy Kneen, Annie Edwards, Jo Clifford, Anita Houghton sowie Zoe Houghton für ihre Freundschaft und ihre scharfen Leseaugen danken – ebenso wie Jill Rowbotham, Anna Krien und Julie MacCormack für ihre endlosen Ermutigungen und den Frauen der *Sisters Inside,* die mich die Realität nicht aus den Augen verlieren ließen. Und natürlich meiner Familie, die mich immer fraglos unterstützt hat.

Ich bin zudem Judith Lukin-Amundsen für ihre Ratschläge und die professionelle Hilfe bei diesem Roman sehr dankbar, die bis zu den ersten Entwürfen zurückgeht. Danke auch an Fiona Inglis, Madonna Duffy und Rob Cullinan von UQP, deren Betreuung und Wärme mir viel Mut gemacht haben.